AŞK BİR SEÇİM DEĞİL,
FELAKETTİR.

Kader Aşkı Tadınca

Çe......
Merve Duygun

Sonsuz Kitap: 77
1. Baskı: Ağustos 2012
ISBN: 978-605-384-529-4
Yayıncı Sertifika No: 16238

Kader Aşkı Tadınca

Yazar: S. G. Browne
Çeviri: Merve Duygun
Yayın Yönetmeni: Ender Haluk Derince
Görsel Yönetmen: Faruk Derince
Yayın Koordinatörü: Ceylan Şenol
Yayına Hazırlayan: Sedef İlgiç
İç Tasarım: Tuğçe Gülen
Baskı: Melisa Matbaacılık
Matbaa Sertifika No: 12088
Çifte Havuzlar Yolu
Acar Sitesi No: 4
Davutpaşa/İSTANBUL

YAKAMOZ KİTAP © S. G. BROWNE

Orijinal Adı: Fated
Copyright © 2010, Scott Browne. Kitabın ilk baskısı Penguin Group Inc.'in markası New American Library tarafından yapılmıştır. Türkçe yayın hakları Jenny Meyer Literary Agency, Inc. aracılığıyla alınmıştır.
Yayınevinden izin alınmaksızın tümüyle veya kısmen çoğaltılamaz, kopya edilemez ve yayımlanamaz.

Sonsuz Kitap, Yakamoz Yayınları'nın tescilli markasıdır.

YAKAMOZ KİTAP / SONSUZ KİTAP
Gürsel Mah. Alaybey Sk. No: 7/1 Kağıthane/İSTANBUL
Tel: 0212 222 72 25 Faks: 0212 222 72 35
www.yakamoz.com.tr / info@yakamoz.com.tr
www.facebook.com/yakamozkitap
www.twitter.com/yakamozkitap

Kader Aşkı Tadınca

YAZAR HAKKINDA

S.G. Browne; *Fated, Breathers* ve *Lucky Bastard* isimli romanların ve beş öykü kitabının yazarıdır. California, Stockton'daki Pacific Üniversitesi'nden mezun olup yıllarca Hollywood'da çalışmıştır. Şu anda San Francisco'da yaşıyor. Web sayfasını ziyaret edebilirsiniz: *www.sgbrowne.com*

YAYINCININ NOTU

Bu metin kurgusaldır. İsimler, karakterler, yerler ve olaylar yazarın hayal ürünüdür veya kurgusal bir şekilde kullanılmıştır; yaşayan ve ölü gerçek kişilere, kurum ve kuruluşlara, olay ya da mahallere herhangi bir benzerlik tamamen rastlantısaldır.

Yayıncı bunlar üzerinde kontrol sahibi değildir ve yazarın, üçüncü kişiler ya da internet siteleri adına sorumluluğu yoktur.

Anneme ve babama...
Bana inandığınız için teşekkür ederim.

Teşekkürler

Aşağıda isimleri geçen insanlar o veya bu sebepten ötürü yoluma çıktılar. Onlara, o yolda kalmama yardımcı olmak adına yaptıkları her şey için minnettarım.

Yanımda olduğu için çok şanslı hissettiren temsilcim Michelle Brower; kapılarını açıp beni hayatına kabul eden Wendy Sherman; soruları ve fikirleriyle metni kendi başıma hayal bile edemeyeceğim şekillerde geliştirmemi sağlayan editörüm Jessica Wade; bana inanan ve beni bu yolda destekleyen Kara Cesare; paha biçilmez katkı, destek, fikir ve yeteneklerini sunan Penguin ve NAL ekiplerindeki herkes; ilk taslakları okuyan, beğendiklerini ve üzerinde çalışılması gerekenleri söyleyen Cliff Brooks, Ian Dudley, Heather Liston, Shannon Page, Lise Quintana, Amory Sharpe ve Keith White; Manhattan, çikolata ve ölümlü kadınlarla ilişkiler konusunda fikirlerini sunan Leslie Laurence; düzgün bir maaş bile vaat etmeyen tutkum için işletme fakültesini bıraktığımda dahi inancını eksik etmeyen ailem ve tüm kusurlarımı iyi bilen, onları bana göstermekten çekinmeyen dostlarım. Kim olduğunuzu biliyorsunuz.

Bölüm 1

Kural 1: Karışma.
Bu kadar da basit bir kural, gerçekten. Ama ben işte burada, New Jersey, Paramus'ta bir alışveriş merkezinde oturmuş, öfkeden deliriyorum.
Sinirliyim.
Hüsrana uğradım.
İnsanların yüzde seksen üçü, rutinlere, yaşam tarzlarına ve bağımlılıklara takılıp kalan ya da yaşamlarını bir bağımlılıktan diğerine atlayarak geçiren, alışkanlıkları tahmin edilebilir yaratıklardır.
Benim yüzde seksen üçüm. Benim insanlarım. Beş buçuk milyar insan.
Alışveriş merkezi, insan doğasını aşikâr bir biçimde görebileceğiniz en iyi yerlerden biridir. Ya da en kötü ihtimalle, nasıl bakmak istediğinize göre değişir. Kadınlar, erkekler, gençler ve çocuklar; alışveriş yapar, yemek yer, dedikodu yapar, yaşamlarını boş kalorilerle doldururlar. En sevdiğim alışveriş merkez-

leri eski tarz olanlardır. Sri Lanka kadar büyük olmayanlar ve yine de *Orange Julius, Panda Express* ve *Hot Dog on a Stick* gibi yemek büfeleri olanlar.

Amerika Birleşik Devletleri'nde, alışveriş merkezi sayısı lise sayısının iki katıdır. Artık alışveriş merkezleri, kültürel ibadet tapınakları olarak kilisenin yerini aldı. Vatandaşlarını, değerlerini finansal başarı ve materyal mülklerle ölçmeye teşvik eden bir toplumda, Amerikalılar gelirlerinin büyük bölümünü yüksek eğitime değil; ayakkabılara, saatlere ve mücevherlere harcarlar.

Elbette bu durum Hırs ve Kıskançlık'ı meşgul tutar ama benim var oluşumu yaşayan bir cehenneme dönüştürdüğü kesin.

Eskiden insanlar hâlâ avcı-toplayıcılık evresindeyken var oluş, hayatta kalmak; temel gıda, giyim ve barınak ihtiyaçlarını gidermek demekti. Dolayısıyla daha iyi bir yaşam standardı için pek çok seçenek vardı denemez. Yemekleri Martha Stewart hazırlamıyordu. Giysilerin üzerinde *Calvin Klein* logosu yoktu. Ve sığınma evlerine, *Ralph Lauren* perdeler ve onlarla uyumlu örtüler gerekmiyordu.

İnsanlarla ilgili gerçek şu ki, onlar ürünlere bağımlıdırlar.

Bağımlı tüketiciler. Zevk istismarcıları. Haz makineleri.

İhtiyaç duymaya, istemeye ve almaya programlanmışlar.

MP3 oynatıcılar. *Xbox*'lar. *PlayStation 3*'ler.

TiVo. Üç boyutlu ses. Yüksek çözünürlüklü düz ekran televizyonlar.

Binlerce kablolu kanal, filmler, müzik ve paralı televizyon yayını.

Arzularıyla dağılmış, ihtiyaç ve isteklerine boğulmuş insanlar; asla onlara ayrılmış yollarında, ideal geleceklerinde, onlara fayda sağlayacak kaderlerinde kalamayacaklar.

Kader Aşkı Tadınca

Bu benim. Büyük harfle K. Küçük harflerle a-d-e-r.

Ben insanlarımı doğduklarında yollarından çıkartırım, suç işlemekten bir petrol şirketinin CEO'luğuna kadar değişen kaderlerinden uzaklaştırırım. Gerçi düşünürseniz, bu ikisi aynı şey. Ama bir insana tayin ettiğim kader ne kadar gelecek vaat ederse etsin -film stüdyosu yöneticisi, bir Amerikan futbolu takımında oyuncu, California valisi- çoğunluğu aynı şekilde geleceklerini berbat eder.

Başarısızlık, insanın doğasıdır. Kişinin potansiyeline tam anlamıyla ulaşamaması. En başından, söz konusu kader olunca pek fazla ihtişamlı yanılgı yoktur. Nobel Barış Ödülü almaz ya da bir Stephen King olmazsınız. Ve bir insanın geleceği zihinsel hastalık, uyuşturucu bağımlılığı ya da politik kariyer içerdiğinde zaten o kişiden hoş sürprizler beklemem. Ben bir kader tayin ettiğimde en iyisi budur. O kişiden bekleyeceğim en yüksek seviye. Ama bu, bir şeylerin ters gidemeyeceği anlamına gelmez.

Her insanın önceden belirlenmiş kaderinde, o insanın ona sunulan yolda kalıp kalmayacağını ya da o yolda nasıl ilerleyeceğini belirleyen önemli karar anları vardır. Yaşamlarını etkileyen tercihler.

Dürüstlükle.

Tutkuyla.

Hırsla.

İnsanlarımdan birinin yaptığı bu tercihlerin her biri, o kişinin geleceğinin yeniden gözden geçirilmesini gerektirir. Kaderinin yeniden yazılmasını. Ve her tercihte, insanlarımın büyük çoğunluğunun yanlış kararlar alışını izlerim.

Foot Locker ve *Aeropostale* mağazaları arasında bir banka oturur, sosisli sandviçimi yiyip portakal suyumu yudumlarken hataya eğilimli insanlarımın çeşitliliğini ve onların kaçınılmaz başarısızlıklarını değerlendiririm.

Elinde cep telefonu ve bir elektronik mağazasının torbasıyla dolanan on dokuz yaşında bir çocuk var. Philadelphia'nın beyzbol takımı *Philadelphia Phillies*'in iç alan oyuncusu olarak başarılı bir kariyer yapabilirdi. Oysa otuz iki yaşına geldiğinde şişman, kel, işsiz ve günde üç kez *Juggs* dergisinin karşısında mastürbasyon yapan bir adam olacak.

Bebe mağazasının dışındaki alışveriş müptelalarına din propagandası yapan yirmi bir başındaki Asyalı Protestan, otuz yaşına geldiğinde hayallerinin erkeğiyle tanışacak ama kırk beş yaşında boşanacak ve oğlu yaşında bir adamla seks yapacak.

Dunkin' Donuts'tan çikolatalı donut alan kısa saçlı ve melek yüzlü on bir yaşındaki çocuk mükemmel bir baba olma potansiyeline sahip ama yirmi dokuz yaşına geldiğinde beş yaşındaki kızını taciz etmeyi düşünecek.

Böyle zamanlarda Ölüm ile daha iyi bir ilişkim olmasını istiyorum.

Elbette o, henüz on bir yaşındaki bir çocuk ama Ölüm'ün bana yardım etmesini sağlayabilseydim, en azından kızını ömür boyu sürecek bir travma ve terapi sürecinden kurtarabilirdim ama bu müdahale etmek olurdu ki bu imkânsız. Tabii kızının doğumunu önleyen kozmik oluşumları söylemiyorum bile. Kaldı ki Ölüm ile aramız iyi değil, o yüzden yapacak bir şey yok.

Onun yerine bankta oturmuş sosisli sandviçimi yiyor, geleceğin cinsi sapıklarının bitmek bilmeyen geçidini izliyorum.

Elbette her insanın bir tür cinsel takıntısı veya bozukluğu ya da ortaya çıkmayı bekleyen bir arzusu yok. Ama çoğu Amerikalının var. Bu büyük olasılıkla Amerika Birleşik Devletleri'nin seksi şeytanlaştırması ve cinsel enerjiyi bastırmasıyla ilgili bir

Kader Aşkı Tadınca

durum. Kişisel olarak ben İtalyan ve Fransızları tercih ederim. Onlar için seks kültürlerinin bir parçası sadece.

Seksten söz etmişken...

Alışveriş merkezinin aşağısında, *Macy's* ile aramda, *T-Mobile* büfesinin biraz ilerisinde, kızıl saçlı bir kuş tüyü bana doğru ilerliyor. Onun düşündüğüm kişi olmadığını umuyorum ama sonra kalabalık sihirli bir şekilde dağılıyor ve kızıl saçların altında, Kısmet'in kutsayan, güler yüzünü görüyorum.

Harika. Tam da neşelenmek için ihtiyacım olan şey. Benim olmadığım her şeyin ölümsüz kişileştirmesi. Örtbas ettiğim her şeyin. Benden sakınılan her şeyin.

Nefret.

Alınganlık.

Habis tümör.

"Sosisin nasıl?" diye soruyor Kısmet. Yanıma oturup sosisli sandviçimi süzüyor.

Kısmet'in özelliği, nefoman* olması.

Üzerinde kırmızı dar bir bluz, kırmızı deri bir mini etek, bir çift kırmızı çizme ve yüzünde daimi bir gülümseme var. Her zaman neşeli. Neden olmasın ki? Sonuçta bu dişi, sonsuzluğunu çocuk tacizcileriyle, kronik tüketicilerle ve kendini bir türlü toparlayamayan beş buçuk milyondan fazla insan ziyanıyla geçirmek zorunda değil.

Çoğu insanın düşündüğünün aksine, kader ve kısmet aynı şey değildir. Kısmeti bir insana zorla dayatamazsınız. Eğer bir insan, içinde bulunduğu koşullara mecbur bırakılmışsa, o onların kaderidir. Ve kaderin kaçınılmaz olanla, gerçekleşmesi kaygı verici bir şeyle hastalıklı bir ilişkisi vardır.

---

* **Nefomani:** Cinsel açlık, düşkünlük. (ç.n.)

Kahpe kader.
Kadere boyun eğmek.
Ölümden de kötü bir kader.
Yani düşünsenize. Bir felaket ölçü biriminde bir adım öndeki Ölüm'den ne kadar kötü olabilir?

Öte yandan Kısmet, doğası gereği kehanetseldir ve avantajlı bir neticeyi simgeler, genel anlamda çok daha olumlu çağrışımları vardır.

Kısmeti döndü.
Kısmeti çok açık.
Bu onun kısmetiymiş.

"Sosisinin tadına bakabilir miyim?" diye soruyor Kısmet. Yüzünde öyle bir tutku ve güzellik var ki sosisli sandviçimin geri kalanını yüzüne yapıştırmak istiyorum.

Kader, bir insanın yaşamının gidişatını önceden belirler ve öngörür. Ama insanlarım hayatları boyunca geleceklerinde ters etkiler bırakabilecek kararlar alsalar bile önceden belirlenmiş kaderlerinde söz hakkında sahip değildirler. Benimle tercih hakkınız yoktur. Ben işbirliği yapmam.

Tek başınalığı düşünün.

Mastürbasyonu düşünün.

Henry David Thoreau'yu düşünün.

Ve ben yardım etmek, yön göstermek, öneride bulunmak ya da belirsiz bir ipucu vermek istesem bile yapamam. Şu büyük "özgür irade" manifestosu. İnsanların kendi tercihlerini yapmalarına ve neticelerle yaşamalarına izin vermek zorundasınız.

Benim insanlarımı, cezalarının şiddeti konusunda söz hakkı bulunmayan itaatsiz çocuklar gibi düşünün.

Kader Aşkı Tadınca

Ama söz konusu Kısmet olduğunda onun insanları, sürece dâhildir çünkü bir insanın kendi katılımı olmadan kısmet de olmaz. Onun insanları, farklı yaşam yolları seçerek kendi kısmetlerini belirler. Hâlâ hata yapmaları mümkündür ama burada belki üç yerine iki Oscar'dan söz ediyoruz. Ya da Nobel Barış Ödülü yerine bir Pulitzer'den.

Kısmet'in insanlarını, gitmek istedikleri üniversiteyi seçme şansına sahip başarılı öğrenciler olarak düşünün.

Daha en baştan iş tanımımdaki küçük yazıyı okumalıydım.

"Peki, ya kamışından emmeme izin verir misin?" diye soruyor Kısmet.

"Meşgulüm" diyorum. "Neden gidip Çalışkanlık veya Hayırseverlik'le uğraşmıyorsun?"

"Ah, hadi ama Faaaabioo" diyor Kısmet. "Şurada eğleniyoruz işte."

Kısmet ne zaman bana lakabımla seslense benimle dalga geçer gibi ilk heceyi uzatır.

Hepimizin takma isimleri olduğunu sanmayın. Kısmet kendi adını tercih eder, Ölüm ise Dennis ismini kullanır. Yedi Ölümcül Günah'ın büyük bölümü takma isim kullanır; çünkü aslında hiç kimse Öfke, Kıskançlık ya da Açgözlülük olarak anılmak istemez. Yedi Erdem'in tamamı kendi öz isimlerini kullanıyor, İtidal hariç. O kendine kısaca Tim denmesini istiyor.

"Eee, ne zaman döndün?" diye soruyor Kısmet. İşveli edasıyla saçlarıyla oynayıp iri yatak odası bakışlarıyla beni süzüyor. Şehvet kadar iddialı bir sürtük olmasa da onun da böyle anları var.

"Bilmem" diyorum sosisli sandviçimi bitirip. Portakal suyumun pipetine asılıp son yudumları da çekiyorum. "Birkaç gün önce."

Çoğumuz, yıl boyunca New York City'de olmasak da burayı evimiz biliriz. Gezegende altı buçuk milyardan fazla insan olunca her zaman her yerde bulunmamız gerekiyor.

"Bizden kimse var mı?" diye soruyorum.

"Pişmanlık ve Umut" diyor. "Ölümlülerden birkaçı daha tabii. Önyargının poker oyunu çevirmeye çalıştığını duydum ama şansı yaver gitmiyormuş."

Önyargı'nın özelliği, Tourette sendromundan* muzdarip olması.

Kısmet ve ben birkaç dakika sessizce bankta oturuyor, üç seksi alışveriş merkezi zombisinin, *iPod* ve tarçınlı tatlılardan başka şey düşünmeyen ilkel beyinleriyle önümüzden geçişlerini izliyoruz.

"Temassız sekse ne dersin?" diye soruyor Kısmet.

İçimdeki nefret ve kıskançlık duygularını tetikliyor olabilir ama bu, kırmızı mini eteğini üzerinden çıkarışını izlemek istemediğim anlamına gelmez.

"Elbette" diyorum. "Senin evine mi, benimkine mi?"

---

* **Tourette sendromu:** Tik gibi hızlı, ani hareket ve sesler içeren, kalıtsal ve nörolojik bir rahatsızlık. (ç.n.)

Bölüm 2

Kısmet, üzerindeki parlak kırmızı pamuklu tangayla bacaklarını ayırırken ben beyaz şortumla bir demet mavi ortancanın yanında sırtüstü uzanıyorum. Bu anı daha etkili kılabilecek tek şey, Jimi Hendrix'in *The Star-Spangled Banner* parçasını çalması olurdu.

Ölümsüzler arasındaki temassız seksin en iyi yanı, gün ışığında çatıdaki bahçenizde görünmez olabilmeniz ve kimsenin ne yaptığınızı görememesidir. Ve şu anda Kısmet bana bakıp dudaklarını yalarken kırmızı pamuklu tangası yana kayıyor.

Her ne kadar görünmez olduğumuzda biz birbirimizi görebilsek de insanlar biz kendi varlığımızı belli etmedikçe bizi göremezler. Ya da birimiz bir diğer ölümlüyle fiziksel temas kurmadığı sürece. Bu da her yüzyılda en fazla birkaç kez gerçekleşir ve her ne kadar İhtiyat birkaç kez arzularına yenilmiş olsa da bunların çoğunda genelde Şehvet ya da en azından diğer Ölümcül Günahlar'dan biri aktif olur.

Kural 5: İnsanların önünde asla cisimleşme.

S. G. Browne

En son iki ölümsüz birbiriyle 1918 yılında Chicago'da herkesin içinde cisimleşti. Öfke ve Kıskançlık, dünya finallerinde *Red Sox*, *Cubs*'ı yendi diye bir bar kavgasına tutuştular. Kıskançlık, *Cubs* taraftarıdır; Öfke ise... Neyse, onun Kıskançlık'ın damarına basmayı iyi bildiğini söyleyelim, yeter.

Ben orada değildim ama belli ki büyük patırtı çıkmış. Kayıtlı tarih bu olaydan söz etmez ama bu on sekizinci yasa değişikliğine ve on dört yıllık men cezasına götüren son damlaydı.

Bizler kolaylaştırıcı olmalıyız, azmettirici değil. İnsanların yaşamında önemli etkilerimiz olmamalı, sadece onların birtakım yollarında ve duygusal kavislerinde bize düşen rolü oynamalıyız. Arada bir içimizden biri, direkt veya dolaylı olarak işi berbat eder ve genelde korkunç neticeler ortaya çıkar. Bu yüzden güçlerimizden mahrum bırakılıyoruz. Çok utanç verici. Barış'a sorun.

Her zaman görünmez değiliz. Sadece görünmez olmayı seçtiğimizde. Ölümsüz olmanın güzel yanlarından biri bu. Bir de sağladığı diğer olanaklar.

Manhattan'ın doğu yakasında, yirmi katlı bir binanın en üst katında iki odalı bir evde yaşıyorum. Parke döşemeleri, East River'a bakan panoramik pencereleri, yirmi dört saat bekçisi, danışma servisi, spor salonu ve çatı katında bahçesi var.

Aslında dairenin aylık kirası 3,990 dolar ama ben bedava oturuyorum. Kader olmanın avantalarından biri. Tabii Kısmet'in SoHo'daki savaş öncesinden kalma, Hudson Nehri'ne bakan, ahşap zeminli, merkezi havalandırma sistemli, mermer banyolu üç yüz yetmiş metre kareden büyük çatı katı dairesiyle kıyaslandığında benimki küçük kalıyor. Kısmet bana dairenin aylık kirasını söylemiyor ama bir araştırma yaptım ve aylık 12,000 dolara kiralandığını öğrendim.

Kader Aşkı Tadınca

Sanırım şikâyet etmemeliyim. Dennis Manhattan'ın Aşağı Doğu Yakası'nda, girişin alt katında oturuyor. Parmaklıklı pencereleri, beton duvarları, dar bir sokak manzarası olan bir stüdyo daire. Ama zaten Ölüm başka nerede yaşayabilir ki?

Kısmet üzerime çıkıyor; kızıl saçları bir topuzla toplanmış, kusursuz göğüsleri ve göğüs uçları dudaklarımdan belki birkaç santim uzakta. Kendimi kontrol etmem zor ama ondan öyle nefret ediyorum ki benden gelen herhangi bir tepki karşısında zevk duymasını istemiyorum.

Ayrıca bina sorumlusu bizimle birlikte çatı katında bahçeyi ve manzarayı muhtemel bir kiracıya gösteriyor. Onları göremiyorum ama açelya ve güllerin diğer tarafında çatı katında yaşamanın kurallarını tartıştıklarını duyabiliyorum. Şu anda o kurallara uymadığım açık.

Müdürün genizden gelen sesi yüksek çıkıyor. Yirmi yıl içinde evsiz kalacak, Central Park'ta bir bankta burnunu karıştırıp insanlara sataşıyor olacak.

Kadının sesi sıcak ve tatlı, ıssız bir New Orleans gecesinde tenor bir saksafon gibi. Ama onu okuyamıyorum. Demek ki o Kısmet Yolu'nda, insan ırkının çoğunluğundan çok daha önemli bir şeyler başarmak için doğmuş. Ama onu okuyamasam da beni cezbeden bir yanı var. Sesindeki bir şey beni ona çekiyor. Ne olduğunu anlayamadığım ama nedense dikkatimi dağıtan bir şey. Ve öyle dağılıyorum ki ruh hâlim bile yumuşuyor. Bu durum Kısmet'in dikkatinden kaçmıyor elbette.

Sadece bir dişinin üstesinden gelebileceği bir kıvraklık ve çeviklikle Kısmet'in tangası ve benim külotum ortancaların üzerine havalanıyor ve çıplak bedeni baş döndürücü bir edayla üzerime eğiliyor. Vücudunda tek bir kıl kökü yok.

Ağda yapıyor.

S. G. Browne

Doğal olarak dikkatim tekrar hızla ona kayıyor.

"Böylesi daha iyi" diyor bana bakıp. Yeşil gözleri neşe dolu.

Saniyeler sonra yüzü görüntüden çıkıyor ve sıcak göğsünü, anatomimin en çok uyarılan bölgesinde hissediyorum.

Teknik olarak insan olmasak da insanların görüntüsünü taklit eden etimsi kabuklara bürünürüz. Erkek ve kadın kostümleri. Dünyada var olmamızı kolaylaştırırlar. İnsanlar genelde parlak, kör edici ışıklara; kanatları ya da dörtten fazla uzvu olan doğaüstü varlıklara aşırı tepki verme eğilimdedirler. Dolayısıyla biz gezegende sözüm ona zeki yaşam formları gibi göründüğümüz takdirde Şaşkınlık, Panik ve Histeri'yi büyük zahmetten kurtarmış oluruz. Bu sandığınız kadar kötü değil. Lateks bir kostüm giymek gibi. Birkaç yüz bin yıldan sonra alışıyorsunuz.

Hâlâ Kısmet Yolu'ndaki kadının müdürle konuştuğunu, ona daireyi tutacağını söylediğini duyabiliyorum ama dikkatim şu anda kendi kısmetimde.

Son çeyrek milyon yıldır Kısmet'le aramda zaman zaman devam eden bir ilişki var ama hiçbir zaman ciddi bir şey olmadı. Birbirinden başka anlamlarda da faydalanan eski arkadaşlarız.

Her ne kadar genelde neşeli tavırlarıyla beni çileden çıkarsa ve insanların ona içtenlikle bağlanıp benden nefret etmelerinden hoşlanmasam da Kısmet'in temassız seks konusunda Cazibe ve hatta Şehvet'ten daha yetenekli olduğunu itiraf etmeliyim. Gerçi temaslı yatak sörfü söz konusu olduğunda Şehvet benden on puan alır. Sonuçta onun adı Şehvet.

Kısmet, aramızda neredeyse elle tutulur bir basınç yaratarak beni tahrik etmeye devam ediyor. Temassız seksin sırrı budur: Nüfuz etmeden ve hiçbir şekilde dokunmadan seksi uyararak

Kader Aşkı Tadınca

tahriki artırmak. Burada amaç, tansiyonu fiziksel uyarım olmadan rahatlamanın oluşacağı noktaya taşımaktır.

Tam ben zirveye ulaşmak üzereyim ki Kısmet aniden duruyor. Gözlerimi açtığımda neredeyse giyinmiş bile.

"Gitmem gerek" diyor ve kırmızı bluzunu üzerine geçiriyor.

"Şimdi mi?" diye soruyorum, vurgulamak için ellerimle alt kısmımı işaret ederek.

"Portekiz'de ilgilenmem gereken bir müşterim var" diyor ve çizmelerini giyiyor. "Sonra görüşürüz."

Ve bir anda, *puf*, gidiyor.

Büyük olasılıkla daha ben külotumu ortancaların üzerinden alamadan Kısmet Portekiz'de gelecekte kahraman olacak biri için yeni düzenlemeler yapıyor. Bir an Manhattan'da bir çatı katında seks yapıyorsunuz, sonrasında dünyanın öbür ucundasınız.

Ölümsüz olmanın bir diğer avantajı da toplu taşıma araçlarını kullanmıyor olmamızdır.

İki bin yıl önce, dünyadaki iki yüz milyon insan ağırlıklı olarak Avrupa, Asya ve Afrika'da yaşarken, çok fazla seyahat etmemiz gerekmiyordu. Ve gerçekten, çoğunun aşağı yukarı otuz beş yıldan fazla yaşamadığını düşünürseniz, iki yüz milyon insanla baş etmek kolaydı. Ama Amerika ve Avustralya on altıncı yüzyılın ortasında kolonileşmeye başladığında işler kontrolden çıkmaya başladı. Bu da yetmezmiş gibi Columbus'un her şeyi berbat etmesiyle dünya nüfusu ikiye katlandı ve Endüstri Devrimi başladı. Geçtiğimiz iki yüz yıl içinde küresel nüfusun bir milyardan yaklaşık yedi milyara ulaşmasıyla baş etmek güçleşti. Kaldı ki artık insanlar yüz yıl önceye kıyasla iki kat daha uzun yaşıyorlar.

İnsanların kanalizasyonu keşfetmesiyle işlerin karmaşık bir hâl alacağını biliyordum. Ama eğer Viagra kullanarak tavşanlar gibi çoğalacaklarını bilseydim farklı bir departmana transferimi isterdim. Yoksunluk, İffet ya da ÖZKONTROL gibi.

Ya da Ölüm.

İnsanların çoğalmasını kaynağından önleyemiyorsanız, o zaman en azından rezervleri boşaltarak bent kapaklarını kontrol edebilirsiniz. Gerçi şahsen ben Dennis'in görevini biraz daha iyi yapması gerektiğini düşünüyorum. Sürüyü hafiflet. Hepimiz rahat bir nefes alalım diye gezegene normallik hissi kat. Belki Bali, Tahiti ya da Disney World'e git. Her zaman o çılgın makinelere binmek istemişimdir.

Belki de görevimin yeniden tanımlanması için bir dilekçe verebilirim. Gerçi bu şansla, Tevazu veya Hamaratlık gibi bir pozisyona atanırım. Hem o kadar uzun zamandır Kaderim ki büyük olasılıkla başka bir şey yapmayı beceremem. Sanırım Kader olmak benim kaderim.

Giysilerimi giydiğim sırada yeni kiracı ve müdür gitmişti ve ben çatı katında yine yalnızım. Kısmet sayesinde öyle tahrik oldum ki yalnız kalmak istemiyorum. En iyisi Yaltakçılık'ın neler yaptığına bir bakmak. Belki de Şehvet Düşkünlüğü'nü aramalıyım. Ama cep telefonumda numarayı tuşlamama fırsat kalmadan Jerry ile bir toplantıya çağırılıyorum.

Bölüm 3

Jerry'nin danışma alanı her zaman dünyeviden ruhaniye geçiş yapan ruhlarla tıklım tıkıştır. Tabii bir de yolculuğu tamamlayamayacak ama son bir kez şanslarını denemek isteyenler vardır. Çoğu ikinci bir şans elde etmez ama arada bir Jerry yumuşar ve onları içeri alır.

Bugün de istisna değil, gerçi bugün sadece soyut bir terim. Burada zaman ve tarih önemsizdir. Jerry'nin bekleme salonunda bana bir saat gibi gelen bir süre boyunca oturuyorum ve nihayet dünyaya döndüğümde, Üçüncü Kartaca Savaşı'nı tamamen kaçırmışım.

Elbette bu, nüfusun hâlâ baş edilebilir boyutlarda olduğu Klasik Antik Dönem'in sonlarındaydı; dolayısıyla dünyaya dönmek için acele etmeme gerek yoktu. Ama şimdi, yoğun programım yüzünden, dakikalar içinde gidip gelebilmeliyim.

Sorun şu ki ben önümdeki görüşmenin bitmesini beklerken tüm bu insan ruhlarla birlikte olmak zorundayım. Çoğunun sonunda burada olacağı başından bellidir. Ve insan etinin yükümlülüğünden kurtuldukları anda evrenin sırları ortaya çıkar. Ölümden sonra yaşam, insanlığın yaratılışı, kozmosun yönetimi ve beni tanımaları bunlardan bazılarıdır.

"Demek Kader sensin" diyor kırk altı yaşında pankreas kanserinden ölen bir kadının ruhu.

Onu duymazlıktan geliyor ve göz teması kurmaktan kaçınıyorum.

"Sadece sana tüm o mide bulantıları ve kusmalar, kilo kaybı, cildimin sapsarı olması, kemoterapi ve katlanmak zorunda olduğum yavaş, ıstıraplı, acı dolu ölüm için teşekkür etmek istedim."

Ne zaman buraya gelsem bunlarla uğraşmak zorunda kalırım. Sinirli ruhlar tüm öfkelerini benden çıkarırlar. Sanki çoğunun, yaşadıklarında hiçbir etkisi yokmuş gibi.

Zincirleme içilen sigaralar. Hayvansal yağ açısından zengin, sebze ve meyve açısından yetersiz beslenmeler. Düzenli olarak kardiyovasküler egzersiz yapmak yerine saatlerce kıçlarının üzerine oturup maç ve dizi izleyerek geçen yaşam tarzları.

Buraya gelmekten nefret ediyorum.

"Hey" diyor tekrar kolumu dürtüp. "Seninle konuşuyorum."

Bu sırada etrafımızda oturan bir sürü ruh olayı fark ediyor.

"Neler oluyor?" diyor sarhoş bir şoför yüzünden canından olan on dört yaşındaki bir çocuk.

Pankreas kanserinden ölen kadın işaret parmağıyla beni dürtüp yanıtlıyor. "Çoğumuzun burada olmasının sebebi bu adam."

"Hadi canım!" diyor aşırı dozda eroinden ölen yirmi beş yaşındaki genç adam. "Bu Kader."

Banyoya doğru sıvışmama fırsat kalmadan tüm oda beni fark ediyor.

Tuhaf.

Kötü.

Ellerinde meşalelerle yürüyen bir çete.

Kader Aşkı Tadınca

Saniyeler sonra kaderlerine mahkûm olan bir sürü insan ruhu; dibimde bana ıstıraplarından, ölümlerinden, başarısızlıklarından nasıl zevk aldıklarını anlatıyorlar. Parmaklarını uzatıp beni işaret ediyorlar. Büktükleri dudaklarının arasından yüzüme tükürüyorlar. Erkekler, kadınlar ve çocuklar; bildiğim lisanların dışında konuşarak beni kötülüyor, lanetliyorlar.

İşim öyle güzel ki.

"Kader" diyor masanın ardındaki danışma görevlisi. "Jerry seni bekliyor."

Sandalyemden kalkıyor ve öfkeli ruhlar çetesinin arasından geçiyorum. Onlar bana küfürler etmeyi sürdürüyorlar. Yaşamları boyunca katlanmak zorunda kaldıkları tüm ıstıraba, sefalete ve rahatsızlığa rağmen tüm bu nefret gözüme fazla abartılı görünüyor. Sonra dönüp köşede oturan Düşmanlık'ı görüyorum. Öyle çok gülüyor ki yüzü kıpkırmızı oluyor.

"Şerefsiz" diyorum Jerry'nin ofisine doğru yürürken.

"Biliyorsun" diyor Jerry oturduğu dev masanın başından, "bundan daha hafif sebepler yüzünden medeniyetlere son verdim."

"Düşmanlık'a sövüyordum" diyor ve kapıyı arkamdan kapatıyorum.

"O hâlâ orada mı?" diye soruyor Jerry. "Demin ona gidip kızdıracak yoksul, baskı altında yaşayan insanlar bulmasını söyledim."

"O senin bekleme salonundaki ruhları kızdırmakla meşgul."

"Neyse Orta Doğu'dan uzak dursun da."

Jerry'nin özelliği, gücünün her şeye yetmesidir.

Gerçi her şeyi bilen, gücü her şeye yeten bir varlık için oldukça sıradan biri. Ortalama bir boy. Ortalama bir kilo. Ortalama özellikler. Ayırt edici hiçbir özelliği yok. Şöyle bir göz atmak için dünyalar arası gezintiye çıktığında bu sıradanlık onun arada kaynamasına yardımcı olur.

Ama eskiden olduğu kadar sık çıkmasa da tavan ve zemin dâhil baştan sona camdan yapılma ofisinden etrafa göz gezdirmeyi sever. İş yapmak için pek de makul bir yöntem değil belki ama bu şekilde Jerry bir yandan çalışırken bir yandan olan biteni izleyebiliyor. Ve bu durum aslında herkesin ödünü koparıyor. Kim etrafında gezegen 360 dereceyle dönerken Büyük J'nin karşısında durup zemin kırılacak mı diye korkudan titremez ki?

Daha önce defalarca burada bulundum ve Jerry her seferinde ofisinin güvenlik sertifikalı olduğunu söyler durur ama yine de ben ayakkabılarımı çıkarıyor ve masasına doğru parmak uçlarımda yürüyorum.

"Ne konuda görüşmek istemiştin?" diye soruyorum otururken. Jerry'nin bilinen adı, Eski Ahit'te verilen, Yehova'dır. Buralarda kimse ona Tanrı veya insanlar tarafından kullanılan diğer isimlerle hitap etmez. Ben onu tanıdım tanıyalı, adı hep Jerry olmuştur.

"Son zamanlarda biraz özensiz çalıştığını fark ettim" diyor Jerry. "Endüstriyel Devrim'in başlangıcından bu yana."

Yani iki yüz yıldan beri. O da yapılacak işler kutusunda bayağı iş biriktirmiş olmalı.

Toplumlar hâlâ tarıma dayalıyken insanları yollarından çıkarmak o kadar kolay değildi. Hatta on sekizinci yüzyılın sonlarına kadar insanlar için Kader Yolu'ndaki başarı oranı yüzde altmış iki civarındaydı, yani her on insandan altısı ideal kaderlerini yaşıyordu. Bugün, insanlara ne olmaları gerektiğini ve mutlu olmaları için neye ihtiyaç duyduklarını söyleyen reklamlar, ünlüler ve satıcılar engeliyle, bu rakam her on kişiden üçe düştü.

"Neler oluyor?" diye soruyor Jerry. "Ve sakın bana Avrupa'nın

Kader Aşkı Tadınca

kolonileşmesinden falan bahsetme. Bunun er ya da geç olacağını biliyorduk, o yüzden alışsan iyi edersin."

Kiminle konuştuğumu düşünürseniz iş yüküm ya da her gün uğraşmak zorunda olduğum ıstırap konusunda yakınmamın bana bir faydası olmayacak. Ama son zamanlarda öyle bir noktaya ulaştım ki sanki ne yaparsam yapayım hiçbir faydası yokmuş gibi hissediyorum. İnsanlara doğdukları anda nasıl kaderler çizersem çizeyim, çoğu sonunda beni hayal kırıklığına uğratıyorlar. O yüzden ben de onlara rastgele kaderler çizmeye, kotamı doldurmamaya ve çeşitli coğrafi bölgeleri taksi şoförleri ve sokak dansçılarıyla doldurmaya başladım.

Kotalar Jerry için çok önemlidir.

Kural 9: Kotanı doldur.

Bir sürü avukat. Bir sürü paparazzi. Bir sürü striptizci. Göründüğü kadar kolay değil. Bir sürü garsonla karşılaşıyorsunuz ve sonra bir bakıyorsunuz, kozmik çarkın dengesi bozulmuş bile.

"Bilmiyorum" diyorum. "Sanırım sıkıldım biraz."

"Sıkıldın mı?" diyor Jerry. "Sen mi sıkıldın?"

Sesinin tonundan, aslında buna vakti olmadığını anlıyorum. Ama yine de denemekte fayda var.

"Evet" diyorum. "Aslında belki yeni bir yere atanabilirim diye umuyordum."

Jerry bir kahkaha atıyor. Ve Jerry kahkaha attığında durum komik değildir. Özellikle de dünya tarafındayken. Vezüv. Krakatoa. St. Helens.* Neyse ki mizah yönü pek kuvvetli değil.

Yere bakıyor ve ilk kez olmasa da yine camdan yapılma zeminin güvenilirliğini merak ediyorum.

---

* Dünyanın farklı yerlerindeki yanardağlar. (e.n.)

Aslında iş değiştirme veya yeni bir göreve atanma durumu yeni değil. Son bin yıl içinde İnanç birkaç kez yer değiştirdi, Sadakat özgür-aşk fiyaskosunun hemen ardından bir masa başı görevine atandı, Salem Cadı Mahkemeleri'nin ardından Mantık işinden oldu ve Beatles grubunun dağılmasından sonra Ego işsiz kaldı.

Bunlar sadece birkaçı.

O yüzden olmayacak bir şey istiyor değilim.

"Şu anda açık pozisyonumuz yok" diyor Jerry kendini toparlayıp.

"Peki, ya Barış?" diye soruyorum. "O pozisyon hâlâ boş."

"Barış'ı istemezsin" diyor Jerry. "Güven bana. Ayrıca öyle uzun zamandır bu görevdesin ki senin yerine koyabileceğim kimse yok."

Harika. Kendimi vazgeçilmez kılmışım.

"İşine biraz daha enerji kat" diyor Jerry ve önündeki kâğıda mühür basıp kâğıdı gönderilecekler kutusuna bırakıyor. "Özen göster. Biraz daha önem ver."

Söylemesi kolay. İnsanlar ona dua ediyor, beni lanetliyorlar.

Zaman ayırdığı için teşekkür ediyorum, ardından kalkıyor ve ayakkabılarımı almak için parmak uçlarımda yürüyorum.

Bekleme salonuna döndüğümde, daha önce pankreas kanseri olduğu için beni azarlayan kadın bana doğru yürüyor. Belli ki Jerry'nin bir sonraki randevusu onunla. Yanımdan geçerken dönüp yüzüme tükürüyor.

Arkamda Düşmanlık kahkahalara boğuluyor.

Bölüm 4

Minnesota, Duluth'tayım. *Krispy Kreme*'den aldığım parlak donutu yiyor, kırk dört yaşındaki biyoloji öğretmeninin, on yedi yaşındaki yıldız biyoloji öğrencisinin yaşadığı evin verandasında ileri geri volta atışını izliyorum. Şu anda içinde bulunduğu ikilem, kız öğrencisinin ona evde özel biyoloji dersleri almak istediğini söylemiş olması. Kızın ailesi hafta sonu için şehir dışında ve işte adamcağız burada, sabahın dokuzunda kızın verandasında dolanıyor. Karısı ise onun balık tutmaya gittiğini sanıyor. Kapıyı çaldığı takdirde büyük olasılıkla kariyerini ve evliliğini mahvedecek bir yola girmiş olacağının farkında.

Oysa yıldız öğrencisi öyle seksi ki. Harika göğüsleri, inanılmaz kalçaları, bal gibi kokan doğal sarı saçları, onu anlayan gözleri ve emmek istediği dudakları var. Kız on yedi yaşında ve öğretmen daha önce hiç on yedi yaşında bir kızla seks yapmadı. Bu da yetmezmiş gibi kız ona seksle ilgili bildiği her şeyi öğretmesini istediğini söylüyor.

Her şeyi.

S. G. Browne

En son kim bu adama *böyle bir şey* söyledi ki?

Üç haftayı aşkın bir süredir seks yapmadığı karısının söylemediği kesin. Seks yaptıklarında bile baştan savma ve tutkusuz bir birleşme gerçekleşiyor. Ve bu adam hayatında tutku istiyor. Tutkuya ihtiyaç duyuyor. Bu genç kız ise zekâsı, nüktedanlığı, pürüzsüz cildi, dolgun dudakları ve yumuşak, derin sesiyle bu tutkuyu körüklüyor.

Üzücü bir durum.

Mutluluğun anahtarı on yedi yaşında bir kızda değil, aslında kendi içinde mutluluğu aramak.

Hayatının bu noktasında, bu kavşakta; önünde onu bekleyen birkaç kader var:

1) Şu anda buradan uzaklaşabilir; sıkıcı, tutkusuz karısıyla sıkıcı, tutkusuz hayatına dönebilir ve her gece yasallığı meçhul pornografiyle mastürbasyon yapabilir.

2) Buradan uzaklaşabilir, hayatına dönebilir, kendini karısına ve kariyerine adayabilir ve doğumunda ona tayin edilen mutlu yolda ilerlemeye devam edebilir.

3) Kapıyı çalabilir, nefes kesici öğrencisiyle tutkulu bir ilişki yaşayabilir; sonra işini, evliliğini ve evini kaybedip depresyon ve iflasla dibe çökene kadar içebilir.

Yardım etmek isterdim. Onu doğru yöne doğru dürtmek, ona İki Numaralı Kapıyı seçmesini söylemek isterdim ama bu kurallara aykırı.

O yüzden burada durmuş donutumu yiyor, önerilerimi kendime saklıyor ve kırk dört yaşındaki biyoloji öğretmeni Darren Stafford'un ne yapacağına karar vermeye çalışarak verandada dolanışını izliyorum. Doğru tercihi yapmasını istiyorum. Ger-

Kader Aşkı Tadınca

çekten. Ama pek de inancım yok. Birincisi, azgın. İkincisi, bir erkek. Ve üçüncüsü, o da insan.

Kapıyı çalıyor.

Sırada California, Compton var. Sabahın yedisinde elimde bir diğer donutla bir içki dükkânının önünde durmuş, on beş yaşında bir çocuğun kendisine bir kadeh viski alması için bir evsize para verişini izliyorum. Çocuk, gençlik yıllarını ıslahevinde geçirmesine yol açacak bir uyuşturucu ve alkol batağına saplanmak üzere. Sonraki on yılını hırsızlık ve alkollü araç kullanmaktan dolayı hapiste geçirecek ve en sonunda araçla adam öldürme suçundan otuz beş yaşına kadar parmaklıkların ardında kalacak.

Doğduğunda ona tayin edilen kader bu değildi ama yapabileceğim bir şey yok.

Öte yandan evsiz adam, çocuktan para almayı reddettiği takdirde bunun kendi özsaygısını artıracağının ve tüm parasını içkiye vermekten vazgeçireceğinin farkında değil. Adam, sosyal yardım aldıktan sonra ona tayin edilen yola dönecek; *McDonald's*'ta işe girecek ve on yıl içinde kendi fast-food zincirinin başında olacak.

Oysa parayı alıp içki dükkânına giriyor.

İnsanların yaptığı yaşam tercihlerini izlemek içimi burkuyor.

Bir saniye sonra Nevada, Reno'da *Silver Legacy* kumarhanesindeyim. Otuz iki yaşındaki Mavis Hanson'ın son beş yüz dolarını da blackjack masasına yatırışını izlerken *Starbucks*'tan aldığım kahveyi yudumluyorum. Bu kadın son altı saattir blackjack oynuyor ve büyük para kaybetti ama artık duramıyor.

Mavis'in bir sürü insana borcu var. Ama ikinci bir işe girmek ya da tam zamanlı işinde daha çok çalışıp ikramiye almak yerine kumarhanelerde oyun oynayıp tüm borcunu bir kerede ödeyebileceği kadar para kazanma girişimiyle birikim hesabını boşaltmayı tercih etti. Şimdi elinde son beş yüz doları kaldı. O da gittikten sonra sahip olduğu tek şey Monopoly oyunundaki paralar olacak.

Şu anda kalkıp giderse ne kadar büyük bir hata yaptığını fark edecek ama en azından yoksul olmayacak ve işe geri dönüp ilişkilerini düzene sokmak için gereken cesareti gösterebilecek. Ama son parasını da kumarda kaybederse otuz üçüncü doğum gününü göremeyecek.

Tabii, Şans Meleği çıkagelmezse.

"Hey, Fabio" diyor Şans Meleği yanıma yanaşırken. Yirmi dört ayar altından yapılma ipli elbisesiyle bir Mısır tanrıçası gibi görünüyor. Saçları, kumarhane ışıkları altında parlayan elmaslarla örülmüş.

"Merhaba, Liza" diyorum ve parlaklık gözlerimi aldığından güneş gözlüğümü takıyorum. "Vegas'tan mı geliyorsun?"

"Monaco, şekerim" diyor. "Yılın bu zamanı Akdeniz'i tercih ediyorum. İşten çok tatil gibi oluyor, bilirsin."

Başımı sallıyorum ama Fransız Devrimi'nden bu yana tatile çıkmadım ki.

Şans Meleği Soyuttur. Bir nosyon. Bir kavram. Muğlak ve manevi. İhtimal, Yaratıcılık ve Şöhret gibi. Ben Kahkaha'nın da Soyut olduğunu düşünüyorum, Mizah ise bir Öznitelik. Duygusallarla karıştırmamak gerek. Onlar doğal olarak duygulardan sorumludurlar; Aşk, Neşe, Üzüntü, Korku, Merhamet, İğrenme ve insanların deneyimlediği diğer tüm duygulardan.

Duygusallar biraz teatral davranabilir ve genelde mantık yürütmezler, ayrıca dar görüşlü olmaları da muhtemeldir, dolayısıyla onlarla aydınlatıcı sohbetler yapmayı da bekleyemezsiniz. Bana kalırsa bunun sebebi kendilerini ciddiye almamaları ve

Kader Aşkı Tadınca

pek çok farklı konuyla ilgileniyor olmalarıdır. Ama aynı zamanda değişken olurlar.

Şans Meleği'ni genelde en fazla birkaç dakika görürüm çünkü herhangi bir yerde daha uzun kalamaz. O bir bal arısı gibidir, insandan insana uçar ve uzaklaşmadan önce onlara şans dağıtır.

Şans Meleği, dikkat eksikliği rahatsızlığından muzdariptir.

Bir slot makinesinin başında oturmuş, bozguna uğramış gibi görünen adama bir öpücük yolluyor. İki saniye sonra adam bin dolar kazanıyor ve gülmeye başlıyor.

Müdahale etmeme kuralı mı? O sadece Kader, Kısmet ve Ölüm için geçerlidir. Sonuçta herhangi bir etki bırakmadan bir Soyut, bir Duygusal ya da Ölümcül Günahlar'dan biri olamazsınız. Ama sonuçta insanların nihai neticelerini belirleyen, şansları, korkuları ya da kıskançlıklarıyla ne yaptıklarıdır.

Ben buyum işte. Bir Nihai. Kader, Ölüm ve Karma da öyle. Ayrıca Dedikodu ve Önyargı gibi Düşük Günahlar, Karşıt Erdemlerin tamamı, Yedi Erdem ve elbette Yıkıcılar; Savaş, Histeri, Komplo ve Paranoya gibi. Bir takım çalışması planlarken Yıkıcılardan herhangi birini dâhil etmek istemezsiniz.

"Peki, seni Nevada'nın en büyük küçük şehrine getiren ne?" diye soruyor Şans Meleği.

İflasın eşiğindeki Mavis Hanson'ı işaret ediyorum.

"Zavallı" diyor Şans Meleği. "Şansı iyi gitmiyor, değil mi?"

"İyi görünmüyor" diyorum.

"Bilmez miyim?" diyor ve barda keçeleşmiş beyaz saçlarıyla oturmuş maç izleyip Shirley Temple kokteylini yudumlayan Ölüm'ü işaret ediyor.

S. G. Browne

Dennis'in burada olduğunu fark etmemişim, gerçi beni görüp bir merhaba deme zahmetinde bulunmuş olmaması beni şaşırtmaz. Beş yüz yıldır, Columbus'un yanlış bir dönüş yapıp Yeni Dünyayı "keşfetmesinden" hemen önce gemisini alabora etme teklifimi reddettiği günden bu yana, konuşmuyoruz. Kabul etseydi işimi kolaylaştırır ve Avrupa'nın Amerika işgali geciktiği takdirde nüfus büyümesini yavaşlatırdı ama hayır, Dennis kuralları bozmaz, bir kereliğine bile müdahale etmez. Hem de veba salgını boyunca onun için yaptıklarıma rağmen.

İnsanlar öldüklerinde sonraki yaşama giderken bir refakatçiye gereksinim duyarlar. Onlara yolu gösterecek ve bingo gecelerinin nasıl olduğunu anlatacak birine. Bazen insanın ruhu gitmek istemez, böyle durumlarda bedenden çıkarılması gerekir. Bu işlem biraz zahmetli olabiliyor.

Ölüm'ün özelliği, nekrofobik* olması.

Hani şu üzerinde siyah kapüşonlu bir cübbe, elinde bir tırpan ile dolaşıp kemikli parmağıyla dokunarak insanların ölümüne yol açan tipi hatırladınız mı? Propaganda. Sonuçta, herkes Ölüm'ü bebek mavisi muayene eldivenleri ve neopren hijyen maskesi takan biri olarak tasvir etseydi, ne kadar korkutucu olurdu ki?

En azından hijyenik kıyafetlerinden kurtuldu.

Arada bir karşılaşırız. Biriniz Kader, diğeriniz Ölüm iseniz yollarınızın kesişmemesi zor. Ama biz ayrılmaz ikili olmaya alışkınız.

Roma yandığında birlikte çalıştık, Vikinglerle yağmaladık ve talan ettik, Haçlı Seferleri sırasında bal likörü yapmayı öğrendik ve Cengiz Kağan'la av tüfeği kullandık. Güzel zaman-

---
* **Nekrofobi:** Ölülere, cesetlere karşı duyulan korku. (ç.n.)

lardı. Artık sadece işle sınırlı. Ama en azından profesyonel olması için çaba gösteriyoruz.

Dennis dönüp bize bakıyor, yüzünde bir tebessümle kadehini Şans Meleği'ne kaldırıyor, ardından bana dönüp el hareketi çekiyor.

"İnanılmaz" diyor Şans Meleği ve bir başka slot makinesindeki kadının koluna hafifçe dokunuyor. Kadın jackpot kazanıp çığlıklar atmaya başlıyor. "Ne zaman çocuk gibi davranmaktan vazgeçip geçmişi arkanızda bırakacaksınız?"

"O kadar kolay değil" diyorum.

"Neyse ne" diyor ve blackjack masasında dağıtıcının elindeki kartları üflüyor. "En azından yırtıcılar gibi dolanıp bu zavallı, masum, şanssız insanların her şeyi berbat etmelerini beklemekten vazgeçin."

Blackjack salonundaki hoparlörlerden Frank Sinatra'nın sesi duyuluyor, *Luck Be a Lady* (Şans, bir Hanımefendi gibi Davran).

"Benim şarkım çalıyor" diyor Şans Meleği ve Mavis'in omzuna dokunuyor. O anda Mavis blackjack yapıyor.

Ardından Şans Meleği yanımdan kalkıyor, masadan masaya dolaşıp erkek ve kadınlara sürtünüyor, saçlarını okşayıp kulaklarına fısıldıyor, polenini dağıtıp herkesi mutlu ederek uzaklaşıyor.

İşinden keyif aldığı malum. Ama hangi bedelle? Çoğu çaresiz kumarbaz için bu, içinde bulundukları finansal yükü geçici olarak hafifletiyor. Bugün buradan hayal ettiklerinden daha çok parayla ayrılacaklar ama uzun sürmeyecek. Yarın şans gidecek. Sonra ne olacak? Derslerini almış mı olacaklar? Yoksa yine sistemi nasıl alt edebileceklerini öğrendiklerini sanarak geri mi gelecekler? Bir kez daha tüm umutlarını yitirmek için?

S. G. Browne

Bazen Şans Meleği yarardan çok zarar verebiliyor.

Ama en azından, Mavis Hanson otuz üçüncü doğum gününü görebilecek gibi görünüyor. Gözlerimi blackjack masasından kaldırıp bara çevirdiğimde Dennis'in gitmiş olduğunu fark ediyorum. Yarısı içilmiş kokteyl, bar tezgâhında duruyor.

Bölüm 5

Birkaç gün sonra Manhattan, East Village'da Tembellik ve Oburluk'la bir restoranda öğle yemeği yiyor, çalışma notlarımızı karşılaştırıyoruz. Oburluk, Memphis'teki bir kızarmış-peynirli-kroket-yeme yarışmasından henüz dönmüş. Tembellik ise hafta sonunu, yeni bir *Xbox* almış bir grup Massachusetts Teknoloji Enstitüsü öğrencisiyle geçirmiş.

"Bir ders kitabı bile açmadılar, dostum" diyor Tembellik sandalyeye yayılıp ayaklarını masaya uzatarak. "Neredeyse otuz altı saat boyunca pizza yediler, bira içtiler ve oyun oynadılar. Odadan sadece tuvalete gitmek için çıktılar. Çok güzel bir hafta sonuydu."

Tembellik'in özelliği, narkoleptik* olması.

Ayrıca çok fazla televizyon izler, asla egzersiz yapmaz, saçını uzun zamandır yıkamamıştır ve her zaman aynı tişörtü giyer.

"Pizza neyliydi?" diye soruyor Oburluk, ağzı pastırma ve çavdar dolu.

---
* **Narkoleptik:** Uykuya eğilimli. (ç.n.)

"Bilmem" diyor Tembellik. "Sosis ve salam. Kanada jambonu. Ne önemi var?"

"Pizza önemlidir, dostum" diyor Oburluk. "Pizza her zaman önemlidir."

1.82 boyu, 160 kiloluk cüssesiyle Oburluk bir sonraki yemeğinden en fazla on beş dakika uzaklıktadır. En sevdiği kıyafetleri bir Hawaii gömleği ve bol eşofman altıdır. En sevdiği yemekse her şeydir.

"Sen nasılsın, Fabio?" diye soruyor Tembellik koltuğuna iyice yayılarak.

"Bildiğin gibi" diyorum. "Sayenizde insanların kötü tercihler yapmalarını izleyip onlara idealin altında yeni kaderler belirlemekle meşgulüm."

Yan masamızdaki kadın bana kuşkulu gözlerle bakıyor. Sanki pek de aklı başında biri olmadığımı düşünüyor gibi. Sanki konuşmaya hakkı varmış gibi. Dokuz yıl sonra eski kocasını kesip evinde beslediği kedilerine yem edecek.

"Senin işini yapmak istemezdim, dostum" diyor Tembellik. "Çok çalışıyorsun."

Oburluk sandviçini bitirmek üzereyken bir kahkaha atıyor ve üzerimize yemek kırıntıları püskürtüyor. "Bak sen şu işe. Sen ve çalışmak."

"Sanki sen çok farklısın, şişko."

"En azından işe yaramaz biri değilim."

"Sen benim canımı ye."

"Beni tahrik etme" diyor Oburluk. "Hâlâ açım."

Üzerlerinde NYU hırkaları olan iki genç, zayıf kadın restorana geliyor ve dönüp bulunduğumuz yöne bakıyorlar. Uzun bacaklı sarışın, balıketli kızıla bir şeyler fısıldıyor ve gülüşüyorlar.

Kader Aşkı Tadınca

Sarışın olan *Playboy* dergisine poz verecek ve gelecek on yılın büyük bölümünü günbatımlarında kumsallarda yürüyüş yaparak, modellik ve aktörlük kariyeri peşinde koşup kaba insanlar tarafından geri çevrilerek geçirecek. Kızıl olansa evlenip üç çocuk sahibi olacak ve şansı varken üniversitedeki oda arkadaşını öldürmüş olmayı yeğleyecek.

"Hiç farklı bir şeyler yapabilmeyi istiyor musunuz?" diye soruyorum.

"Ne gibi?" diye soruyor Tembellik.

"Bilmem" diyorum. "Gurur, Adalet veya Dürüstlük gibi."

"Hayatta olmaz" diyor Tembellik. "Bu işler, ne bileyim, gerçekten sıkıcı. Gerçi Gurur çok seksi."

"Gurur erkek, dostum" diyor Oburluk.

"Hadi canım" diyor Tembellik.

Oburluk bira bardağını kafasına dikiyor ve geğiriyor. "Ve eşcinsel."

"Yapma" diyor Tembellik. "Gerçekten mi?"

"Bunu nasıl bilmezsin?" diye soruyor Oburluk. "Onu Bronz Çağı'ndan bu yana tanıyorsun."

"Evet ama onun erkek kıyafetleri giymeyi seven kısa saçlı bir hatun olduğunu sanıyordum" diyor Tembellik. "Ayrıca toga içinde harika görünüyordu."

"Peki, ya sen?" diye soruyorum Oburluk'a. "Hiç Hırs, Cesaret veya Yiğitlik olmayı düşündün mü?"

"Bu vücutla mı?" diyor Oburluk ve patates salatasını mideye indiriyor. "Dalga mı geçiyorsun?"

İki New York Üniversitesi öğrencisi oturmak için yanımızdan geçerken sarışın olan Oburluk'a bakarak burnunun ucuna bastırıp domuz ifadesi yapıyor. O ve kızıl saçlı kız, masaya vardıklarında gülüşmeye devam ediyorlar.

Oburluk benim kolamı alıyor, tamamını mideye indiriyor, sonra geğirip nefesini NYU öğrencilerinin bulunduğu tarafa üflüyor. Saniyeler sonra kızlar gülmeyi bırakıyor ve lokmaları ağızlarına tıkıştırmaya başlıyorlar.

"Güzel, dostum" diyor Tembellik. "Çok güzel."

Her ne kadar kaderleri değişmemiş olsa da iki kadın gelecek iki ay boyunca hafif bulimia krizleriyle uğraşmak zorunda kalacaklar.

"Peki, senin derdin ne?" diye soruyor Oburluk. "İkimizin işinden birini mi istiyorsun?"

Kafamı iki yana sallıyorum. Onların arkadaşlığından keyif alsam da, Oburluk ve Tembellik çok da ilham verici değiller.

"Bilmiyorum" diyorum. "Sanırım daha başka bir şeyler arıyorum."

"Seni anlıyorum" diyor Oburluk ve yumurtalı sandviçime göz gezdiriyor. "Onu bitirecek misin?"

Oburluk ve Tembellik'i restoranda bırakıp çıkıyorum. Oburluk orada çünkü hâlâ aç. Tembellik ise koltukta sızıp kalıyor. Bense ıssız bir sokak bulup tekrar görünmez oluyor; kaderleri zorluklar, başarısızlıklar ve bağımlılıklarla donatılmış erkekler, kadınlar ve çocuklar bulan radarımla Union Meydanı'na doğru ilerliyorum.

Her ne kadar Kader Radarımı kapatamasam da gücünü kısabilir veya belirli frekanslara ayarlayabilirim. Dolayısıyla neredeyse hiçbir insan sahip olduğu potansiyele tam anlamıyla ulaşamadığından başarısızlıklar hariç diğer tüm ayarları kısıyorum. Bu şekilde, hepsi bir arka fon statiği gibi birbirine karışıyor. Beyaz gürültü. Elektrikli bir pervane, bir otoban trafiği ya

Kader Aşkı Tadınca

da dalga sesleri gibi. Gerçekten sinirlerimi yatıştırıyor. Yoksa geceleri nasıl uyuyabilirim?

Çevrenizde milyonlarca konuşma havayı doldururken uyumaya, mektup yazmaya ya da meditasyon yapmaya çalıştığınızı hayal edin. Bırakın orijinal bir fikir yakalamayı, konsantre olmak bile yeterince zor. Sırf buna alışmam bile birkaç bin yılımı aldı. Ve bu, insanların makul bir yaşta öldükleri dönemlerdeydi.

Elbette, her insan benim algılayabildiğim bir sinyal yaymaz.

Herkese karşı görünmez olmama rağmen onların sonsuz kader oklarına maruz kalarak Gramercy Park'ın içinden şehrin yukarısına doğru ilerlerken, arada bir evrenimin dokusunda boş alanlarla karşılaşıyorum. Bu, soğuk bir okyanus veya gölde yüzerken sıcak bir akıntıyla karşılaşıp aslında ne kadar soğuk bir suda yüzdüğünüzü fark etmenize benziyor.

Bu sıcak yerler kısmet noktaları. Kısmet Yolu'ndakilerin yaydıkları enerji.

Çoğu zaman bu hiçlik alanlarını görmezden gelirim.

Bu sıcak hava dalgalarını.

Benim sınırlarımı hatırlatan bu işaretleri.

Ama arada bir duruyor, birini takip ediyor, yapısını anlamaya, bu kişiyi farklı yapanın ne olduğunu çözmeye çalışıyorum. O adamı farklı kılan, kader yerine kısmetle aydınlatanın ne olduğunu bulmak istiyorum.

Ya da bu durumda, bu kadını.

Kadın kılığına girmiş bir sıcak hava dalgası, Pete's Tavern adlı mekânın dışındaki masalardan birinden kalkıyor. Tanıdık görünüyor ama önce kim olduğunu çözemiyorum. İzini sürmem gereken beş buçuk milyardan fazla insan varken Kısmet

S. G. Browne

Yolu'ndaki bu kadının kim olduğunu hatırlayamamam şaşırtıcı değil. Şimdiye kadar kendimi aşmış ve Blackberry falan almış olduğumu sanırsınız ama ben eski kafalıyım. Her şeyi aklımda tutmayı severim. Yine de, arada bir ismini unuttuğum birileri olur. Örneğin bir keresinde Napolyon'un adını unutmuştum. Ne tuhaf bir andı.

Ben bu kadını nereden tanıdığımı hatırlamaya çalışırken o garsona bir şey söylüyor ve ben bu sesi tanıyorum. Bu kadının, ben Kısmet'le temassız seks yaparken oturduğum binaya gelen yeni kiracı olduğunu fark ediyorum.

Komşumu takip ediyor, nedenini bilmediğim bir sebepten ötürü ona çekiliyorum. Sırf merak, onu benim yolumdaki insanlardan ayıran şeyin ne olduğunu bilmek istemem değil. Başka bir şey var, onun sesini ilk duyduğumda hissettiğim, ne olduğunu bilemediğim bir şey.

Bunun üzerine uzun süre onu izliyor, hareketlerini, yürüyüşünü inceliyor, onda bu kadar çekici bulduğum şeyin ne olduğunu anlamaya çalışıyorum. Sonra o geçerken kaldırımdaki herkesin gülümsediğini fark ediyorum. O onlara gülümsemiyor ve tepki uyandıracak hiçbir şey söylemiyor; sadece cep telefonuyla konuşuyor. Ve ona gülümseyenler sadece çok seksi olduğu için onunla yatmak isteyen erkekler değil; kadınlar da onu fark ediyor. Olan biteni hayal edip etmediğimi, bana hissettirdiklerini bu insanlara yansıtıp yansıtmadığımı ya da insanların bu tepkilerinin gerçek kaynağının o olup olmadığını merak ediyorum. Bu sırada o bir taksi çeviriyor ve Park caddesine doğru araçlar denizinde gözden kayboluyor.

Binamdaki yeni komşumla ilgili gördüğüm kadarıyla sokakta yabancıların dönüp ona gülümsemelerine yol açacak eşsiz bir tarafı yok. Ama bu hiçbir şeyin göstergesi değil. Eskiden Kısmet

Kader Aşkı Tadınca

Yolu'ndaki insanların, onları benim yolumdan ayıran belirli bir görünüşe, havaya ya da başka bir belirleyici karakteristik özelliğe sahip olduklarına inanırdım. Ama özenle giyinmiş erkeklerin ve azize gibi kadınların sıradan bir kaderle ödüllendirilirken paçoz kadınların ve küstah erkeklerin, benim uğraşmaya alışkın olduğumun da ötesinde bir yol çizdiklerine tanık oldum.

Mucitler. Sanatçılar. Bilim insanları.

Şifacılar. Liderler. Öğretmenler.

Gerçi bu son kategori, Minnesota, Duluth'taki biyoloji öğretmeni Darren Stafford gibilerini içermiyor. Ki şu anda kendisi gözde öğrencisinin doğum kontrolü hapı konusunda yalan söylediğini öğreniyor.

Eyvah.

Var oluşum boyunca ve özellikle son birkaç bin yıldır, Kısmet Yolu'ndaki insanları araştırdım, onları özel kılanın ne olduğunu bulmak, onları harekete geçirenin ne olduğunu anlamak istedim.

Plato ve Aristo'nun öğretilerini dinledim.

Albert Einstein'ın yemek parasını çaldım.

van Gogh'u resim, Rodin'i heykel yaparken izledim.

Benjamin Franklin ile uçurtma uçurdum, Leif Erikson ile denize açıldım, Julius Sezar'ın doğumunu yönettim ve İsa'nın çarmıha gerilişinde bulundum. Musa'yı bile, onu farklı kılan şeyin ne olduğunu bulmak için takip ettim.

Bu arada Yanan Çalı'yı* mı merak ettiniz? O Kısmet'in işiydi. Sonuçta o da bir kızıl. Ve İsa'nın doğumundan bin dört yüz yıl önce hiç kimse Brezilya ağdasını duymamıştı.

---

* **Yanan Çalı:** Hz. Musa'nın mağarasında kendisiyle konuşan ve Mısır'ı terk etmesini söyleyen iletişim aracı. Exodus kitabının Tevrat bölümünde geçmektedir. (ç.n.)

Ama on binlerce yıl ve yüz milyonlarca insandan sonra benim onlara veremeyeceğim kadar kısmetli olan bu erkek ve kadınların oluşumunu keşfetme yolundaki beyhude çabamdan vazgeçmeye çok yaklaştım. Yine de, onların eşsiz doğalarının özünü yakaladığım takdirde, bu bilginin insanlarımla olan ilişkimi ve çoğunun neden bu kadar başa bela olduğunu anlamama yardımcı olacağını düşünmeden edemiyorum.

Bölüm 6

Ortalama her gün dünyaya 250,000 insan geliyor ve ben bunların yaklaşık 210,000'ine kader belirlemekle sorumluyum. Hesabı yaptığınızda, saatte 8,750, dakikada 146, saniyede 2,4 kader belirlediğimi göreceksiniz.

Sanki tüm günümü bilgisayar başında geçirmek istermişim gibi.

Ama kader belirlememe yardımcı olması için Yenilikçilik'in hazırladığı Otomatik Kader Belirleyici programı sayesinde Starbucks'ta kahve içerken dizüstü bilgisayarımla 210,000 yeni doğan insanın tamamıyla ilgilenebiliyorum. Büyük olasılıkla bu işi evde, geniş ağ bağlantısıyla yapmam gerekir ama dünyanın her yerinden Krallık Ağı'na bağlanabiliyorum. Jerry, Krallık Ağı'nın Ulusal Güvenlik Ajansı'ndan daha güvenilir olduğunu söylüyor. Yine de kablosuz bir bağlantı üzerinden kader dağıttığınızda Tokyo'daki on üç yaşlarında bir veledin ağa girmenin bir yolunu bulmamış olduğunu umuyorsunuz.

Otomatik Kader Belirleyici programı işin tamamını yapmıyor. Ben yine kotalarımı girmek ve sıradanlığın üzerine çıkmamak için başarı parametrelerini belirlemek zorundayım.

Kariyer, 250 vuruş.

Tek dönemlik başkanlar.

Tek şarkıyla gündeme gelip daha sonra kaybolan müzisyenler.

Parametreleri belirlemeyi unutup herhangi birine Oscar ödülleriyle dolu bir kariyer veya birden fazla Wimbledon unvanı içeren bir gelecek verirsem, o zaman tehlikeli bir şekilde Kısmet'in alanına girmişim demektir. Bu, ceza almak için iyi bir yol. Ya da daha kötüsü. O yüzden sürekli kontrol etmem gerekiyor.

Ayrıca geçmiş yaşamları da göz önünde bulundurmam gerek.

İnsanlar doğduklarında ya Kader Yolu'na ya da Kısmet Yolu'na atanırlar. İlerlemek için fırsat verilmez. Burada tırmanılacak kurumsal basamaklar yoktur. Daha yüksek bir evreye yükseliş olmaz. Ve Kısmet Yolu'ndan aşağı da inemezsiniz. Bir tür bağlı değişken sistemi içine girmiş olursunuz. Geleceklerle dolu, görünmez bir güç alanı.

Ancak Reenkarnasyon Yasası bir açık verir ve bir ömürden diğerine geçerken insanların kaderlerini aşmalarına olanak sağlar. Doğru tercihleri yapar, beklentilerinizi gerçekleştirirseniz yükselirsiniz. Sürekli işleri berbat eder ve aynı hataları yapmayı sürdürürseniz bir basamak aşağı düşersiniz. Teorik olarak, yeterince iyi bir izlenim bırakmayı başarırsanız, bir sonraki yaşamınızda Kısmet Yolu'ndan mezun olabilirsiniz.

Elbette, geçmiş yaşam hatıraları yük olabildiğinden, anılarınızı yanınıza alamıyorsunuz. Çoğu insan için bir önceki hayatta Adolf Hitler gibi biri olmanın bilgisiyle baş etmek zorunda kalmadan randevuları ve yıl dönümlerini hatırlamak da yeterince zor zaten.

Kader Aşkı Tadınca

Tüm bilgileri programa girdiğimde, "uygula" tuşuna basıyorum ve başlıyoruz. Güçlü bir Wi-Fi sinyalim olmasına rağmen 210,000 kaderin kozmik sisteme yüklenmesi biraz zaman alabiliyor. Ama on dakikadan kısa bir süre içinde tüm yeni doğan insanlarımın kaderi yükleniyor, yayılıyor ve belirleniyor.

Elbette bu bir bilim dalı değil. Her bireye özel kader hazırladığım o günler geride kaldı. Eskiden, insanın tam vücuduna oturacak giysiler dikmeye benzerdi. Ya da etten gelecek hazırlamak gibi. Kader belirlemek bir sanattı. Kazanılmış bir yetenek. İçimdeki Michelangelo'nun yaratıcı bir dışavurumu.

Şimdi hepsi seri üretim.

Kek kalıbından kaderler.

Geleceklerle dolu bir montaj hattı.

Benim için kader belirleyen bilgisayar-kaynaklı bir algoritmayla bile herkesin geleceğini kişiye özel şekillendirip her gün yeniden değerlendirmem gereken tüm kaderlerle ilgilenmeme olanak verecek şekilde çalışmam mümkün değil.

O veya bu şekilde niteliği niceliğe feda ediyorum.

O veya bu şekilde ürünü sadece yaratıyorum.

Program ağa yükleme yapmaya devam ederken ben Jerry'den bir e-posta alıyorum. Kişisel bir mesaj değil, Ölümsüz ekip *Yahoo!* grubuna gönderilen toplu bir e-posta:

Önemli!!!

Genelde Jerry konu satırında "Önemli" yazan bir şey gönderdiğinde bu bizi yeni bir bilgisayar virüsüne karşı uyaran, Afrika'da açlıktan ölen çocuklara yardım etmek için mesajı başkalarına göndermemizi isteyen ya da bize Applebee restoranının bedava hediye kartları dağıttığını bildiren e-postalardan olur.

S. G. Browne

Jerry, internette dolaşan dolandırıcılıklar ve kent efsaneleri için bulunmaz bir enayidir.

Bir keresinde bize üzerinde "Tanrı'ya Güveniriz" yazılı çikolata paralarla ilgili bir e-posta gönderdi. Gerçeği öğrendiğinde sakinleşmesi uzun zaman aldı.

Bu e-postanın da bir diğer gereksiz uyarı veya rica olduğunu düşünüyorum ama bakmadan silemem ki. Birincisi, Jerry'nin neredeyse tüm mesajları "Önemli" veya "Acil" veya "Lütfen Okuyun" başlığıyla gelir, dolayısıyla ne zaman saçma, ne zaman ciddi bir şey çıkacağını bilemem. Ve ikincisi, Jerry hâlâ AOL* kullanır ve bizi de AOL kullanmaya mecbur eder; böylece gönderdiklerini okuduğumuzdan emin olmak için e-postaların durumlarını kontrol edebilir.

Jerry'nin özelliği, kontrol manyağı olması.

Mesajı okumak için e-postayı açtığımda tek yazan şu:

Büyük olay yaklaşıyor!!!
Beklemede kalın!!!

Tipik Jerry. Kişisel projeleri konusunda bizi merakta bırakmaya bayılır. Gizemi artırsın. Büyük, tarihi değiştiren bir olayla ilgili reklam yapsın, sonra da detayları son dakikaya bıraksın.

Nuh.
İsa.
1969 Mets maçı.

Kısmet, Ölüm ve ben, insanların yollarında Soyutlar, Duygusallar, Ölümcül ve Düşük Günahlar'dan daha önemli roller oynasak da genel resmi kontrol eden yine Jerry'dir. Bu şekilde bize patronun kim olduğunu hatırlatır.

---
* *American Online*'ın kısaltması, ABD'nin en büyük internet servis sağlayıcılarından biri. (ç.n.)

Kader Aşkı Tadınca

Jerry'nin özelliği, megaloman olması.

Söz konusu kutsal kitaplardaki seller, Mesihler ve Dünya Serisi tarihindeki en büyük bozgunlardan biri gibi şeyler olunca, genelde Jerry'nin zaman çizelgesinden haberimiz olmaz. Bir noktada en azından birimizi planlarından haberdar etmek zorundadır ama her zaman önceden haber verme gereği duymaz. Gerçi Günahsız Gebelik anından itibaren Kısmet Meryem'i radarına almıştı, dolayısıyla bir şeyler olacağını biliyordu. Ama ben her ne kadar Orioles'un Dünya Serisinde başarılı olacağını bilsem de Mets takımına yenileceklerini bilmiyordum. Ve hava tahminleri gelecek kırk gün boyunca gökyüzündeki bent kapaklarının açılacağını söyleyene dek hiçbirimiz sel olacağından haberdar değildik ve bu durum bahar tatilindeki Haiti gezimizi mahvetmişti.

Dünya nüfusunun beşte dördünden fazlasının geleceğini kontrol ediyor olmama rağmen Jerry'nin neler karıştırdığına dair hiçbir fikrim yok. Sonuçta onun şifreli mesajlarıyla uğraşacak zamanım da yok. O yüzden bugünkü kaderlerin tamamı yüklendiğinde gönderdiği e-postayı "Jerry'nin Sinir Bozucu Duyuruları" klasörüme atıyor, dizüstü bilgisayarımı kapatıyor ve dikkatimi, buzlu bir mocha siparişi veren işsiz herifin iyi bir erkek arkadaş olacağına karar vermek üzere olan yirmi iki yaşındaki *Starbucks* çalışanına yöneltiyorum.

Bölüm 7

Gün kararırken Amsterdam'da Red Light bölgesindeyim. Oudezijds Achterburgwal kanalı boyunca yürüyor, bu insanların bu lisanla nasıl iletişim kurabildiklerini anlamaya çalışıyorum. Oysa ben daha ilk heceyi bile söyleyemiyorum. Ayrıca Beyaz Dul adı verilen bir içeceğin tadına baktığım *Extase* adlı kafeden henüz çıkmış olmam da pek yardımcı olmuyor.

Çoğu zaman alkolden, esrardan ya da bal ve zencefilli psikedelik mantar çaylarından uzak durmaya çalışırım ama Vietnam Savaşı'ndan sonra Amsterdam'a ilk kez geliyorum ve son ziyaretimden bu yana çok şey değişmiş. Ve Roma'dayken...

Kanalın karşısında, kapalı bir kapının üzerinde Canlı Porno Şovu yazan bir tabela dikkatimi çekiyor. Onun yanında ise merdivenler ve merdivenlerin sonunda Cannabis Üniversitesi yazılı, ışıklı bir tabela var. Kanalın hemen yukarısında, Esrar Marihuana & Kenevir Müzesi'ni ve Tohum Bankası'nı ziyaret edebilirsiniz. Oradan sonra fuhuşun yasallaştırıldığı bölge başlıyor.

S. G. Browne

Ve ben neden hâlâ Manhattan'da yaşadığımı merak etmeye başlıyorum.

Kanalın benim bulunduğum tarafında, üzerlerinde kırmızı neon ışıklar bulunan açık kapılar ve çeşitli şekil ve saç renklerindeki kadınları ifşa etmek üzere iki yana açılmış kırmızı perdeler var. Hepsi önünden geçen erkekleri baştan çıkarmak için. Kapıların bazıları kapalı, perdeler pencerenin üzerine çekilmiş, girişteki ışık kapalı, oradaki kadının o anda müsait olmadığını gösteriyor.

Önümde Fransız genç bir çift, hayat kadınlarından birine grup seks yapmak ister mi diye sorup sormama konusunda tartışıyor. Parisli, on dokuz yaşında bir öğrenci olan kadın iletişim bölümünden lisans, başarısız ilişkiler bölümünden ise doktora diploması alacak. Tarih bölümünde okuyan yirmi bir yaşındaki sevgili için ise tarih tekerrür edecek.

Elimde olmadan gülüyorum.

Çift bana doğru bakıyor ve erkek bana Fransızca küfür ediyor.

Anlaşılan, görünmez olmadığımı unutmuşum.

Belki de işe çıkmadan önce kafayı bulmak iyi bir fikir değildi.

Çiftin etrafından dolanıyor ve kanal boyunca yürüyorum. Esrar Marihuana & Kenevir Müzesi'nin önünden geçip Missouri, Branson'dan gelen ve yattığı ilk hayat kadınına âşık olacak olan yirmi sekiz yaşında bakir adamın yanından geçiyorum. Niyetim, dar bir sokağa ulaşıp dikkat çekmeden görünmez olmak. Süpermen'e dönüşmek için ıssız bir yer arayan Clark Kent gibiyim, tek farkı burada olma sebebimin birilerini kurtarmak olmaması.

Her zaman başı dertte genç kızlara yardım etmek ya da zalimleri ve suçluları yakalamak için kullanabileceğim güçlerle donatılmış bir süper kahraman olmanın nasıl bir şey olduğunu

Kader Aşkı Tadınca

merak etmişimdir. Gerçi tavırlarımın bir güvenlik hissi uyandıracağından şüpheliyim.

Kaptan Kader.

Kader Adam.

Bay Kaderci.

Ayrıca tayt ve dansçı mayolarıyla iyi görüneceğimi de sanmam.

Sokakta ilerlerken yalnız olmadığımı fark ediyorum. Ayrıca bu sokağın diğer tarafa çıkmadığını da fark ediyorum.

Arkamı döndüğümde benimle sokağın girişi arasındaki gölgelerin içinde yirmi dört yaşındaki Nicolas Jansen'i görüyorum. Yüzünü göremesem de hayatının gelecek yirmi yılının büyük bölümünü hapiste ve rehabilitasyon merkezinde geçireceğini biliyorum. Gerçi ikisi de pek bir fark yaratmayacak.

"Ne var ne yok?" diyor Hollanda aksanıyla bana doğru yürürken.

İnsanlarla etkileşim kurmamaya çalışıyorum, özellikle de bu şekilde. Ve tür olarak onların genel beceriksizliklerine hayran olduğumu düşünürseniz, insani becerilerimin paslanmış olmasına şaşmamalı.

"Git başımdan" diyorum.

Bir an tepkim karşısında hazırlıksız yakalandığından tereddüt ediyor. Ama tepkimi bir meydan okuma olarak algılıyor ve aramızdaki mesafeyi kapatıyor.

"Hazır olduğumda giderim" diyor ve bana bir bıçak savuruyor.

Yaralanmaktan veya öldürülmekten korktuğum yok. Hiç şüphesiz erkek kostümüme ciddi bir hasar verebilir ama gidip Maharet'e yenisini yaptırırım. Nasılsa giydiğim kostüm oldukça eskidi. Reform hareketinden bu yana aynı kostümle dolaştığımı düşünürseniz pek de şaşırtıcı değil.

Ama şu anda soyulmak ve bıçaklanmakla uğraşmak istemiyorum, özellikle de kafam iyi olduğu için. Kaldı ki hâlâ Anne Frank'in evini ziyaret etmek istiyorum.

"Bana cüzdanını ver" diyor.

"Hiç param yok" diyorum. Doğru değil. Kendi paramın dışında Tembellik bana yüz dolar verdi ve ona kaliteli kenevir almamı söyledi.

"Sana cüzdanını ver dedim" diyor ve bıçağını sallıyor.

Şimdi Nicolas Jansen'in yüzünü görebiliyorum, genç ve yorgun, en son tıraş olmasından bu yana birkaç gün geçmiş. Henüz yaşam biçimi onu tüketmemiş ama dişlerini ona geçirmiş ve yavaş yavaş kanını emiyor.

Ona cüzdanımı verip çaresizliğe ve başarısızlığa giden çöküşüne devam etmesini sağlayabilirim ama gerçekten evrensel kredi kartımı iptal ettirmekle ya da yeni bir kimlik kartı çıkarmakla uğraşmak istemiyorum. Motorlu Taşıtlar İdaresi'ne gitmekten nefret ediyorum.

Buraya gelme sebebime dönebilir ve bir anda görünmez olabilirim. Ama Kahramanlık ve Azize Joan* fiyaskosundan bu yana, bu da hoş karşılanan bir durum değil.

Kural 6: Asla insanların önünde görünmez olma.

Öte yandan onu bundan vazgeçirmeye çalışabilir; onun için en iyi senaryo sağlık hizmetleri bölümünde çalışmak olsa da henüz çok geç olmadığını, hayatını yoluna koyabileceğini anlatabilirim. Ama bu müdahale etmek olur. Karışmak.

Bu yüzden farklı bir yaklaşım deniyorum.

"Canın cehenneme!" diyorum.

---

* **Azize Joan:** Joan of Arc, Yüzyıl Savaşları boyunca İngiltere'ye karşı ülkesi Fransa'ya destek olan, ünü Fransa'nın dört bir yanına yayılan ve 19 yaşındayken İngilizlere esir düşüp yakılarak öldürülen bir Fransız Katolik azizesidir. (ç.n.)

Kader Aşkı Tadınca

"Ne dedin sen?" diye soruyor.

Diplomasi hiçbir zaman başarılı olduğum bir alan olmadı.

"Canın cehenneme!" diyorum ve ona doğru bir adım atıyorum. O, elinde bıçağıyla bir adım geri gidiyor.

"Benimle oyun oynama" diyor Nicolas. Vazgeçmemeye kararlı. "Seni bıçaklarım. Yemin ediyorum, bıçaklarım seni."

"Yap o zaman" diyorum ve bir adım daha atıp blöfüne karşılık veriyorum.

Nicolas Jansen insanları tehdit eden, hırsızlık yapan ve emeklerinin meyvelerini zihin uyuşturan ilaçlar alıp kullanarak harcayan biri olsa da şiddet eğilimi olan biri değil. Ve katil hiç değil.

"Yaparım" diyor ama sesinde o inandırıcılık yok.

"Al bakalım" diyorum ve cüzdanımı çıkarıp havada sallıyorum. "Sıkıyorsa al."

Gözleri önce cüzdana, sonra bana odaklanıyor. Yüzündeki ifadede o tereddüdü görüyor, onu dalga dalga saran şaşkınlığı hissedebiliyorum. Ve onun, dönüp sağlık hizmetlerinde çalışmanın çok da kötü olmadığını keşfetmekten saniyeler uzaklıkta olduğunu biliyorum.

Belki bir adım daha yaklaştığımdan belki ona cüzdanımda kaç param olduğunu gösterecek cüretim olduğundan, belki ona ödlek karı dediğimden. Belki de sadece onun hakkında yanlış hükümler verdiğimden.

Tepki vermeme fırsat kalmadan, Nicolas Jansen bıçağını göğsüme saplıyor, elimden cüzdanımı kapıyor ve Oudezijds Achterburgwal kanalının etrafını saran kalabalığın arasına karışmak için koşarken beni dar sokağın gölgelerinde ölüme terk ediyor.

Bölüm 8

Amsterdam'da bir sokakta, uyuşturucu bağımlısı bir ölümlü tarafından soyulup bıçaklanmak yeterince utanç verici ama erkek kostümünüz yırtıldığında bir yerden bir yere gitmek de imkânsız bir hale geliyor. Yolculuğu tek parça olarak gerçekleştirmek yerine yırtığın içinden çıkabilir, boş erkek kostümünü geride bırakabilir ve bir sürü soruna yol açabilirsiniz. Elbette bu Histeri ve Komplo'ya uğraşacak bir şeyler kazandırır ama ihtiyacımız olan en son şey, insan ırkının aralarında onları taklit eden bir şeylerin dolandığını anlamasıdır.

Daha önce bir kez oldu, beşinci yüzyılın sonlarına doğru Roma İmparatorluğu'nun çöküşünden kısa süre sonra. Öyle kötüydü ki acil bir bakım için Hafıza'nın gönderilmesi gerekti ve bunun etkileri beş yüz yıldan uzun bir süre devam etti. Her ne kadar insan ırkı bu döneme Karanlık Çağ adını verse de Ölümsüzler arasında Jerry'nin Büyük Rezaleti adıyla bilinir.

Dolayısıyla baskı altında yazılan tarih ve kültürel başarılarla dolu bir beş yüzyıldan sorumlu olmak istemediğimden New York'a dönmenin bir yolunu bulmalıyım. Ve bir cüzdan, bir

S. G. Browne

pasaport veya kimliğimi doğrulayacak herhangi bir parmak izi olmadan, bilet alacak param olsaydı bile, bir uçağa ya da bir gemiye atlamam zor.

Sonuçta umutsuz yöntemlere başvurmak zorunda kalıyorum.

"Ah!" diye inliyorum iğne derime girerken.

Ölmesek de insan etinden yapılma kostümlerimizle pek çok şeyi hissedebiliyoruz. Isı. Zevk. Acı. Ve şu an hissettiğim daha çok acıya benziyor.

"Sessiz ol" diyor Gizlilik. "Birileri duyabilir."

"Acıyor" diyorum. "Lokal anestezi yapamaz mıydın?"

"Geldiğim için şanslısın" diyor ve iğneyi bu kez arzu ettiğimden daha büyük bir heyecanla batırıyor. "Bu yüzden başım belaya girebilir, farkında mısın?"

Gizlilik'in özelliği, paranoyak bir kadın olması.

Bıçaklandığım yerden sekiz yüz metre kadar uzakta, Victoria Hotel'in ikinci katındaki bir odada yatakta oturuyoruz. Perdeler kapalı, kapılar kilitli ve Gizlilik odada dinleme cihazı olmadığından emin olana dek fısıldamama bile izin vermedi.

"Ah" diyorum tekrar.

"Bunu kaydetmiyorsun, değil mi?" diye soruyor.

Watergate skandalı* yüzünden hâlâ bana kızgın.

"O benim elimde olan bir şey değildi" diyorum. "Onları sırlarını açıklamaya mecbur etmedim. Politik baskılara boyun eğdiler. Bu onların kaderiydi."

"Neyse ne" diyor. "En azından Woodward ve Bernstein dürüst insanlardı."

---
* Amerika Birleşik Devletleri'nde 1972-1974 yılları arasında yaşanan ve Başkan Richard Nixon'un istifa etmesiyle sonuçlanan siyasi bir skandaldır.

Kader Aşkı Tadınca

Gizlilik'i son altı bin yıldır tanırım. Ondan önce insanların yemek saklamaları veya mastürbasyon yapmaları dışında birbirlerinden sakladıkları sır yok denecek kadar azdı. Yollarımız birden çok kez kesişti ve her seferinde kendini aldatılmış hissetti. Yehuda olayından sonra kendini toplaması uzun sürdü ama sonunda doğru olanın bu olduğuna ikna oldu.

Gizlilik, belki New York'a dönerken sızıntı olmadığından emin olmak, belki de çığlıklarımı duymaktan keyif aldığı için birkaç ekstra dikiş daha atıp tedaviyi tamamlıyor.

"Sanırım oldu" diyor.

"Emin misin?" diye soruyorum göğsümdeki büzüşmüş deriye dokunup.

"Hayır" diyor. "Ama ikinci bir görüş almak istersen başka birini arayabilirsin."

Gizlilik, bir başkasının duyup duymayacağından endişelenmeden arayabileceğim tek kişiydi. Sorun şu ki, her ne kadar sessiz kalması için herhangi bir şey yapmanız gerekmese de, yine de bir bedeli vardır.

"Teşekkürler" diyorum. "Sana borcum ne?"

Dikiş hizmetinin yanında, kredi kartım cüzdanımla birlikte kaybolduğu için odanın parasını bile ödeyemedim. İşin o kısmını Gizlilik halletti. Nakit ödedi tabii.

Ama burada söz konusu olan para değil.

Gizlilik işaret parmağını büktüğü dudaklarına götürüyor ve "Hmm" diyor.

Yüzündeki ifadeden, bunu sadece göstermelik yaptığını anlıyorum. O ne istediğini gayet iyi biliyor. Ama Gizlilik materyal şeylerle veya diğer dünyevi ihtiyaçlarla ilgilenmez. Dürüstlük ve Hırs'la tutkulu ilişkiler yaşamış olmasına rağmen seks de onu pek cezbetmez. İntikamla ilgilenmez ve kimseyi utandırmaya çalışmaz. İlgilendiği tek şey, gizlilik ürünleridir.

Kaderlerinde sırları ifşa edecekleri yazan insanlar.

İspiyoncular.

"Roswell UFO vakasını* istiyorum."

"Roswell mi?" diye soruyorum.

JFK suikastını, Marilyn Monroe'nun ölümünü ya da Jimmy Hoffa'nın** başına gelenleri soracağını sanmıştım. Vay canına, Masonları, hatta Kutsal Kâseyi açıklamaya hazırdım. Ama Roswell vakası da nereden çıktı?

"Ve 51. Bölge***" diye ekliyor.

"Ah, hadi ama" diyorum. "Bu hiç adil değil."

"Senin küçük erkek kostümündeki işlev bozukluğunu sır olarak saklamamı istemen de adil değil" diyor.

Söyleyecek sözüm yok. Yine de Roswell'i ve 51. Bölge'yi vermek beni öldürüyor. Bu iki sırrın hikâyesi ortaya çıktığı takdirde insan ırkının nasıl tepki vereceğini ve bunun kaderlerini nasıl etkileyeceğini görmek çok eğlenceli olurdu. Denkleme biraz kaos karıştırıp yaşam boyu sahip olduğunuz inançlarınıza meydan okunması gibisi yoktur.

Ah, Kaos bu işe çok bozulacak. Bu anı benden daha büyük bir merakla bekliyordu.

'Tamam" diyorum. "İkisi de senin olsun."

---

* Amerika Birleşik Devletleri'nin Roswell kasabasında bir pilot Cascade Dağları'nda kayıp bir uçağı ararken uçan daireler gördüğünü iddia etmiş ancak Amerikan ordusu bunu yalanlamıştır.
** **Jimmy Hoffa lakabıyla James Riddle Hoffa:** 30 Temmuz 1975'te ABD, Detroit yakınlarındaki Bloomfield Hills'de kaybolan ve 1982'de resmen ölü ilan edilen dönemin en tartışmalı sendikacı ve işçi önderlerinden biri. (ç.n.)
*** **51. Bölge:** UFO teorileriyle ünlü, ABD Savunma Bakanlığı ve Hava Kuvvetlerine bağlı, uçak ve düşman silahları inceleme merkezi olarak kullanılan yer. (ç.n.)

Kader Aşkı Tadınca

Gizlilik yüzünde bir zafer ifadesiyle gülümsüyor ve yataktan kalkıyor, ardından dönüp bana Yaramazlık'ı andıran bir ifadeyle bakıyor.

"Bir şey daha var" diyor.

"Ne?" diye soruyorum gömleğimin düğmelerini iliklerken.

"Gözlerini kapat" diyor. Sesi yumuşak ve baştan çıkarıcı.

Ona bakıyor ve ödeme olarak seks istemeyeceği konusunda yanılıp yanılmadığımı merak ediyorum. "Neden?"

"Sen kapat gözlerini" diyor ve kendi gömleğinin düğmelerini açmaya başlıyor.

Ben de gözlerimi kapatıyor ve Gizlilik'in soyunduğunu, külotuyla kaldığını, ardından onları da çıkarıp yanıma çırılçıplak uzandığını hayal ediyorum. Gömleğimin düğmelerini açıyorum, heyecan içinde pantolonumu çıkarıyor ve yatağa uzanıyorum. Erkek kostümüm beklentiyle kabarıyor.

Ve bir süre sonra sonunda gözlerimi açtığımda, odada seks yapacağını düşünen tek kişinin ben olduğumu fark ediyorum.

Gizlilik çoktan gitmiş.

Bölüm 9

"R-otuz-altı, on üç numaralı gişeye lütfen."

Manhattan'da, New York Motorlu Araçlar İdaresi'ndeyim. Yaklaşık otuz dakikadır burada oturmuş, çalınan kimlik kartımla ilgili evrakları bekliyorum. Posta yoluyla yeni bir ehliyet başvurusunda bulunamıyorsunuz. Bir şubeye gelip şahsen başvurmak zorundasınız.

New York eyaletinden sürücü ehliyetim olsaydı, internetten başvurabilirdim. Ama James Dean'e olanlardan sonra Jerry araç kullanmamızı istemiyor. Hiçbirimizin Umursamaz kadar gözü kara olmadığını düşünürseniz bu düşünmeden yapılan bir hareketti ama bazen emirlere uymanız gerekir. Ayrıca ışık hızında seyahat edebilirken ehliyeti kim ne yapsın?

Böyle zamanlarda görünmez olma becerisi için şükrediyorsunuz.

Elbette, burada bunu yapamam. Ama iki yüz elli bin yılı aşkın bir süreden sonra bazı şeyleri kendinize hak görüyorsunuz.

S. G. Browne

Evrensel *Visa* kartımı iptal ettirmek için çoktan telefon ettim. Evrende en iyi müşteri hizmetleri onlarda var. Gerçekten. *Visa* kartımı yaşamın ve ticari hizmetler anlaşmasının bulunduğu her gezegende kullanabilirim. Kart kaybolur veya çalınırsa ya da hesap dökümümde izinsiz harcamalar belirirse zararım karşılanır. Harcamalar Jüpiter'in aylarından birinde yapılmış bile olsa.

"R-otuz-yedi, beş numaralı gişeye lütfen."

Beş numaralı gişe sol tarafımda kalıyor. Elli yaşına kadar burada çalışmaya devam edecek ve kısa süre sonra da kalp krizi geçirecek gişe memuru, beklentisiz bir şekilde bir sonraki görüşmeyi bekliyor. Ben de onu aynı ilgisizlikle izlerken binama taşınan yeni kiracı gişeye doğru ilerliyor.

Sara Griffen'ın üzerinde siyah bir pantolon ve ceket, ayağında ise yumuşak ayakkabılar var. Saçları atkuyruğuyla toplanmış. Yumuşak, tüylü paltosunun örttüğü ensesini görebiliyorum.

Sara Griffen'ın özelliği, tam bir sır olması.

Sara'yı birkaç kez binadan çıkarken gördüm ve neden ona çekildiğimi, neden 502 numaralı dairede oturan pedofilden ya da 1216 numaralı dairedeki, hayatının geri kalanını estetik ameliyatların mutluluk getirmeyeceğini keşfederek geçirecek kadından farklı olduğunu anlamaya çalışarak takip ettim. Şu ana kadar Sara ile ilgili tek söyleyebileceğim Central Park'ta koşmaktan hoşlandığı, sıkça dışarıdan yemek sipariş ettiği ve ağlayan bebek sesine tahammül edemediğidir.

Ayrıca kesinlikle insanlar üzerinde güçlü bir etkisi olduğunu fark ettim.

Gişedeki memuru izliyorum, Sara'ya bakışlarını. Saniyeler önceki ilgisizliğine kıyasla şu anda işiyle daha çok ilgilendiğini görüyorum. Adamın gözlerinde daha önce olmayan bir

Kader Aşkı Tadınca

parlaklık var. Hareketlerinde enerji dolu bir kıvraklık. Zoraki olmayan bir tebessüm.

Belki çaresizce seks yapmak istiyor ve Sara'nın onu çekici bulmasını umuyordur. Belki sadece kadınlarla flört etmekten hoşlanıyordur. Belki de Sara'da bu adamı daha mutlu kılan bir şeyler vardır.

Ben ise günümün büyük bir bölümünü burada geçirmek zorunda olmasaydım daha mutlu olurdum.

"D-elli-bir, iki numaralı gişeye lütfen."

Onu izlerken bir kez daha neden Sara Griffen'ın Kısmet Yolu'nda olduğunu, onu sol tarafımda oturan ve yakında işsiz kalacak olan video oyunu bağımlısından ya da sağımda oturan ve gelecekte kocasını aldatacak olan on yedi yaşındaki kızdan farklı kılan şeyin ne olduğunu merak ediyorum.

Ayrıca Kısmet, dünyanın Michael Jordan'larını, John Lennon'larını ve Winston Churchill'lerini alırken; benim neden başarısız, sıradan ve marjinal liderlerle uğraşmak zorunda kaldığımı merak ediyorum. Böyle bir şeyi hatırlayacağımı sanırsınız ama yaratılışınızdan hemen sonraki anları hatırlamak öyle kolay olmuyor. Aslında bize bir seçme şansı vermediler, yaratılışımız gereği diye düşünüyorum. Kozmik çamurda gözlerinizi kırpıştırıp neler olup bittiğini merak ederken düşüneceğiniz en son şey hayatınızı nasıl kazanacağınız oluyor. Ama yine de en azından bir başvuru formu doldurmak hoş olabilirdi.

Kısmet'e tahammül edemememe ve onun müşteri listesine imrenmeme rağmen aynı zamanda birbirimize ihtiyacımız olduğunu fark ediyorum. Ve insanların da bize ihtiyaçları var. Kader ve Kısmet olmadan insanlar, amaç hissinden yoksun olurlardı. İzleyecek bir yol, var olmak için bir sebep olmazdı.

Gereksiz olurdu.

Anlamsız.

Herhangi bir *Matrix* filmini düşünün.

Dolayısıyla özünde Kısmet ve ben, gezegende insan yaşamının kozmik dengesini sağlıyoruz.

Ama yine de bir cuma gecesi Elaine's adlı restoranda bir masa bulamıyorum. Ve Motorlu Taşıtlar İdaresi'ndeki müşteri hizmetlerinin hızına bakılırsa bana herhangi bir avantaj sağladıkları da yok.

"R-otuz-sekiz, on bir numaralı gişeye lütfen."

On dakika sonra, Sara Griffen kapıdan çıkıp giderken, ben hâlâ numaramın çağırılmasını bekliyorum.

Birkaç gün sonra Sara'yı Central Park'ta görüyorum.

Dört yaşında bir çocuğun annesine ona dondurmacıdan çilekli dondurma alması için yalvarışını izlerken Sara üzerinde bir şort, tişört ve New York Mets beyzbol şapkasıyla koşarak önümden geçiyor.

Bir an için anne ve velet tamamen aklımdan çıkıyor ve ben, Sara'nın iPod'unda çalan parçaya sessizce eşlik ederek önümden geçişini izliyorum. Ve onu fark eden tek kişi ben değilim.

Dondurmacı adam başını kaldırıp Sara'yı izliyor. Yetmiş beş yaşına gelmeden ölecek olan yetmiş iki yaşındaki bir adam başını çevirip ona bakıyor. Kaderinde üniversiteyi bırakacağı yazan on bir yaşındaki çocuk bir çöp tenekesine çarpıyor. Elbette. Sebep sadece güzel kalçaları ve tıraş etmek için yalvaracağınız bacakları olabilir. Ama kadınlar da onu fark ediyor. Genç kadınlar. Yaşlı kadınlar. Evli ve bekâr kadınlar. Geleceğin hostesleri, striptizcileri ve yanlış tedaviden dolayı mahkemelerde sürünecek cerrahlar. Sara bir an etraftaki havayı değiştirirken hepsi onu fark ediyor. Ve sonra, Sara gittiğinde, bu insanların hissettikleri

Kader Aşkı Tadınca

her ne ise o da gidiyor ve hepsi kaldıkları yerden devam ediyorlar.

Sara köşeyi dönüp gözden kaybolana kadar onu izliyorum, ardından yirmi dört yaşına geldiğinde hapiste tecavüze uğrayacak ufak canavara dönüyorum.

Daha bir hafta geçmeden Sara ile metroda karşılaşıyorum.

Houston caddesine doğru ilerlerken Sara benim bulunduğum vagona binip önümdeki boş yere oturuyor.

Metro, görünmez olmadığım birkaç yerden biri. Sırf kimsenin beni göremiyor olması; üzerime oturamayacakları, bana çarpamayacakları ya da ben kontrol dışı mide gazından muzdaripken fark etmeyecekleri anlamına gelmiyor.

Bazen olur.

Elbette, evime gidip böyle bir kazaya engel olabilirim ama insanları gözlemlemenin amacı gözlem yapmaktır. Onlardan uzak durarak bunu yapamam. Kaldı ki metro, kaderleri yeniden belirlemek için harika bir yerdir.

Bu yüzden ben de görünür oluyor ve bir esrar bağımlısının yanımda sızıp erkek kostümüme salya akıtmamasını umuyorum.

Sara'nın karşısında bu şekilde oturuyor olmak çok tuhaf. Onu tedirgin etmeden daha önce yaptığım gibi izleyemez ya da o etraftayken başkalarının tepkilerini gözlemleyemem. Ama metro vagonunu bizimle paylaşan diğer insanların aksine, okuyamadığım tek insan o.

Sara Griffen'ın özelliği güzel olması ama insanı kendinden geçirecek kadar muhteşem bir güzelliği yok.

Kayıtsız görünmeye çalışarak başımı çeviriyorum ama aşırı sıradan davranıyormuşum gibi geliyor. Tekrar ona baktığımda o da bana bakıyor. Önce bacak bacak üstüne atıyor, ardından vazgeçiyorum. Boğazımı temizliyorum. Ayaklarımın altındaki zeminde çok ilginç bir şeyi inceliyormuş gibi yapıyorum. Sonra başımı kaldırıyorum, Sara hâlâ bana bakıyor.

Kendimi tanıtmalı mıyım, merak ediyorum. Yoksa bir sonraki durakta inmeli mi? Belki de yanında oturan kadının genital iltihaplanmadan muzdarip olacağını söylemeliyim.

Bunun yerine sadece gülümsüyorum.

O da gülümsüyor.

Sara Griffen'da beni bu kadar büyüleyen şeyin ne olduğundan emin değilim. Belki de onu her gördüğümde huzurlu bir hava vermesidir. Belki aynı etkiyi başka insanlara da yaymasıdır. Belki de gülümsediğinde beni de gülümsetiyor olmasıdır.

Aramızdaki bir metrelik mesafede birbirimizi izleyip sanki gizli bir şaka paylaşıyormuş gibi gülümseyerek sessizce ilerliyoruz. Tren Times Meydanı'na geldiğinde Sara vagondan iniyor ve dönüp son bir kez bana bakıyor. Sonra kapılar kapanıyor ve ben bir sürü fetişist, zampara ve pazarlamacıyla Batı Yakası'na doğru yol alıyorum.

Yolculuğun geri kalanında kaderi, kısmeti ve bu metro treninde ciddi yardıma ihtiyacı olan insanları düşünüyorum. Ama en çok Sara'yı ve son zamanda Manhattan'da yollarımızın kesiştiği yerleri düşünüyorum.

Motorlu Taşıtlar İdaresi.

Central Park.

Metro.

Sekiz milyondan fazla nüfusu olan bir şehirde, maksimum iki hafta içinde aynı kadınla üç ayrı noktada üç farklı zamanda karşılaşıyorum.

Bilmesem kaderin bana bir şeyler anlatmaya çalıştığını düşüneceğim.

Bölüm 10

Sonraki iki hafta içinde Sara'yı tekrar Guggenheim'da, Central Park Hayvanat Bahçesi'nde, Greenwich'deki Le Figaro Cafe'de, Yankees maçında ve binamızın çatı katında görüyorum.

Tamam, belki sonuncusu tesadüf eseri bir karşılaşmadan çok bilinçli bir takip olabilir.

Aslında beni ilgilendirmemesi gerektiğini ve zamanımı kendi yolumdaki insanlarla uğraşarak geçirmem gerektiğini biliyorum ama onunla bu kadar çok karşılaştıktan sonra merak etmeden duramıyorum.

Sonraki birkaç hafta onu takip ediyorum.

3. caddedeki genelde yedi haneli rakamlarla satılan ev ve villalara aracılık ettiği Halstead Emlak'tayım.

Öğle yemeğini Bethesda Fountain'da yediği, ardından New York Picnic Company'den birkaç sandviç alıp bunları evsizlere dağıttığı Central Park'tayım.

S. G. Browne

Gramercy Park'ta 1,995 milyon dolara genç bir borsacıya sattığı, evcil hayvanları kabul eden, iki odalı bir dairedeyim.

Yirmi iki metrelik ısıtılmış havuzda yirmi tur yüzdüğü, ardından da kırk beş dakika masaj yaptırdığı Downtown Athletic spor kulübündeyim.

Ağırlıklı olarak özel bir Cezanne sergisini izleyerek üç saat geçirdiği Metropolitan Sanat Müzesi'ndeyim.

Union Meydanı'ndaki bir köy pazarındayım.

Greenwich Village'daki Blue Note Jazz Club'dayım.

Dünya Ticaret Merkezi mağdurları için düzenlenen anma günündeyim.

Şehir merkezinde üç odalı bir dairedeyim.

Chelsea'de yirmi sekiz yaşındaki bir finans planlamacısının ona bir içki ısmarladığı Bongo adlı bardayım.

Elbette, teknik olarak takip ediyorum ama yetkim var. Zaten onu doğrayıp dondurucuda saklayacak değilim ya. Yine de bu zavallıdan daha iyisini bulabilir. Daha on yıl dolmadan bu adam maaşının büyük bölümünü yiyip bitiren kokain alışkanlığı yüzünden bir rehabilitasyon merkezinde yatıyor olacak.

Kısmet Yolu'ndaki insanların, aynı yoldaki insanlarla eşleşeceğini düşünürsünüz. Karmaşık bir hayat yolculuğunda aynı soydan olan ruhların birbirlerini bulmaları gibi. Ama sanırım insanların kaderleri birbirleriyle yazılmadığı sürece, onlar da baş etmek zorunda olduğum insanlar gibi kötü ilişki tercihleri yapma hakkına sahipler.

Ben de Bongo'nun dışında durmuş, pencereden Sara ve yakışıklı uyuşturucu bağımlısını izliyor; bu serserinin Sara'nın içkisine hap atmadığından emin olmak için içeri girip girmemeyi düşünüyorum. Biliyorum, kötü bir bahane. Ama Sara'yı neredeyse bir aydır izliyorum ve onun varlığına alıştım. Onu neredeyse her yerde takip ediyorum.

Parkta.

Sinemada.

Spor kulubündeki soyunma odasında.

Manavda.

Kuru temizlemecide.

Jinekolog randevusunda.

Bir taksi şoförüne fazla bahşiş verirken, bir çocuğun Mohawk tipi saç kesimine iltifat ederken ve bir Kodak reklamı karşısında ağlarken izledim. Sürgülü cam kapıya çarparken, Polonya sosisi yerken, tampon satın alırken izledim. Burnunu karıştırırken bile gördüm. Bir kere oldu ama kesinlikle yaptı.

Onu her gün, her gece izledim ve hâlâ onu özel kılan şeyin ne olduğunu bilmiyorum. Tek öğrenebildiğim, bazen dişlerini fırçalarken kahkaha attığı oldu. Ya da sesinin boğazının derinliklerinde yankılandığı. Bilmeden yanımdan geçtiğinde şampuanının kokusunun onu izlediği. Uyurken, kitap okurken ya da Central Park'ta oturmuş kaplumbağaları izlerken huzurlu ve güzel göründüğü.

Ve o anda fark ediyorum.

Ben âşık oldum.

Bölüm 11

Kural 7: Âşık olma.

İnsanlarla cinsel ilişki, teşvik edilmese de, genelde hoşgörüyle karşılanır. Bu konuda öncü oldukları için Yunan tanrılarına teşekkür ediyoruz. Jerry bile bir kere kalemini ölümlü mürekkebine batırdı. Bu da elbette İsa'nın doğumu ve ölümsüzlerin geri kalanı arasında adam kayırma dedikodularına yol açtı ama sonuçta hepimiz bu durumu aştık. Dargınlık dışında. İşin içinden çıkmak zor.

Ama Yunan tanrıları genelde ölümlü fetihleriyle babalık hakkına kavuşmuş olsalar da Jerry dışında geri kalanımız üreme becerisine sahip değiliz. Dünyada dolaşıp yarı-Ölümsüzler yaratmanın ve gen havuzunu değiştirmenin kimseye bir faydası olmaz. Dolayısıyla DNA'mız birbirimizle dahi çoğalmamızı önlüyor ama bu sayede herhangi bir kozmik dalgalanmaya yol açmadan cinsel ilişkiye girebiliriz. Fakat insanlara karşı duygular beslemek ve onlarla ilişki yaşamaya çalışmak kesinlikle yasaktır.

"Ne yapmalıyım?" diye soruyorum.

"Neden onunla konuşmayı denemiyorsun?" diye soruyor Dürüstlük.

"Onunla konuşmak mı?" diyorum.

"Buna iletişim deniyor" diyor sigarasını söndürüp. "Kadınlar böyle şeylerden hoşlanırlar"

Böyle vakalarda tavsiye almak iyidir ve Dürüstlük'ün her zaman samimi olacağından ve sır saklayacağından eminim. O, ölümsüz varlıklar için terapist gibidir.

Dürüstlük, Manhattan'ın Batı yakasında, Central Park manzaralı altı katlı bir binanın en üst katında, iki yüz seksen metrekarelik iki odalı bir dairede yaşıyor. Salonundaki koltuktan North Meadow spor merkezini görebiliyorum.

"Ama onunla konuşursam" diyorum, "bu bir ilişkiye teşvik etmez mi?"

"Bu sorun olur mu?" diye soruyor.

"Ölümlü kadınlarla ilişki kurmak kurallara aykırı değil mi?" diye soruyorum.

"Kimin kuralları?" diye soruyor Dürüstlük. "Senin kuralların mı? Jerry'nin kuralları mı? Duygusal olarak yetersiz olan erkeklerin kuralları mı?"

"Bu bir test sorusu mu?" diye soruyorum.

Dürüstlük bir sigara daha yakıyor, bir nefes çekiyor, arkasına yaslanıp bacak bacak üstüne atıyor ve soruyor, "Yakınlık kurmaktan korkuyor musun?"

Dürüstlük'ün özelliği, pasif-agresif olmasıdır.

Bir Öznitelik olduğundan Dürüstlük'ün insanların aldıkları kararlarda güçlü etkileri olmaz ama o insanlara, Cezbedicilik, Utanç veya Öfke ile karşılarına çıkan zorlukları aşmak için gerekli olan araçlardan birini sağlar.

Kader Aşkı Tadınca

Ah, bu arada, Öfke bir Duygusal olarak çift görev yapsa da maaş bordrosunda resmî olarak Ölümcül Günah sınıfındadır.

"Yani onunla konuşmam gerektiğini düşünüyorsun" diyorum. "Belki de onu bir kahve içmeye veya hoş bir restoranda yemeğe davet etmeliyim?"

"Bu insanların genelde yaptığı bir şey" diyor Dürüstlük. "Ve daha önce ölümlü kadınlarla ilişki kurduğunu biliyorum."

Geçtiğimiz beş bin yıl içerisinde birkaç ölümlü kadınla cilveleştiğim doğru. On iki bin yıl öncesine kadar erkekler hâlâ evrim geçirerek maymunsu atalarından uzaklaşma çabalarındaydılar. Gerçekten de Taş Devri dönemindeki kadınlarla ilişki kurmak istemezdiniz. Cilalı Taş Devri'nin başlarındaki kadınlar bile bakılası değildi. Bazen erkek ve kadınları ayırt etmekte zorlanırdınız. Ve hiçbiri, üzerinde mamut derisinden bikiniyle *Bir Milyon Yıl Önce* filmindeki Raquel Welch kadar iyi görünmüyordu.

Aslında M.Ö. 3000 yıllarına, Yunan medeniyetinin doğuşuna kadar insanımsı kadınlardan uzak durduk. Ama o dönemden sonra kadınlar oldukça güzel görünmeye başladılar.

Nefertiti.

Truvalı Helen.

Marie Antoinette.

Ve kim Cleopatra'yla yatmak istemezdi ki? Oylama yapsa mıydık? Lüzumu yok.

Ölümlü kadınlarla yaşadığım sayısız etkileşim hayali saçmalıktan, cinsel tatminle sonuçlanan bir gecelik ilişkiden öte değildi. Ama bu... Ölümlü bir kadına duyduğum bu duygular... Eşi benzeri olmadı.

Aynı binada yaşayan biriyle romantik bir ilişki yaşamak yeterince kötü bir fikir çünkü işler yolunda gitmediği takdirde rahatınız kaçabilir. Ama Kader sizseniz ve ne zaman kavga edeceğinizi, kavganın hangi konuda olacağını, kaç tane evcil hayvan besleyeceğinizi, gideceğiniz tatilleri, yapacağınız seksleri ve ölümlü sevgilinizin ne zaman öleceğini önceden biliyorsanız aynı binada yaşayan biriyle romantik bir ilişki yaşamak çok daha kötüdür.

Gerçi Sara benim yolumda olmadığından hayatının nasıl gelişeceğini göremiyorum, dolayısıyla aramızdaki potansiyel bir ilişkinin nasıl sonuçlanacağını da göremeyebilirim. Yine de kurallara aykırı. Bu bir etkileşim. Müdahale. Etki. Hepsi kötü.

Kötü. Kötü. Kötü.

Sorun şu ki Sara bana kendimi çok iyi hissettiriyor.

İyi. İyi. İyi.

Onu izlemek, yakınlarında olmak, ona dokunmak, onu öpmek istiyorum. Onu sevgiye boğmak istiyorum. Gidip ona çiçekler, şekerler ve solup ölecek ya da dişlerini çürütecek şeyler almak istiyorum.

"Bundan kurtulmamın bir yolu var mı?" diye soruyorum.

Dürüstlük sigarasından bir nefes çekiyor ve dumanı yüzüme üflüyor. "Neden kurtulmanın?"

"Bundan" diyor ve ellerimle vücudumu işaret ediyor ama nereyi hedef alacağımı bilemiyorum.

Dürüstlük bana bakıyor ve gülümsüyor, tıpkı söyleyeceği şeyin korkunç bir biçimde dürüst olacağını bildiğim zamanlarda yaptığı gibi.

İnkâr edilemeyecek kadar gerçek bir şey.

Duymak istemediğim bir şey.

"Hayır."

Bölüm 12

Dürüstlük'ün tavsiyesine uyup Sara ile konuşmak, ona çıkma teklif etmek veya onu tanımak için sohbet etmek yerine tarih boyunca bir sürü ölümlü erkek tarafından başarıyla uygulanmış farklı bir yaklaşım benimsemeye karar veriyorum.

Bir striptiz kulübüne gidiyorum.

"Merhaba, tatlım" diyor siyah tanga ve siyah sütyen giymiş kumral kız. Dizime oturup adının Bambi olduğunu söylüyor.

Bambi on dokuz yaşında ve üniversiteye gidebilmek için para kazandığını söylüyor. Tam bir saçmalık. Üniversiteye gitmek gibi bir niyeti yok. Onun arzusu burada kazandığı parayı bir BMW almak için kullanmak. Ama sonunda Jersey'de bir barda kokteyl garsonu olarak çalışmaya başlayacak.

Queens'te Scandals adında bir yerdeyim, Long Island'da East River'ın karşı kıyısı. New York City muadillerine kıyasla daha çok Jersey'nin depo tarzındaki striptiz kulüplerinden biri olan Scandals, Manhattan'dakilerden daha özgür bir kulüp, o yüzden burayı tercih ediyorum.

S. G. Browne

Tabii her zaman striptiz kulüplerine gidiyor değilim. Sadece fırsatını bulduğum zamanlarda. Benim için ev işi gibi, insanları en ilkel özlerinde bulabileceğim bir yer. Bu kulüplerin bazıları köhnedir ve bazen çok kalabalık olabiliyor, burası gibi. Ama ölümlü erkeklerin neden striptiz kulüplerini sevdiğini anlıyorum.

Yarı çıplak, harika kokulu güzel kadınlar size doğru yürüyüp kucağınıza oturuyorlar. Özel odaları, direk dansını ve renk cümbüşü içindeki çıplak tenleri söylemiyorum bile. Doğru, striptizciler iyi, flörtöz ve istekli olmak için para alıyorlar ama teknik olarak bir kadınla yemeğe çıktığınızda da onun için para ödüyorsunuz. Ve siz Alman usulü ödemekte ısrarcı olan Açgözlülük, Tutumluluk ya da cimri bir herif olmadığınız sürece, en az bir striptiz kulübündeki kadar para harcıyorsunuz.

Elbette, siz ve buluştuğunuz kişi herhangi bir sebepten ötürü ilişki kuramıyorsanız o zaman randevunuz sonuçlanana kadar en azından birkaç saat orada takılıp kalırsınız. Servis ücretini ödeyip, "Çok teşekkürler" diyerek oradan ayrılamazsınız. Ve akşam nihayet sona erdiğinde büyük olasılıkla buluştuğunuz kadın size sürtünmeyecek, kucak dansı yapmayacak ve göğüslerini yüzünüze sürüp, "Ay!" diye fısıldamayacaktır.

"Ay" diyor Bambi ben onun tangasına bir yirmilik daha sıkıştırırken.

Kulübün kenarında kalan bölmelerden birinde, salon kısmında oturuyorum. Kulübün ortasında dans pistini daire şeklinde bir bar çevreliyor ve siz, kadınların direğin etrafında dans ederek iç çamaşırlarını teker teker çıkarışlarını izlerken maksimum seviyede alkole maruz kalıyorsunuz.

Bulunduğum noktadan tüm barı görebiliyorum. Yani Bambi'nin göğüsleri yüzümde olmadığı zamanlarda. Akşama

Kader Aşkı Tadınca

doğru spor kanalları, sosisli pizza ve internet pornosuyla dolu yapayalnız bir geleceğe doğru ilerleyen bir düzine orta yaşlı adam dışında pek kimse yok. Ama sonra barın diğer ucunda tanıdık birini görüyorum, ben içeri geldiğimde orada olmayan birini.

Bambi kucak dansını tamamladığında VIP odalarından birine gitmek isteyip istemediğimi soruyor. Çok cazip bir teklif. Ve bu ilginin karşılığını veremeyecek durumda değilim. Ama sonuçta elle rahatlamak için para verecek kadar çaresiz de değilim. O yüzden ona istemediğimi söylüyor, tangasına bir yirmilik daha sıkıştırıyor, ardından viski ve kolamı alıp bara doğru yürüyorum.

Barın ucunda bir şişe *Budweiser* yudumlayan kişi, bardaki diğer tüm lanetli adamlardan daha zavallı görünüyor. Kafasını kaldırıp bulunduğum yöne doğru bakıyor; bitkin, kan kırmızı gözleriyle beni görüyor ve bezgin bir ifadeyle gülümsüyor.

Başarısızlık'ın özelliği, manik-depresif olması.

Yüzünde gelişigüzel uzamış bir sakal var. Kirli saçları solgun Chicago Cubs şapkasının altında yıpranmış ve yağlı görünüyor. Keten pantolonu öyle buruşuk ki tarz olsun diye buruşturmuş sanırsınız.

Yanındaki tabureye oturuyorum.

"Fabio" diyor keyifsiz bir sesle. "İşler nasıl?"

"Bildiğin gibi" diyorum. "Sende?"

"Heyecan verici şekilde başarılı" diyor birasından yudumlayıp. Ciddi mi, yoksa dalga mı geçiyor, anlayamıyorum. Gerçi fark etmez herhalde.

Arada bir Başarısızlık'la karşılaşırım. Gerçi insanlarımın çoğunun hayatları boyunca gün yüzü görmediklerini düşünürseniz bu şaşırtıcı bir durum değil. Bazen onu Bağımlılık, Suçluluk ya da Düşük Günahlar'dan herhangi biriyle otururken bulurum. Genelde Düşük Günahlar'ı Ölümcül Günahlar'dan biriyle sosyalleşirken bulamazsınız, ne de olsa Ölümcül Günahlar, diğerlerini ikinci-sınıf günahlar sınıfına sokarlar.

Biz sessizce otururken göğüsleri silikonlu çakma bir sarışın dans direğine tırmanıyor, kalçalarını direğin etrafına sarıyor, ardından elleri sahneye dokunana kadar baş aşağı kayıyor. O kadar etkilenmiyorum ama gayretlerinden dolayı sahneye birkaç dolar atıyorum. Zaten kırk beş yaşına geldiğinde yağ aldırma operasyonu için paraya ihtiyacı olacak.

"Jerry'yle görüştüğünü duydum" diyor Başarısızlık.

"Öyle mi?" diyorum. "Nereden duydun?"

Başarısızlık yüzünde, "Nereden olabilir?" diyen bir ifadeyle bana bakıyor.

Dedikodu. O küçük sürtük. Kendi işine baksa olmaz mı?

"Jerry nasıl?" diye soruyor.

"Her zamanki gibi her şeye kadir" diyorum. "Kamçı elinde. İşimi yaptığımdan emin olmaya çalışıyor."

"Gerçekten mi?" diyor Başarısızlık. "Her zaman onun pısırığın teki olduğunu düşünmüşümdür."

Her nasılsa Başarısızlık sohbeti tuhaf noktalara çekmeyi başarıyor gibi.

"Peki, sen neler yapıyorsun?" diye soruyorum.

"Ah, bildiğin gibi" diyor. "Liseler, yarışlar, film stüdyoları. Arada bir demokrasinin içine etmek için Washington D.C'ye uğruyorum ama genelde orada benim müdahaleme gerek kalmıyor, ben de uğraşmıyorum."

Kader Aşkı Tadınca

Bir başka striptizci -bu seferki pornografi alanında kariyer yapmak için hosteslik işini bırakacak olan zayıf bir Koreli- sahnedeki sarışının yanına gidip kalçalarını okşamaya başlıyor.

"Böyle yerlere çok sık gelirim" diyor Başarısızlık ve Budweiser birasından bir yudum daha alıyor. "Kadınlar için değil gerçi. Onların çoğu buraya kolay para kazanmak için gelir. Ama erkeklerin çoğu bir alanda başarısız oldukları için gelirler. İşte. Hayatta. Sporda. Birçoğu da ilişkilerinde başarısız olduğu için gelir."

Şöyle bir etrafıma bakıyor ve hemfikir olmadan edemiyorum.

"Gerçek kadınlarla nasıl iletişim kuracaklarını bilmiyorlar" diyor. "Bu yüzden buraya geliyor ve kendilerini başarılı hissediyorlar çünkü burada reddedilme riski olmadan güzel bir kadınla iletişim kurabiliyorlar."

Her ne kadar bu konuşmanın gittiği yönden hoşlanmasam da başımla onaylıyorum.

"Başarısızlıkta nihai nokta budur" diyor burnunu gömleğinin koluna silip. "Zengin veya fiziksel olarak formda olmaları, zeki olmaları veya üç lisan konuşabiliyor olmaları hiç önemli değil; aşk dilini konuşma becerisine sahip değiller. Bir kadına kendilerini dürüstçe açma becerisine..."

Barmene bir viski-kola daha getirmesini işaret ediyorum. "Duble olsun" diyorum.

Sahnede henüz teşhisi konmamış bir rahim ağzı kanseri ve göğüs uçlarında küpeler olan narin bir sarışın el ve dizlerinin üzerinde bize doğru emekliyor.

"Dürüst olmaktan korkuyorlar" diyor Başarısızlık. "Bağlanmaktan korkuyorlar. İletişimden. Yakınlıktan. Kendilerini fiziksel kahramanlıktan, finansal zekâdan veya zeki esprilerden fazlasını gerektiren bir şeye açmaktan korkuyorlar."

İçkimi getirmesi gereken barmenin nerede kaldığını merak ediyorum. Bir de Bambi'nin VIP odasında hâlâ müsait olup olmadığını.

Başarısızlık dönüp bana bakıyor. "Acınası bir durum, değil mi?"

Bölüm 13

Evimin çatı katında çırılçıplak uzanmış güneşleniyor ve Sara'yı düşünüyorum. Cinsel anlamda veya Fransız hizmetçi fantezisi şeklinde değil. Onun gülüşünü, yürüyüşünü ve konuşurken bazen burnunu nasıl buruşturduğunu düşünüyorum. Kokusunu, sesini, evinde tek başına oturup film izlerken nasıl yüksek sesle kahkaha attığını düşünüyorum. Onu izlerken zamanın nasıl geçtiğini anlamadığımı, onu etrafında kendimi ne kadar heyecanlı hissettiğimi ve neden cesaretimi toplayıp onunla konuşamadığımı düşünüyorum.

İşte burada, insanın doğuşundan beri var olan ölümsüz bir varlığım ve zararsız bir ölümlüyle konuşmaya korkuyorum.

Ailem benimle gurur duyardı.

Gerçi, teknik olarak, bir ailem yok. Sanırım İhtiyaç annem olarak düşünülebilir ama zorlarsak. Jerry, babaya benzer sahip olduğum en yakın şey ve bunun bana ne kadar utanç verdiğini bilemezsiniz.

Bir süreliğine üç üvey kız kardeşim oldu: Yunan kültü-

S. G. Browne

rü ve mitolojisinin altın çağında doğan Clotho, Lachesis ve Atropos.* Onlar beni hiç umursamadılar. Geri kafalı, yıldızı sönmüş, Taş Devri'nden kalma biri olduğumu düşündüler. O dönemde moda olan beyaz kaftanları ve "hayatın akışı" imajlarıyla gündeme oturacaklarına inandılar. Hatta bir ilahiler koleksiyonu besteleyecek kadar ileri gittiler.

Moiralarla Tanışın.

"Akışını Kesiyorum" "Kaderin Benim" ve bir bayram klasiği olan "Hanukkah için Evde Olmayacaksın" gibi şarkılar vardı.

İşler umdukları gibi gitmedi. O dönemde insanlar, zor kazandıkları dirhemlerini soğuk, vicdansız kadınlardan oluşan bir üçlünün yaptığı kendini beğenmiş bestelere harcamak istemediler.

Ve bin beş yüz yıl önce Yunanistan'ın altın çağı sona erdiğinde o küçük cadalozlar geleceğini, lanetli bir mitoloji üzerine kurmanın kötü bir kariyer hamlesi olduğunu gördüler.

Musa'nın uyarılarını göz ardı eden Ramses'i hatırlayın.

Custer'ın Little Bighorn'da uğradığı bozgunu hatırlayın.

Gigli filmini hatırlayın.

Ama düşününce mesleki tercihleri eleştirmek bana düşmez. Ben, Kısmet Yolu'ndaki ölümlü bir kadına âşık oldum. Bu, Hastalık veya Ensest gibi yeni bir göreve atanmanın kolay yoludur.

Bunlar, bin yıl içinde kendimi gördüğüm noktalar değiller elbette.

Sorun şu ki Sara'ya, onu unutamayacak kadar vuruldum.

---

* **Clotho, Lachesis ve Atropos:** Yunan mitolojisinde Zeus ve Themis'in kızları, hayatın akışını kesmeleriyle meşhur üç kader karakteri. (ç.n.)

Kader Aşkı Tadınca

Başka bir binaya taşınmayı düşündüm, böylece ona bu kadar yakın olmayacaktım ama diğer yandan çatı katındaki bu bahçeyi çok seviyorum. Bana Cennet Bahçesi'ni anımsatıyor ki bu da malum baştan çıkarılma senaryosuna yardımcı olmuyor.

Ama Brooklyn'e, Queens'e veya Long Island'a bile taşınsam yine de Sara'nın nerede yaşadığını, nerede çalıştığını, spor kulübünde ne zamanlar buhar banyosu yaptığını biliyor olacağım. Kaldı ki ev taşımaktan nefret ediyorum. Ve DSL'i tekrar bağlatmak çok zahmetli bir iş. O yüzden "taşınma" maddesini listemden çıkardım.

Hafıza'dan sihrini üzerimde kullanmasını, veri bankalarından Sara'yı silmesini isteyebilirim. Ama Hafıza bazen seçici davranıp işleri mahvedebiliyor. İsteyeceğim son şey gelecek birkaç yüzyılımı anahtarlarımı nereye koyduğumu hatırlamaya çalışarak geçirmek olur.

Dolayısıyla Manhattan'ın Doğu Yakası'ndaki evimle, Sara'ya olan duygularımla ve ne yapmam gerektiğine dair hiçbir fikrim olmadığı gerçeğiyle baş başayım.

Böyle zamanlarda meditasyon yapmak istiyorum. Ve zihnimi rahatlatmak ve netlik kazanmak için çatı katındaki bahçemde çırılçıplak bir hâlde güneş banyosu yapmak gibisi yok.

Gözlerim kapalı, vücudum *Coppertone* güneş kremiyle parıldıyor, ılık güneş yepyeni erkek kostümümü hoş, hatta bronz bir tona çeviriyor.

Amsterdam'dan döndüğümde bıçak yaramın dikişlerini Maharet onardı ve sessizliği karşısında ona kenevir barlarından birinden aldığım bir tutam Beyaz Dul vermek zorunda kaldım. Maharet zihin-uyuşturan maddeler aldığında harika işler çıkarır. Dolayısıyla bana erkek kostümümün biraz eski göründüğünü söyleyip son çıkan modeli gösterdiğinde günümüzün kusursuz erkek vücudu algısını yansıtan güncellenmiş versiyonu için ona üç gram sihirli mantar ödedim: Heykel gibi bir göğüs, kaslı kol ve bacaklar, baklava şeklinde karın kasları ve pürüzsüz, kılsız bir cilt. Anatomimin en maskülen bölümünü de güncelledim.

Kanıtlayamasam da karar alma sürecimde Gösteriş'in parmağı olduğuna yemin edebilirim.

Doğal olarak fiziksel görüntüm -yüzüm, saçlarım, ten rengim, boyum- aynı kalmak durumundaydı, o yüzden yeni kostümümün gelmesi için birkaç hafta beklemek zorundaydım. Sonuçta raftan herhangi bir erkek kostümü alıp çıkamıyorsunuz. Tabii *Style* dergisinin yıllık "En İyi On Ölümsüz Moda Gafı" listesinde boy göstermek istemiyorsanız.

Yeni erkek kostümümün, Sara'ya yaklaşmak için ihtiyacım olan özgüveni sağlayacağını umuyorum. Yine de sadece fiziksel görüntüm içinde bulunduğum ikilemi çözmeyecek. Kararlı olmam gerek.

Yavaş ve ritmik nefes alıp veriyorum ve zihnim sakin ve odaklı bir şekilde New York City'nin seslerinde ve sekiz milyondan fazla şehirlinin kaderlerinde dolaşırken göz kapaklarımın ardındaki tek görüntü karanlık. Sesler arka planda okyanus dalgaları gibi dingin ve monoton bir şekilde birbirine karışıyor.

Doğal olarak eğer ikilemimin öznesi; üzerinde yepyeni, siyah, Fransız kesim bir bikini ile Donna Summer'ın *Hot Stuff* şarkısını mırıldanarak çatıya gelmeseydi, konsantrasyonumu korumam daha kolay olabilirdi.

Gözlerimi açıp ona baktığımda Sara şarkı söylemeyi bırakıyor, iPod kulaklıklarını çıkarıp katlanabilir sandalyesini açıyor ve kamp kurmaya başlıyor. Görünmez de olsam nezaket gere-

Kader Aşkı Tadınca

ği giyinmem gerektiğini düşünüyorum, tam da o sırada Sara bana dönüp, "Oturmamın sakıncası var mı?" diye soruyor.

Görünmez olmayı yine unutmuşum. Resmî tanışma anımızı bu şekilde hayal etmemiştim.

Üzerime bir şey almak için hamle yapıyorum ama bana engel oluyor.

"Sorun değil" diyor. "Rahatsız olmam."

Tam ölümlü bir kadına dair her şeyi bildiğinizi düşündüğünüz anda çıplak erkek kostümünüze göz ucuyla bile bakmıyor. Bu arada özel tasarım kostümümde asla kas azalması veya göbek oluşumu yaşanmadığını da söylemeliyim. Ve Maharet, aksesuar kullanımında cimrilik etmedi.

"Burada çıplak güneşlenmeye izin verdiklerini bilmiyordum" diyor üç metre uzaklığımdaki Sara.

"İzin vermiyorlar" diyorum ve itirazlarına rağmen çıplak göğüslerimin üzerine tişörtümü giyiyorum. Centilmenlik bunu gerektiriyor. Centilmenlik... Ve bir de birazdan sertleşmeme neden olacak bikinisiyle inanılmaz seksi görünüyor olması.

Yüzünde şaşkın bir ifadeyle bana bakıyor. "Tanıdık geliyorsun."

Yaklaşık iki ay önce metrodaki karşılaşmamızı dün gibi hatırlıyorum. Ama düşünürseniz iki yüz elli bin yıldır etrafta olduğunuzda yedi hafta bana dün gibi geliyor.

"Yirmi dört numarada oturuyorum" diyorum ikna olmasını umarak.

Başını iki yana sallıyor. "Hayır. Seni buralarda görmedim. Bundan eminim."

"Çok seyahat ederim" diyorum. Bu ne demekse. Ne söylediğime dair hiçbir fikrim yok.

S. G. Browne

Sara bana metrodaki gibi bakıyor, gözleriyle beni soyarak ki şu anda çok çaba sarf etmesine gerek yok zaten.

"Hayır" diyor. "Başka bir yerde gördüm seni. Şehirde bir yerde. Emlak sektöründe mi çalışıyorsun?"

Başımı sallıyorum. "Gelecek ve seçenekler diyelim."

"Borsacısın yani?"

"Öyle gibi."

Sanki bu her şeyi açıklarmış gibi başını sallıyor, ardından bana doğru yürüyor. "Sara Griffen" diyor elini uzatıp.

Tokalaşıyoruz.

Sara'yı ellerini yıkarken ve diğer nesnelere dokunurken izlemek büyüleyiciyse, fiziksel olarak onlara dokunmak gerçekten nefes kesici.

"Fabio" diyorum, neredeyse yutkunarak.

"Gerçekten mi?" diyor. Başını yana yatırıp beni inceliyor. "Fabio gibi görünmüyorsun"

"Ne gibi görünüyorum?" diyorum, eli hâlâ elimde.

Gözlerime bakıyor, ardından bakışlarını harika şekillendirilmiş tüysüz göğsüme, sonra da belimin altında oldukça iri bir tümsek oluşturan çadıra yönlendiriyor. Tekrar yüzüme baktığında dudaklarında haylaz bir tebessüm var.

"Yardıma ihtiyacın var gibi görünüyorsun."

Bölüm 14

En son ölümlü bir kadınla seks yaptığımda *Titanic*'teydim, buzdağına çarpmadan hemen önce. Adı Dorothy Wilde'dı. Henüz yirmi yaşındaydı ve ikinci sınıf yolcuydu. Felaketten kurtulduktan en fazla bir hafta sonra Brooklyn'de başına düşen bir kasa yüzünden hayatını yitirecekti. Dorothy bana yirmi birinci yüzyılın kadınlarıyla ilgili çoğu ölümlü adamın öğrenmek için para ödediği şeyleri öğretti. *Titanic*'ten sağ kurtulamayacak emlak milyoneri IV. John Jacob Astor'ın meşru mirasçısı olduğuma inanıyordu.

Gemi buzdağına çarpmadan önce ben neler olacağını biliyordum ama Dorothy Wilde geminin kıç kısmı yükselmeye başlayana kadar bir şeyler olduğunu fark etmemiş gibiydi. Su çizgisi yükselmeye devam ederken çalmaya devam eden sadece Wallace Hartley ve orkestrası değildi. Detaylara girmeyeceğim ama şu kadarını söyleyeyim; *Titanic* dibe batıyordu ya, Dorothy Wilde da öyle.

Ama Dorothy, Sara Griffen'la kıyaslanmaz bile.

S. G. Browne

Sara bir yandan gülüp bir yandan nefesini toparlamaya çalışarak dönüp yatağa, yanıma yattığında, "Ah, aman Jerry!" diyorum.

"Jerry mi?" diyor, başucumda duran, yarısı içilmiş esrarlı sigaraya uzanıp yakarak. "Jerry de kim?"

Sara söyleyene kadar ne söylediğimi fark etmiyorum. "Ah! Sadece bana Tanrı'yı hatırlatan bir adam."

"Tanrı mı?" Dumanı üfleyip sigarayı bana uzatıyor. "Tanrı'ya inanıyor musun?"

Bu seks sonrası yapmak istediğim türden bir sohbet değil. Sorun şu ki iyi seksin ardından papanın önündeki tövbekâr bir seyyah gibi konuşurum.

Gerçekten de orgazm yaşadıktan sonra çenemi tutmayı öğrenmem gerekiyor.

Neyse ki esrarlı sigaradan bir nefes alırken düşüncelerimi toplayacak vaktim var. Cevap vermemi beklerken belki Sara konuyu değiştirir umuduyla uzunca bir nefes çekiyorum.

"Eee, inanıyor musun?" diye soruyor tekrar ve yastığa dayadığı başını çevirip bana bakıyor.

Ciğerlerimi boşaltıyor ve ona bakıyorum. Dudakları nemli, teni terle kayganlaşmış, yumuşak kahverengi saçları omuzlarına dökülüyor.

"Sana baktığımda inanıyorum."

Ne tuhaf, söylemeyi planladığım şey bu değildi. Ama işe yaramış görünüyor. Sara gülümsüyor, konuyu kapatıyor ve dilini ağzıma sokuyor.

Bir saat sonra, ikimiz de soluk soluğa kalmış bir hâlde, Sara bana onunla metrodaki karşılaşmamızı hatırlayıp hatırlamadığımı soruyor.

Kader Aşkı Tadınca

Aynalı tavanıma bakıyor ve neden söz ettiğini bilmiyormuş gibi yapmaya çalışıyorum.

"Birkaç hafta önce" diyor. "Ben Houston caddesinden bindim ve senin karşına oturdum. Boston Red Sox şapkan ve üzerinde *Fuck New York* yazan bir tişört vardı."

Bazen sırf insanların nasıl tepki vereceklerini görmek için tahrik edici şeyler giyerim. Doğru, bu aslında müdahale etmek ama bunu yaparak kimsenin kaderini dramatik ölçüde değiştirmedim. Gerçi bir keresinde, VIII. Henry'nin hükümdarlığı sırasında, üzerinde *Senin Karın Hain Bir Sürtük* yazan bir gömlek giydiğim için Londra Kulesi'nde asılmıştım.

Eyvah!

"Önce Manhattan'da bir metro trenine üzerinde böyle bir şeyle bindiğin için başının derde girmediğine inanamadım" diyor Sara. "Ama kimsenin sana bir şey diyecek cesareti yoktu. Etrafında kimsenin bulaşmak istemediği bir aura vardı. Gerçi caydırıcı veya hırçınından ziyade yüzünde mutlak bir sıkıntı ifadesi vardı. Kimsenin ne düşündüğünü umursamıyormuşsun gibi."

Doğru.

"İlgimi en çok çeken de bu oldu" diyor. "Gözlerimi senden alamadım. Hatırlıyor musun?"

Başımı sallıyorum. Lanet olası Dürüstlük!

"Biliyordum" diyor ve bir dirseğinin üzerinde doğrulup büyüleyici gözleriyle bana bakıyor. "Çatıda bana bakışından anlamıştım. Sen de beni tanıdın. Ama seninki çok daha derindi. Sanki beni tesadüf eseri gerçekleşen bir karşılaşmadan daha uzun süredir tanıyor gibiydin."

Bunu yapmak istemiyorum. Ona cevap vermek, gerçeği anlatmak zorunda olmak istemiyorum. Ama yalan söyleyemem. Taşındığı günden bu yana onu izlememiş, onunla konuşmak için cesaretimi toplamaya çalışmamış gibi yapamam.

"Bir süredir seni takip ediyorum" diyorum.

Büyük olasılıkla bu şekilde söylememeliydim ama bir kere çıktı ağzımdan.

Bana bakıyor, gülmüyor çünkü şaka yaptığımı düşünüyor ama sadece bakıyor, beni inceliyor, kendimi kalkıp gitmeliymişim gibi hissettiriyor.

"Gerçekten mi?" diye soruyor.

Başımı sallıyorum.

"Metrodan beri mi?"

Tekrar başımı sallıyorum. Onu metrodan sonra izlemeye başladım. Bu iyi bir şey olmalı.

Bana öyle uzun süre bakıyor ki karakolda sicilime işlenmesin diye Hafıza'dan bana bir iyilik yapmasını istemeyi düşünüyorum. Ardından Sara gülümsüyor. "Daha önce hiç takip edilmedim."

"Bu iyi mi, kötü mü?" diye soruyorum.

"İyi" diyor. Sözcük dudaklarından öyle yumuşak ve şehvetli çıkıyor ki. "Kesinlikle iyi."

Sonraki dakikalar rahatlama ve cinsel tansiyonun uyumlu birlikteliğiyle geçiyor, ne de olsa bana bir yasaklama emriyle karşılık vermediği için takdirimi gösterebileceğim tek yol bu.

"Ne düşünüyorsun?" diye soruyor.

Ona; evsizlere yardım eden, öfkelendiğinde sesini yükseltmeyen ve insanları samimi bir ilgiyle dinleyen bu kadına bakıyorum. Esrar içen, takip edilmekten hoşlanan ve henüz ta-

Kader Aşkı Tadınca

nıştığı ölümsüz bir varlıkla seks yapan bu kadına bakıyorum. Kaderi götürmüş, Kısmet Yolu'ndaki bu kadına.

"Sen bir bilmecesin" diyorum.

Hâlâ bir dirseğinin üzerinde doğrulmuş, başını eline yaslamış bir halde beni inceliyor. "Sen tanıştığım en sıra dışı adamlardan birisin" diyor. Diğer eli göğsümün üzerinde dolaşıyor, karnımdan aşağı iniyor ve parmakları uyarılmış aksesuarıma dolanıyor. "Ve cinsel gücü en fazla olanı."

Teşekkürler, Maharet.

Bölüm 15

Ölümlü bir kadınla birlikte olmanın en büyük sorunlarından biri, teknik olarak âşık olma ve müdahale etmeyle ilgili kurallara karşı geldiğimden, Sara ile dışarıda görünmemin iyi bir fikir olmaması. Bu da seçeneklerimizi sınırlandırıyor.

Tiyatro yok.

Restoran yok.

Striptiz kulübü yok.

Dolayısıyla ilk resmî randevumuz için Sara'yı *Blue Water Grill*'de hoş bir yemeğe çıkarmak veya *Scandals*'ta erkek ve kadınların sergiledikleri kucak danslarından birine götürmek yerine, onu evime davet edip dışarıdan Çin yemeği sipariş ettim. En romantik girişimlerden biri değil ama aşçılık becerilerim beni buna mecbur etti. Kaldı ki Peloponez Savaşı* sırasında Kışkırtma, Yıkıcılık ve Ölümcül Günahlar'dan birkaçını yeme-

---

* **Peloponez Savaşı:** MÖ 431-404 tarihlerinde Antik Yunan'da yapılan, büyük şehir devletlerinden Atina imparatorluğunun, Sparta ve Peloponez Birliği karşısında verdiği savaş. (ç.n.)

ğe davet ettiğimden bu yana kimse için yemek yapmadım. Ve o zaman da daha çok ne bulduysak onu yemiştik.

Elbette, Sara'yı kendi evimde ağırlamanın bazı dezavantajları var.

Kimliğimin fiziksel kanıtlarını saklamak durumundayım. Örneğin alın yazısı takvimim, Jerry'den yaklaşan kuraklık, kıtlık ve diğer doğal felaketlerle ilgili notlar ve Donner Konvoyu* ile çekilmiş bir fotoğrafım.

Ve klozetin kapağını indirmeyi unutmamalıyım.

Aslında endişelenecek bir şeyim olmadığını biliyorum. Ama heyecanlı ve gerginim, iyi bir izlenim bırakmak istiyorum. Temizlik yapıyor, hazırlanıyor, kokulu mumlar alıyor ve arka planda rock grubu Velvet Underground'un bir albümünü çalıyorum. Her şeyin kusursuz olmasını istiyorum. Sanki ölümsüz olduğumu unutmuş gibiyim.

Sara gelir gelmez, mango karides ve General Tso usulü tavuk yemek üzere mutfak masasına geçiyoruz. Bilin diye söylüyorum, General Tso'nun tatlı-ve-ekşi kızarmış tavukla ilgilendiği yoktu. Baharatlı yiyecekler bağırsaklarına dokunuyordu. Ama kremalı turtaya bayılırdı.

Yemek süresince ne konuşacağımı düşünüyor, bocalıyorum. Malum sebeplerden ötürü, var oluşum konusunda fazla dürüst olamam ama genelde bunun bir sorun olmayacağını düşünüyorum. Sara bana ne iş yaptığımı sormadığı sürece.

"Bana ne iş yaptığını anlat" diyor Sara.

Sadece seks yapmanın ve tüm bu konuşmalardan kaçmanın bir yolu olmalı diye düşünüyorum. Ama Sara'dan seks sinyal-

---

* **Donner Konvoyu:** Diğer adıyla Ölüm Kampı, 1974 yılında ABD'de Missouri'den California'ya doğru yola çıkan, sert hava koşulları ve açlık nedeniyle yamyamlığa başvuran ve 89 kişiden yalnızca 41'inin California'ya ulaşabildiği konvoy. (ç.n.)

leri almıyorum. Ayrıca tüm bu gerginlik, erkek kostümümün bir anlamda işlev bozukluğu göstermesine neden oluyor ve bu da bana pek seçenek bırakmıyor.

"Çok seyahat ediyorum" diyorum, bu yanıtın onu tatmin edeceğini umarak.

"Nerelere gidiyorsun?" diye soruyor.

"Pek çok yere" diyorum. Bu doğru. O yüzden teknik olarak yalan söylemiyorum.

Gülüyor. "Daha gizemli olabilir misin?"

"Deneyebilirim" diyorum.

Tekrar gülüyor ve ben tam var oluşum hakkındaki müteakip soruları önlediğimi düşünürken soruyor, "Gelecek ve seçeneklerle uğraşan biri tam olarak ne yapar?"

Bu işte Israrcılık'ın parmağı olduğunu düşünüyorum, acımasız herif.

"Ağırlıklı olarak müşteri hizmetleri ve sorun çözme" diyorum.

İşte, bu yeterli olmalı. Tabii bana ne tip sorunlar çözdüğümü sormadığı sürece.

"Ne tip sorunlar?" diye soruyor.

"Bilindik sorunlar."

Yüzünde keyifli bir tebessümle bana bakıyor.

"Sohbet etmekten hoşlanmıyorsun, değil mi?" diye soruyor.

Omuz silkiyorum.

"Sadece eğlenmeyi mi tercih edersin?"

"Böyle bir seçeneğim var mı?" diyorum. "Önce yemeği bitirmemiz gerek sanıyordum."

Sara gülüyor. "Tüm erkekler sadece seks mi düşünür?"

S. G. Browne

Kısa yanıt:Evet. Tüm erkekler sadece seks düşünür. En azından benim uğraşmak zorunda olduğum erkekler. Onlara tayin edilmiş yollarından bu kadar uzaklaşmalarının sebeplerinden biri de budur.

Bekârlara özel barlar.

Striptiz kulüpleri.

İnternet pornografisi.

Mesleğim gereği salgınlar, soykırımlar ve tüm savaşlardan çok, cinsel tatmin peşindeki erkeklerle uğraştım.

Sara sandalyesinden kalkıyor, bana doğru yürüyor, bacaklarını açıp kucağıma oturuyor, ardından uzun uzun öpüyor. Geri çekildiğinde, gözleri beni öyle bir sıcaklık ve samimiyetle sarıyor ki, tüm endişelerimin kaybolduğunu hissediyorum.

"Bunu nasıl yapıyorsun?" diye soruyorum.

"Neyi?" diyor.

"Yaptığın bu şeyi" diyorum, birkaç santim uzağımdaki yüzünü inceleyerek. "Sadece bir öpücükle kendimi iyi hissettiriyorsun."

"Bilmiyorum" diyor. "Ama böyle hissettiğine sevindim."

Kucağımda Sara, birbirimize bakıyor, öpüşüyoruz. Ben onun yüzünde kayboluyorum. Cinsel tansiyon öyle artıyor ki önce kimin pes edeceğini merak ediyorum.

Belki de yalnızca ben böyle hissediyorum.

"Bilmeni istiyorum, normalde yeni tanıştığım biriyle seks yapmam" diyor Sara.

"Ben de" diyorum. Teknik olarak yüz binden fazla ölümlü kadınla seks yaptığım gerçeğini saklayacak biri olmadığımı önemsemiyorum.

Kader Aşkı Tadınca

"Bekâretimi bile yirmi beş yaşında kaybettim."

Sara'nın özelliği, arsızca dürüst olması.

"Şimdi kaç yaşındasın?" diye soruyorum.

"Yirmi dokuz."

Ona bakıyor, kıskançlıktan veya herhangi bir rekabet hissinden çok, meraktan sormak istiyorum. Ama ben cesaretimi toplayamadan o üç parmağını havaya kaldırıyor.

"Üç mü?" diyorum.

Başını sallıyor. "İlki hemen olup bitsin diyeydi. İkincisi hataydı. Ve üçüncüsü..." diyor parmağını yüzümde gezdirerek.

Esprili bir yanıt vermeye hazırlanıyorum ama yüzünde tekrar düşünmeme yol açan bir bakış var. Ağzımdan şu çıkıyor:

"Belki de üçüncüsü tılsımdır."

Sara bana bakıp gülümsüyor. "Sende tuhaf bir şey var. Farklı bir şey. Kendimi sana bağlı hissettiren bir şey. Tam olarak ne olduğunu anlayamıyorum."

"Bazı önerilerde bulunabilirim."

"Ciddiyim" diyor. "Sanki içimde bir şeyler yerine oturdu ve her şey doğru gibi geliyor. Bu seni korkutuyor mu?"

"Hayır" diyorum.

"Büyük olasılıkla çoğu erkeği korkuturdu."

"Ben çoğu erkek değilim."

"Biliyorum" diyor. "Bu yanın hoşuma gidiyor."

Sara beni yumuşak bir edayla tekrar öpüyor sonra gülümsüyor ve alnımdaki saçları parmaklarıyla geriye itiyor. O anda, var oluşum boyunca, hiç kimsenin bana böyle dokunmadığını fark ediyorum. Hiç kimse bana böyle bakmadı. Kimse kendimi böyle hissettirmedi.

Güçsüz ve yenilmez.

Korkak ve cesur.

Umut ve kuşku dolu.

Aynı anda hepsi.

Sıra dışı deneyimler konusunda payıma düşeni yaşamış olsam da tüm bu âşık olma olayının biraz endişe verici olduğunu itiraf etmeliyim.

Kurallara aykırı olmasına şaşmamalı.

Bölüm 16

"Seks, yılın moda rengi."

Mesai bitiminde Bowery'deki Marion's Marquee Lounge'da bir içki içiyor, Karasevda'nın aşkın şu anki durumuyla ilgili felsefe yapışını dinliyorum.

"Aşkın modası geçti" diye devam ediyor. "Eskilerde kaldı. Ev yapımı dondurma, kombinezon ve at arabaları gibi. Çekici ama kullanışsız. Erkek ve kadınların artık aşka zamanları yok. Bunun yerine birlikte eğleniyor, birkaç içki içiyor, seks yapıyor ve aşkı bulduklarını sanıyorlar. Şöyle bir bak etrafına."

Küçük yuvarlak masalar ve antika avizelerle dolu salona bakıyorum. Erkekler ve kadınlar loş ışıkta bir araya gelmiş, içki içiyor, sohbet ediyor ve cinsel bir gerginlik yaşıyorlar. Aslında ben buraya Aşk, Romantizm veya Sevgi gibi birilerinden fikir almayı umarak insan ilişkileriyle ilgili bazı yanıtlar bulmaya gelmiştim ama Karasevda bana bir içki ısmarlamak istedi. Onu geri çeviremedim.

Karasevda'nın özelliği, narsist olması.

S. G. Browne

"Bu insanların her biri, kusursuz eşleri olabileceğine inandıkları birini görüyor" diyor Karasevda ve bir lambanın ışığı altında kendi kendine gülümsüyor. "Ama algıları, karşılarında oturan insana duydukları tutkuyla şekilleniyor, gözleri ve düşünceleri tutku ve arzuyla dolu. Baksana şuna."

Salonun bir köşesini işaret ediyor. Tutku ve Arzu gece elbiselerini giymiş, margaritalarını yudumluyorlar.

Tutku'nun özelliği bulimia hastası olması.

Arzu'nun özelliği ise obsesif-kompülsif olması.

"Şimdi Aşk sana, doğru yargıyı hiçbir şeyin saf, katıksız *amore* kadar bulandıramayacağını anlatmaya çalışacak" diyor yarısı dolu uzun kadehindeki yansımasına bakarak. "Ama insanlar, kusurları ve yetersizliklerine rağmen birbirlerine âşık olurlar. Söz konusu Karasevda, Arzu, Tutku ve Şehvet olduğunda bu kusurlar kayboluyor. İşe bak, içince her şey farklı görünüyor."

Yan masamızda oturan yirmi dokuz yaşındaki adam, Gösteriş kadar iyi görünümlü ve Beceriksizlik kadar keskin; ama bu, karşısında onun ne kadar güzel olduğunu düşünen otuz dört yaşındaki kadın için hiç önemli değil. Kocası işsiz kalana ve ergenlik çağındaki iki çocukları terapi görmeye başlayana dek bir on sekiz yıl daha bunu düşünmeyecek.

"Bugün çoğu insan tutku ve arzudan dolayı evleniyor" diyor Karasevda ve kendine bakmak için masamızın cilalı yüzeyine eğiliyor. "Özellikle de birkaç cin tonik içerek tanışanlar. Barlarda âşık olmak istemezsin. En azından Manhattan'ın bu kısmında..."

Yanıt vermeme fırsat kalmadan Karasevda eğilip ekliyor. "Şeytanı çağırmışız"

Aramızdan biri, *Şeytanı çağırmışız*, dediğinde genelde şeytanın kapıdan içeri girdiğini görmek alışılmadık bir durum

Kader Aşkı Tadınca

değildir. Ve böyle durumlarda kendi işinize bakmanız en mantıklısıdır. Şeytan'ın kötü tarafına denk gelmek istemezsiniz, özellikle de sigarayı bırakmaya çalıştığı sıralarda.

Ancak şu anda Karasevda mecazi anlamda konuşuyor.

Popüler mitolojinin aksine, Aşk ölümlülere oklar fırlatıp âşık olmalarına neden olan çıplak ve kanatlı bir varlık değildir. Siyah payetli bir pantolon ve ceket takım giyer, siyah kadife bir pelerini vardır ve daha çok *Bir Yıldız Doğuyor* filmindeki Judy Garland gibi görünür.

"Aramızda kalsın" diyor Karasevda fısıldayarak, "makyaj yapsa harika olur."

Aşk'ın özelliği, bağımlı olması.

Benim yolumdaki çoğu insan Aşk'la düzenli olarak karşılaşmadığından ben de pek sık bir araya gelmem. Kendinden emin tavırlarına ve davetkâr tebessümüne rağmen gözyaşlarını tutmak için gayret sarf ettiğini fark ediyorum. Salonda bir sürü çift var ve her ne kadar çoğu fiziksel bir çekim yaşasa da burada kimse aşkı aramıyor.

Salona girdikten dakikalar sonra Aşk, zil zurna sarhoş olan Tutku ve Arzu'nun kahkahaları ve alayları eşliğinde tekrar bara dönüyor.

"Biliyor musun..." diyor Karasevda ve bir pudra çıkarıp kapağını açıyor.

"Ne söyleyeceğini unutma" diyorum ve ayağa kalkıp Aşk'ın peşinden bara gidiyorum. Barda, kırk beş yaşına geldiğinde siroz geçirecek otuz iki yaşında sarhoş bir adamın yanında oturuyor.

"Çok tatlısın" diyor adam Aşk'a. Aşk ise onu umursamamaya çalışıyor. "Sana bir içki ısmarlayabilir miyim?"

"Neden karına içki ısmarlamıyorsun?" diye soruyor Aşk, adamın diğer yanındaki kadını işaret edip.

"Harry, artık gidebilir miyiz?" diyor diğer kadın. Belli ki içinde bulunduğu durum hoşuna gitmiyor.

Belki yanılıyorumdur ama aralarında aşk yok gibi görünüyor.

"Bir içki daha" diyor Harry. "Biri benim için, biri de kalbimi çalan bu küçük güzel bayana..."

"Bu kadar yeter" diyor kadın ayağa kalkıp. "Gidiyoruz."

"Buzlu bir viski" diyor Aşk, barmene.

Karısı, Harry'yi sürüklerken, "Ama onu seviyorum!" diye bağırıyor o. "Onu seviyorum!"

Aşk onu umursamıyor ve bir *Winston* sigara yakıp dumanını tutkulu niyetlerle ona doğru yaklaşmaya başlamış bir diğer adama üflüyor.

Bir tabure çekip Aşk'ın yanına oturuyorum. "Zor bir gün mü?"

"Neden her ölümlü erkek, aşk fikrine âşık olduğunu sanıyor?" diyor. "Oysa âşık olması gereken insana âşık olmalı."

"Her insan birine âşık olmalı mı?" diye soruyorum.

"Teoride öyle" diyor. "Ama nedense öyle olmuyor. Şehvet, Arzu ve Karasevda günü götürüyor gibi. *Winston*?" Bana bir paket sigara uzatıyor.

"Hayır, teşekkürler" diyorum. "Hiç denemedim ve şimdi başlamak da istemiyorum."

"Kaderin kanına girmek iyi bir fikir değil diyorsun?"

"Öyle bir şey" diyorum.

Bir süre, Aşk kadehindeki buzlu viskinin büyük bölümünü tüketinceye kadar, havadan sudan sohbet ediyoruz; ardından nihayet sohbeti aklımdaki konuya getiriyorum.

Kader Aşkı Tadınca

"İnsanlar neden âşık olur?" diye soruyorum.

"Bu sanki bir tercihmiş gibi söylüyorsun..."

"Anladım" diyorum. "Peki, insanlar aşka nasıl tutulurlar? Onlara birbirleri için yaratıldıklarını fark ettiren o bilinci nasıl yaratıyorsun?"

"Öncelikle, onların da gördüğü gibi, aşka tutuldukları yok" diyor. "Tutulmak kontrolsüz olduğun anlamına gelir. Bu da Tutku, Şehvet ve Arzu'nun hissetmeni istediği şeylerdir. Sorun şu ki, onlar kendilerini öyle iyi pazarlıyorlar ki, aşka hazır olmayan insanlar benimle fiziksel özlemleri arasında kalıyor."

İtiraf etmeliyim ki, tek istedikleri seks yapmakken aşkın peşinde kaderlerinin içine eden insanlardan payıma düşeni fazlasıyla gördüm.

"Gerçek şu, Fabio" diyor viskinin geri kalanını da içip, "Aşk, elinden bırakamadığın ve asla bitmesini istemediğin güzel bir kitap gibidir. Ama Karasevda ve Şehvet sayesinde, hikâyeden keyif almak yerine, hemen son bölüme geçersin."

Ben tüm bunları anlamaya çalışırken Aşk bir viski daha istiyor. Salonun arka bölümünde, Tutku ve Arzu'nun kahkahalarını duyuyorum.

"Ve ikincisi" diyor Aşk salonu işaret edip, "herkes beni yaşamaya hazır değildir. Şuradaki çiftler, hepsi tutku ve arzularına kapılmışlar, aşka hazır değiller. Âşık olsalar ne yapacaklarını bilemezler. Ben de zamanımı, onlara verdiğim şeyin değerini bilmeyecek erkek ve kadınlarla boşa harcamayacağım."

"Peki" diyorum. "Eğer aşka hazırsan, bunun Karasevda veya Arzu değil de sen olduğunu nereden anlarsın?"

Aşk gülümsüyor ve başını eğip içkisine bakıyor. "Anlarsın işte..."

S. G. Browne

Jerry uygulamalı her şeyi bilme dersinde bunu söyleyip dururdu. Beni deli ederdi. O dersten nefret ettim. C-eksi aldım ve bunun tek sebebi çan eğrisi sistemiyle not vermesiydi.

"Peki, sen neden aşkla bu kadar ilgilisin, Fabio?" diye soruyor.

"Sadece merak ettim" diyorum kayıtsız görünmeye çalışarak.

"Sadece merak, demek?" diyor. "Bana sorarsan birbirinizi bulmanızın bir sebebi vardır."

"Kimi bulmanın?" diye soruyorum.

"Âşık olduğun her kimse..."

"Neden söz ettiğini bilmiyorum" diyorum.

"Yapma, Fabio" diyor. "Hakkımda söylenenlerin aksine, gözüm kör değil."

"Bunu Shakespeare söylemişti, değil mi?" diyorum konuyu değiştirmeye çalışarak. "Sanırım *Venedik Taciri*'ndeydi."

"Bak" diyor. "Bana düşmez ama tavsiyemi istersen bunu başkalarıyla paylaşma derim. Jerry duyarsa ilişkinizin sonu olur ve bunu yaşamanı istemem çünkü o her kimse, özel biri olduğunu hissediyorum"

"Teşekkürler" diyorum.

"Ve endişelenme" diyor Aşk göz kırpıp. "Sırrın benimle güvende."

Buzlu viskisinin geri kalanını Romantizm, Sevgi ve eski günlerden söz ederek geçiriyoruz; ardından Alzheimer hastası elli beş yaşındaki bir adam Aşk'ın yanına gelip ona evlenme teklif ederken ben bardan ayrılıyorum.

Bölüm 17

Birkaç gün sonra Sara ile Harlem'de üç odalı bir dairedeyiz. Gelecek on altı yıl boyunca boşanıp birbirleriyle üç kez daha evlenecek olan evli bir çifte daireyi gösteriyor. O sırada öğreniyorum Amsterdam'da beni bıçaklayan genç adam Nicolas Jansen'in bir manastıra kapandığını.

Eyvah!

Onunla o sokakta tanıştığımızda kaderinde böyle bir şey yoktu. Uyuşturucu ve hapishane arasında gidip gelmesi gerekiyordu. Belki de zamanının bir bölümünü çöp kutularından yemek artıkları toplayarak geçirecekti. Vücudunda yaralar oluşacak, kafası bitlenecekti.

Anlaşılan o ki beni bıçakladıktan ve öldürdüğünü sandıktan sonra Nicolas yaptığı şeyden öyle pişman oldu, yakalanmaktan ve hapse gönderilmekten öyle korktu ki polisin gelip onu bulmasını beklerken aklı başına geldi. Ama polisler peşine düşmediğinde ve cinayet haberi medyaya yansımadığında Nicolas bunu Jerry'den bir mesaj olarak algıladı ve yeni bir hayata başlamak için ikinci bir şans elde ettiğini fark etti. Bunun üzerine Güney Fransa'da bulunan Aziz Nicolas Ortodoks Manastırı'na katıldı.

Kaderi büyük olasılıkla beni bıçakladığı an değişti ama ben o sırada erkek kostümümü tamir ettirmek ve Sara'ya âşık olmakla meşguldüm, fark edemedim.

Sanırım Nicolas Jansen'in neler yaptığını görmek için onu izlemem gerekirdi ama rehabilitasyondan çok hapishanede zaman geçireceğini düşünmüştüm. Kaldı ki insanlarımın her birinin her an ne yaptığını takip edemem. Sanırım Jerry'nin bana işimi daha iyi yapmamı söylerken kastettiği şey buydu. Ama aynı hikâyeyi izlemekten öyle çok sıkıldım ve yoruldum ki artık peşlerini bırakır oldum. Fazlalık'a da aynısını yapıyorum.

Sonra bugün, hızlı bir tarama yapıyor ve katilimin kaderini iyileştirdiğini keşfediyorum. Ya da kaderini benim iyileştirdiğimi.

Kural 2: Kimsenin belirlenmiş geleceğini iyileştirme.

Anlaşılan bu durum, ayın elemanı seçilme şansımı artırmayacak. Ama bilerek yapmadım ki. Kazaydı. Bir tepki. Bir hata. Yine de Nicolas Jansen'in iyileşmiş kaderindeki rolümün kaynayıp gitmesini ve Jerry'nin neler olduğunu öğrenmemesini umuyorum. Sonuçta burada manastıra kapanmaktan söz ediyoruz. Nicolas Jansen azizler listesine girecek değil ya. Dolayısıyla Jerry bu ayın alın yazısı dengeleri üzerinde gelişigüzel bir kalite-kontrol değerlendirmesi yapmadığı sürece fark etmesi için hiçbir sebep yok. Zaten Jerry'nin yapması gereken öyle çok iş var ki endişelenmemem yersiz.

Öyleyse neden bir şeylerin yolunda olmadığı hissine kapılıyorum?

"Merhaba, Faaaabio."

Kader Aşkı Tadınca

O anda kızıl saçları çıplak sırtına dökülen Kısmet yanımda beliriyor.

Üzerinde kırmızı, saten, ayak bileklerine kadar uzanan, sırt dekoltesi açık bir elbise ve ayaklarında kırmızı İtalyan topuklu ayakkabılar var. Külot çizgisi görünmüyor ve göğüs dekoltesine de bakılırsa, iç çamaşırı giymemiş.

Sebebi Kısmet'ten yayılan cinsel sıcaklık mı, ölümsüz bir seks manyağının yolundaki ölümlü bir kadına âşık olduğum gerçeği mi, yoksa ikisinin şu anda aynı odada bulunuyor olması mı, bilmiyorum ama erkek kostümüm terlemeye başlıyor.

"Harlem'de ne işin var?" diye soruyorum, meraklı görünmemeye çalışarak.

Aynı-hatayı-üç-kez yapacak çifte, mutfağın özelliklerini anlatan Sara'yı işaret ediyor. "Müşterilerimden birini kontrole geldim. Ya sen?"

"Aynen" diyor ve 1.973 milyon dolarlık daireyi alıp almama konusunda tartışmaya başlamış George ve Carla Baer'i işaret ediyorum.

"Buraya onun için gelmediğine emin misin?" diyor Kısmet, Sara'yı işaret edip.

"Neden onun için geleyim ki?" diye soruyorum.

Suçluluğun rengi kırmızıysa ben kesin bordoyum.

"Ah, bilemem" diyor ve mutfak tezgâhına tırmanıp uzanıyor. "Belki de ona âşık olduğun içindir."

Dürüstlük. Açık sözlü sürtük. Ona güvenmemem gerektiğini tahmin etmeliydim.

"Neden söz ettiğini bilmiyorum" diyorum.

"Gerçekten mi?" diyor ve ayakkabılarını çıkarıp bir kedi gibi domalıyor. Kırmızı saten elbisesinden göğüsleri ve göğüs uçları belli oluyor. "O zaman biraz temassız doktorculuk oynamaya ne dersin?"

Mutfak tezgâhında gerilmiş, seksi ve nefes kesici vücuduna bakıyorum. İstediğim son şey, Kısmet'e Sara ile ilgili duygularımı açıklamak. Ama Kısmet'in davetini kabul edip onunla kazara temas kurmayı ve Sara'nın önünde aniden görünür olmayı göze alamam.

Ve "kazara temas kurmaktan" kastım seks yapmak.

Kısmet tezgâhta kayıyor ve elbisesi, gerçekten de iç çamaşırı giymediği gerçeğini gözler önüne seriyor. "Soyunmaya başla!"

"Hayır" diyorum.

"Hadi ama Fabio" diyor bana doğru ilerleyerek. Kusursuz göğüsleri, saten elbisesinin içinde serbest kalıyorlar.

Salona doğru yürüyor, bir yandan gladyatörleri düşünmeye çalışıyorum.

"Beni istediğini biliyorsun" diyor ve beni siyah deri koltuğun kolunda köşeye sıkıştırıyor. Elbise omuzlarından kayıp yere düşüyor.

Onu istediğimi itiraf etmek için Dürüstlük olmama gerek yok. Ama şu anda İffet'i çağırmaya çalışıyorum.

"Bu senin kaderin" diye fısıldıyor Kısmet beni çıldırtarak. Çıplak bedeni birkaç santim uzağımda, dudakları neredeyse kulağıma sürtünüyor.

Gladyatörler ve İffet, Kısmet'in cinsel tacizi için iyi bir koruma değil, ben de Kısmet'e direnmek yerine koltuğun kolunun üzerinden kendimi koltuğa atıyor, ayağa kalkıyor ve diğer yana kaçıyorum.

"Korkak!" diyor ve koltukta, el ve dizlerinin üzerinde sürünmeye başlıyor. "Buraya gel ve bana uslu bir kız olmayı öğret!"

Kader Aşkı Tadınca

"Sürtüğün tekisin" diyorum.

"Ah, Faaaabio" diyor ve sırtüstü uzanıp göğüslerini avuçluyor. "Böyle konuştuğunda çok tahrik oluyorum. Keşke tasmamı getirseydim."

"İlgilenmiyorum" diyorum.

"Emin misin?" diyor bana dönüp. "Elbisemi giymene bile izin veririm."

"Kırmızı bana yakışmıyor."

"Keyfin bilir" diyor Kısmet ve evli çift daireyi alıp almama konusunda görüşmek üzere koltuğa oturmadan hemen önce koltuktan kalkıyor. "Ben de otuz altı beden giyebilecek başka birini bulurum."

Çift ve Sara, az önce yaşanan seks mücadelesinden habersiz, işe koyulurken Kısmet tekrar elbisesini giyiyor.

"Bence çok şirin" diyor.

"Ne çok şirin?"

"Ona âşık olman" diyor. "Tuhaf ama şirin."

"Nesi tuhaf?" diye soruyor ve o anda duygularımı itiraf ettiğimi fark ediyorum.

Kısmet ayakkabılarını giyerken gülümsüyor. "Bu arada" diyor beni baştan aşağı süzüp, "o erkek kostümü yeni mi?"

Önce Dürüstlük, şimdi de Gizlilik mi? Burada kimse standartları önemsemiyor mu artık?

Kısmet dudaklarını yalayarak etrafımda dolanıyor. "Harika görünüyor, Fabio. Gizlilik'in senin için tamir ettiği kostüme ne oldu?"

"Ne anlattı sana?" diye soruyorum.

"Ah, biraz ondan biraz bundan" diyor Kısmet. "Birkaç içkiden sonra oldukça konuşkan birine dönüşüyor."

S. G. Browne

Harika. Kısmet sadece bir ölümlüye âşık olduğumu değil, Amsterdam'da olanları da biliyor. Ama acaba ne kadarını? Sanırım bir önemi yok. Jerry'nin ihtiyacı olan tek şey insanlarımdan birini araştırmak için bir sebep ve böylece onlardan birinin kaderini değiştirdiğimi öğrenebilir. Sonra bir bakmışsınız, Mardi Gras* boyunca Şeytan'ın köpek dövüştürdüğü çiftliklerinden birinde köpek kakası temizliyorum.

"Benden ne istiyorsun?" diye soruyorum, sanki bilmiyormuşum gibi.

"Endişelenme, Fabio" diyor bana yaklaşıp. Dudakları kulağımdan bir nefes uzaklıkta. "Sırrın benimle güvende."

Ve böylece çekip gidiyor. Las Vegas'a, Bangkok'a ya da ölümsüz sürtükler her nereye gidiyorlarsa.

Dikkatimi, benimle birlikte dairede bulunan ölümlülere çevirdiğimde Sara'nın izin isteyip balkona çıktığını fark ediyorum. Yakında boşanacak çiftler daire için tartışırken, Sara nefes kesici Central Park manzarasının keyfini çıkarıyor.

Kadın almak istiyor, adam bunun kötü bir fikir olduğunu düşünüyor. Aslında o kadar paraları yok. Adam daha küçük, belki Chelsea'de bir daire istiyor. Ama kadın kabul etmiyor. O yerden tavana uzanan pencereleri, mermer banyoyu, gurme mutfağı ve prestiji istiyor. İstediğini elde edecek, her zamanki gibi. Ve adam bu yüzden ona gücenecek. Her zamanki gibi...

Bu, onların ilk müsabakalarındaki ölüm çanı. Evi alacak, maksimum iki yıl burada yaşayacaklar ve sonra adam boşanmak isteyecek. Beş yıl sonra, yeniden evlendiklerinde, her şeyi baştan yapacaklar ve 2 milyon dolarlık daire hariç, sonuç yine aynı olacak.

---

* **Mardi Gras:** ABD'nin Lousiana eyaleti, New Orleans şehrinde düzenlenir ve dünyaca ünlü bir festivaldir. Mardi Gras "Şişman Salı" anlamına gelir. (ç.n.)

Kader Aşkı Tadınca

Bazen bir grup disiplinsiz, kontrolden çıkmış velede bebek bakıcılığı yaptığımı hissediyorum.

Burayı almasalar, adam kalkıp, "Hayır, burayı ödeyemeyiz" dese, işim çok daha kolay olurdu.

Aslında kadının tek istediği bu zaten. Ne istediğini bilen ve durumun kontrolünü eline alan güçlü, karakterli bir erkek. Tüm kararları onun yerine alacak biri. Annesi öldüğünde darmadağın olan ve onu küçük kardeşleri liseden mezun olana kadar aileyle ilgilenmeye mecbur bırakan babasının tam zıttı biri.

Ama bu, o adam değil. Bu adam taviz vermek, onu mutlu etmek, ona istediklerini vermek istiyor çünkü. Aslında tam aksini yaptığının farkında değil. Ve böylece burada oturmuş, kadının argümanlarına teslim oluyor, taleplerini kabul ediyor ve her dileğini yerine getiriyor çünkü onu seviyor ve kendini korumak yerine sadece onun mutlu olmasını istiyor. Durumun kontrolünü eline almak, kontrolcü ve tüm yükü omuzlamış karısına çenesini kapatmasını söylemek değil.

Keşke bunu yapsa. Şimdi. Durumun kontrolünü ele alsa. Ona kimin patron olduğunu gösterse. Onun arzu ettiği gibi bir adam olsa.

Hem bu adamı çıldırtan çift hem de Kısmet'le karşılaşmam yüzünden sinirlenmiş ve sıkılmış hâlde koltuğun arkasına doğru yürüyor, George Baer'e doğru, onun terini ve parfümünü koklayacak kadar yaklaşıyor ve bağırıyorum, "Ona çenesini kapamasını söyle!"

"Çeneni kapat artık" diyor George.

Karısı ve ben, ağzımız açık bir hâlde ona bakakalıyoruz.

"Ne?" diyor karısı.

Ne? diye düşünüyorum ben.

"Burayı almıyoruz" diyor. "Ödeyemeyiz. Fiyatı daha uygun bir yer bulmak zorundayız."

Kimin daha çok şaşırdığını bilmiyorum; kadın mı, kocası mı, ben mi? Ama tam da bu şekilde, önümde çözümlendiğini görebiliyorum. Değişen bir gerçeklik. Yeni bir gelecek.

Eyvah! Sanırım yine yaptım.

Bir yıl içinde boşanmayacaklar. Ya da hiç. Kadın sonunda birinin onunla ilgilenme, onun yerine karar alma, sorumluluk yükünden kurtulma arzularına kavuşmuş olacak. Sahip oldukları bu yeni dinamik, cinselliğin sadizm ve mazoşizm dünyasında tam gaz bir yolculuğa dönüşecek baskıcı-itaatkâr bir ilişki sağlayacak. Gelecek sene bu zamanlarda kadın; ip ve dizginlerden yapılmış bir kafese bağlı bir halde, ucu toplu bir ağız bandı takacak ve arkadan birbirine bağlanan, deri eldivenler giyiyor olacak.

Bir manastıra kapanmak kadar soylu olmayabilir ama yine de onlara belirlenen kader için iyileşme demektir.

Her ne kadar Carla Baer evi almama konusunda mutsuz olsa da kocasının ani gelen kararlılığı ve otoritesi karşısında öyle şaşkın ki, içinden gelişigüzel bir itiraz etmekle yetiniyor. Gittiklerinde kocanın yeni sorumluluk-alma tavrı, ona en sevdiği restoranda rezervasyon yaptırma güveni veriyor ve karısına bu yıl Meksika'da tatil yapacaklarını söylüyor. Farkında olmadan işleri iyi yönde mi, yoksa kötü yönde mi etkilediğimi merak ediyorum.

Belki de sebep benim bilinçaltı verilmiş önerim değildi.

Belki sadece tesadüftü.

Belki adam kaderini kendi başına değiştirdi.

Tabii. Ve belki Kısmet bir gün rahibe olacak.

Bölüm 18

Hiçbir zaman büyük bir değişim hayranı olmadım. Rutinlerimi, mobilyalarımın dekorasyonunu ve yastıklarımın kabarık olmasını severim. Sonuçta Boğa burcuyum ben. Ama bu, yatağın hangi tarafında yattığımdan daha önemli bir konu.

İnsanların kaderlerini değiştirmek, ampul değiştirmeye benzemez. Sadece kaderini değiştirdiğiniz insan için değil, aynı zamanda onun iletişim kurduğu diğer herkes için ciddi yansımalar doğurabilir. Bu, uzaklığın-altı-derecesi kavramıdır ama birini tanımaktan birkaç adım uzak olmak yerine, burada her insan, gezegendeki bir başka insanın kaderini etkilemekten birkaç adım uzaktadır.

Bir insanın bir diğerine söylediği hoş bir söz, diğerinin bir başkasına hoş bir söz söylemesine, söz konusu olan herkesin yollarını değiştirecek nitelikte sözler veya eylemler oluşmasına neden olabilir. Aynı şekilde yıkıcı sözler veya şiddet eğilimli davranışlar, birinci hedeften çok daha fazlasını etkileyebilir. Ed Gein'a, Ted Bundy'ye ya da tarihteki diğer tacizci, tecavüzcü

S. G. Browne

veya seri katillere bakın. Etkiledikleri yaşam miktarı, sayılarla ifade edilmez. Nicolas Jansen'in yeni manastır arkadaşlarını katletmesini ya da George ve Carla Baer'in buzdolaplarını insan parçalarıyla doldurmaya başlamalarını beklemiyorum tabii ama eylemlerimin neticelerini göz önünde bulundurmalıyım.

Nicolas Jansen'in suç ve uyuşturucuyla dolu hayatında mağdur olmuş tüm insanlar, artık yaşamlarında bu faktörle karşılaşmayacaklar. Onun tüm müstakbel hücre arkadaşları, uyuşturucu satıcıları ve sokaktaki çevresi, olumsuz etkilerine maruz kalmayacak. Ve Nicolas'a yardımcı olmayı denemiş tüm insanlar, onun başarısızlıkları karşısında hayal kırıklığına uğramayacak.

Sonunda ailesi, oğullarının geleceğine umutla bakıyor. Aziz-Nicolas Ortodoks Manastırı'ndaki diğer rahipler, yeni kardeşlerinden olumlu yönde etkilenecekler. Ve Nicolas'ın temas kurduğu insanlar, onun sözleri ve eylemleriyle cesaret bulacak.

Aynı şekilde George ve Carla Baer, kendi güvensizliklerini veya nevrozlarını başkalarına empoze etmeye çalışmayacaklar. Daha mutlu insanlar olacak ve bu mutluluğu yaşamlarındaki diğer insanlara yayacaklar. O insanlar da pozitif bir şekilde etkilenecek ve bu olumlu enerjiyi tanıdıkları ve tanışacakları insanlara yayacaklar. Vesaire...

Dolayısıyla istemeden de olsa milyonlarca insanı etkiledim. Bazılarını daha çok. Ama hepsi, düne kıyasla daha iyi bir noktadalar. Ve çoğu bunun farkında bile değil. Kaderlerinden habersizler. Benden. Yaşamlarının değişen koşullarından.

Ve bunun yanıma kâr kalıp kalmayacağını merak ediyorum.

"Neyin yanına kâr kalıp kalmayacağını?" diye soruyor Sara.

Anlaşılan yine sesli düşünmeye başlamışım.

Kader Aşkı Tadınca

Sara ile koltuğa uzanmış, Seyahat kanalında *Anthony Bourdain ile Rezervasyonsuz* adlı programı izliyor, patlamış mısır yiyoruz. Daha önce hiç seyahat kanalını izlemedim ve patlamış mısırdan nefret ederim. Köpükten yapılma bardakların bir aroması olsaydı, tadı patlamış mısır gibi olurdu. Ama Sara ile yiyor ve seviyormuş gibi yapıyorum; çünkü içinde onun olduğu her aktiviteden çok keyif alıyorum.

"Yok bir şey" diyorum. "İşle ilgili şeyler."

"İşle ilgili ne gibi şeyler?" diyor Sara ve Anthony Bourdain İtalya, Nepal'de dolanırken Sara bir avuç patlamış mısır alıyor.

Ölümlü bir kadınla birlikte olmanın sorunlarından bir diğerini daha keşfettim. Her konuda konuşmayı seviyor.

Sorunlar.

Duygular.

Seks.

Genelde bugüne kadar yaşadığım tüm ölümlü seksler bir gecelikti. Diğer ölümsüzlerle olan birlikteliklerim bile ilişki sayılmazdı. Ve her ne kadar Kısmet'le aramızda var oluşumuzun başlangıcından beri bir şeyler olsa da hiçbir zaman ciddiye almadık.

Dolayısıyla daha önce hiç derin, anlamlı, hadi-birbirimizi-tanıyalım türünden sohbetler yapmadım. Herhangi bir sohbetin; kendimle, kim olduğum ve ne iş yaptığımla ilgili detayları açık edeceği gerçeği de bir diğer etken oldu.

Kural 3: Asla ölümsüz olduğunu açıklama.

Doğal olarak bu, yalan söylemek zorunda olduğum anlamına gelir. Ve ben bunun, beni tahmin ettiğimden çok daha fazla rahatsız etmeye başladığını fark ediyorum.

"Bir hata yaptım" diyorum.

"Herkes hata yapar" diyor Sara. "İnsan olmak böyle bir şey."

Tam gülmek üzereyim ki onun ciddi olduğunu fark ediyorum.

Round Table Pizza'da bir hata yaptığınızda bir insanın yemeğini etkiliyorsunuz. *Gap*'te bir hata yaptığınızda bir insanın gardırobunu etkiliyorsunuz. *Charles Schwab*'da bir hata yaptığınızda bir insanın finansal güvenliğini etkiliyorsunuz. Ama benim işimde bir hata yaptığınızda bunun tüm insanlığın kaderini nasıl etkileyeceğini göz önünde bulundurmalısınız.

Öyle ki bazı insanlar pizzalara, geniş kesim kot pantolonlara ve emeklilik hesaplarına benzerler. Bazıları diğerlerinden daha önemlidir. Gerçi düşünürseniz dünyada bireysel emeklilik hesabından çok pizza var. Ama bu, bir pizzanın bir insanın finansal geleceği üzerinde etki bırakabileceği anlamına gelmez.

Televizyonda, Anthony Bourdain pizza yiyor.

"Peki, ne yaptın?" diye soruyor Sara.

"Birine yanlış bir bilgi verdim" diyorum.

Sara, uluslararası alanda çalışan bir borsacı olduğumu düşünüyor. Bu tam olarak yalan değil. Sonuçta ben insanların geleceklerine yatırım yapıyor, kader alışverişi sağlıyorum.

"Ne tür bir yanlış bilgi?" diye soruyor.

"Başımı belaya sokabilecek türden" diyorum.

Sara'nın bir özelliği de sonsuz bir sabrının olması.

"Tamam" diyor patlamış mısırı sehpaya bırakıp. "Yaptığın bu hata. Birini öldürecek mi?"

"Hayır."

"Dünyayı altüst edecek mi?"

Başımı sallamadan önce bunu bir daha düşünmem gerek. "Sanmıyorum"

"İşini kaybetmene neden olacak mı?"

Jerry'nin uğraşması gereken herkesi göz önünde bulundurursak

Kader Aşkı Tadınca

büyük olasılıkla üç önemsiz pizzanın yapay bir şekilde değiştirilmiş kaderlerini fark etmeyecektir. Sonuçta Batı felsefesinin temelini oluşturmak, bir otobüste yer vermeyi reddetmek ya da Masters golf finallerinde sayı kazanmak gibi önemli, yenilikçi veya sarsıcı bir şey yapmadılar ki. Binlerce insanın her gün yaptığı tercihleri yaptılar.

"Sanmam" diyorum.

"O zaman unut gitsin" diyor Sara ve yanıma kıvrılıyor. "Ne hata yapmış olursan ol, büyük olasılıkla düşündüğün kadar önemli değildir. Ve sonunda önemli bir sorun bile olsa onu düzeltmek için gereken her şeye sahipsin."

Sara'nın bir dizi üst bacağımda, bir eli göğsümde ve başı omzumda. Saçlarını kokluyor, şampuanın kokusunu içime çekiyorum. Yumuşak nefesini duyuyorum. Erkek kostümüm üzerinde atan nabzını hissediyorum. Ve aniden kendimi çok daha iyi hissediyorum.

Bu tuhaf bir his, bu sevgi ve aşinalık, seks içermeyen bir yakınlık. Birinin beni, endişelerimi önemsiyor ve kendimi iyi hissettiriyor olması. Sara'yı her düşündüğümde içimi kaplayan o sıcak ve iç gıdıklayan duygu, aniden ateş gibi içimi sarıyor. Ve daha önce hiç yaşamadığım bir heyecanla doluyorum.

Ve daha önce hiç yapmadığım bir şey yapıyorum. Sara'yı kendime çekiyor, ona sarılıyorum; sonra başını öpüyor, seks istemeden onu hissetmenin keyfini çıkarıyorum. Başını kaldırıp bana baktığında gözlerini ve alnını öpüyor, ona gülümsüyorum. O da bana gülümsüyor, ardından tekrar televizyona dönüp bana iyice sokuluyor.

Ve böylece her konuda kendimi çok daha iyi hissediyorum.

Ne yaptığımı, bir sürü insanın kaderine müdahale ettiğimi ilk fark ettiğimde bunu nasıl düzelteceğimi, ben karışmadan önce onları bulundukları yollara nasıl döndüreceğimi merak ediyordum. Ama şimdi üzerinde düşündükçe her şeyi eski hâline getirmenin imkânsız olduğunu anlıyorum. Ve yapabilseydim bile yapmak istemezdim.

Tüm var oluşum boyunca her zaman olacakları bildim. Hem kendim hem de insanlarım için. Şimdi, bir anda dünyam belirsizliklerle doldu. Bilinmeyenle. Heyecanla. Olacakları bilmemenin heyecan verici bir yanı olduğunu anlıyorum. Kendimle. Sara'yla ve daha iyi bir yol seçmelerine yardımcı olduğum üç insanla.

Ve düşünüyorum da, bir daha yapsam ne olur?

Yani Jerry de alışveriş dersleri alıp fizik dersinde uyuyarak her şeyi bilen bir varlığa dönüşmedi ya. Dolayısıyla er ya da geç öğrenecek. Tabii radarı altında her şeyi yapabileceğim kadar dağılmadıysa. Bu da mümkün. Son günlerde çok meşgul ve bir şeyleri görmezden gelebiliyor. Tabii o bir şeyler Kısmet'i, Kader'i ya da Esinlerden birini içermediği sürece. Dolayısıyla ahmak insanlarımın yaşamlarını kurcalayacaksam çok dikkatli olmak zorundayım.

İlk kuralı yıkmış olacağımın farkındayım ama onlara sadece tavsiyeler, ipuçları verir; onları doğru yöne dürtüklersem önceden belirlenmiş kaderlerinin parametreleriyle oynamış olmam. Ben sadece onları orijinal yollarına döndürmeye çalışıyorum. İdeal geleceklerini yaşamalarına yardım ediyorum. Ve eğer onları doğru yöne sevk ederek, hayatlarında yarattıkları karmaşalara rağmen kaderlerini şekillendirerek bazılarına yardımcı olabilirsem belki kendime de yardımım dokunur. Belki, en başında bu işten neden keyif aldığımı yeniden keşfedebilirim.

Beş yüz yıldır ilk kez tekrar bir işe yaradığımı hissediyorum.

Bölüm 19

En son, Rönesans'ın son yıllarında bir işe yaradığımı hissetmiştim. Doğru, Kısmet; insanlığın tekrar doğuşundan sorumlu olanlardan, Cervantes, da Vinci, Shakespeare'den aslan payını almıştı. Ama Roma'nın refah döneminde müşterilerimin pek çoğu gibi aslanlara yem olmak yerine Rönesans döneminde listemdekiler -Dante, Boticelli, Raphael- en azından insan var oluşunu iyi yönde değiştirmede bir rol oynadılar.

O dönemden sonra her şey kötüye gitmeye başladı.

Elbette, sonrasında Nietzsche, Edison ve van Gogh gibi büyük düşünürler, bilim adamları ve ressamlar geldi ama onlar benim yolumda değildi. Hayır. Ben dini yayan, savaşları başlatan ve nükleer bombalar atan misyonerler, diktatörler ve başkanlarla uğraştım. Onların yaptıklarının sonucunda direkt veya dolaylı olarak öldürülen on milyonlarca insanın kaderine katlanmak zorunda kalmam da işin cabası.

Dolayısıyla yirmi birinci yüzyıl insanlarının kaderlerinde bir fark yaratabildiğimi anladığımda bir uyuşturucu bağımlısını Fransız manastırına göndermek veya işlev bozukluğu gösteren evli bir çiftin bağını güçlendirmekle sınırlı bile olsa, kendimi yepyeni bir yol bulmuşum gibi hissettim. Kendimi yeniden yaratma fırsatını yakalamışım gibi.

Yeni ve gelişmiş bir Kader.

İnsanlığa yardımları dokunan biri.

Ya da en azından insan enkazlarına.

İlk resmî kader değiştirme girişimim için Amanda Drake'i seçtim. Amanda, Londra'nın Doğu Yakası'nda yaşayan, kırk beş yaşında bir esrarkeş. Yetişkin yıllarının büyük bölümünde uyuşturucu kullandı ve hırsızlık, sahtecilik ve kraliyet ailesinin bir üyesini taklit etmekten hapis yattı. Ayrıca toplamda üç yılını rehabilitasyon merkezinde geçirdi.

Amanda Drake'i seçmemin birkaç sebebi var.

Birincisi, programa uygun yaşıyor.

İkincisi, yardıma ihtiyacı var.

Ve üçüncüsü, gözlerimi kapadım ve parmağım listede onun adına denk geldi.

İstediğim en son şey, herhangi bir kalıp yaratmak, tek bir demografik veya coğrafi kategoride çok fazla insana yardım etmek. Dolayısıyla rastgele seçim yapmanın daha akıllıca olacağını düşündüm. Gerçi zekânın karar alma sürecimde bir faktör olup olmadığından emin değilim.

Amanda'nın orijinal alın yazısına göre bir garson olarak çalışması, asla evlenmemesi ve altmış sekiz yaşında bir hastanede yalnız ölmesi gerekiyor. Çok parlak bir kader değil belki ama kendi için yaratmayı başardığından daha iyi olduğu kesin.

Habersiz uğradığım sırada Amanda psödoefedrin, muriatik asit, çamaşır suyu, aseton, kül suyu ve mavi ispirtodan oluşan

Kader Aşkı Tadınca

kahvaltısını tüketiyor. Şahsen ben olsam krep ve omleti tercih ederim.

Amanda bir kuru temizlemecinin en üst katında, iki odalı bir dairede yaşıyor ve evini genç, uyuşturucu kullanmayan, bekâr bir çiftle paylaşıyor. Çift ona dün gece evden ayrılması gerektiğini söyledi. Ayrıca Amanda yakın zamana kadar aşağıdaki kuru temizlemecide çalışıyordu ama patronu onu temizlik maddelerini koklarken yakalayınca işinden kovuldu.

Bir işi veya yaşayacak bir yeri olmadan Amanda sokaklarda dilencilik yapmaya başlayacak ve sonunda uyuşturucu bağımlılığını sürdürebilmek için fuhuşa başvuracak. Zayıflayacak, böbrek sorunları yaşayacak, birçok kez tecavüze uğrayacak ve ne kadar dibe batarsa batsın, hep daha kötüsü olduğunu anlayacak.

Beş yıl dolmadan Amanda Drake ölmüş olacak.

Neden başlangıç olarak daha kolay bir aday seçmedim ki? Örneğin bir kedi fetişisti, takıntılı bir obez ya da bir koprofili* delisi olabilirdi? Bir haftalık *Jerry Springer* şovu dolduracak kadar sorunu olan birindense, tek bir önemli sorunu olan birini seçebilirdim!

Gerçekten, insanların nasıl bu duruma gelebildiklerini anlamıyorum. Gezegende onlardan başka mutlu olmaları gerektiğini düşünen bir yaratık daha yok. Para, gelecek ve ardında bırakacakları şeyler için endişelenirler. Savaş, hastalık ve ölüm için endişelenirler. Seks, aşk ve ilişkiler için endişelenirler. Ama en çok da neden mutlu olamadıkları konusunda endişelenirler.

Beş bin yıllık gelişmiş medeniyet evresine rağmen hâlâ anlam veremiyorum.

---
* **Koprofili:** Dışkı görmekten keyif alma. (ç.n.)

S. G. Browne

Şimdi karşımda anoreksi sınırında, yüzü zayıflıktan kabuk bağlamış, kendi sefaletinin kurbanı olan Amanda Drake oturuyor. Aslında çok daha iyi bir hayat seçebilirdi, oysa o her yıl biraz daha parçalanmasına izin verdi, ta ki Dennis'in onu beklediği noktaya ulaşana kadar.

Oturmuş, hâlâ sahip olduğu birkaç eşyayı, ipleri çengelli iğnelerle tutturulmuş yırtık ve pis bir çantaya doldururken burada ne yaptığımı merak etmeye başlıyorum. Bu kadına yardım etmek mümkün değil. Ve mümkün olsaydı bile yardımı hak ediyor mu? Hayatını düzeltebileceği pek çok fırsatla karşılaştı, hem de benim yardımım olmadan. Onun asıl ihtiyacı olan şey, bu çilenin son bulması. Her ne kadar ona yardım etmek istesem de bu benim görevim değil. Beş yıl içinde Dennis onu çağırana kadar beklemek zorunda. Benimse yeni keşfettiğim hayırseverliğimi uygulamak için gereğinden fazla gönülsüz, hayattan kopmuş ve memnuniyetsiz insanım var. Bu yüzden listemi çıkarıyor, gözlerimi kapatıyor ve başka bir insan seçmek için işaret parmağımı havada sallıyorum.

Seçimimi yapıp ortadan kaybolmama fırsat kalmadan, Amanda'nın çıkardığı sesle olduğum yerde kalakalıyorum. Bir an tereddüt ediyorum. Sırtım ona dönük; duyduğum şeyin, duyduğumu düşündüğüm şey olmadığını umuyorum. Ama sonra Amanda bir kez daha inliyor.

Dönüyorum ve Amanda'yı dizlerinin üzerinde yarısı dolu sırt çantasının üzerine kapanmış, elleri yüzünde hıçkıra hıçkıra ağlarken buluyorum.

Lanet olsun! Temiz bir kaçış yapmaya öyle yaklaşmıştım ki.

Hiçbir zaman telkin edici bir varlık olamadım ve hiçbir zaman ağlayan bir kadına ne demem gerektiğini bilemedim, bu yüzden Amanda'yı yatıştırmak için pozitif düşüncelere odaklanmaya başlıyorum. Ama Amanda hıçkırarak ağlamaya devam ediyor ve sonunda dudakları iyice açılıp ağzının kenarından salyalar damlamaya başlıyor.

Bazen insanlar gerçekten midemi bulandırıyorlar.

Ben de yüksek sesle konuşmaya başlıyorum.

"Hey, sakin ol. Ağlaman gerekmiyor."

"Hadi, Amanda. Her şey daha iyi olacak."

"Tanrı aşkına, şu çeneni kapatır mısın?"

Satılık dairede George Baer'i etkilediğim gibi Amanda'ya da ulaşabileceğimi düşünüp duruyorum. Ama görüşüne bakılırsa her şey daha kötüye gidiyor.

Sonunda başka hiçbir seçeneğim kalmadığından ve sabrım tükendiğinden, yalnız olduğumuzdan emin olmak için etrafıma bakınıyorum; ardından cisimleşiyor ve her zaman istenen sonucu veren iki sözcük söylüyorum:

"Kapa çeneni!"

İşe yarıyor, Amanda susuyor. Ağlama kesiliyor. Salya akıntısı devam ediyor ama mucize bekleyemezsiniz.

"Ne...?" Önce şaşkınlık, ardından dehşet içinde bana bakıyor. "Neler oluyor?"

"Sana kapa çeneni dedim."

Ağzını kapatıyor ama dudakları zangır zangır, gözyaşları yanaklarını parlatıp çenesine uzanıyor.

"Böyle daha iyi" diyorum.

Eminim buraya onun canını yakmak, ona tecavüz etmek ya da başka bir vahşet uygulamak için geldiğimi düşünüyordur, o yüzden temkinli ilerlemem gerek. Onu paniğe sokacak hiçbir şey söylemediğimden emin olmalıyım. Onu hafifçe doğru yöne sevk etmem yeterli olmalı.

S. G. Browne

"Şimdi beni dinle, Jerry'nin yeteneklerini boşa harcayan zavallı insan ziyanı" diyorum. "Bir an önce kendini toparlamazsan beş yıl içinde ölmüş olacaksın."

Tamam. Belki de hafifçe olmadı ama en azından derdimi anlatabiliyorum.

"Ölecek miyim?"

"Evet, doğru duydun. Öleceksin. Ö-L-Ü. Ölü. İstediğin bu mu?"

Heyecanla başını bir yandan diğer yana sallıyor.

Doğru söylediğinden, ölmek istemediğinden emin olsam da hâlâ ellinci doğum gününe ulaştığını göremiyorum. Aksine, aniden ortaya çıkıp yaklaşan ölümünü duyurmamla öyle çok amfetamin alacak ki vücudu bir yıl içinde iflas edecek.

Bu insanlara yardım etme işi düşündüğümden daha çetrefilli çıktı.

"Bak" diyorum. "Büyük olasılıkla ölmek istemediğini söylerken samimisin ama ben inanmıyorum. O yüzden gel, bir daha deneyelim. Ölmek istiyor musun?"

Amanda birden tekrar ağlamaya başlıyor.

"Ne var?" diye soruyorum.

Birkaç kez inliyor, ardından burnunu koluna siliyor. "Se-sen ... b-beni ... ö-ö-öldürecek m-m-misin?"

"Ölüm'e benzer bir halim var mı?" diyorum. "Saçlarım beyaz mı? Renkli lens takmış mıyım? Elimde lastik eldivenler var mı?"

Renkli lensler onu afallatmış olsa da başını iki yana sallıyor.

"Öyleyse neymiş? Seni öldürmeye gelmemişim" diyorum. "Ben senin zavallı kıçını kurtarmaya geldim."

Kader Aşkı Tadınca

Hıçkırıkları diniyor ve Amanda burnunu çekmeye başlıyor. Kafasını kaldırıp bana baktığında gözlerinde hayrete benzer bir ifade var. "Yani buraya beni kurtarmaya mı geldin?"

"Sana bunu anlatmaya çalışıyorum."

Gerçekten, bazen insanlarla uğraşmak çok zor. Babunlardan daha berbatlar. Tuvalet eğitimleri de daha zor.

"Klinikten mi geldin?" diye soruyor.

Klinik mi? Ne kliniği?

"Hayır, klinikten gelmedim."

"Seni Bayan Devon mu gönderdi?"

Amma soru sordu! "Bak..." diyorum, "Bir susar mısın? İşleri zorlaştırıyorsun."

"Ama anlamıyorum" diyor.

"Anlayacak ne var?" diyorum. "Uyuşturucu kullanmayı bırakman şart. Bir iş bulmalısın. Ve hayatını yoluna sokmalısın. Gayet basit, gerçekten."

"Ama nasıl yapacağımı bilmiyorum" diyor ve tekrar ağlamaya başlıyor. "Öyle çok hata yaptım ki..."

Nuh'u gemi yapmaya ikna ederken Jerry'nin bu kadar zorlanıp zorlanmadığını merak ediyorum.

Orada duruyorum ve Amanda'yı, hiçbir şeyin düşündüğü kadar umutsuz olmadığına, hayatını düzeltebileceğine ikna etmek için neler yapabileceğimi bulmaya çalışıyorum.

Ve o anda aklıma geliyor.

Onu doğru yürüyüp, "Herkes hata yapar" diyorum ve önünde çömeliyorum. "İnsan olmak böyle bir şey. Ama işleri yoluna koymak için gereken her şeye sahipsin."

Ağzımdan Sara'nın sözleri dökülüyor.

"Gerçekten mi?" diyor gözlerini bana dikip. Beni gördüğünden beri ilk kez, yüzünde umuda benzer bir şey beliriyor.

"Gerçekten" diyorum. "Sen sadece nasıl yapacağını unuttun. Ama o senin içinde..."

Bir anda uzanıyor ve başparmağımla gözyaşlarını siliyorum.

Ve sonra oluyor. Kaderi değişiyor. Onu temiz ve alkolsüz, Piccadilly Circus'un yakınlarındaki bir giyim mağazasında yarı zamanlı çalışırken ve bir kadın sığınma evinde gönüllü görev alırken görüyorum. Hatta romantizm potansiyeli bile görüyorum. Ona belirlenen kaderde hafif bir gelişme var ama endişelenmem gereken bir şey değil. Sonuçta, hâlâ yetmiş yaşından önce ölecek.

"Sen kimsin?" diye soruyor.

"Ben senin koruyucu meleğinim" diyor ve ayağa kalkıyorum. "O yüzden asabımı bozma."

Ve bununla birlikte ortadan kayboluyorum.

Bölüm 20

Minnesota, Duluth'ta bir bardayım. Aslında takılmak için ilk tercihim değil ama burası, Darren Stafford'un biyoloji öğretmenliği işini kaybettiğinden beri zamanının çoğunu geçirdiği yer. Tabii diğer kaybettiklerinden; evinden, karısından, kendine olan saygısından bahsetmiyorum bile. Ayrıca on yedi yaşındaki gözde öğrencisi ona babalık davası açtı. Dolayısıyla her ne kadar ergenlik çağındaki iki oğlu liseden mezun olmak üzere olsa da gelecek on sekiz yıl boyunca da nafaka ödemek zorunda kalacak.

Neyse ki Minnesota'da reşit olma yaşı on altı. Dolayısıyla öğrencilerinden biriyle seks yapma özgürlüğünü kaybetmedi. Ancak kız Amerikalı bir ağaçkakan, bir baykuş ya da bir dalgıçkuşu olsaydı, Darren altı aylık şartlı tahliye ve yüz saatten fazla kamu hizmeti cezası alırdı; ne de olsa Minnesota yasaları, insanların kuşlarla seks yapmasını yasaklıyor.

Bunu uydurmuyorum.

S. G. Browne

İnsanlar cinsel açıdan öyle sapkın ki dürtülerini tatmin etmek için yapabildikleri şeylere her zaman hayret etmişimdir. Birinin bir kargaya ya da bir sinekkuşuna bakıp, "Vay canına, onu istiyorum" dediğini düşünmek kafamı kurcalıyor.

Bildiğim kadarıyla, Darren Stafford kuşlarla ilgilenmiyor ama Jim Beam'e düşkünlüğü malum. Sek. Ve şu anda bugünkü ikinci turuna başladı, hem de ilk tur biteli daha on iki saat bile geçmeden.

"Ne alırsın?" diye soruyor barmen. Bu kırk dokuz yaşındaki kariyer karıştırıcısı, altmış yaşından önce akciğer kanserinden ölene kadar bu işi yapıyor olacak.

"Jim Beam" diyorum Darren'dan birkaç tabure uzağa yerleşip. "Sek."

Alkolü sek ve buzsuz içmekten hoşlanmıyorum ama insanlara başlarına gelecekleri söylediğimde bana koşulsuz inanmalarını beklemenin yanlış olduğunu öğrendim. Bu yüzden önce biraz güven kazanmam gerektiğine karar veriyorum.

Darren Stafford dönüp bana bakıyor, neredeyse boşalan kadehini kaldırıyor, sonra tek bir yudumda geri kalan içkisini mideye indiriyor.

"Ve o her ne içiyorsa" diyorum barmene.

"Duble olsun" diyor Darren ve birkaç tabure atlayıp yakınıma geliyor.

İtiraf ediyorum, Darren Stafford, Amanda gibi rastgele bir tercih değildi. Ama Yardım Edilecek Aptal İnsanlar Listemdeki bir sonraki aday North Dakota'da yaşıyor. O yüzden en sevdiğim utanmaz biyoloji öğretmenimin nasıl olduğunu görmek için 10,000 Göllü Topraklar'a* uğrayayım dedim.

---

* **10,000 Göllü Topraklar:** ABD'de Minnesota eyaletinin diğer adı. Eyalette 11,842 adet göl bulunmaktadır. (ç.n.)

Kader Aşkı Tadınca

"Zor bir hafta" diyorum.

"Tahmin bile edemezsin" diyor Darren.

Yalnız bir sarhoşla dost olmak için ona içki ısmarlamak gibisi yok. Tabii ona iki veya üç içki ısmarlamadığınız sürece. İçkiler geliyor ve Darren en yakın dostuna hikâyesini anlatıyor. Gerçi bu, hayal edebileceğim en çarpıtılmış hikâye. Neredeyse gerçekten aptal bir karar olmaktan çok; aşk, masumiyet ve ihanetle dolu bir peri masalı olduğuna inanacağım.

Ayrıca onun duble isteyerek cömertliğimden faydalanması ve içkimi kadehime kusmadan içmek için direnmem, bu adamı sarhoşluk yolundan kurtarmaya ne kadar kararlı olduğumu sorgulamama da neden oluyor. Ta ki aniden kendini bırakıp ağlamaya başlayana kadar.

"Dinle" diyor ve bir kolumu omzuna koyuyorum.

Genelde binlerce yıldır seks yaptığım ölümlü kadınlar dışında insanlara dokunmaktan kaçındım. En azından kendi insanlarıma. Bunun sebebi bedenlerinin dokusundan çok, yaydıkları niteliklerdir. Terle parlayan ve berbat bir koku yayan bir vücuda dokunmak gibi.

"Dinle." Elimi geri çekiyor ve ağzımdan nefes almaya çalışıyorum. "Burada oturup içmek zorunda değilsin. Seçeneğin var."

Cümlenin sonuna *moron* sözcüğünü eklemek istiyorum ama bunun yapıcı bir eleştiri olacağından kuşkuluyum.

"Seçenek mi?" diye soruyor, burnunu koluna silip. "Ne seçeneği? Ben bittim."

"Hayır" diyorum. "Sen bitirildin ve sen becermemen gereken birini becerdin ve A'yı yaptığın için B ile karşılaştın ama bu, hiçbir şeyi değiştiremeyeceğin anlamına gelmez."

S. G. Browne

Bana inanmıyor. Ta ki ben ona ilişkisinin detaylarını anlatıp kasten atladığı boşlukları doldurana ve hayalinde uydurduğu fanteziyi düzeltene kadar.

"Tüm bunları nereden biliyorsun?" diye soruyor. Gözleri aniden kuşkuyla doluyor. "Polis veya avukat falan mısın?"

"Sadece bir dost" diyorum sözcüğü yutarak. "Seni senden de iyi tanıyan biri."

"Madem beni bu kadar iyi tanıyorsun" diyor sözcükleri yuvarlayıp yeni tazelenmiş içkisinin yarısını tezgâha dökerek, "o zaman belki bana neden o küçük sürtükle yattığımı söyleyebilirsin!"

Ona nedenini söylüyorum. Sonra ona, gözde öğrencisinin verandasında dururken aklından geçenleri anlatıyorum. Ona, çocukken ne olmak istediğini ve yaşamı boyunca verdiği tüm kötü kararların hayallerine ulaşmasına nasıl engel olduğunu anlatıyorum. Sonra ona, şu anda bu bardan çıkmadığı takdirde başına neler geleceğini söylüyorum.

"Kuşlarla seks mi yapacağım?" diye soruyor.

Aslında hayır. Ama bunun kulağa evsiz kalmaktan ve kasık bitlerinden daha iyi geleceğini düşünmüştüm. Kaldı ki her zaman dikkatli olmak zor. Ayrıca ben Ulusal Audubon Kuşlar Birliği'ne üyeyim. Ama Darren Stafford'un kuşlarla seks yapacağı falan yok ve gelecek on yıl boyunca alkolik olacağından da endişelenmiyorum. Bugün buradaki küçük sohbetimizden sonra sıfırdan başlayabileceğini ve korkunç bir hatadan sonra bile hayat olduğunu keşfedecek. Gerçi sonuçta ders vereceği bir devlet üniversitesinde on dokuz yaşındaki öğrencisine âşık olacak ama neyse.

Bazı şeyler hiç değişmiyor.

"Ama neden kuşlarla seks yapayım ki?" diye soruyor Darren.

Kader Aşkı Tadınca

Ona bilmediğimi söylüyorum. Belki de yaptığı hatalar ve mahvettiği yaşamlar için kendini kamçılamak istemesiyle ilgilidir.

"Minnesota'da kuşlarla seks yapmak yasalara aykırıdır" diyor barmen ve *Camel* sigarasının külünü kül tablasına silkiyor.

"Benim geldiğim yerde de yasak" diyorum.

"Orası neresi?" diye soruyor akciğer kanseri yolundaki barmen.

"Cennet" diyor ve gözden kayboluyorum.

It's a Wonderful Life şarkısına bayılırım.

Birkaç saniye sonra, barmen veya Darren'ın tepki vermesine fırsat kalmadan, bara geri dönüyorum.

"Bu arada" diyorum barmene, "ciğerlerini korumak ve torununun Michigan'daki üniversitede futbol oynadığını görmek istiyorsan sigarayı bıraksan iyi olur."

Sonra tekrar kayboluyorum.

Böyle gösteriş yapmanın iyi bir fikir olmadığının farkındayım ama bazen kendime hâkim olamıyorum işte. Kaldı ki ikisi de benimle ilgili kimseye bir şey söylemeyecek. Birbirlerine bile. Bugünden sonra Darren Stafford hayatının geri kalanı boyunca bir daha o bara -veya herhangi bir bara- adım atmayacak ve barmen hâlâ akciğer kanserinden ölecek olsa da en azından torununun Michigan Üniversitesi'nde defans oyuncusu olarak futbol oynadığını görebilecek.

Bir hastalık bir insanı ele geçirdiğinde benim yapabileceğim pek bir şey yok. Sonuçta gerçekleşen bir hasarı geri almak ya da hasarın ilerlemesini önlemek gibi bir gücüm de yok. Ama onlara, hastalıkla savaşabileceklerini söyleyebilirim. Uzmanların onlara söyledikleri tüm istatistiklere, yüzdelere ve olasılıklara inanmak zorunda olmadıklarını anlatabilirim. Onlara umut verebilirim. Ama itiraf etmeliyim, bu konuda pek başarılı değilim.

Umutsuzluk. Başarısızlık. Çaresizlik. Bunlar benim işimin nitelikleridir, kendimi bildim bileli var oldular. Onlara alıştım. Onların yanında kendimi rahat hissediyorum. Yemek, nefes almak ve temassız seks gibi onlar da günlük var oluşumun parçaları oldular. Onlar rutinimin parçaları. Hayatımın, doğamın parçaları.

Artık insanlarım gibi olduğumu fark ediyorum. Bir kısır döngüye kapılmış ve bir şeyleri öyle uzun zamandır aynı şekilde yapmışım ki yapmanın başka bir yolunu görememişim. Ve bu beni gerçekten rahatsız ediyor, hem de iğrenme ve nefretin de ötesinde bir seviyede.

Ben de insanlarım gibiyim. Biz aynıyız. Onlar benim bir yansımam. Ben onların bir yansımasıyım. Ve bu, şu anda baş etmeye hazırlandığımdan çok daha yüksek dozda bir gerçeklik.

Bölüm 21

Sonraki iki hafta boyunca Bogota'dan Budapeşte ve Bali'ye, tüm dünyayı dolaşıyor; kaderleri sıradanlık, baskı ve kötü saç kesimleriyle dolu erkek, kadın ve çocuklara yardım ediyorum. Hadi, azarlayın beni. Ama kötü bir saç kesiminin bir insanın geleceğinde nasıl bir etki bırakabileceğine dair hiçbir fikriniz yok.

Çoğuna yardım etmek için erkek kostümümle belirmeme gerek yok ve Amanda Drake veya Darren Stafford'la yaptığım bir anda belirmeyi de yinelemiyorum. Karşılarında beliren bir koruyucu melekten söz eden bir sürü insan olması iyi bir fikir değil. Bir anda fotoğraflarımı gazetelerde ve reklam panolarında görebilir, *Larry King* ve *Oprah*'dan röportaj teklifleri almaya başlayabilirim ki bu Jerry'yi çok kızdırır. Oprah, onu şovuna hiç davet etmedi.

Ancak birkaç durumda insanlarımla etkileşim kurmak, cesaretlendirici sözler söylemek, dostça tavsiyelerde bulunmak ya da bazen kafalarının arkasına vurmak zorunda kaldım. Gerçi sonuncu temas pek iyi geçmedi. Münih'te karısını döven adam-

S. G. Browne

la görüşmemden sonra Maharet'i arayıp yüzümü onarmasını istemek zorunda kaldım.

Bu yardım işine yeni yeni ısınıyorum. Son birkaç yüz yılın büyük bir bölümünde düzenli olarak kendilerini rezil etmekte ustalaşmış aşağılık yaratıklara karşı olumsuz ve öfkeli yaklaştığınızda onlara karşı tavrınızı bir gecede değiştiremiyorsunuz. Ama insanlarımla çalışmayı, daha mutlu olmaları için yaşamlarını nasıl düzeltebileceklerini öğretmeyi deniyorum; böylece ben de daha mutlu olacağım. Onları biraz daha iyi anlamaya başladığımı hissediyorum ama söz konusu Sara olunca hâlâ öğrenme eğrisinin gerisindeyim. Hâlâ onun kaderini çözemiyor, göremiyorum. Hatta bazen yanıtları bulmaktan daha da uzaklaştığımı hissediyorum. Sanki ona yaklaştıkça onu net bir şekilde görebilme becerimi kaybettim.

"Günaydın" diyor Sara. Yan uzanmış, yastığından bana bakıyor.

Bir pazar sabahı ve Sara'nın yatak odasındayız. Burası, kesinlikle benimki gibi düzenlenmiş olsa da daha sıcak ve davetkâr bir ortam.

Koyu kırmızı duvarlar.

Toprak renklerinde örtüler.

Aynasız bir tavan.

"Her zaman pırıl pırıl uyandığının farkında mısın?" diye soruyor.

"Efendim?" diyorum. İçimde, bunun arketipler ve Jungçu psikoloji hakkında felsefi bir tartışmanın başlangıcı olduğuna dair bir his var.

"Cildin" diyor. "Erkeklerde yüz kılları gece boyunca uzamayı sürdürür, dolayısıyla gece tıraş olup bile yatsalar sabah yüzle-

Kader Aşkı Tadınca

rinde hafif bir karaltıyla uyanırlar" Sara parmaklarıyla yüzüme dokunuyor. "Senin cildin her zaman pürüzsüz."

Ölümlü bir kadınla birlikte olmanın bir diğer sıkıntısı da bu. Benimle ilgili, hiç kimsenin fark etmemesi gereken şeyleri fark ediyor. Bir vücut kokumun olmaması gibi.

Ya da asla tırnak kesmek zorunda kalmamam.

Ya da tıraş olmamam gibi.

"Lazer yaptırdım" diyorum çünkü şu anda aklıma gelen tek cevap bu.

"Yazık olmuş" diyor. "Arada bir kirli sakal hoşuma gider."

Kendime not: Maharet'ten yüzüne kıl kökü eklemesini iste.

"Küçük bir çocukken ne olmak isterdin?" diye soruyor Sara. Bir parmağı göğsümde geziniyor.

"Ben mi?" diye soruyorum.

"Hayır" diyor Sara. "Yattığım diğer adam."

"Neden küçük bir çocukken nasıl biri olduğumu bilmek istiyorsun?" diye soruyorum.

"Merak ediyorum" diyor. Uzun, narin parmağı göbeğime doğru ilerliyor. Bir zamanlar küçük bir çocuk olsaydım bile şu anda yaptığı şey ağaçlara tırmanıp top oynadığım günleri kesinlikle unuttururdu. Sonra parmağı, anatomimin bir başka parçasında geziniyor.

"Gezegendeki tüm insanların kaderini belirlemek isterdim" deyiveriyorum.

"Gerçekten mi?" diyor. Eli tekrar belime yükseliyor ve çenesini göğsüme dayayıp bana bakıyor. "Bu küçük bir çocuk için fazla hırslı değil mi?"

Sadece omuz silkiyorum. Ona Hırs'ın kadın olduğunu söylememe gerek yok.

S. G. Browne

"Peki, o zaman" diyor ve bir bacağını belime atıp üzerime çıkıyor. Dudaklarını kulağıma yaslayıp soruyor, "Madem insanların kaderleriyle bu kadar ilgilisin, neden benimkiyle başlamıyorsun?"

Yarım saat sonra üzerimizde bornozlarla mutfak masasında oturmuş kahve içiyor ve bir gün önce sipariş ettiğimiz makarnanın artıklarını yiyoruz. Sara her gün böyle besleniyor. Asla yemek pişirmiyor. Bir gün önceden kalan yemekleri fırında ısıtma zahmetine bile girmiyor, direkt kutudan veya kaptan yiyor; Çin yemeklerini, makarnaları, omletleri. Çorbaları bile. Anlaşıldığı üzere evinde hiç tabak yok. Bu da neden bir *Starbucks* bardağından kıyma soslu spagetti yediğimi açıklıyor.

"Peki, sen çocukken ne olmak isterdin?" diye soruyorum.

Hâlâ Sara'yı anlamaya çalışıyor, kaderine ışık tutacak bilgiler vermesini umuyorum. Geleceğine dair bir ışık.

"Küçük bir kızken bir Çingene olmak isterdim"

"Çingene mi?" diyorum. Bu bilginin bana nasıl yardımcı olacağından emin değilim.

"Kırsal bölgelerde dolaşıp insanlara şov yapmak isterdim" diyor. "Onları eğlendirmek, güldürmek, sihirli iksirler olduklarını düşündükleri su şişeleri satmak isterdim."

"Yani insanları kandırmak isterdin" diyorum.

"Sonra rahibe olmak istedim."

"Neden rahibe?"

"Sanırım bu Çingene olmak istememin telafisiydi."

Mantıklı.

"Ondan sonra kovboy, rock yıldızı, diş hekimi, madam, kafe çalışanı, denek, salon şarkıcısı, köpek bakıcısı, ponpon

Kader Aşkı Tadınca

kız, trapez sanatçısı, taksi şoförü, paleontolog ve ödül avcısı olmak istedim."

Sara'nın geleceğini geçmişine bakarak değerlendirmek için bu kadarı fazla.

"Neden emlak işine girdin?" diye soruyorum.

"Aslında kendimi bu işte buldum" diyor. "Ama insanların yuva diyebilecekleri bir yer bulmalarına yardımcı olmanın ödüllendirici bir tarafı var. İnsanların hayallerine ulaşmalarına yardım etmek gibi..."

Tamam, şimdi doğru yoldayız.

Elbette, Sara'nın bazı soylu niteliklere sahip olması, insanların ona neden olumlu tepkiler verdiğini açıklamaz. İnsanlar üzerindeki etkisi şu anda olduğu insanın yansıması değil, gelecekte olacağı insanın yansıması olabilir.

Ona bu kadar yakın olup kim olduğuna ya da hangi yöne ilerlediğine dair hiçbir fikre sahip olmamak hem heyecanlı hem de kaygı verici. Dünya nüfusunun yüzde seksen üçünün geleceğini okumaya ve işlerin nasıl gideceğini görmeye alışkın olduğunuzda âşık olduğunuz insanı okuyamamaya alışmak zaman gerektiriyor. Sara boş bir televizyon ekranı gibi. Tek görebildiğim, içinde bulunduğumuz anın saydam bir yansıması.

Şimdi, birden fazla kişinin hayatına müdahale ettiğimi düşünürseniz, Kısmet'in Sara ile olan durumumu biliyor olması beni endişelendirmeli diye düşünüyorum. Şu ana kadar iki yüzden fazla ölümlünün kaderini kasıtlı olarak değiştirdim. Büyük kozmik resimde önemli bir rakam değil ve çoğu sadece orijinal yollarına döndürüldü ama o iki yüz küsur insanın temas kurdukları diğer insanlar üzerinde bırakacakları etkiyi düşünürseniz, rakam inanılmaz bir biçimde artıyor.

Bir tür salgın gibi ama ben hastalık yerine umut yayıyorum.

S. G. Browne

İnsanlara yardım ediyor olmak bana inanılmaz bir enerji veriyor. Kendimi canlanmış hissediyorum. Kutsal. Yenilmez. Kaldı ki ölümsüz olduğumu düşünürseniz bu pek de anormal değil. Ayrıca bir ayı aşkın bir süredir Kısmet'i görmedim. Belki de beni unutmuş ve kendi hâlime bırakmaya karar vermiştir.

"Kısmete inanır mısın?" diye soruyor Sara.

Kıyma ve spagettileri burnunuzdan fışkırtmak, gözünüzde canlandırdığınız kadar komik değil.

"Kısmet mi?" diyorum boğulmamak için öksürerek.

"Bilirsin" diyor. "Yaşamını belirleyen o kaçınılmaz yol."

"Bu kader" diyorum, sol burun deliğimden bir topak kıyma çıkarıp.

"Gerçekten mi?" diyor. "Bundan emin misin?"

"Kesinlikle."

"O zaman kısmet ne?"

İşin tekniğine girmeden veya Kısmet'i bir sürtük gibi göstermeden -ki bu zor- farkı anlatıyorum.

"Genelde temel fark tercihtir" diyorum. "Kaderde tercih hakkın olmaz. Sonuç, senin tercihlerinin dışında bir kuvvetle belirlenir. Kısmette ise karar aşamasında daha çok söz sahibi olursun."

"Öyleyse kısmet daha iyiymiş" diyor.

"Aslında ben pek öyle düşünmü..."

"Ve kader de berbat bir şey."

Bu konuşma, istediğim yönde gitmiyor.

"Kader yanlış anlaşılıyor" diyorum ki bu tam olarak doğru değil. Gerçekten de berbat bir şeyim. Ama üzerinde çalışıyorum.

Kader Aşkı Tadınca

"Neden kısmete inanıp inanmadığımı soruyorsun?" diye soruyorum. Lafı benim kusurlarımdan uzaklaştırsam iyi olacak.

"Bilmiyorum" diyor ve pizzadan bir lokma alıp konuşmasını ağzı dolu sürdürüyor. "Sanki seninle tanışmamız kısmetmiş gibi hissediyorum."

Bu hoş bir düşünce olsa da pek muhtemel değil. Ölümsüzler bir ölümlünün radarında görünemezler. Ve biz de kesinlikle ölümlülerin yoluna çıkamayız.

"Central Park'ta bir kadınla tanıştım ve kader, kısmet hakkında konuşmaya başladık" diyor Sara. "Sanırım aklıma takıldı."

"Kadın mı?" diye soruyorum kuşkulu bir sesle. "Hangi kadın?"

"Adı Delilah" diyor. "Çok güzel, kızıl saçlı bir kadın. Mükemmel bir vücudu var. Tek renk giyiniyor. SoHo'da yaşıyor. Önümüzdeki hafta birlikte öğle yemeği yiyeceğiz."

Son zamanlarda Kısmet'i pek görmemiş olmama şaşmamalı. Ben uyuşturucu bağımlılarının, zavallı öğretmenlerin ve politikacıların kaderlerini düzeltmekle meşgulken o gitmiş, kız arkadaşımla takılıyor.

Kısmet bir numaralı kurala aykırı hareket ediyor. Gerçi söylemek bana düşmez ama...

"Başka ne söyledi?" diye soruyorum.

Anlaşılan, Kısmet feminizmin erdemlerinden, bekârlığın nimetlerinden ve kişisel hazların faydalarından söz ediyormuş. Neredeyse Kısmet'in genizden gelen derin kahkahasını duyabiliyorum ve şu anda bizi izleyip izlemediğini merak ediyorum.

Çoğu zaman, Kısmet etraftayken onun varlığını hissederim. Bu açıdan tek yumurta ikizleri gibiyiz. Tabii benzemiyor olmamız ve arada bir seks yapıyor olmamız dışında. Ama Sara beni öyle etkisi altına alıyor ki sanırım Kısmet'in bizi izlediğini fark etmemiş olmam mümkün.

Bir anda tiksintiyle ürperiyor ve kuşkulu bir şekilde yer değiştirmiş kırmızı herhangi bir eşya olup olmadığına bakmak için etrafı kontrol ediyorum ama tek gördüğüm toprak renkler. Öte yandan Sara'nın yatak odasında, Bağımlılık'ın gözlerindekinden çok kırmızı var.

"Sen kader ve kısmet hakkında nasıl bu kadar çok şey biliyorsun?" diye soruyor Sara.

"Hobi işte" diyorum ve ayağa kalkıp yatak odasına doğru yürüyorum.

"Tuhaf bir hobi" diyor.

Yatak odasının girişinde durup etrafa bakıyorum. Kısmet'in orada olmadığını biliyorum ama nedense yakınlarda bir yerde olduğu ve beni izlediği hissinden kurtulamıyorum. Belki de paranoyak oldum. Yine de her iki orta parmağımı uzatıyor, kollarımı kaldırıyor ve ellerimi vurgulu bir şekilde sallıyorum, ardından dilimi çıkarıyor ve ağzımın içinde şaklatıyorum.

"Ne yapıyorsun?" diye soruyor Sara mutfaktan.

"Hiçbir şey" diyorum ona dönüp. "Sadece Kısmet'i arıyorum."

"O zaman yanlış yerde arıyorsun" diyor mutfak masasına yaslanıp. Bornozu hafif açılıyor ve sol göğsü görünüyor. "Kısmet seni burada bekliyor."

İtiraf etmeliyim, Sara yemek kapları ve plastik bardaklardan oluşan düzenlemenin arasında yarı çıplak bir hâlde etkileyici görünüyor. Ama Sara ile mutluluk arayışımda Kısmet, düşündüğümden de büyük bir engel oluşturuyor. Anlaşılan biraz yardıma ihtiyacım olacak. Tembellik ve Oburluk'un hizmetlerini sunmaktan memnun olacaklarını biliyorum ama laktoza

Kader Aşkı Tadınca

alerjisi olan bir obez ve esrar içen bir uykucudan yardım almamam gerektiğini biliyorum.

Bunu söylemek üzere olduğuma inanamıyorum, ama...

"Yapamam" diyorum. "İşe gitmeliyim."

"Ama bugün pazar" diyor Sara. Yüzüne yayılan hayal kırıklığı, kendimi Suçluluk gibi hissetmeme neden oluyor. "Günü birlikte geçireceğimizi sanıyordum."

"Biliyorum" diyorum. "Ama uluslararası vadelerle ilgili bir müşteriyle görüşmem gerek."

Gerçek olmasa da tamamen yalan olduğu da söylenemez. Ama Sara'ya, Ölüm'le buluşmak için ülkeden ayrılacağımı söyleyemem.

Bornozunun önünü kapatma gereği duymadan masadan uzaklaşıyor ve bana doğru süzülüyor.

Üzerime doğru gelip bana yaslanıyor ve soruyor. "Hasta olduğunu söyleyemez misin?"

Beyzbolu, yolda araçların çarptığı hayvanları ya da Atilla Han'ı tanga giymiş bir hâlde hayal etmeye çalışıyorum. Aklımı Sara'nın sıcak, çıplak bedeninden uzaklaştıracak ne olursa.

"Keşke yapabilseydim" diyorum. "Ama gitmek zorundayım."

"Ne zaman döneceksin?" Kollarını vücuduma dolayıp sıkıca sarılıyor. Nefesini kulağımda hissediyorum.

"Olabildiğince çabuk" diyorum. Ve bu yalan değil.

Geri çekilip bana bakıyor. Yüzü, gözlerimi kapadığımda tüm detaylarıyla hayal edebildiğim eşsiz bir sanat eseri gibi.

"Sonra beni takip edeceğine söz verir misin?" diye soruyor.

Sanki söz vermem gerekirmiş gibi.

Bölüm 22

Dennis'i anlamak zorundasınız. Öncelikle, eskiden en yakın dostu olan birine beş yüz yıllık bir kin beslemezken bile, oldukça hırçın olabilir. Sonuçta, Ölüm o. Bu durum sosyal hayatına da zarar veriyor. Arada bir yemek partileri verme girişimlerine rağmen tüm insanların yaşamlarını sonlandırıyor olmasıyla özdeşleştirilmiş damgadan kaçmak biraz zor. Diğer Ölümsüzlerin çoğu bu görevin, yanında pek çok yükü de beraberinde getirdiğini düşünüyor. Ama salgınlar, soykırımlar ve terör dağıtarak binlerce yıl geçirdikten sonra sıradan ölümleri sevmeye başlıyorsunuz.

Dennis bir keresinde bana, Ölüm olmanın sonsuza dek aynı senfoniyi çalan bir orkestrayı yönetmek gibi olduğunu ve her metreye, harekete ve ölçüye çok alıştığını; dolayısıyla artık yaptıklarına kafa yormadığını söylemişti. Ölüm orkestrasını doğal bir şekilde yönetiyordu.

Aslında, anlaşmazlıklarımıza rağmen, Dennis kötü bir adam değildir. Yanlış anlaşılıyor, hepsi bu.

S. G. Browne

Sonuçta insanları kalp damarlarını tıkayan diyetlere ya da hareket hâlindeyken motorlu teknelerin tepesine tırmanmaya zorlamıyor. Yaşlılık, uçak kazaları ve arada bir yaşanan doğal afetler dışında günümüzde çoğu insan yanlış tercihlerden dolayı ölüyor.

Tütün içmek.

İçki âlemlerine katılmak.

Kirpi balığı yemek.

Diğer insanlar ise gerçekten aptal.

İçki içip araç kullanmak.

Kendilerini ateşe vermek.

Uyluk kemiklerindeki atardamarı kullanarak elektrikli bir testereyi kapatmaya çalışmak.

Sonra da Dennis'i suçluyorlar. Aslına bakarsanız artık hiç kimse kendi ölümün sorumluluğunu üstlenmek istemiyor.

Kısmet benim Sara'ya olan ilgimi fark etmeden önce bile Ölüm'ü sık sık düşünmeye başlamıştım. Belki bunun sebebi, insanlarımın geleceğin o kadar da umutsuz olmadığını anlamalarına yardımcı olmanın bana kendimi iyi hissettiriyor olmasıydı. Ya da belki bir ölümlüye âşık olmam. Belki de Sara'nın iki ölümsüz varlık arasındaki bir anlaşmazlıktan ötürü zarar görmesini istemiyor olmam. Ama tüm bu Columbus sorununa bir son vermeye karar verdim.

Böylece buraya, Avusturya, Viyana'ya geldim. Bir *UPS* dağıtım merkezinin önünde durmuş, hardallı sosis yiyip *Pfiff** *Märzen* bira içiyor ve çöp öğütücüye boş koli kutuları atan kırk sekiz yaşındaki Guenther Zivick'i izliyorum. Guenther son on beş yıldır *UPS* için çalışıyor ve hidrolik basınç maki-

---

* **Pfiff:** Avustralya'nın ölçü birimi, 0,2 litreye eşittir. (ç.n.)

Kader Aşkı Tadınca

nesini defalarca kullandı. Ama bugün, insan aptallığını tüm detaylarıyla sergileme sırası onda.

Guenther hidrolik basınç makinesini boş kutularla doldurmayı bitirdiğinde öğütücüye dönecek, makinenin kenarına tırmanacak, sonra ayağıyla kutuları öğütücüye itmeye başlayacak ve ayağı makineye sıkışacak. Ertesi sabah iş arkadaşları Guenther'in cesedini bulana kadar kimse neler olduğunu bilmeyecek.

Henüz Dennis ortalarda görünmüyor ama şaşırmıyorum. Tüm dünyada günde 150,000'den fazla ölüm varken her birine katılması mümkün değil. Dolayısıyla hangilerine katılacağını kendi seçer ama genelde bebek ölümlerini ve doğal sebeplerden ölen insanları Perişanlık ve Umutsuzluk'a bırakır. Geri kalanıyla -şehitler, kahramanlar ve cinayet kurbanları- kendi ilgilenir. Ve Guenther gibi vakalarda Dennis olay mahalline hep son dakikada gelir. Ayrıca Avusturya yemeklerini sevdiği de söylenemez.

Guenther hidrolik basınç makinesini çalıştırırken ben sosisimden bir ısırık daha alıyorum. Doldurma ağzının kenarına tırmanıyor ve kutuları öğütücüye boşaltmak için sağ ayağını kullanıyor. Dürüst olmak gerekirse neredeyse elli yıldır hayatta kalmayı başarabildiğine şaşıyorum.

Ayağını çöp öğütücüye doğru bastırışını izliyor ve kafamı iki yana sallıyorum. Eskiden, Guenther üzücü olsa da çöp öğütücüye sıkışıp en azından onu gen havuzundan uzak tutacak kaderiyle yüzleşirken ben sosisimi bitirir ve biramın geri kalanını mideye indirirdim.

Belki bunu sebebi uzun zamandır onlarla yaşıyor olmamdır çünkü sınırlı hayal güçlerine, gereksiz çatışmalarına ve seks sırasında yaptıkları gülünç yüz ifadelerine rağmen beceriksiz, yıkıcı ve yanlış yolda ilerleyen insanlarıma karşı tuhaf bir bağlılık hissediyorum. Hepsine yardım edemeyeceğimi biliyorum ama şimdi yapabileceğim bir şeyler varken burada durup onlardan birinin öğütülmesine seyirci kalamam.

Makine bacağını yakalayıp Guenther'i omlete dönüştürmek için hazneye çekmeden hemen önce onu kahverengi üniformasının sırtından yakalıyor ve çöp öğütücüsünün dışına çekiyorum. Görünmez kalmayı düşünüyorum ama bu şekilde Guenther'in neden kurtulduğunu anlamayacağını fark ediyorum. Bu yüzden onu yakalamadan önce cisimleşiyorum.

Beni görür görmez, "Hey!" diye bağırıyor Almanca. "Sen ne yapıyorsun?"

"Hayatını kurtarıyorum" diye yanıtlıyorum yine Almanca. Ve sosisimden bir ısırık daha alıyorum. "Ayağını çalışan bir çöp öğütücüsüne sokmanın ne kadar tehlikeli olduğunu bilmiyor musun?"

Vurgulamak için biramın geri kalanını içiyor, ardından bardağı öğütücüye atıyorum. Öğütücü bira kutusunu birkaç çatırtı ve patırtıyla yok ediyor.

"Bunun senin başına geldiğini düşün" diyorum. "Vücudunun böylece ezildiğini..."

Sanki hangimizin doğru söylediğini anlamaya çalışır gibi önce çöp öğütücüsüne bakıyor, sonra bana, sonra tekrar çöp öğütücüsüne. Guenther Zivick'i kurtarmanın iyi bir fikir olup olmadığını düşünmeye başlıyorum.

"Burada mı çalışıyorsun?" diye soruyor.

Ellerimle parmak arası terlikler, hayvanlarla dolu rengârenk bir şort ve üzerinde *Prostitutes Suck* yazan sarı bir tişörtten oluşan kılığımı işaret ediyorum. "Burada çalışıyor gibi bir hâlim var mı?"

Kader Aşkı Tadınca

Soruyu düşünerek beni inceliyor.

"O zaman sen kimsin?" diye soruyor.

"Emniyetten sorumlu denetçi" diyorum. "Ve beş saniye içinde gözümün önünden kaybolmazsan raporumda yer alacaksın."

"Ama ben sadece..."

"Bir, iki..."

"Üç" dememe fırsat kalmadan Guenther binanın yan girişine doğru koşmaya başlıyor. Son lokmamı da ağzıma atıp biram kalmadığına yanarak onun gidişini izliyorum. Yakınlarda bir bar olup olmadığını merak ediyorum ama arkamı döndüğümde neopren maskesi, lastik eldivenleri ve yüzünde huysuz bir ifadeyle duran Dennis'i görüyorum.

"Bu da ne böyle?"

"Sürpriz" diyorum. Yüzümde, hissettiğim kadar zoraki görünmediğini umduğum bir tebessüm var.

Dennis, beyaz saçlarının ve maskesinin altındaki donuk mavi gözleriyle beni inceliyor. "Sürprizlerden hoşlanmam."

Doğru. Pompeii'nin* yıkımından sonra onun için sürpriz bir zafer partisi vermeye çalıştım ve Dennis yemek şirketinin sahibini öldürdü.

"Ne işin var burada?" diyor maskesini indirip.

Neden burada olduğumu açıklamak üzere ağzımı açıyorum ama Ölüm'den özür dilemek kolay değil. Onun ne kadar korkutucu olabildiğini unutmuşum.

"O insanın hayatını kurtardın" diyor Dennis.

---

* **Pompeii:** İtalya'nın Napoli şehri yakınlarında bulunan ve hâlâ kısmen gömülü olan antik Roma kenti. Kent, M.S. 79 tarihinde Vezüv Yanardağı'nın iki gün süren faaliyeti sonucu volkanik kül ve cürufun altına gömülerek yok olmuştu. (ç.n.)

Berbat bir durum. Ölümle aramı düzeltip Kısmet konusunda yardım istemeye geldim ve müstakbel müşterilerinden birini kurtardım.

"Şey, evet, biraz ıstıraplı olacak gibi göründü" diyorum. "Hem zaten çok yaşayacak değil ya."

Görünüşe göre, bugün hayatını kurtarmış olmama rağmen, Guenther Zivick iki yıl daha yaşayacak. Bu süreçte kovulacak, sarhoş bir hâlde eve gelecek, evinin anahtarlarını bulamayacak ve eve tırmanıp mutfak penceresinden girmeye çalışacak. Sonra vücudunun yarısı içerideyken kafası lavabonun içinde sızıp kalacak ama bu sırada farkında olmadan sıcak suyu açacak ve suyun içinde boğulacak.

Dennis gözlerini kırpmadan bana bakıyor. Böyle yaptığında ürperiyorum. Ödümü koparıyor.

"Nasılsın?" diye soruyorum.

"Nasıl mıyım?" diyor, sanki kurabildiğim en iyi cümlenin bu olup olmadığını sorgularcasına. "Bir bakayım... Bir avuç dolusu devrim, bir düzine iç savaş, sayısız isyan, etnik savaşlar, birkaç dünya savaşı, Irak, Vietnam, Orta Doğu, sayısız terör saldırısı, soykırım, bir sürü seri katil, birkaç nükleer bomba, isyanlar, protestolar, suikastlar, cinayetler, uçak kazaları, depremler, tsunamiler, kasırgalar ve HIV."

Tamam. Bastırılmış bir düşmanlık söz konusu. Bunu bekliyordum. Hatta hak ettiğim bile söylenebilir. Ama yine de...

"En başında Santa Maria'yı batırmış olsaydın" diyorum. "Ya da isyan başlatabilirdin. Gemiye salgın bile sokabilirdin..."

"Tekrar o konuya mı dönmek istiyorsun?" diyor. "Çünkü bütün gün konuşabilirim."

"Bak" diyorum. "Ben sadece..."

Kader Aşkı Tadınca

"En yakın arkadaşından kurallara aykırı hareket etmesini isteyen ben değilim" diyor Dennis. "En yakın arkadaşından insanlığın kaderini değiştirmesini isteyen de ben değilim. Hatta bir insanı çöp öğütücüsünden kurtaran da ben değilim."

Duyan da kötü bir şey yaptım sanır.

Benim hayalimdeki konuşma bu değildi. Ben buraya eski tartışmaları alevlendirmeye gelmedim. Buraya barışmaya geldim. Özür dilemeye. Yeni bir ortaklık kurmaya. Ama Kader olmanın kötü yanı budur. Bazen kendimi kabul edemiyorum.

"Özür dilerim" diyorum sonunda. "Columbus için. Beş yüz yıl süren kavga için. Çöp öğütücüsü için. Her şey için. Benim hatam. Üzgünüm."

Dennis, doğru duyduğundan emin değilmiş gibi bana bakıyor. "Sen mi üzgünsün?"

Başımı sallıyorum.

"Gerçekten mi?"

Başımı tekrar sallıyorum. "Gerçekten."

"Elini kalbinin üzerine koyup ölmeyi diler misin?"

"Bir kalbim olsaydı elimi üzerine koyardım" diyorum. "Ve ölebilseydim sanırım bunu dilerdim."

Dennis bir an bana bakıyor, ardından inandığını gösterircesine başını sallıyor. Sonra yüzyıllardır ilk kez gülümsüyor. Küçük bir tebessüm ama gülümsüyor işte. Ve inanması zor olsa da yeryüzünde gülümsemesi Ölüm'ünki kadar baş döndürücü veya parlak hiç kimse yok.

Bu kez benim yüzümdeki tebessüm zoraki değil!

Yine tuhaf bir sessizlik içinde kalakalıyoruz. İkimiz de nasıl ilerleyeceğimizden emin değiliz. Dennis'in gözlerinin dolduğunu fark ediyorum. Her ne kadar daha önce tıkandığına tanık olmuş olsam da Ölüm'ün ağlaması her zaman sinir bozucudur.

"İyi görünüyorsun" diyorum, buzları eritmeye çalışarak.

"Sen de" diyor. "Üzerindeki kostüm yeni mi?"

"Son model" diyorum karın kaslarımı sıkıp. "Kadınların çok hoşuna gidiyor."

Dennis başını sallayıp gülümsüyor ve ben, en son ne zaman seks yaptığını merak ediyorum.

Yaşadığımız son maceralardan bahsedip bunu yapmak için beş yüzyılın geçmesine izin verdiğimiz gerçeğini göz ardı etmeye çalışarak birkaç dakika oyalanıyoruz. Ama ikimizin de işleri yoğun olduğundan daha uzun sohbet edecek zamanımız yok. Dolayısıyla Manhattan'a döndüğümüzde görüşmek üzere sözleşiyoruz.

"Hey, Fabio" diyor Dennis.

"Ne oldu?"

Yüzündeki ifadeden paylaşmak istediği şeyin ciddi olduğunu anlıyorum.

"İnsanlarla ilişkiye girmemen gerektiğini biliyorsun."

Başımı sallıyorum. Guenther Zivick'ten mi söz ediyor, yoksa Sara hakkında bir şey mi biliyor, merak etsem de fark etmeyeceğini düşünüyorum.

"Beni Jerry'ye şikâyet edecek misin?" diye soruyorum.

Dennis kafasını iki yana sallıyor. "Sadece dikkatli ol. İnsanlar fayda getireceklerine zarar verebilirler." Ve sonra, beni eylemlerimi düşünmeye mecbur ederek gidiyor. Ama Guenther Zivick yanında güvenlik görevlisiyle beni oradan kovmaya gelirken, düşünecek pek zamanım olmuyor.

Hayatını kurtardığım için bu şekilde teşekkür ediyor.

Bölüm 23

Kader ve kısmet kavramlarının Budizm'deki karşılığı karmadır, bir insanın yaptığı ve yapacağı her şeyin toplamı. Tüm eylemlerin ve yapılanların etkileri geçmişi, bugünü ve geleceği yaratır. Ama karma kader değildir. Ne de olsa insanlar, bir noktaya kadar kaderlerini yaratmak için kendi özgür iradeleriyle hareket ederler. Ve bugün yaptığınız belirli bir hareket, sizi önceden belirlenmiş bir kadere mahkûm etmez. Sadece karmasal bir neticeye götürür.

Tıpkı sokak kapısının yanındaki masada oturan Hintli gibi.

"Bu adam, eve giderken market torbasını yere düşüren kadına yardım etmedi" diyor Karma. Bir yandan da ekmeğini köri soslu kuzu etine batırıp birasının son yudumlarıyla birlikte mideye indiriyor. "Zahmet etmedi, serseri. Şimdi şunu izle..."

Dokuz yıl içinde mutsuz bir evlilik yapacak ve karısını aldatacak olan Hintli su bardağına uzanıyor ve beyaz gömleğinin kolunu fark etmeden mercimek çorbasının içine daldırıyor. Ne yaptığını fark ettiğinde kolunu hızla çekiyor, yanından geçen garsonun dirseğine çarpıyor ve garson elindeki çay dolu tepsiyi Hintli adamın kucağına deviriyor.

"Tam isabet!" diyor Karma.

Kendimi bildim bileli Karma'yı tanırım. Abiyogenez 101 dersinde tanıştık ve hemen arkadaş olduk. Hatta Yol Oryantasyonu sırasında aynı odada kaldık ve İnsan Var Oluşunun Temelleri laboratuvarında birlikte çalıştık. Bu dersi Jerry veriyordu tabii ama biz genelde ot içmek ve Güney Afrika kıyılarında dalga yakalamak için dersleri asardık. Her ne kadar Jerry'yi, Homo erectus üzerine arazi çalışması yaptığımıza ikna etmeye çalıştıysak da, ilkel insanın çöküşü sırasında dersleri telafi etmek zorunda kaldık.

Artık zamanının büyük bir bölümünü Hindistan'da geçirdiğinden Karma'yı Büyük Bunalım'dan beri görmemiştim. Küçük bir kıtaya doluşan bir milyardan fazla insan arasında herhangi birini bulmak kolay değil. Ama Ölüm'e ek olarak Karma'nın da yanınızda olması iyidir. Bu yüzden onu New Delhi'deki bir barda buldum ve öğle yemeğine davet ettim.

Karma'nın özelliği, alkolik olması.

Bira, şarap, viski. Mayalanan ve damıtılan her şey. Münih'teki Oktoberfest'e katılmaktan, St. Patrick's Günü'nde Dublin'de bar bar dolaşmaktan ve Cinco de Mayo sırasında Tijuana'da tekila içmekten hoşlanıyor. Ve Karma içtiğinde mutlu bir sarhoş olmaz.

Gürültü.

Çirkinlik.

Amerikalı turist.

"Yo, Apu" diyor Karma ve garsona boş şişesini işaret ediyor. "Bir bira daha getirsen?"

Kader Aşkı Tadınca

Bir başka masada siparişleri alan garson Karma'ya pis bir bakış atıyor ki bu, büyük olasılıkla iyi bir fikir değil. Garson arkasını döner dönmez ayağı takılıyor ve Rus turistlerle dolu bir masanın üzerine düşüyor.

"Jerry'nin sözünü ettiği şu büyük olayla ilgili ne düşünüyorsun?" diye soruyor Karma.

"Bilmiyorum" diyorum garsonun turistlerden özür dilemeye çalıştığını izlerken. "Pek düşünmedim aslında."

Son birkaç aydır Jerry bana Büyük Olay'la ilgili bir sürü e-posta gönderiyor. Gizemli ve önemli küresel yansımaları olacağını söylüyor.

"Katılmak istersen İhtimal, bahisleri topluyor" diyor Karma. "En çok para tüm dünyaya yayılacak salgın bir hastalıkta ama ikinci bir Buzul Çağı ve bir nükleer soykırım da hareketli. Son duyduğuma göre İsa'nın dönüşüne on ikiye bir veriyorlar."

İsa'nın dönüşü her zaman on ikiye bir alır. İşe bakın.

"Eee, sen ne diyorsun?" diye soruyor Karma ve boş şişesini havada sallayarak bir başka garsonun dikkatini çekmeye çalışıyor.

"Nasıl bir salgın?" diyorum. "Grip mi, veba mı?"

"Fark etmez" diyor Karma. "Salgın salgındır. İhtimal öyle uzun uzadıya incelemiyor."

Son zamanlarda buna kafa yormamış olsam da tüm dünyayı saran bir hastalık, kendime daha çok zaman ayırmam için harikalar yaratırdı.

Ben salgına para yatırmayı düşünüyorum, belki de nükleer bir soykırıma. Ama bu seçeneklerin ikisi de kötü birer karma, o yüzden Buzul Çağı'na karar veriyorum. O kadar heyecan verici değil belki ama güvenli bir bahis olacağına eminim. Uzun süredir öyle bir şey yaşamadık.

"Hey!" Karma birden ortaya bağırıyor. "Susadık burada!"

Diğer masalardaki müşteriler bize bakıyor. Restoranın arka tarafında müdürün çalışanlarıyla konuştuğunu görebiliyorum.

"Sessiz ol istersen" diyorum öne doğru eğilip. "İnsanlar sana bakıyor"

"Baksalar iyi olur!" Karma ağzına bir çatal dolusu sebzeyi tıkıştırıp devam ediyor. "Çoğu zaman yaşamlarını, yaptıklarının aciz var oluşlarını nasıl etkilediğini fark etmeden at gözlükleri takarak geçiriyorlar."

Neden bu kadar iyi anlaştığımızı anlıyorsunuzdur.

Sonunda bir garson Karma'ya bir bira getirip bir süreliğine çenesini kapatıyor. Bu da bana Sara, tanışmamızın kısmet olduğunu söylediği günden beri aklıma takılan bir soruyu sorma fırsatı veriyor. Bu elbette mümkün değil. Ama insan evrimi de mümkün değildi.

"Benim Kısmet Yolu'nda olmam mümkün mü?" diye soruyorum.

Karma birasının yarısını kafasına dikiyor. "Sen yine Delilik'le mi görüşüyorsun?"

Delilik'in özelliği, neyse, biliyorsunuz tabii...

"Hayır" diyorum. "Ben sadece merak ettim..."

"Yazgı Yasasına göre, Kader, Kısmet ve Karma'nın yolları asla kesişemez, aynı yolu paylaşamazlar ya da bir başkasının yoluna geçemezler" diyor. "Bu kozmik bir imkânsızlıktır."

Karma her zaman benden daha başarılı bir öğrenci olmuştur.

"Öyleyse bir ölümlünün kısmetinde bir ölümsüz olamaz, öyle mi?" diye soruyorum. "Sadece siparişimi almak veya bana

Kader Aşkı Tadınca

içki servis etmek için değil, daha kesin bir tasarım veya amaç için?"

Karma bana, Galileo'nun güneşin evrenin merkezi olduğunu iddia ettiği zaman VIII. Papa Urban'ın ona baktığı gibi bakıyor.

"Şuraya bir bak" diyor ve yarısı dolu şişeyi diğer müşterilere ve çalışanlara çeviriyor. "Sence bu insanların, bu ölümlü yaratıkların herhangi birinin kısmetinde, bir tasarım veya amaç için bizlerden herhangi biriyle buluşmak olabilir mi? Karma veya Kader'le buluşmak?" Birasından bir yudum daha alıyor. "Utanç veya Sıradanlık belki..."

Bitişik masadaki adam bize bakıyor.

"Ne bakıyorsun?" diye soruyor Karma.

Adam kafasını çevirip çayından bir yudum alıyor.

"Aynen öyle" diyor Karma. "Bizi görmezden gel. Burada yokmuşuz gibi davran. Yaptıklarının kozmik neticeleri yokmuş gibi davran."

Adam bizi görmezden gelmeyi sürdürüyor ve garsondan hesabı istiyor.

"Biraz sakin olsan iyi olur" diyorum.

"Sakin mi olayım?" diyor Karma ve birasını kafasına dikiyor. "Etrafımdaki tüm bu yaratıklar daimi bir cehalet evresindeyken nasıl sakin olabilirim?"

Hiç yabancı değil.

"Onlar sadece insan" diyorum. "Ellerinde değil."

"Elbette ellerinde" diyor Karma sesini yükselterek. "Ama onların tek umursadıkları, ne kadar para kazandıkları, hangi marka araba kullandıkları ya da iç çamaşırlarının etiketinde kimin adının yazdığı!"

Restorandaki müşterilerin yarısı bize bakıyor.

"Para ve kişisel mallarla ilgili zavallı, aciz düşüncelerinize dönün!" diye bağırıyor bu kez.

"Belki de farklı bir yaklaşım denemelisin" diyorum.

Karma, elinde boş bira şişesiyle ayağa kalkıyor ve bağırıyor. "Biraz maddesel şeyleri önemsemeyi bırakıp kişisel değerlerinize odaklansanız nasıl olur?"

Farklı yaklaşımdan kastım bu değildi.

Müdürün bulunduğu yöne bakıyorum. Adam bize doğru yaklaşıyor.

"Artık kalksak iyi olacak" diyorum.

"İyi fikir" diyor Karma ve beni yüzümde şaşkın bir ifade ve hesapla baş başa bırakıp bir anda gözden kayboluyor.

Bölüm 24

Eve döndüğümde Sara dairemde beni bekliyor. Büyük olasılıkla ona anahtar vermek iyi bir fikir değildi. Ona güvenmediğimden ya da öpücüğü ve sıcaklığıyla karşılanmaktan hoşlanmadığımdan değil. Sorun şu ki daireme rahatlıkla girip çıkmaya öyle alışkınım ki ölümlü sevgiliniz romantik bir akşam yemeği hazırladığında sıradan biri gibi davranmak pek de kolay olmuyor.

Bu gece buluşacağımızı tamamen unutmuşum.

İnsanlarımın ideal yollarını yeniden keşfetmelerine yardımcı olma girişimlerimden dolayı bitkin bir hâlde sokak kapısından giriyorum. Tabii, ışık hızında seyahat etme becerisine sahip olduğunuzda kıtalar arası seyahat çocuk oyuncağı. Ama insanların kaderlerini düzeltmek ve Ölüm'le barışmak için üç gün içinde dört kıta ve otuz iki ülke gezdiğinizde sıcak bir duş yaparak erkek kostümünüzü yıkamak ve dinlenmek istiyorsunuz.

Bu geceki yemek Sara'nın fikriydi. Birlikte çok zaman geçirmediğimizden değil. Büyük olasılıkla olması gerekenden çok görüşüyoruz çünkü kotamın gerisindeyim ve ilişkimizin Jerry tarafından onaylandığı söylenemez. Ama çalışma saatlerimi ve neden hiç birlikte dışarı çıkmadığımıza dair sürekli bahaneler uydurduğum gerçeğini düşünerek Sara özel bir şeyler yapmak için bu geceyi planladı.

Dolayısıyla duş almama ya da giysilerimi değiştirmeme fırsat kalmadan Sara beni striptiz Scrabble oynamak için koltuğa götürüyor.

Striptiz Scrabble'ın kuralları oldukça basit:

1) Diğer oyuncudan yüksek puan alamayan oyuncu, üzerinden bir parça giysi çıkarmak zorunda.

2) Cinsellikle ilgili bir sözcük yazan oyuncu, diğer oyuncudan bir parça giysi çıkarmasını isteyebilir, aynı zamanda o turda daha düşük puan alsa bile üzerinden giysi çıkarmaz.

3) Bir oyuncu bir sözcük yazar ve kazanırsa bir parça giysiyi tekrar giyebilir ama kaybederse bir parça giysi çıkarmak zorunda.

4) Oyunun galibi, kaybeden oyuncudan dilediğini isteyebilir.

Soyunmanın eğlenceli ve bilgilendirici bir yolu. Ve ev sahibi ben olduğumdan Sara'nın başlamasına izin veriyor ve bunun bir hata olduğunu anlıyorum. Otomatik olarak çift sözcük puanı almakla kalmıyor, aynı zamanda *kader* sözcüğünü yazıyor.

Nedense bunu eğlenceli bulmuyorum.

"Seyahatin nasıl geçti?" diye soruyor Sara.

"İyi" diyorum.

"Eğlenceli bir şeyler yaptın mı?"

"Pek değil."

Meme sözcüğünü yazıyorum. Sara'nın yirmi iki puanına karşılık sadece altı puan değerinde ama ikinci kurala dayanarak bluzunu çıkarttırıyorum.

"Ne yaptın peki?"

"İş sadece" diyorum harfleri karıştırarak. Başımı kaldırdığımda Sara'nın yüzündeki ifadeden canının sıkkın olduğunu anlıyorum.

"Her şey yolunda mı?" diye soruyorum.

"Evet" diyor. "Sadece işinle ilgili hiçbir şey paylaşmak istemiyorsun."

Soğuk sözcüğünü yazıyor.

"O kadar ilginç değil" diyorum.

"Benim için ilginç" diyor Sara.

"Neden?" diye soruyorum. Gerçekten, kim uluslararası ticaretle uğraşan birinden işiyle ilgili konuşmasını bekler ki?

"Çünkü bu senin yaptığın şeyin bir parçası" diyor Sara. "Senin bir parçan."

Saçma sözcüğünü yazıyor ve çoraplarımdan birini çıkarıyorum.

Bunun üzerine, olabildiğince yüzeysel bir şekilde, ona nasıl milyonlarca müşteriyle ilgilendiğimi ve nasıl çoğunun kötü kararlar alma eğiliminde olduğunu anlatıyorum.

"Onlara tavsiye vermen gerekmiyor mu?" diye soruyor ve *meni* sözcüğünü yazarak çift sözcük puanı alıyor. "Onlara yön göstermiyor musun?"

"O kadar basit değil" diyorum.

"Neden?"

"Çünkü..."

Elimde sadece sesli harfler ve bir puanlık sessiz harfler var, dolayısıyla yapabileceğimin en iyisi *bahane*. Turu Sara kazandığı ve cinsellikle ilgili bir sözcük yazdığı için iki parça giysi çıkarmam gerekiyor. Dolayısıyla diğer çorabımı ve tişörtümü çıkarıyorum.

"Çünkü ne?" diyor Sara.

"Çok karmaşık."

"Bir örnek ver."

"Konuyu değiştiremez miyiz?"

Sara *inilti* sözcüğünü yazıyor, ardından yüzünde zoraki bir tebessümle kollarını birleştirip bana bakıyor.

"Tamam" diyorum. "Şöyle. Müşterilerim nadiren yapmaları gerekeni yaparlar. Dolayısıyla tavsiyem ve yönlendirmelerime rağmen söylediklerimi yapacaklarının bir garantisi yok. Ve yapsalar bile büyük olasılıkla tekrar bir hata yapıp her şeyi batıracaklar."

Sara bana bakıyor, sonra başını bir yana yatırıyor. "Müşteri hizmetlerinin senin için uygun olduğuna emin misin?"

"Sorun, çoğu insanın asla gerçek potansiyelini görmüyor olması" diyorum. "Toplumsal beklentilerin ve onları kaderlerine mahkûm eden sürekli bir var oluşun altında eziliyorlar."

Ezik sözcüğünü yazıyor ve pantolonumu çıkarıyorum.

"Ben neye inanıyorum, biliyor musun?" diyor Sara ve önündeki harfleri karıştırıyor. "İnsanların ellerinden gelenin en iyisini yapmaya çalıştıklarına inanıyorum. Bocaladıklarında veya yanlış kararlar aldıklarında bile hâlâ daha iyi bir amaca doğru gayret sarf ettiklerine..."

Ciddiyetimi korumaya çalışıyorum ama Sara'nın bu saflığı çok tatlı.

Kader Aşkı Tadınca

Sara *umut* sözcüğünü yazıyor.

Sara'nın özelliği, çok samimi olması.

"Evet, iş yaptığım çoğu insanın geçmişi yanlış kararlarla dolu" diyorum.

"O zaman başka bir şey yap" diyor Sara. "Seni hayal kırıklığına uğratmayacak insanlarla çalışabileceğin bir pozisyonda mesela..."

"O pozisyon dolu" diyorum.

Ve *sürtük* sözcüğünü yazıyorum.

Çifte zaferimle birlikte Sara kot pantolonunu ve sütyenini çıkarıyor. İkimiz de iç çamaşırlarımızla oturuyoruz ama onun çorapları da var.

"Ayrıca müşterilerimden bazıları sözlerime kulak vermeye başlıyorlar" diyorum. "O yüzden sanırım yola devam edip neler olacağını görmek istiyorum"

Sara bana bakıp gülümsüyor. "Teşekkür ederim."

"Ne için?" diye soruyorum.

"Paylaştığın için" diyor ve *oral* sözcüğünü yazıyor.

Sara'nın yüzündeki ifade karşısında ve bu saatten sonra onun puanını geçemeyeceğimden şortumu çıkarıyor ve zaferi karşılığında ödülünü talep etmesini, özellikle de kazanan sözcüğü değerlendirmesini bekliyorum.

Yüzünde baştan çıkartan bir tebessüm ve seksi bir bakışla Sara masadan kalkıyor, elimi tutuyor ve beni koltuğa götürüyor.

"Yeni bir şey denemek ister misin?" diye soruyor.

"Sen kazandın" diyorum oturup. "Sen ne istersen."

Sara bacaklarımı açıp kucağıma oturuyor ve ellerini başımın iki yanına koyuyor. Yüzü yüzümden birkaç santim uzakta.

S. G. Browne

Beni öpmek için eğiliyor, dudakları aralanıyor, dili kışkırtıcı bir biçimde ıslak; sonra son anda geri çekiliyor ve belime doğru kayıyor. Kusursuz şekilde yontulmuş, tüysüz göğsümü geçip düz, baklava şeklindeki kaslarımdan aşağı inişini izliyorum; sonra arkama yaslanıyor ve göğüslerinin vücudumu okşadığını hissederek gözlerimi kapatıyorum. Bu beklenti, neredeyse kaldırabileceğimden de fazla.

Ne kadar zaman geçiyor, emin değilim. Ama bir noktada hâlâ fiziksel bir temas beklediğimi fark ediyorum. Gözlerimi açtığımda Sara'yı oral seks taklidi yaparken buluyorum.

"Ne yapıyorsun?" diye soruyorum.

"Nasıl yani?" diyor bana bakıp.

"Neden bana oral seks yapıyormuşsun gibi davranıyorsun?"

"Buna temassız seks deniyor" diyor ve kalçalarını kucağıma doğru yaklaştırıp bana dokunmadan ileri geri hareket ediyor. "Delilah söyledi. Gerçek cinsel ilişkiden daha iyi olduğunu anlattı."

Harika. İki gün uzaklaşıyorum ve Kısmet kız arkadaşımı benimle seks yapmamaya ikna ediyor.

"Ne düşünüyorsun?" diye soruyor.

Kısmet'in kız arkadaşımla fazla zaman geçirdiğini düşünüyorum.

Onun üzerinde kırmızı bir çorap, kırmızı bir jartiyer, kalçalarını saran külotu ve göğüslerini havaya kaldıran kırmızı sütyeniyle bir köşede gizlenmiş, kırmızı elma şekeri yerken bizi izlediğini hayal ediyorum.

Eskiden Kısmet'i sadece beni tahrik edecek bir kıyafetle hayal ederdim. Ve her zaman bir kadını elma yerken izlemek bana heyecan verirdi. Dini sembollere düşkünümdür. Ama

Kader Aşkı Tadınca

Michelangelo'nun herhangi bir eseri kadar görkemli yüzüyle Sara üzerimde süzülürken Kısmet'in cazibesini rahatsız edici buluyorum. Onu düşünmek istemiyorum. Sadece Sara'yı düşünmek istiyorum. Onunlayken neler hissettiğimi, birlikte geçirdiğimiz her ana ne kadar değer verdiğimi, kendimi nasıl daha bütün hissettiğimi düşünmek istiyorum. Sanki var olduğum günden bu yana bir şeyler eksikmiş ve onu bulana kadar neyin eksik olduğunu görememişim gibi.

O dürüst ve merhametli.

O cömert ve samimi.

O sabırlı ve anlayışlı.

Kısacası, o benim olmadığım her şey.

Sanki beni kusursuz bir şekilde tamamlıyor. Ben kalemsem o silgi. Ben bagetsem o krem peynir. Ben yang isem o yin.

Başımı kaldırıp Sara'ya bakıyor ve onun da bana baktığını fark ediyorum. Dudaklarında yumuşak bir tebessüm, gözleri benimkilere kenetlenmiş ve o anda Kısmet'in sevgilimle arkadaş olmasını umursamıyorum. Sara'ya temassız seksi öğreterek seks hayatımızı bitirmeye çalışmasını da umursamıyorum. Tuzağına kendi düşüyor. Şimdi Sara'ya hiç olmadığım kadar yakın olduğumu hissediyorum.

Bölüm 25

*İ*nsanların mutluluğu sadece anlık hazlarda araması beni her zaman şaşırtır.

Cep telefonları. E-posta. Bir günde dağıtım.

Fast food. Mikrodalgalar. Hazır yemekler.

Kredi kartları. ATM'ler. Loto.

Kimse hazlarını ertelemek istemiyor. Yanıt veya paket beklemek, finansal başarıya ulaşmak için çalışmak istemiyor. Onlar ev, para, evlilik, aile ve Hawaii'de bir yazlık istiyorlar ve hepsini hemen istiyorlar.

Mesela okuduğu eski lisenin popüler futbol oyuncusu olan yirmi altı yaşındaki mutsuz genci ve onun yirmi iki yaşındaki sığ karısını düşünün.

Versace, *Fendi* ve *Gucci*'den giyinip kuşanmış bir hâlde Champs-Élysées'den aşağı yürüyorlar. Ellerinde *Lacoste*, *Cartier* ve *Louis Vuitton* paketleriyle dolu torbalar var. Bırakın satın aldıkları şeyleri, üzerlerindekileri bile karşılayacak paraları yok. Paris seyahati de onları aşıyor ama onlar, dış görünüşleri ve muhteşem potansiyellerinden dolayı kendilerini bu lükse ve yaşam tarzına layık görüyorlar.

Oysa on yıldan kısa bir süre içinde boşanmış, yeniden evlenmiş ve tekrar boşanmış olacaklar ve doğal ışığın girmediği küçük ofislerde bu tatildeki kredi kartı harcamalarını kapatmak için çalışacaklar.

Elbette, Paris'in meşhur bulvarında sınırlarını aşanlar yalnızca onlar değil. Dünyanın dört bir yanından binlerce tüketici özel butiklerden alışveriş yapmak, lüks kafelerde oturmak ve en popüler kulüplerden birinde görünmek için buradalar.

Emlakçılar, sanatçılar ve finans danışmanları.

Yazarlar, köpek eğitmenleri ve CEO'lar.

Mimarlar, editörler ve tasarımcılar.

Hepsi, kendilerini özel hissettirecek bir şeylerin peşinde. İstediklerini, bir gruba ait olduklarını hissettirecek bir şeyler.

Hepsi anlık hazların peşinde.

Tamam, hepsi değil belki ama çoğu. Beni, bu insanların olabildiğince çoğunu, daha kazançlı bir kader yaşamanın anahtarının yaşamlarındaki boşlukları maddesel ürünlerle değil, kişisel yansımalarla doldurmak olduğuna ikna etmeye çalışarak birkaç saat meşgul tutacak kadar çok.

Karma gibi konuşmaya başlıyorum.

Kırk iki yaşındaki patolojik alışveriş müptelası ile konuşuyor ve ona dördünün limiti dolmuş altı adet kredi kartıyla dolaşmanın, finansal geleceğini planlamanın en iyi yolu olmadığını anlatıyorum.

İki günlük maaşını tek bir kot pantolona yatıran yirmi dokuz yaşındaki bir köpek bakıcısını durduruyor ve ona Darwin'in

Kader Aşkı Tadınca

büyük olasılıkla onu doğal seçilim için uygun olmayan insan geni havuzuna koymayı seçeceğini söylüyorum.

Banka hesabı, dürüstlüklerinden daha dolgun evli bir çifte, tasarım mobilyalar ve ithal havyara duydukları doymak bilmez iştahlarını gidermek yerine evsiz çocuklarının karnını doyurmanın daha iyi bir fikir olup olmayacağını soruyorum.

Pek arkadaş edindiğim söylenemez.

İnsanları, kendilerini tüketen tüketime dayalı yaşam tarzlarından vazgeçmeye ikna etmek düşündüğümden de zormuş. Elbette Sağduyu yeryüzünü terk etmemiş olsaydı her şey daha kolay olurdu. Ama Vietnam Savaşı sırasında ortadan kayboldu ve bir daha ondan haber alınamadı.

Gösteriş ve Kibir'le rekabet etmek zorunda olmam da içinde bulunduğum durumu kolaylaştırmıyor.

Onlar, Champs-Élysées'nin diğer tarafında, oy toplayan politikacılar gibi turist ve yerliler üzerinde çalışarak geziniyorlar. Kibir, üniversiteli üç kızı yepyeni bir gardıroba ihtiyaç duyduklarına ikna ederken üzerinde kuyruklu, dar siyah bir *Donna Karan* elbise var. Öte yandan Gösteriş, üzerinde deri pantolonu ve saten gömleğiyle tüylerini kabartıp Mick Jagger gibi ortalıklarda dolaşırken kendine yandaşlar topluyor.

Kibir'in özelliği, evhamlı olması.

Gösteriş'in özelliği ise kadın düşmanı olması.

İkisinin kalabalıkların arasında dolaşıp insanları, tarzın önemine, ihtiyaç ve arzularına ikna edişlerini izlerken arkamda derinden gelen bir ses duyuyorum, "Göründüğü kadar kolay değil, değil mi?"

Daha dönüp bakmadan arkamdaki bankta oturanın kim olduğunu biliyorum. *Guess* marka, V yaka fermuarlı, kırmızı deri bir tulum ve dizlerinin üzerine kadar uzanan kırmızı deri çizmeleriyle Kısmet.

"Ne kolay değil?" diye soruyorum, neden söz ettiğini anlamamış gibi davranarak.

"Ah, yapma, Faaabio" diyor. "Son yarım saattir seni izliyorum. İnsanlarını, yollarını değiştirmeye ikna etmeye çalışıyorsun. Çok hoş. Anlamsız ama hoş."

Beni neyin daha çok rahatsız ettiğinden emin değilim: Kısmet'in beni son yarım saattir benden habersiz izliyor olması mı, yoksa yaptığım şeyin anlamsız olduğunu düşünmesi mi?

"Ne işin var burada?" diye soruyorum.

"Dolanıyorum" diyor. "Diğer yüzde seksen üçün nasıl yaşadığına bakıyorum. Onlara nasıl tahammül ediyorsun, bilmiyorum, Fabio. Hepsi o kadar... sıradan ki..."

Bu doğru olabilir ama yine de benim insanlarım ve her Ölümcül Günah'la seks yapmış ölümsüz bir varlık tarafından eleştirilmelerine göz yumacak değilim.

"O kadar kötü değiller" diyorum. "Sadece onları anlamak gerek."

Kısmet bir kahkaha patlatıyor.

Bir yanım insanlarımı savunduğuma inanamasa da daha büyük bir yanım Kısmet'in onları küçümsemesine tahammül edemiyor.

"Kaderlerinde bir insanın hayatını kurtarmak, Pulitzer Ödülü kazanmak ya da AIDS'e çare bulmak gibi şeyler olmasa da hepsinin bunları telafi eden bazı değerleri var" diyorum. "Tabii görebilmek için tüm başarısızlıkları, engelleri ve yıkıcı davranışları aşman gerek."

Kader Aşkı Tadınca

"Sen böyle biri değilsin, Fabio" diyor Kısmet. "Eskiden çok objektif davranırdın. Duygulardan uzak. Neden birdenbire insanlarla ilgilenmeye başladın?"

"Belki onların hayatlarını berbat etmelerini izlemekten sıkılmışımdır" diyorum. "Belki hayallerine kavuşmalarına yardım etmek istiyorum."

Yine, ağzımdan Sara'nın sözleri dökülüyor.

"Kaşındığının farkındasın, Fabio" diyor. "Müdahale etmek yasaktır."

"Evet ama Sara ile ilişkine bakılırsa sen de arkadaşlık kuralını ihlal ediyorsun" diyorum elimde olmadan.

"Onun ne kadar özel olduğunu fark etseydin" diyor Kısmet, "anlardın."

"Onun ne kadar özel olduğunu biliyorum" diyorum.

"Dünyadan haberin yok" diyor Kısmet. "Aklın başından gitmiş, Fabio. Canın yanmadan bu işe bir son vermelisin."

"Ben iyiyim" diyorum.

"Yürümez, biliyorsun" diyor Kısmet. "Onunla ilişki yaşayamazsın. Kurallara aykırı olması bir yana, imkânsız da..."

"Ben iyiyim" diyorum tekrar.

Birkaç dakika, hiçbir şey söylemeden birbirimize bakıyoruz. Ben orada durmuş onun bir an önce gitmesini diliyor, o ise dev, kırmızı bir ünlem işareti gibi karşımda dikiliyor.

Kısmet başını bana doğru eğip gülümsüyor.

"Ne?" diyorum.

"Seni özledim, Fabio" diyor. "Birlikte geçirdiğimiz güzel zamanları özlüyorum."

"Sadece seks yaptık" diyorum.

"Belki" diyor. "Ama iyi seksti."

Bu konuda diyecek sözüm yok.

Yüzüne yapıştırılmış o tebessümle bana bakmayı sürdürüyor.

"Ne?" diye soruyorum tekrar.

Bilmiyormuşum gibi.

Bana doğru yaklaşıyor; uzun, dolgun, deriler içindeki bacakları erkek kostümümden birkaç santim uzakta, bir eliyle fermuarını açıp dekoltesini ortaya çıkarıyor.

"Yapamam" diyorum gözlerimi kapatıp. Hayal gördüğüme yemin edebilirdim ama gerçekten tarçın gibi kokuyor.

"Hadi ama Faaaabio" diyor inleyerek. Nefesini kulağımda hissediyorum. "Eski günlerin hatırına?"

Başımı iki yana sallıyor, nefesimi tutuyor ve Oburluk'u düşünüyorum. Gözlerimi açtığımda yüzünde baştan çıkarıcı bir tebessümle karşımda çırılçıplak olacağını düşünüyorum. Ama dönüp baktığımda Kısmet kırmızı, deri vücuduyla Champs-Élysées'den Arc de Triomphe'a doğru ilerliyor.

Bölüm 26

Paris'te işim bittikten sonra İngiltere'de birkaç saat geçiriyorum. Zavallılar, bir zamanlar her şeye sahip olup şimdi kaybetmiş olanlar ve Parlamento üyelerinden oluşan bir grupla uğraşıp Londra Kulesi'nde bir tura çıkıyorum. Kulenin muhafızı olma hayalleri kuran tur rehberi, kulenin tarihiyle ilgili öyle yanlış bilgilere sahip ki onu düzeltmek zorunda kalıyorum. Turun sonunda benden bir daha kuleye gelmememi istiyor. İyi. İnsanların kellelerinin uçurulduğu dönemlerde burası çok daha canlıydı.

İngiltere'den ayrılıp Belçika ve Almanya'ya, oradan Avusturya, Macaristan ve Yunanistan'a uğruyorum. Güneydoğu Asya yolumda önce Avustralya'da durup ardından Çin ve Rusya'ya gidiyorum. Çabucak Bering Strait'e geçiyor, Kanada üzerinde hızlı bir tur attıktan ve sizin daha, "Kısmet kızıl saçlı bir sürtük" demenize fırsat bırakmadan Sara ile randevum için New York'a dönüyorum.

Noel Baba bile bu kadar hızlı değil.

Elbette o, küçük kız ve erkekleri kusursuz davranışları karşısında almayı bekledikleri eşyalarla ödüllendirirken; ben, ağaçların altını, bir işte nasıl uzun süre kalınacağına, kayınvalidenizle seks yapmanın neden uygun olmadığına ve rulet masasına ne zaman emeklilik hesabınızı yatırmaktan vazgeçmeniz gerektiğine dair önerilerle dolduruyorum.

Tüm insanların önerilerime açık olduğu söylenemez. Bazıları öyle inatçı ve kendi sınırlı bilgeliklerine öyle ikna olmuşlar ki beni itip kakıyor, polis çağırıyor ya da yüzüme biber gazı sıkıyorlar. Tüm kovulmalara, polis tehditlerine ve yüzümdeki benzine batırılıp ateşe verilmişlik hissine rağmen çoğu insanın aslında hayatlarında onları gerçekten önemseyen birine ne kadar aç olduklarını fark ediyorum. Birinin onlara yön göstermesini, bir amaç hissi vermesini, yardım ve destek sunmasını bekliyorlar; "insanlık için utanç" ve "insan ziyanı" gibi ifadelerle bile olsa.

Bazen gerçekleri duymak zor gelir.

Ama en azından bir kenarda durup insanlarımın hayatlarını mahvetmelerini izlemek yerine bir fark yaratmaya başladığımı hissediyorum. Kaderlerinin koşullarının kendi etkileriyle belirlenmemesi gerektiğini, yollarının kendi tercihleriyle şekillenmesi gerektiğini biliyorum ama neden Kısmet'in insanları gelecekleri üzerinde söz sahibiyken benim insanlarım boktan kaderlerine mahkûm olsunlar ki?

"Yine kendi kendine mırıldanıyorsun" diyor Sara.

Başımı önümdeki on altı-baharatlı tavuğumdan kaldırıyor ve özel düşüncelerimi yine sesli dile getirdiğimi fark ediyorum.

"Ne dedim?" diye soruyorum.

"Kader ve kısmetle ilgili bir şeyler" diyor ve kızarmış kuzu pirzolasından bir lokma alıyor.

Kader Aşkı Tadınca

Mesa Grill adlı restorandayız, New York'taki en iyi Amerikan restoranı seçilen gürültülü, popüler bir güneybatı işletmesi. Şahsen, tüm bu yaygaranın sebebini anlamıyorum. Görebildiğim kadarıyla on altı-baharatlı tavuğum, söylenen baharatların üçünü içermiyor. 27 dolar olduğunu düşünürsek baharat başına 1.69 dolar ödüyorum. Demek ki 5.07 dolar geri almam gerek...

Sara ile dışarıda görülmem iyi bir fikir değil. Ne zaman Doğruluk veya Dedikodu ile karşılaşacağınızı bilemiyorsunuz. Ama Sara, birlikte geçirdiğimiz üç aydan sonra evimin dışında hiçbir yerde buluşmadığımızdan yakınmaya başladı.

Bunun üzerine, ben de onu mutlu etmek istediğimden, akşam yemeği için Mesa Grill'de yer ayırttım. Çok enteresan bir yer değil ama madem dışarı çıkacağız, o zaman bunu saklanmadan yapalım diye düşündüm. Kaldı ki Sara ile ilişkimi Kısmet'ten saklamaya çalışıyor değilim ve gerçekçi olmak gerekirse Sara'dan seks, kablolu televizyon ve Çin mutfağı ile sonsuza dek mutlu olmasını bekleyemem. Ayrıca buzdolabı boştu ve biraz yemek artığına ihtiyacı vardı.

"Eee, ne diyordun?" diye soruyor Sara. Sarımsaklı pürenin yanındaki kuzu pirzoladan bir lokma daha alıyor.

"Hiçbir şey" diyorum.

"Hiçbir şey değil" diyor Sara. "Sürekli bundan söz ediyorsun."

"Sürekli neden söz ediyorum?"

"Kader ve kısmetten" diyor. "Neredeyse takıntı hâline getirmişsin. Uykunda bile bunu konuşuyorsun."

Sürekli bu konuları konuştuğumu fark etmemiştim. Ve uykumda konuştuğumu da bilmiyordum.

"Takıntılı değilim" diyorum. "Sadece... endişeliyim."

"Neden?" diye soruyor.

Ölümlü kadınların bir diğer sorunu: Çok soru soruyorlar. Bu da doğruyu söylemekten kaçınmaya çalışırken oldukça sıkıntı verebiliyor.

"Bilmem" diyorum. "Sen başlattın."

İşte. Suçu ona attım. Bu sorunu çözmeli.

"Ben mi?" diyor. "Nasıl ben başlattım?"

"Kadere inanıp inanmadığımı sorduğunda..."

"Evet ama sana kader ve kısmet hakkında bu kadar çok şeyi nereden bildiğini sorduğumda bana hobi olduğunu söyledin."

Neden beni böyle köşeye sıkıştırmasına izin veriyorum, bilmiyorum. Yani bunu söyleyeceğini biliyordum zaten.

Aniden on üç-baharatlı tavuğumun geri kalanına olan ilgimi kaybediyorum.

"Dinle" diyor Sara ve masanın üzerinden uzanıp elimi tutuyor. "Ben sadece seni anlamaya çalışıyorum. Seni tanımak istiyorum. İçindeki insanı keşfetmek istiyorum. Ama beni uzak tutarsan bunu yapamam."

Haklı. Ama kim olduğumu ve ne iş yaptığımı açıklamadan bu konuyu Sara'yla nasıl konuşacağımı bilmiyorum. Elbette, son dönemde kurallara uyduğum söylenemez ama ihtiyaç duyduğu şekilde dürüst olmak belaya davetiye çıkarmak olur.

Dolayısıyla geçiştirmek zorundayım.

"Tanışmamızın kısmetimizde olduğunu söylemiştin ya?"

Sara başını sallıyor.

"Neden böyle düşündün?"

"Bilmiyorum" diyor Sara. "Öyle bir his. Sanki tanışmamızın daha büyük bir amacı varmış gibi. Eşsiz. Çok..."

Kader Aşkı Tadınca

"Özel?"

Sara başını sallayıp gülümsüyor.

Masanın üzerinden uzanıp Sara'nın elini avucuma alıyorum. "Bana sorarsan, bizim özel yanımız sensin."

Geçiştiren, konuyu değiştirmeye çalışan ya da oral seksin yolunu yapan ben değilim. Doğruya doğru.

"Ve kaderimizde birlikte olacağımızın yazılı olduğunu söyledin" diyorum. "Ben de böyle düşünüyorum."

Ve gerçek şu, böyle düşündüğümü fark ediyorum.

Sara tekrar gülümsüyor, ardından on üç baharatlı tavuğumun üzerinden eğilip beni öpüyor ve pirzolalarına dönüyor.

Sara daha sonra her zaman kısmeti kadere tercih ettiğini söylese ve bu sözüyle egomu merak içinde bıraksa da yemeğin geri kalanını kader ve kısmetten söz etmeden geçiriyoruz. Bu aynı zamanda bana, oradan çıkmamız gerektiğini anımsatıyor. Manhattan'da bir bar veya restorana gidip Sarhoşluk, Endişe veya Ölümcüller'den biriyle karşılaşmamak mümkün değildir. Henüz kimseyi görmedim ama baharatlı tavuğumdan yakınarak veya tatlı sipariş ederek şansımı zorlamak istemiyorum.

Eve dönerken Sara durup paket yaptırdığımız yemekleri 5. cadde üzerinde evsiz bir kadına veriyor. Dolayısıyla Sara kahvaltıda yiyebilsin diye şimdi pizza veya Çin yemeği almamız gerek. Sara kadına vermek için çantasında bir yirmilik ararken ben Mesa Grill'den bizi izleyen Kısmet'i görüyorum.

Üzerinde vücudunu saran kırmızı ipek bir bluz, dar kırmızı kot pantolon, kırmızı deri spor ayakkabılar ve kırmızı bir bere ile pencerenin diğer tarafında duruyor. Görünmez olmasaydı, restorandaki her erkek Kısmet'ten numarasını istiyor veya kız arkadaşından tokat yiyor olurdu.

S. G. Browne

Kısmet pencereyi yalayıp vücudunu cama yaslayarak bana bakmayı sürdürüyor, ben de dönüp Sara'yı izlemeye koyuluyorum. Evsiz kadınla konuşuyor, onu teselli ediyor, güldürüyor, ben dâhil tanıştığı herkese yaydığı o sihirden kadına da serpiyor.

Sara'dan önceki hayatımı düşünüyorum; sıradan ve boş, öfke ve hayal kırıklıklarıyla, boş, anlamsız ve temassız seksle dolu hayatımı. Şimdi hayatım heyecan verici ve umutlu; amaç ve tatmin hissiyle, duygusal, samimi ve temaslı yatak sörfüyle dolu.

Daha önce Sara'ya hissettiğim şeylerin onda birini hissetmedim. Onunla olma isteği. Onu görme, onu tatma ve ona dokunma arzusu. Kokusunu içime çekme ve sesinin senfonisini dinleme, duyularımı Sara ile doldurma arzusu.

Orada durmuş, Sara'nın evsiz kadını sözcükleri ve yirmi dolarlık banknottan daha sıcak dokunuşlarıyla teselli edişini izlerken Sara ile olmanın verdiği basit hazları düşünüyorum. Örneğin avucumun içindeki elinin ağırlığını, kokusunun yastığına yayılışını ya da yanıma uzandığında vücudunun sıcaklığını. Ama en önemlisi, benim tutumumu nasıl değiştirdiğini düşünüyorum. Yüzyıllardır ilk kez işimi yapmak için heyecan duymamı sağladı. Beni, hayal bile edemeyeceğim olumlu şekillerde etkiledi.

Onunla ne kadar mutlu olduğumu düşünüyorum.

Kendime hâkim olamadan Sara'ya yaklaşıyor, onu kendime çekiyor ve sanki haftalardır görüşmemişiz gibi öpüyorum.

Belki bizi birlikte görmeye dayanamadı. Belki acil bir işi çıktı. Belki de ilgisizliğimden sıkıldı. Arkamı döndüğümde Kısmet'in gitmiş olduğunu fark ediyorum.

Bölüm 27

Eskiden kim olduğumu bildiğimi sanırdım. Ne istediğimi. Ebediyetin geri kalanını nasıl geçireceğimi.

Herkes öyle değil mi?

İnsan olduğunuzda işlerin nasıl gideceğini bildiğinizi sanırsınız. Ama Kader olduğunuzda gelecekte neler olacağına dair oldukça sağlam bir fikriniz vardır. Kaderimin önümde uzun bir Cecil B. DeMille* destanı gibi uzandığını görüyorum. Ama Musa'ya hiç de benzemeyen Charlton Heston** olmadan. Musa kısa boylu, açık tenliydi ve dişleri kötüydü. Ama iyi giyinirdi. Ve hamursuz ekmekli çorba yapmıştı.

On Emir gibi benim destansı öyküm de oldukça tahmin edilebilir nitelikteydi. Ta ki Sara gelene kadar. Âşık olduğumdan bu yana aniden filmimin son makarasını kaybettim ve bu hikâyenin nasıl biteceğine dair hiçbir fikrim yok. Kaçınılmaz görünen olay örgüleri beklenmedik bir dönüş yaptı ve şimdi

---

* **Cecil B. DeMille:** 1881-1959 yılları arasında yaşamış Amerikalı film yönetmeni. (ç.n.)
** **Charlton Heston:** 1956 yılında Cecil B. DeMille'in yönettiği *On Emir* adlı filmde Musa rolünü canlandıran Amerikalı film ve tiyatro oyuncusu. (ç.n.)

nereye gittiğime veya gittiğim yerde beni neyin beklediğine dair hiçbir fikrim yok.

Sanırım dürüst, ölümsüz bir varlık evrenin yasalarına karşı gelmeye başladığında bunun yaşanması mümkün.

Yüz binlerce yıldır insanların hayatlarını nasıl yaşadıklarını, kötü kararlar aldıklarını ve genel anlamda aptalca davrandıklarını izleyen bir röntgenci oldum. Şimdi ise müdahale ediyor, gelecekleri değiştiriyor; insanları çöp öğütücülerden, aşırı tüketimden ve sanrılara sebep olan ilaçlardan kurtarıyorum.

Oregon kıyısında, halüsinasyonlara neden olan mantar arayışındaki Oregon Üniversitesi öğrencilerini izliyorum. Tuhaf ama aydınlanmaya, inek dışkısında yetişen bir mantarla ulaşabileceklerine inanan yaratıklarla zaman geçirmekten keyif alacağımı hayal edemezdim.

"Ahbap!" diyor yirmi yaşında iletişim bölümü öğrencisi Brian Tompkins. Bulduğu kırmızı mantar zulasını kaldırıp arkadaşlarına gösteriyor. "Buldum!"

Brian üniversiteye başlayana kadar aklı başında bir gençti. Asla uyuşturucu kullanmadı ve çok ender, araç kullanmayacağı zamanlarda bir bira içerdi. Ama üniversite tecrübesi ve kazandığı yeni arkadaşlar, onun halüsinasyonlara neden olan uyuşturucuların mucizelerini keşfetmesine neden oldu.

Bu mantarlar Brian'ı öldürmeyecek, içtiği esrarlı sigaralar 3.75 ortalaması üzerinde kötü bir etki bırakmayacak ama aydınlanma yolundaki kişisel yolculuğunda alacağı üç doz asit, onu görünmez olma becerisine sahip olduğuna ikna edecek ve Brian bu düşünceyi, Des Moines'a* giden bir Amtrak treninin önünde durarak test edecek.

---

* **Des Moines:** Iowa eyaletinin en büyük şehri ve başkenti. (ç.n.)

Kader Aşkı Tadınca

Ben de Brian'ın kulağına mantar yemenin ve asit almanın, erkeklerde zehirli yılanlarla oral seks yapma arzusunu tetiklediğini fısıldayarak onu yolundan, yaklaşan ölümünden döndürmeye çalışıyorum.

İşe yarıyor. Mantarları yere bırakıp çığlıklar atarak koşmaya başlıyor. Şimdi bir aydınlanma aracı olarak uyuşturucu yerine, Budizm'i, Taoizm'i ve Zen felsefelerini çalışarak spritüel dönüşüm yolunu seçecek. Belki önceki yolu kadar maceralı olmayacak ama ölüm riski daha az.

Brian Tompkins'in yere bıraktığı mantarları topluyor ve arkadaşının onu etkilemesini önlemek için cebime koyuyorum. Oscar Wilde'ın dediği gibi tahrikten kurtulmanın tek yolu, ona teslim olmaktır. Ve insanlar kolaylıkla teslim olurlar, sonunda bir yılanın onlara oral seks yapma olasılığına rağmen.

Yılanlardan söz etmişken...

"Bu hiç adil değil" diyor mantarları cebime indirdikten saniyeler sonra gelen Cezbedicilik. "Fikrini değiştirebilir."

"Buna eminim" diyorum.

Kısmet gibi seksi ayakkabılar giymese ya da Şehvet gibi iç çamaşırlarıyla dolaşmaz. Cezbedicilik, yeterli miktarda dekolte ve vücudunu saklayan ama aynı zamanda kıvrımlarını ve pamuklu kumaşın altındaki mucizeleri ortaya çıkaran beyaz elbisenin hemen altındaki iç çamaşırı ile daha az çıplaklıkla daha çok cinsellik yaymayı başarır. Şehvet ve Kısmet cinsliği gözünüze sokarken Cezbedicilik ilk etabı geçmenize dahi izin vermez. O daha çok sizinle oyun oynar.

Tarih boyunca gelecekteki kötü tercihlerden ve bu tercihlerin etkilerinden sorumlu tutulan Adem ve Havva'nın "orijinal günah" fiyaskosundan sorumlu olan varlık Cezbedicilik'tir. Ben suçluluk hissi yaymak diye buna derim.

S. G. Browne

Röportaj vermemelerine ve çocuklarını devlet okullarına göndermemelerine şaşmamalı. Bana sorarsanız, her ne kadar Havva'nın elmalara ve yılanlara karşı zaafı olsa da onlar tuzağa düşürüldüler.

"Ona yapmak istemediği hiçbir şey yaptırmayacaktım" diyor Cezbedicilik.

"Eminim."

"Gerçekten" diyor. "Tek yapmak istediğim, hangi mantarların zehirli olduğunu nasıl anlayacağını göstermekti."

Cezbedicilik'in özelliği, patolojik bir yalancı olması.

"Peki, neden mantarları geri koymadın?" diyor yanıma yaklaşıp. Parmakları neredeyse ellerimde, kalçaları yavaş yavaş vücuduma dayanıyor; yoğun bir tarçınlı kurabiye kokusu alıyorum. "Benim için mi?"

Tarçınlı kurabiyelerin aroması nefes kesici ama bunun bir tuzak olduğunu biliyorum. Aslında fırından yeni çıkmış tarçınlı kurabiye gibi kokmuyor. Bu benim en sevdiğim kokudur. Ve Cezbedicilik bunu bilir. Bir başkası için yasemin gibi kokabilir. Bir başkası için ise lavanta. Bir diğeri için salam. İnsanları aromalarla büyüleyerek onlara öyle şeyler yaptırır ki inanamazsınız.

Ama şu anda tarçınlı kurabiye yemeyi ne kadar istesem de ona boyun eğemem.

"Olmaz" diyorum.

"Lütfen?" diyor Cezbedicilik kulağıma fısıldayarak. Kokusu burun deliklerimi sarıyor, hem midemi hem de cinsel açlığımı uyandırıyor. Beyzbolu düşünmeye çalışıyorum ama Sahtekârlık oyunu steroid ve büyüme hormonlarıyla mahvettiğinden beri bu yöntem de işe yaramıyor.

Kader Aşkı Tadınca

Ne yaptığımı düşünmeme fırsat kalmadan ön cebimdeki mantarlara uzanıyorum.

"Pişman olmayacaksın" diyor Cezbedicilik.

Haklı. Ben pişman olmayacağım. Ama Brian Tompkins olacak.

Tarçınlı kurabiyelerin baştan çıkarıcı aromasına boyun eğmek üzereyim ki Jerry ile görüşmeye çağrılıyorum.

Bölüm 28

"*J*erry seni bekliyor."

Sandalyemden kalkıp Jerry'nin ofisine giden uzun koridorda yürüyorum. Kendime sürekli bunun rutin bir toplantı olduğunu ve zamanlamanın sadece tesadüf olduğunu tekrarlayıp dursam da bu işte Kısmet'in parmağı olduğunu hissedebiliyorum. Kokusu. Güneş kremi. Saç spreyi. Ve kapıdan içeri girdiğim anda başımın büyük belada olacağını biliyorum.

Three Mile Island Nükleer Santrali'ni hatırlayın. Çernobil'i. *Ishtar*'ı.

En azından son ziyaretimde insanlardan aldığım o ateşli duygu gitmiş. Bunun bir sebebi, Düşmanlık'ın Kuzey Kore'de ortalığı karıştırmak için Öfke ve Küstahlık ile güçlerini birleştirmiş olması. Hem şu anda Kayıtsızlık gibi davranıyorum, böylece buradakiler beni görmezden geliyorlar.

Jerry'nin ofisine girdiğimde onu bilgisayarının başında buluyorum. Öyle hızlı yazıyor ki parmakları beyaz ışık bulanıklığında. "Otur" diyor başını kaldırmadan.

Aşağı bakmamaya özen göstererek çoraplarımla parmak uçlarımda ilerliyorum. Gökyüzünün üzerinde dev cam bir kutunun içinde yükseklik korkusu yepyeni bir anlam kazanıyor.

Jerry işini bitirip başını kaldırıyor ve beni süzüyor. "Değişik bir görüntüye bürünmüşsün" diyor donuk, sıradan kılığımı işaret ederek.

"Tanınmamaya çalışıyorum" diyorum. Neden burada olduğumu bilmiyormuş gibi yapmak en iyisi.

Büyük olasılıkla Sara ile halkın içine karışmak iyi bir fikir değildi.

"Neler yapıyorsun, Fabio?" diyor.

"Bir değişiklik yok" diyorum yüzümde zoraki bir gülümsemeyle. "Bildiğin gibi."

"Bildiğim gibi" diyor Jerry, gülümsemiyor. "Öyle mi?"

Haberim yokmuş gibi davranmayı sürdürerek başımı sallıyorum. Bir anlamı yok, tabii. Kısmet beni ispiyonlamasaydı bile burada Tanrı'dan söz ediyoruz.

Bazen Jerry'nin her an her şeyi biliyor olmasından gerçekten nefret ediyorum.

Jerry bilmiş gözlerle beni inceliyor, ardından koltuğuna yaslanıp *Birkenstock* terliklerini masanın üzerine dayıyor. "Dünya ile aran nasıl?"

Hafifçe öksürüp, "İyi" diyorum. "Bir şikâyetim yok"

"Gerçekten mi?" diyor Jerry. "Enteresan. Her zaman şikâyet edersin."

"Tavsiyeni uyguluyorum" diyorum. "İşimi daha iyi yapıyorum. Daha çok önemsiyorum."

"Öyle mi?" Bir eliyle iki galaksi topunu çevirirken diğer eliyle cep telefonunda mesaj yazıyor. Sırf gösteriş. "Anladığım kadarıyla gereğinden fazla önemsiyorsun."

Kader Aşkı Tadınca

"Nasıl yani?" diye soruyorum. Yüzümde en iyi masumiyet maskesi.

Bir süre bana bakıyor. Hani doğruyu söylemediğinizi bildiğinde karşınızdaki kişi gözlerini size diker ya... Aynen öyle! Bunun üzerine pes edip itiraf etmek üzereyim; ona doğruyu, Kısmet Yolu'ndaki ölümlü bir kadına âşık olduğumu söylemek üzereyim ki Jerry düz bilgisayar ekranından başını çevirip konuşmaya başlıyor, "Aldığım son verilere göre son çeyrekte müşterilerinin başarı oranı yüzde yetmiş dokuza çıkmış."

Bir an ne diyeceğimi bilemeden ekrandaki tablolara bakıyorum. Jerry ile görüşmek üzere buraya çağrıldığımda konuşacağımı düşündüğüm konu bu değildi, dolayısıyla hazırladığım savunmalar işe yaramayacak. Kaldı ki duyduğum rakama inanamıyorum. Yüzde yetmiş dokuz.

"Vay canına" diyorum gülmemeye çalışarak. Yüzümde, Roma İmparatoru Caligula'nın, muhafızları[*] onu öldürmeye geldiğinde takındığım aynı şaşkınlık ifadesi var.

"Yakın zamanda evrim geçirmiş bir sürü memeli için oldukça doğru yaşamsal kararlar mevcut" diyor Jerry. "Özellikle de bugüne kadar maksimum yüzde altmış sekize ulaştığını göz önünde bulundurursak. Ve bu Aydınlanma Dönemi'ndeydi.

İnsanlığın evreni anlama becerisine sahip olduğu inancına ek olarak, Aydınlanma Dönemi'nde Voltaire, Descartes ve diğer büyük düşünürler, rasyonel irade kavramını ortaya attılar. Bu da insanların kendi kararlarını kendi başlarına aldıkları ve dolayısıyla onlara atfedilmiş bir kader olmadığı düşüncesinin kabul edilmesine yol açtı.

Voltaire ve Descartes... Kendini beğenmiş budalalar.

---

[*] **Caligula:** M.S. 37-41 yılları arasında görev yapmış, savurganlığı ve zalimliğiyle bilinen ve 41 yılında kendi muhafızları tarafından öldürülen Roma imparatoru. (ç.n.)

S. G. Browne

"Şans yüzüme gülmüş" diyorum Alçakgönüllülük'ten aldığım bir tebessümle.

"Başlarım şansına" diyor Jerry ve ayaklarını masanın üzerinden öyle hızlı indirip avuçlarının üzerinde öne eğiliyor ki yüzümdeki tebessüm bir anda siliniyor.

Lanet olası Alçakgönüllülük. Para iadesi isteyeceğim.

"Neden söz ettiğini anlamıyorum" diyorum.

"Benimle oyun oynama" diyor Jerry. "Ben yaradanım, Tanrı aşkına! Son Buzul Çağı'nda doğmadım ya!"

Doğru.

"Bu kadar yüksek bir kader başarısının tek bir açıklaması olabilir" diyor Jerry. "Birinci kuralı ihlal ediyorsun. Ve insanlara müdahale etmemen gerektiğini biliyor olmalısın. En azından diğerlerinin haklı gerekçeleri var; Cesaret'in, Kıskançlık ya da Gurur'un..."

"O eşcinsel, biliyorsun" diyorum.

"Gerçekten mi?" diyor Jerry. "O zaman bu her şeyi açıklıyor. Ama senin insanların yaşamlarına karışmanı haklı çıkarmaz. Yaptıklarının neticelerini düşünmek zorundasın, Fabio. Sen Kader'sin, Tanrı aşkına!"

Sadece başımı sallıyorum. Jerry kendi adını bu kadar sık tekrarladığında söyleyecek pek bir şey yok.

"Şimdi, seni bir daha buraya bu yüzden çağırmak istemiyorum" diyor Jerry. "Aksi takdirde sana ceza vermek zorunda kalacağım. Anlaştık mı?"

Tekrar başımı sallıyorum.

"İyi" diyor Jerry. "Şimdi, çık buradan. İşletmem gereken bir evren var."

Bölüm 29

Son birkaç aydır, insanların hayatlarını berbat etmelerini izlemektense onlara yardım etmeye çalışmanın ne kadar yorucu olduğunu fark ettim. Sanırım ebeveyn olmak böyle bir şey ama ben birkaç tüylü mamut ve 1970'lerde tuvaletin içine kaçıp kanalizasyonda kaybolan bir piton dışında hiçbir şey beslemediğimden, ebeveynliğin ne kadar değerli olduğunu anlamamıştım. Ya da tavsiyeleriniz çocuklarınızı kalp kırıklıklarından ve hüsranlardan kurtarabilecekken durup hata yapmalarını izlemenin ne kadar zor olduğunu.

Teknik olarak Jerry bana ölümsüzlerimin kaderine müdahale etmekten vazgeçmemi söylemedi. Bana sadece dikkatli olmamı ve yaptıklarımın neticelerini göz önünde bulundurmamı söyledi. Yeryüzünde bu argüman geçerli olsa da Jerry emirlerinin yanlış yorumlanması karşısında öfkeden köpürebilir. Ve Jerry'den gelen direkt bir emre itaat etmemek, onu yanınıza çekmenin iyi bir yolu değil. Şeytan'a sorun.

Evet, belki beni cezalandırmakla tehdit etti. Ama düşünürseniz Jerry hep birilerini tehdit eder. Ve her ne kadar havlaması genelde ısırmasından kötü olsa da Jerry boş tehditler savurmaz. Dolayısıyla yeraltına kapatılmam pek muhtemel olmasa da, Jerry güçlerimi elimden alıp beni görevden uzaklaştırabilir. Tabii görünmez olamadığınız ve ışık hızında seyahat edemediğinizde ölümsüz olmanın ışıltısı da kaybolur.

Ama güçlerimin elimden alınması, olabilecek en kötü şey değil. Jerry gerçekten sinirlenirse ölümsüzlüğümü de elimden alabilir. Bu korkunç olur. O zaman bir iş, yaşayacak bir yer bulmam gerekir ve erkek kostümüm de eninde sonunda eskir. Kostümüm eskidiğinde ben de eskirim.

257,981. doğum günümü bu şekilde kutlamak istemiyorum.

Dolayısıyla alıştığım yaşam tarzını sürdürmek istiyorsam yeni edindiğim hedefimden kopacak ve insanlarımın yanlış kararlar almasına izin vereceğim.

Bu kararı vermek umduğumdan da zor oldu ve ortaya mutsuz bir Fabio çıktı. Sara artık yemekleri ısıtmak yerine bana yemek yaparak ve hizmetçi kostümüyle evimi temizleyerek neşemi yerine getirmeye çalıştı ama ben depresyonda olduğumda içimden koltuğa uzanmak, *Ben & Jerry*'s yemek ve *Seinfeld*'in tekrarlarını izlemekten başka bir şey gelmez.

Bunun üzerine bir yer değişikliğine ihtiyacım olduğuna karar veriyorum. Tropikal bir yere gitmem gerek. Huzurlu bir yere. Her şeyden uzaklaşabileceğim bir yere.

"Koş, Shadow Fury!"

Florida, Daytona Beach Köpek Yarışlarında, çarşamba matinesinde altıncı yarışı seyrediyorum. Bir çift, bir de sıralı iki bahis yatırdım bile. Shadow Fury bitiş çizgisini birinci geçtiğinde altı yarıştan beşinde kazanan ben olacağım. Tabii Şans Meleği'nin bahislerimde yardım ediyor olmasının zararı yok.

Kader Aşkı Tadınca

"Hadi, Shadow Fury!" diye bağırıyor Şans Meleği. Bir elinde yabanmersini ve votka, diğerinde ise yarış bileti var. Bilmesem köpeğimizin kazanacağından haberi yok derdim.

Heyecanlı gibi davranmak zorundayız, aksi takdirde üzerimize olduğundan daha fazla dikkat çekmemiz mümkün. Zaten bu yüzden üçüncü yarışı boş geçmek zorunda kaldık.

Bunun sportmenlik olmadığının farkındayım. İnsanlar kumar oynayıp eğlensin diye bir yarış kulvarında mekanik bir tavşanın peşinden koşan tutsak hayvanları izlemek, gidip sıcak bir duş almak istememe neden oluyor. Ama çeyrek milyon yılı aşkın süredir etrafta olup milyarlarca değersiz yaşam formuna bakıcılık ettiğinizde ve yaratıcıları size onların işine karışmamanızı söylediğinde bazen *hemen* her şeyi bilme becerilerinizin keyfini çıkarma ihtiyacı hissediyorsunuz.

Shadow Fury diğer tazılara neredeyse bir boy fark atarak yarışı kazandığında, "Hallelujah!" diye bağırıyor Şans Meleği. "Jerry sağ olsun!"

"Jerry?" diyor arkamızda oturan suratsız bir kumarbaz. "Jerry de kim?"

"Köpek eğitmeni" diyorum ve Şans Meleği'ni çekiştirip paramızı almak üzere gişeye yöneliyorum.

"Ah, Fabio" diyor Şans Meleği. "Beni de çağırdığın için teşekkür ederim. 1980 ABD Olimpik hokey maçından bu yana bu kadar eğlenmedim."

Paramızı aldıktan sonra içkilerimizi bitiriyor ve gün boyunca kazandığımız bütün parayı, şansı yaver gitmeyen yaşlı bir adama veriyoruz. Parayı Şans Meleği'nin vermesine izin veriyorum. Bu şekilde teknik olarak müdahale etmemiş oluyorum. Zaten bu onun işi.

S. G. Browne

"Gerçekten çok eğlendim, Fabio" diyor yanağıma bir öpücük kondurup. "Ama sanırım işe dönsem iyi olacak."

Doğru. Biz paraları cebe indirirken Daytona yarışlarındaki diğer izleyicilerin büyük bir bölümü o kadar şanslı değildi. Şans Meleği Florida sıcağında altın rengi lame elbisesiyle birazdan şanslarını döndürecek kadın ve erkeklere sürünerek uzaklaşırken onu izliyorum.

Şans Meleği'nin atladığı insanlardan biri, kız arkadaşını güzel bir doğum günü yemeğine çıkarmak için elindeki yüz doları artırma umuduyla buraya gelen Cliff Brooks. Aklında Hooters veya Robbie O'Connell's Pub var. Ama altı yarış sonunda gayretleri karşılığında tek bir yarış kazandı ve elli dolarla evine dönüyor.

Hiçbir şey yapmazsam Cliff hayatının geri kalanını işinde mutsuz bir şekilde sırf para kazanmak için çalışarak ve ideal yolunu keşfedemeden geçirecek. Arkamı dönüp buradan uzaklaşmam, Budist rahiplerinden oluşan güzel bir grup bulmam, belki de Dalai Lama ile zaman geçirmem gerektiğini biliyorum ama müdahale etmeden geçen bir hafta sonunda zavallı-insan krizleri geçiriyorum. Bir esrar bağımlısı, bir evsiz ya da bir cezai savunma avukatı aşeriyorum ve Cliff Brooks, tam da ihtiyacım olan şey.

Jerry'nin bana müdahale etmememi söylediğini biliyorum ama bu sadece küçük bir insan. Zavallı bir ruh. Hayatı boyunca yanlış tercihler yapmış bir ölümlü. Ama bugün, hiç beklemediği bir şey olacak. Şansı dönecek, hem de Şans Meleği'nin yardımı olmadan. Birazdan Cliff Brooks'u... (trampet sesleri lütfen) ... Kaptan Kader ziyaret edecek!

Kısmeti gülmemişlerin koruyucusu.

Beceriksiz insanların savunucusu.

Sıkıcı geleceklerin şampiyonu.

Kader Aşkı Tadınca

Kendime bir şarkı bulmam gerektiğini düşünüyorum. Belki de *Star Wars*'un ya da *The Peter Gunn Theme*'in açılış müziği gibi bir şey. Ya da orijinal bir şey olabilir. Beethoven veya Tchaikovsky'den bana akılda kalıcı bir şeyler bestelemelerini isteyebilirdim ama malum, öldüler.

Cliff Brooks'un kaderini savunmaktaki sıkıntı, ölümsüzlüğüme mal olabilmesi dışında, şu anda görünür olmam. Banyoya saklanabilir veya bir yerde bir telefon kulübesi bulabilir ve durumu, haberi olmadan ona yardım edebileceğim şekilde düzeltebilirdim ama ben ona ulaşmadan köpeklere daha çok para yatırırsa o zaman tüm bahisler düşer. Dolayısıyla Cliff bir sonraki yarışın programını okuyup lanetli bahsini yatırmak için sıraya girdiğinde yanına sokulup koluna giriyorum.

"Bunu yapmak istemiyorsun" diyorum.

"Neyi?" diye soruyor, kolunu elimden kurtarmak için hiçbir girişimde bulunmadan.

"Bu bahsi yatırmak istemiyorsun" diyor ve onu kuyruktan uzaklaştırıyorum.

"Neden?" diye soruyor.

"Çünkü Shoot the Moon kazanmayacak" diyorum.

"Hangi köpeğe bahis yatırdığımı nereden biliyorsun?" diye soruyor yürürken.

"Psişik güçlerim var diyelim."

"Gerçekten mi?"

"Gerçekten" diyorum ve onu arka kapıya doğru götürüyorum. Öyle uysal bir adam ki. Hırsız olabilirdim. Şartlı tahliye olmuş bir seks suçlusu olabilirdim. Bir seri katil olabilirdim ve bu adam onu, et kancaları ve testereler dolu ses geçirmez bir odaya götürmeme izin verirdi.

S. G. Browne

"Öyleyse geleceğimi okuyabiliyorsun?"

"Öyle de denebilir" diyorum.

"Dene hadi" diyor.

"Örneğin" diyorum, "Kız arkadaşının doğum günüyle ilgili planlarını gözden geçirmek isteyebilirsin. Onu *Hooters*'a götürmek gecenin sonunda sana bir fayda sağlamayacak."

"Vay canına" diyor. Onu bir banka götürüp oturtuyorum.

"Sen psişiksin."

Evet, aslında kız arkadaşını doğum günü için *Hooters*'a götürmenin geceyi sekssiz kapatmana neden olacağını bilmek için ölümsüz bir varlık olmana gerek yok.

"Başka?" diye soruyor. Bana bakarken gözlerinde mutlak bir güven var.

İnsanlar çok basittir. Özellikle erkek insanlar. Onlara, geceleri mastürbasyon yapmalarına gerek kalmaması için ne yapmaları gerektiğini söyleyin, peşinizden her yere gelirler. Erkek insanlar ve erkek köpekler arasındaki tek fark, insanların geneldi bacaklarınıza saldırmamalarıdır.

"Adın Clifford Brooks" diyorum ve yanına oturup onunla ilgili bilgiler veriyorum. Nerede yaşadığını (Ormond Beach), ne iş yaptığını (borsacı), bir ayda ortalama kaç kez seks yaptığını (0.37) ve dün akşam yemekte ne yediğini (peynirli makarna) anlatıyorum.

"Aynı zamanda sana tayin edilen yolda ilerlemediğini de biliyorum" diyorum. "Yapıyor olman gereken şeyi yapmıyorsun."

"Ne yapıyor olmam gerekiyor?"

Gözlerindeki heyecan ve yüzündeki hayranlık ifadesinden, içine siyanür karıştırılmış bir bardak meyve suyu ikram ettiğim takdirde daha fazlasını isteyeceğini görebiliyorum.

Kader Aşkı Tadınca

Ne yapıyor olmam gerekiyor?

İnsanlar, yolu kendileri keşfetmek yerine, onlara bir başkasının kılavuzluk etmesini isterler. İşleri batırdıkları takdirde sorumluluk almak istemezler ve suçu bir başkasına atabilmek onlara kendilerini iyi hissettirir.

Ailelerine.

Terapistlerine.

Jerry'ye.

Bu yüzden biraz tek başlarına zaman geçirmek ve gerçekten ne istediklerini keşfetmek yerine kendilerini televizyon, video oyunları ve pornografiyle meşgul ederler.

Ne yapıyor olmam gerekiyor?

Cliff Brooks'un şu anda bir bankada finans müdürü olarak çalışıyor, karısı ve kızı için yeterli parayı kazanıyor olması gerekiyor. Ama bir yaz Disney World'de Goofy kostümü giydikten sonra zirveye tırmanan bir oyunculuk kariyeri için birinci yılın sonunda üniversiteyi bıraktı.

"Üniversiteye geri dön ve diplomanı al" diyorum.

Ve bir anda gözlerimin önüne, erkek öğrenci birliğine katılıp alkolizm bölümünden mezun olan yirmi yedi yaşında bir genç geliyor.

Bir daha deniyorum.

"Evlen ve bir aile kur."

Gelecekte hakkında yasaklama emri çıkarılacak kötü bir baba.

Nedense Nicolas Jansen'i düşünüyorum ve onun için işe yaradıysa...

"Manastıra katıl."

Venezuela, Caracas'tan ülkesine iade edilen bir pedofil.

Bu düşündüğümden de zor olacak.

Yardım etmeye çalıştığım diğer tüm insanlar gayretlerime gelişmiş kaderlerle karşılık verdiler. Her zaman ideal değildi belki. Yani kim hayatını seyyar tuvaletleri pompalayarak kazanmak ister ki? Ama en azından kokain içen veya dini bir tarikata katılan biri için bir gelişme sayılır.

Öte yandan Cliff Brooks zorlu bir aday gibi görünüyor. Ne söylersem söyleyeyim, yine kötü bir gelecek görüyorum. Bunun üzerine sonunda ışık görünen bir tünel bulana dek denemeye devam ediyorum.

Bu biraz Rus ruleti oynamak gibi. Ama kurşunlar yerine kaderleri kullanıyorsunuz.

"Kendi işini kur."

Tık.

"Orduya yazıl."

Tık.

"Gönüllü bir organizasyon kur."

Çat!

Aldığım okumaya bakılırsa Cliff Brooks güçlü bir hayvan hakları savunucusu olacak ve Florida eyaletinde tazıların yarıştırılmasının yasaklanmasını sağlayacak.

Eyvah!

Bu, sadece şu anki yolundan tamamen uzaklaşması değil, aynı zamanda ona doğum anında tayin edilen yola göre ciddi anlamda başarı sağlayacağı anlamına geliyor. Elbette, başarılı bir finans müdürü, ailesine sahip çıkan bir koca ve baba olabilirdi ama bu yeni ve geliştirilmiş kader, onun potansiyelinin de ötesinde görünüyor.

Kader Aşkı Tadınca

Görebildiğim kadarıyla oldukça heyecan verici, hatta muazzam bir ulusal ilgi görecek ve beklenen gelecekte çok başarılı olacak. "Beklenen" derken çok uzun bir zamandan söz etmiyorum. Tabii bu mahvolacağı, kalp krizi geçireceği ya da bir tazı mafyası tarafından öldürüleceği anlamına gelmez. Sadece gelecek birkaç yılını net göremiyorum. Sanki ağır bir sis dalgası kozmik bir sahile çökmüş ve görüş alanımı bulanıklaştırmış gibi.

Düşüncelerimi toplamak için başımı sallıyorum çünkü gördüğümü düşündüğüm şeyi görüyor olamam ama bir daha baktığımda hâlâ Cliff Brooks'un kaderini göremediğimi fark ediyorum.

Henüz o noktaya varmış değil ama Kısmet Yolu'nda değilse bana da Kader demesinler.

Bölüm 30

"Vine o günlerden biri" diyor Karma ve boş *Kingfisher Lager* şişesini yanımızdan geçen garsona doğru sallıyor.

Lexington caddesi ve 28. sokağın doğusu arasında *Curry in a Hurry* adlı restoranın üst katındayız. Çalışma gününün öğle molasında yemeğe gelenlerle dolu. Duvarları bitkiler ve yılan oynatıcılarıyla Hint romanlarının sulu boya resimleri süslüyor. Arka tarafta, tuvaletlerin yanında, düz ekran bir televizyonda bir Bollywood filmi açık.

Cliff Brooks'un yükselişi görmezden gelebileceğim bir şey değil. Eşi benzeri görülmemiş bir olay. Bir anormallik. Kozmik düzende bir mutasyon. Onu uygun yoluna nasıl döndüreceğimi bulmam gerek.

Sorun şu ki ben hiçbir zaman başarılı bir öğrenci olmadım ve Jerry'nin Yol Teorisi ve Yazgı Yasası dersleri beni uyuturdu, o yüzden biraz yardıma ihtiyacım var. Dennis'in bu dersleri alması zorunlu değildi, ne de olsa tüm yollar eninde sonunda ona varıyor. Tembellik, derslerde benden daha çok uyurdu ve Oburluk geneldek kendi ödevlerini yerdi. Her ne kadar Karma, okulu en az benim kadar asmış olsa da bir şekilde sınıfı hep birinci bitirdi.

Neyse ki Karma her yıl yaptığı New York Yankees takımı sahibi George Steinbrenner ziyareti için şehirde, dolayısıyla onu bulmak çok zor olmadı.

"Şimdi" diyorum. "Yollar konusunda başka bir sorum daha var."

"Kader Yolu, Kısmet Yolu... Tüm bu metafiziksel saçmalıklardan mı söz ediyorsun?" diyor Karma. Gözleri mideye indirdiği iki Kingfisher'dan dolayı donuklaşmaya başlamış bile.

"Evet" diyorum. Ben gelmeden önce kaç bira içmiş acaba?

"Dostum, bilmiyorum" diyor. "Bunları okuyalı iki yüz elli bin yıldan fazla oldu!"

Yan masada oturan Japon kadın çatalı ağzına sokmak üzereyken kalakalıyor ve dönüp bize bakıyor.

"Şöyle anlaşalım" diyorum, garson elinde yeni bir Kingfisher ile dönerken. "Sen bu konuda bana yardım et, yemeği ben ısmarlayayım."

"Tamam" diyor. "Ama hiçbir zaman başarılı bir öğrenci olmadım."

"Ah, hadi ama" diyorum. "Yazgı Yasası dersinde süperdin. Sınıftaki herkesten yüksek not aldın."

"Kopya çektim" diyor Karma, bira şişesini kafasına dikmeden. "Cevapları Hilekarlık'tan aldım. Kitabı aralamadım bile."

Harika. Bilgelik ve berraklık ararken budalalık ve sarhoşlukla karşılaşıyorum.

Kader Aşkı Tadınca

"Okul yıllarına dair herhangi bir şey hatırlıyor musun?" diye soruyorum. "Ne olursa?"

"Biraz" diyor. "Beden eğitimi dersini hatırlıyorum. Yunan Haftası sırasında Sakatlık'ın tekerlekli sandalyesini çalmış, Bekârlık'ın dolabını Güven'in çıplak resimleriyle doldurmuştum. Ah, bir de Görsel Tiyatro dersinde öğrendiğimiz canlandırma tekniklerini hatırlıyorum."

O dersi Şatafat vermişti. Dersin amacı, kendinizi becerilerinizi simgeleyen bir nesne olarak hayal etmekti. Benim canlandırmam, insan ırkının Kader'ini temsil eden hareketsiz nesnem, bir benzin pompasıydı.

Bir anda Karma ayağa kalkıyor, masaya çıkıp yemek tabağının üzerine oturuyor.

"Ne yapıyorsun?" diye soruyorum.

"Kendimi bir terazi gibi düşünmeyi seviyorum" diyor ve lotus pozisyonuna geçip bağdaş kuruyor, dirseklerini dizlerinin üzerine koyup avuçlarını açıyor.

Bunu yapmasından nefret ediyorum.

"İnsanlar bakıyor" diyorum.

"Baksınlar" diyor yüksek, otoriter bir sesle. "Ben Karma'yım. Ben kararlarınızın neticelerini tartarım. Bilgeliğime saygı duyun."

"Sen buna saygı duy" diyor geleceği başarısızlıklarla dolu otuz beş yaşındaki bir New York yerlisi ve Karma'ya el hareketi çekiyor.

Akıllıca bir karar değil.

Karma, orta parmağının ucunu başparmağının içine yerleştiriyor ve kel adama doğru bir fiske hareketi yapıyor. Bir anda adam kendi ayağına takılıyor ve köri soslu tavuk siparişi vermiş evli bir çiftin oturduğu masanın üzerine yüzüstü çakılıyor.

S. G. Browne

Anında karma.

Restoranın arka bölümünde, *Curry in a Hurry*'nin gelecekte bolca kalp krizi geçirecek olan kırk yaşındaki müdürü parmağıyla bizi işaret ediyor.

"Masadan in hemen! Masadan in ve burayı terk et, yoksa polis çağıracağım!"

Karma yerinden kıpırdamıyor.

"Yollarla ilgili soruma dönebilir miyiz?" diye soruyorum.

Karma beni umursamadan *Curry in a Hurry*'deki müşterilere hitap ederek, "Olay etki tepki meselesi" diyor. Bir fast-food kalabalığı için fast-food tipi felsefe dersi.

"İyi şeyler yaparsanız başınıza iyi şeyler gelir." Karma sağ elini indirip sol elini yukarı kaldırıyor. "Kötü şeyler yaparsanız başınıza kötü şeyler gelir."

Diğer restoran müşterilerinin kahkahalarla gülmesini ve kafalarını sallamalarını ya da Karma'yı tamamen görmezden gelmelerini bekleyerek etrafıma bakıyorum. Sonuçta burası New York City. Böyle şeyler her zaman olur. Oysa, yüzü körili tavuğa bulanmış kel adam ve yemekleri zehir olmuş çift dışında müşterilerin çoğunun onu dinlediğini görüyorum. Dahası var. Neredeyse hipnotize olmuş gibiler.

Bu tepkiyi daha önce de gördüm: Klasik Dönem'de, toplu göçten ve Roma İmparatorluğu'nun doğuşundan önce, insanlığın büyük bir bölümünün Mesihlere ve spritüel liderlere aç olduğu dönemde. Karma bir tepenin üzerine veya bir ağacın altına oturur ve insanlarla konuşmaya başlardı. Ardından insanlar ona akın eder, Karma'dan onları yaşadıkları adaletsizlikten veya zulümden kurtarmalarını isterlerdi. Karma onları kendine, olmalarını istedikleri noktaya çektikten sonra bir anda ateş alırdı ve insanlar çığlıklar atarak kaçmaya başlardı.

Kader Aşkı Tadınca

Sonrasında biraz şarap ve ekmek eşliğinde kahkahalara boğulurduk.

Ama şimdi, insanlar bedensel ödüller ve materyal eşyalar için spritüel liderler arıyor gibi görünüyorlar.

Glikolik asit cilt maskeleri ve göğüs silikonları.

Prada çantalar ve *Hugo Boss* takım elbiseler.

Lüks cipler ve müzik sistemleri.

İçsel bir kılavuz aradıkları zaman bile dervişler yerine ünlüleri tercih ediyorlar. Onların Mesihleri pop şarkıcıları ve film yıldızları, spritüel liderleri ise televizyon vaizleri ve radyo karakterleri. Ama sonra Manhattan'ın Doğu Yakası'ndaki Hint mutfağı sunan bu fast-food restoranında Karma karşısında hipnotize olmuş insanlara bakıyorum ve belki de insanların rehberliğe düşündüğümden daha çok ihtiyaç duyduklarını görüyorum. Belki de bir maaş bordrosu ve bir yatak odası takımından çok, Ethan Allen'ın kim olduğuna dair açıklamalar yapmasını bekliyorlardır. Ya da başarılarını ölçmesini. Ya da Karma insanları nasıl etkisi altına alacağını iyi biliyor.

Gözleri kapalı, Budizm'deki karma felsefesini benimsemiş bir halde, "Kimseyi kırmadan, dürüst bir edayla konuşan bir insan pozitif bir karma yaratır" diyor.

"Zarar verecek eylemlerden kaçınıp faydalı işler yapın."

"Başkalarına veya kendinize zarar vermeyecek bir geçim yolu bulun."

"Adaletsizliğe şiddetle karşılık vermeyin. Adaletsizliğe şefkatle karşılık verin."

Son söylediğinin Buddha'ya değil, Lao Tzu'ya ait olduğuna eminim ama bu insanlar farkı bilmiyorlar zaten.

"Peki, ya Kısmet Yolu?" diye soruyorum.

S. G. Browne

"İnsan kısmetini kendi yaratır" diyor. "İzlediğiniz yol sizindir."

Konuşurken felsefi önermeler kullanmasından nefret ediyorum.

"Peki, ya bir yol izlemiyorsam ama diğerlerini onlar için yazılmamış bir yola gönderiyorsam?" diye soruyorum. Bu sırada *Curry in a Hurry*'nin müdürü telefonda, polisi arıyor. "Karma bununla ilgili bir şey söylüyor mu?"

"Bir başkasının yolunu anlamak için önce kendini anlamalısın."

Bu da ne demekse.

Benim sorularıma devam etmeme fırsat kalmadan yirmi yaşına henüz girmiş ve hiçbir işte dikiş tutturamayacak genç bir adam elinde beyzbol şapkasıyla masamıza yaklaşıyor.

"Kız arkadaşımdan özür dilersem, beni affeder mi?"

"İnsanı sözler değil, eylemleri gösterir" diyor Karma. "Eylemlerinde özür dile, karşılığını alacaksın."

Genç adam Karma'ya teşekkür edip restorandan ayrılıyor.

"Bir şeyleri düzeltmek için çok mu geç?" diye soruyor uyuşturucu almak için ailesinden para çalan yirmi beş yaşındaki bir kız.

"Hataları telafi etmek için asla geç değildir" diyor Karma.

Kız ağlamaya başlıyor ve o da restorandan ayrılıyor.

"Mutluluğu bulabilecek miyim?" diye soruyor bir başka müşteri.

"Mutluluk insanın içindedir."

"Günahlarımdan kurtulmama yardımcı olur musun?" diye soruyor gelecek yedi yıl boyunca evlilik dışı bir ilişki yaşamayı sürdürecek olan kırk iki yaşındaki bir kadın.

Kader Aşkı Tadınca

"Günahların affedilmesini siktir et" diyor Karma gözlerini açıp. "İstediğin buysa Jerry'yle konuşmalısın."

Uzaklardan siren sesleri duyuyorum. Bizim için olmayabilir belki ama ne olur ne olmaz...

"Gitsek iyi olacak" diyorum.

Karma birasının geri kalanını içiyor. "Ama şanslı gnümdeyim..."

Sanırım bu kimin şansı olduğuna bağlı. Karma konuşmaya başladığında burada olan müşterilerin yarısı gitti ve müdür Karma'ya Hintçe küfürler ediyor. Dönüp Karma'ya baktığımda yüzünde kurnaz bir tebessüm var.

"Lütfen bana bir anda kaybolmayı düşündüğünü söyleme" diyorum.

"Aklımdan geçti" diyor Karma. "Ne dersin?"

"Bence kötü bir fikir" diyorum. "Ama yapacaksan en azından Kısmet'le ilgili konuşana kadar bekler misin?"

"Sen niye bu Kısmet Yolu'na bu kadar taktın?" diye soruyor Karma. Tekrar boş bira şişesini havada sallıyor. Anlaşılan şu anda En Sevimsiz Müşteri pozisyonunda olduğundan haberi yok.

"Bana kalırsa bu konuyu başka bir yerde konuşmalıyız" diyorum siren sesleri yaklaşırken.

"Ama daha yemeğimi bitirmedim" diyor ve sol kalçasının altından bir dilim ekmek alıp pantolonundaki köri sosa buluyor.

"Hadi" diyorum ve elinden tutup masadan indiriyorum. "Polis gelmeden çıkalım buradan."

"Çok geç" diyor.

Belli ki büyü bozulmuş. Geri kalan müşteriler yemeklerine dönüp bizimle göz göze gelmekten kaçınırken restoranın önüne bir polis arabası yanaşıyor. Birkaç dakika sonra yanında üniformalı iki polis memuruyla restoran müdürü merdivenlerin başında beliriyor.

"Onlar!" diye bağırıyor müdür bizi işaret ederek. Sanki ben yanlış bir şey yapmışım gibi. "Restoranımı karıştırıp müşterilerimi kaçırıyorlar!"

"Bu doğru mu?" diye soruyor memurlardan biri. Yirmi yedi yaşında, bekâr ve hep öyle kalacak genç bir adam.

"Tam olarak değil" diyorum. Ama bunun ardından ne söyleyeceğime dair hiçbir fikrim yok. Bu, bir anda ortadan kaybolabilmeyi dilediğim anlardan biri. Belki de Hawaii'ye, Santorini'ye veya Jamaica'ya uzanabilirim. Hedonism II tatil beldesinin yılın bu zamanında güzel olduğunu duymuştum.

Karma'nın, "affedilmeyi siktir et" dediği kırk iki yaşındaki kadın Karma'yı işaret edip, "Karmanın kendisinde vücut bulduğunu sanıyor" diyor.

"Öyle mi?" diyor memur.

"Karmanın fethi sağduyulu eylemlerde ve serinkanlı tepkilerde saklıdır" diyor Karma ve sonra memurun suratına geğiriyor.

Sanki bunun bize bir yardımı olacakmış gibi.

"Ya sen?" diyor memur bana bakıp. "Sen ne olduğunu sanıyorsun?"

"Ben yanlış zamanda yanlış yerde olan biriyim."

"İşte bunu doğru bildin" diyor memur. "Hadi, dışarı çıkıp biraz sohbet edelim, belki sizin gerçekte kim olduğunuzu öğreniriz."

Karma bir başka masanın üzerine tırmanıp, "Ben Karma'yım" diyor ve lotus pozisyonuna geçerken kadehleri ve tabakları deviriyor. "Ben bir terazi gibiyim."

Kader Aşkı Tadınca

"Hadi gidelim, dostum" diyor memur ve uzanıp Karma'yı kolundan tutuyor.

Karma teslim olmuyor, bunun üzerine ikinci memur da masanın yanına geliyor ve Karma'yı diğer kolundan yakalıyor.

"Yaptıklarının neticelerine katlanacaksın" diyor Karma. "Yasaya boyun eğmelisin!'

"Evet" diyor ilk memur kelepçeleri çıkartıp. "Sen de benimkilere boyun eğeceksin."

Samsara demesine kalmadan Karma'yı göğsünün üzerine yatırıyor, yüzünü bir tabak palak paneere* yapıştırıyor ve ellerini arkadan kelepçeliyorlar.

"Pişman olacaksınız!" diye bağırıyor Karma. Polisler onu ayağa kaldırdıklarında yüzünden ıspanak ve peynirler dökülüyor. "Karma'yla uğraşmanın ne demek olduğunu göreceksiniz!"

"Sen NYPD ile uğraşmanın ne demek olduğunu göreceksin" diyor memur.

İkinci memur beni merdivenlerden indirip kapıdan dışarı çıkardığında şovu izlemek için kaldırımda toplanan kalabalığı görüyorum. Arkamda polisler Karma'yı kelepçeli bir hâlde restorandan çıkarırken Karma bağırmaya devam ediyor, "Etki ve tepki! Etki ve tepki!"

---

* **Palak paneer:** Köri soslu ıspanak ve peynirden yapılan bir Hint yemeği. (ç.n.)

Bölüm 31

En son hücreye kapatıldığımda insanlar hâlâ güneşin dünyanın etrafında döndüğüne inanıyorlardı ve kâfirlerin herkesin önünde idam edilmeleri iyi, erdemli ve eğlenceliydi. O zamanlar hapishanelere genel olarak *zindan* deniyordu ve ikiye iki buçuk metre genişliğindeki lüks süitinizi; bir kısmı acilen banyo yapması gereken, bir kısmı da uygun bir cenaze törenine ihtiyaç duyan yarım düzine adamla paylaşıyor olmanız şaşırtıcı değildi.

İtiraf etmeliyim, o dönemden bu yana şartlar ciddi anlamda düzeldi.

Hücremiz üç metreye altı metre. Duvar boyunca uzanan bir bank ve köşede yanında bir lavabo bulunan tek bir klozet var. İnsan dışkısı gördüğünüz toprak zemin yerine yerler temiz ve beton. Merkezi havalandırma sistemi bile var. Ve aramızda banyo yapması gereken sadece Karma.

"Bir büyük boy latte alabilir miyim?" diye sesleniyor Karma yüzünü demir parmaklıklara yaslayıp. Saçında ve gömleğinde ıspanak ve peynir kalıntıları var. "Ya da dur. Chai buzlu çay olsun."

"Hey, dostum" diyor işinden kovulan ve bizimle bu geniş hücreyi paylaşan otuz dokuz yaşındaki sigortacı. "Bana da bir cappuccino söyler misin?"

"Hangi boy?"

"Büyük" diyor adam.

"Ve bir büyük cappuccino!" diye bağırıyor Karma.

Bulunduğumuz yer, 13. bölge karakolundaki sarhoşlar koğuşu ki bu hiç adil değil çünkü ben sarhoş değilim. Ama olur da birden ortadan kaybolur ya da aniden alev alır diye Karma'yı yalnız bırakamadım ve bizi tutuklayan polis memurlarına, Alice B. Toklas'ın* özel keklerinden yediğimi söyledim, onlar da beni Karma'yla birlikte buraya tıktılar.

En son on altıncı yüzyılın başlarında bir hücreye atılmama neden olan olay da buna benzerdi. Karma, Almanya'nın Köln şehrindeki bir barda sarhoş olmuş ve Şeytan'la konuştuğunu anlatmaya başlamıştı. Anlattıkları doğruydu elbette. Daha birkaç yüzyıl önce birlikte yemek yemiştik. Ama etrafta böyle bilgileri anlatamazsınız, hele de kendini kitlesel bir cadı avı çılgınlığına kaptırmış bir ülkede. Söylememe gerek yok herhalde, ben delinin seyahat arkadaşı olduğumdan, beni de içeri attılar.

Ama Köln'deki zindandan kurtulmak kolay oldu. Gardiyanların bakmadığı bir anda görünmez olup Almanya'dan Barbados'taki bir kumsala uçtuk. Hücreyi paylaştığımız adamlar, kaçmamıza yardım etmek için büyücülük yaptıklarını itiraf edene kadar işkence gördüler ama zaten işkence görecek,

---

* **Alice B. Toklas:** 20. yüzyılın başlarında Paris'te yaşayan ve arkadaşı Gertrude Stein'ın yazdığı kitap ile ünlenen şef. En meşhur tarifi; meyve, kuruyemiş, baharat ve marihuana içeren kektir. (ç.n.)

boğulacak ve yakılacaklardı; dolayısıyla onlar için işleri kötüye götürdük sayılmaz.

"Bisküvi de var mıdır?" diye soruyor sarhoş sigortacı. Adı Alex Dunbar ve gelecek yirmi yılını zekâsının sınırlarını keşfederek geçirip diyabet hastası olacak.

Karma hücrenin dışındaki boş koridora bakıyor. "Sanırım garsonlar mola vermiş."

"Burası *Starbucks* değil" diyorum.

Karma dönüp sanki az önce ona Noel Baba'nın gerçek olmadığını söylemişim gibi bakıyor.

"Değil mi?" diyor Alex.

"Hayır. Burası bir hapishane. Sarhoş olduğumuz ve düzeni bozduğumuz için tutuklandık ve hapse atıldık. Burada latte, cappuccino veya bisküvi servisi yok."

Alex Dunbar ağlamaya başlıyor.

"Gördün mü ne yaptığını?" diyor Karma. Ayağa kalkıp Alex'in yanına oturuyor ve kolunu omzuna atıyor. "Bugün işini kaybettiği yetmedi, şimdi kalkmış, dört gözle beklediği tek şeyi de elinden alıyorsun."

Bazen Karma'yı anlamıyorum. Gerçekten anlamıyorum.

"Sakin ol" diyor Karma, Alex'i teselli etmeye çalışarak. "Seni kovan kadın bugün işten eve dönerken bir otobüsün altında kalacak."

"Öyle mi?" Birden Alex'in morali yerine geliyor.

"Öyle mi?" diye soruyorum ben de.

Karma, Alex görmeden hızla başını iki yana sallıyor.

"Elbette" diyor Karma. "Times Meydanı'nda kırk iki numaralı otobüsün altına kalacak."

"Harika" diyor Alex.

"Şimdi banka uzanıp biraz uyumanı istiyorum" diyor Karma. "Ve uyandığında cappuccino içip kurabiye yiyeceğiz."

"Gerçekten mi?" diye soruyor Alex.

"Kesinlikle."

"Harika."

Karma ayağa kalkıyor ve Alex kazağını başının altına alıp banka uzanıyor. "Hey" diyor Alex. "Otobüsü nereden biliyorsun?"

"Çünkü ben Karma'yım."

"Ah" diyor Alex, ellerini dizlerinin arasına sıkıştırıyor ve gözlerini kapatıyor. Bir dakika bile geçmeden hafif bir iniltiyle horlamaya başlıyor.

Karma bana doğru yürüyüp yanımda duruyor. "Buradan çıkmaya hazır mısın?"

"Nasıl yani?" diye soruyorum.

"Biliyorsun işte" diyor ve *I Dream of Jeannie* filmindeki Barbara Eden gibi kollarını önünde birleştirip gözlerini kırpıştırıyor. "Hadi gidelim."

"On altıncı yüzyılda değiliz" diye hatırlatıyorum. "Kimliklerimiz poliste. Nerede yaşadığımızı biliyorlar. Ayrıca her yer kamera dolu. Bir anda ortadan kaybolamayız."

"Tüh" diyor. "Peki, ne yapacağız?"

"Çoktan Adalet'i aradım" diyorum.

"Öyle mi?" diyor Karma. "Ne zaman?"

"Sen bizi içeri attırdıktan hemen sonra" diyorum. "Hâlâ etki ve tepkiden bahsediyor, saçındaki palak paneeri ayıklıyordun."

Kader Aşkı Tadınca

"Ah, evet" diyor Karma ve parmaklarını saçlarına daldırıp birkaç parça ıspanak çıkarıyor. "Peki, Adalet ne dedi?"

"Senato'daki bir sorunu halleder halletmez gelecekmiş."

"Bu zaman alabilir" diyor Karma ve banka oturuyor.

Ben de yanına oturuyorum. "Hâlâ sarhoş musun?"

Kıpkırmızı gözlerle bana bakıyor. "Emin değilim."

"Sana bir soru sorsam cevap verebilir misin?"

Başını sallıyor. "Denerim."

Birkaç metre ötemizde Alex yüksek sesle horlamaya başlıyor.

"Kader Yolu'nda doğan biri sonunda Kısmet Yolu'na geçerse ne olur?"

Karma bana, Musa II. Ramses'den İsraillilerin köleliğine son vermesini istediğinde firavunun Musa'ya baktığı gibi bakıyor.

"Bir de bana mı soruyorsun sarhoş muyum diye?"

"Soruma cevap ver" diyorum.

"Böyle bir şey olamaz" diyor Karma. "Yazgı Yasası net bir şekilde bir yolda doğanların o yolda kalmak zorunda olduklarını söylüyor. Tabii Kader veya Kısmet müdahale etmediği sürece."

"Kitap bile açmadığını söylemiştin."

"Açmadım" diyor Karma. "Ama sınav için üç gün boyunca yanıtları ezberledim."

"Ve hâlâ hatırlıyor musun?"

"Elbette" diyor. "Ne var ki? İki yüz elli bin yıl önceydi sadece."

Bazen Karma çift karakterli mi, yoksa ukalanın teki mi, merak ediyorum.

"Ama ya olabilseydi?" diyorum. "Ya olduysa?"

S. G. Browne

Karma saçından bir top peynir ayıklıyor. "Bana anlatmadığın bir şeyler mi var?"

Ben de ona Cliff Brooks'tan söz ediyorum ve Sara'dan ve yardım ettiğim diğer tüm insanlardan ve Marie Curie'yi süt banyosu yaparken izlediğim zamandan. Öyle ağzımdan çıkıverdi. İtiraflarda bulunurken olur bazen. Ya hep ya hiç tadında bir alışkanlık.

"Müdahale etmemen gerektiğini biliyorsun" diyor.

"Bunu, bir Hint restoranında masanın üzerine çıkıp tüm insanlara kendini açık eden biri söylüyor" diyorum. "Bu arada senin tavsiyelerinle ikisinin kaderi değişti bile."

"Kusura bakma" diyor Karma. "Benim hatam. Ama kalıcı değildir."

"Kim olduğumu unuttun mu?" diye soruyorum. "Yollarını görebiliyorum. Ve bana oldukça kalıcı görünüyorlar."

"Evren düzeltir" diyor Karma.

"Nasıl yani?"

"Şöyle, yolları geçici olarak değişmiş bile olsa" diyor, "eninde sonunda orijinal yollarına döneceklerdir. Aynı şey yardım ettiğin diğer tüm ölümlüler için geçerli, Kısmet Yolu'na gönderdiğin o zavallı dâhil. Büyük olasılıkla Hooters'da kız arkadaşını etkilemeye çalışıyor olacak."

"Emin misin?" diye soruyorum.

Karma başını sallıyor. "Evrene karşı gelemezsin, Fabio. Evren kendini düzeltir, kendine hizmet eder. Er ya da geç, her şey olması gerektiği hâline döner. Evrensel Yasa dersini hatırlamıyor musun?"

O dersi de asmıştım.

"Kutu teorisiyle aynı" diyor Karma.

Kader Aşkı Tadınca

Kutu teorisi; insanların, yaşamları ve koşullarıyla kendi etraflarında inşa ettikleri kutularla rahat eden alışkanlık canlıları olduğunu söyler. Eğer yaşamlarında onları kutudan çıkaracak bir değişiklik olursa kendi rahatlık seviyelerine dönmek için ellerinden geleni yaparlar. Kutuya geri dönmek için.

Bunu kendi insanlarımda bir teoriden çok daha ötesi olduğunu bilecek kadar çok gördüm. Bu, yıkıcı bir davranış kalıbıdır.

Birden zenginliğin kucağına düşen, ardından da iflas eden profesyonel atletler ve loto kazananlar. Yalnızlıklarıyla rahat oldukları için aşkı kaçıran erkekler ve kadınlar. Mücadele etmeye alıştıkları için altın fırsatların kaçmasına izin veren yaratıcı sanatçılar ve yetenekli yazarlar.

Genelde insanlar için başarısızlığı kabul etmek, başarıdan daha kolaydır.

Her ne kadar büyük olasılıkla Cliff Brooks'un kozmik yolunu değiştirmenin yansımaları konusunda endişelenmem gerekmediği için rahatlamış olsam da bir şekilde onu yüzüstü bıraktığımı hissediyorum. Ve en başından beri yardım etmeye çalıştığım tüm insanların başta oldukları yere geri dönüp dönmeyeceklerini merak etmeye başlıyorum.

Çaresiz. Tatminsiz. Kayıp.

Sanırım insanların hüsranlarla baş etmekte neden bu kadar zorlandığını anlamaya başlıyorum.

"Peki, ya evren düzeltmezse?" diyorum. Kaygılı değil, daha çok umutluyum. "Ya Cliff Brooks Kısmet Yolu'nda kalırsa?"

"Yazgı Yasası özellikle buna değinmiyor, zaten böyle bir şeyin mümkün olmaması gerekiyor ama sanırım olursa kozmik teoriyle açıklanması mümkün."

"Ve kozmik teoriye göre..."

"Büyük olasılıkla ilahi müdahale gerektiren kozmik bir değişime yol açacaksın" diyor Karma. "Ya da bir kara deliğin oluşup tüm var oluşu içine çekmesine."

İşte şimdi kendimi daha iyi hissediyorum.

"Ama" diyor Karma ve banktan kalkıp demir parmaklıklara doğru yürümeye başlıyor, "bu sadece bir teori."

Birkaç dakika Alex Dunbar'ın horlaması ve koridorun sonundaki kapalı kapıların ardından gelen sesler dışında hiçbir şey duymuyoruz. Sonra Karma iç geçiriyor, parmaklıklara tutunuyor, yüzünü aralarına bastırıyor, boş koridora bakıp sesleniyor. "Latte nerede kaldı?"

Yarım saat kadar sonra siyah ince çizgili takım elbisesi, siyah Gucci güneş gözlüğü ve elinde siyah titanyum bastonuyla Adalet geliyor.

Adalet'in özelliği, antisosyal olması.

Şahsen ben görsel olarak sakat olan bu imajın şov olduğunu düşünüyorum ama hiçbir zaman kanıtlayamadım ve şu anda da sırrını açık etmeye niyetim yok. Böyle zamanlarda sistemin nasıl işlediğini bilen birilerini tanımak iyi oluyor.

Adalet geldikten birkaç dakika sonra Karma ve ben serbest kalıyoruz ve tüm suçlamalar düşürülüyor. Doğal olarak yardımları ve sessiz kalması için Adalet'e ödeme yapmamız gerekiyor. Bunun üzerine ben Wrigley'deki kombine koltuklarımı verirken Karma Dalai Lama ile özel bir görüşme ayarlayacağı sözünü veriyor.

"Sadece üçüncü gözüne bakmamaya çalış" diyor Karma. "O konuda biraz çekingen."

Dışarı çıktığımızda Adalet, Florida'daki bir oy kullanma

Kader Aşkı Tadınca

makinesiyle ilgili sorunu halletmek üzere 13. bölge karakolunun merdivenlerinde yanımızdan ayrılıyor.

"Çok keyifliydi" diyorum. "Beş yüz yıl içinde bunu tekrar yapmalıyız."

"Ben gitsem iyi olacak" diyor Karma saatine bakıp. "Dengelenmesi gereken tonlarca karmam var."

"Miktarı hafife alma" diyorum ve taksi çağırmak üzere yola doğru yürüyorum.

"Hey, Fabio" diyor Karma.

"Ne?" diyorum arkamı dönüp. Tutuklanıp Adalet'le uğraşmak zorunda kalmak canımı yeterince sıkıyor.

"İnsanlara fazla yaklaşma" diyor Karma. "Onlar bulaşıcıdır."

İnsanlar teknik olarak bir virüstür. Bu, Primordiyal Çorba* 101'de öğrendiğimiz ilk şeylerden biriydi. Ama böyle bir bilgi, onlardan birine âşık olduğunuzda bastırma eğilimi gösterdiğiniz türden bir şeydir.

"Teşekkürler" diyorum. "Başka bir şey var mı?"

"Sadece dikkatli ol" diyor. "Ve Tanrı aşkına, onlara yardım etmekten vazgeç. Neye yakalanacağını bilemezsin."

---

* **Primordial Soup (İlksel Çorba):** Cansız moleküllerden organik canlıların oluşabileceğini gösteren deneydir.

Bölüm 32

Birkaç gün sonra kaderlerini idare ettiğim ölümlülerden bazılarının yollarını kontrol ederken Cliff Brooks'un düşündüğüm kadar anormal olmadığını fark ediyorum.

Beni Amsterdam'da bıçaklayan ve Fransa'da bir manastıra kapanan genç uyuşturucu müptelası Nicolas Jansen'ın geleceği silinmeye başlamış.

Daha önce geleceklerinde bağlılık ve disiplin görünen çift George ve Carla Baer radarımdan uzaklaşıyor.

Eski biyoloji öğretmeni ve geleceğin kuş tacizcisi Darren Stafford bile benim erişemeyeceğim uzaklıkta bir kısmete doğru ilerliyor.

Vaka dosyalarımı aklımda incelerken Cliff Brooks, Nicolas Jansen, Darren Stafford ve Baer çiftine ek olarak daha bir düzine insanı Kısmet Yolu'na soktuğumu fark ediyorum.

İtiraf etmeliyim, yönlendirme gücüm karşısında şaşkınım. Oysa ben sadece uyuşturucu bağımlılığı veya pedofili içermeyen yollar tayin ediyordum.

Anlaşılan, ben bu işte sandığım da iyiyim.

Elbette, geleceğini değiştirdiğim sadece Cliff Brooks'ken, yaptığımın yanıma kalma olasılığı daha yüksekti. Ama insanlarda pozitif etki bırakan en son kişi İsa'ydı ve o da anonimliğini koruyamadı.

Karma'nın dediği gibi evren eninde sonunda kendini düzeltip insanlarımı orijinal yollarına döndürecek bile olsa Karma bunun ne kadar süreceğini söylemedi. Kısmet'in, artan iş yükünün sorumlusunun ben olduğumu fark edip fark etmediğini bilmiyorum ama elbet birileri fark edecek. İnsanlar kozmik bir zorlama olmadan yıldızlarını değiştirmezler. Ve eğer Jerry o zorlamayı yapanın ben olduğumu öğrenirse sık-uçan-yolcu olma ayrıcalığımı kaybedebilirim.

Acaba geçici akıl hastalığını yutturabilir miyim, merak ediyorum.

Jerry'nin beni azarlayıp azarlamayacağını merak ediyorum.

Uçak yolculuğunun *Hindenburg*'tan* bu yana gelişip gelişmediğini merak ediyorum.

Sanırım bir süre ortalıklarda görünmesem iyi olacak. Gerçi saklanmam söz konusu değil. Jerry'nin lanet olası bilmişliği. Bu yüzden Los Angeles'a gitmeye karar veriyorum. Orada en azından kirli havanın içinde kaybolabilirim. Zaten tasarım giysiler, lüks otomobiller ve kozmetik takviyelerin yaydığı suni parıltı; Jerry'nin, lazerli göz ameliyatı sonrası o bölgeye bakmasını zorlaştırıyor.

"Ne kadar kalacaksın?" diye soruyor Sara yatakta bir gece önce.

"Birkaç gün" diyorum.

---

* **Hindenburg:** 6 Mayıs 1937 tarihinde New Jersey'de yanarak düşen ve 36 kişinin ölümüne yol açan Alman zeplini. (ç.n.)

Kader Aşkı Tadınca

Sara'ya, Hollywood'un yüzeyselliğinde ve kirliliğinde Tanrı'dan saklanacağımı söyleyemem. Bu yüzden ona Batı Yakası'nda görüşmem gereken bazı müşterilerim olduğunu söylüyorum.

"Müşterilerini bu kadar önemsemene bayılıyorum, Fabio" diyor. "Onlara yardım etmek için çok çalışıyorsun. Senin en sevdiğim taraflarından biri bu."

"Ya diğer yönlerim?" diye soruyorum.

Gülümsüyor, bir kaşını kaldırıyor ve çarşafların altında kayboluyor.

Ve aniden hangi konudan konuştuğumuzu unutuyorum.

Sara'ya biriyle görüşmeye gittiğimi söylerken yalan söylemiyorum, gerçi Doğruluk ve Bilgelik'in Himalayalar'da ıssız bir dağın tepesinde yaşadıklarını ve yanlarına varmak için bir şerpa* ve iki haftalık zulüm gerektiğini sanırsınız. Oysa onlar Hollywood'da Mulholland Drive'da yaşıyor ve oradaki insanlar gibi görünmek için kişisel bir spor antrenörüne ve iki hafta solaryuma ihtiyaç duyuyorlar.

Neden Los Angeles'ta yaşamayı seçtiler, bilmiyorum. Büyük olasılıkla Melekler Şehri saçmalığına kapıldılar. Ama sonra düşünürseniz doğruluk ve bilgeliğe Tinseltown kadar ihtiyaç duyan bir başka yer bilmiyorum.

Bu, rahatlamak için alışveriş yapmanın somut örneğidir. Tüketici kültürünün, hep daha fazla arayışının insanları nasıl gerçek içsel doğalarını keşfetmekten ve hayatlarını en ideal kaderleri doğrultusunda yaşamaktan alıkoyduğunun bir örneğidir. Yeryüzünde Hollywood dışında, materyal uğraşların ve sosyal baskıların insanları bu kadar etkilediği ve yollarına ulaşmaktan alıkoyduğu bir başka yer daha yok. Bazıları kendilerini bu uğraşlara kaptırmak için Las Vegas'a gittiklerini söyleyebilir

---

* Nepal ve Tibet'te yaşayan ve dağcılıkta usta olan Himalaya halkı. (ç.n.)

S. G. Browne

ama bana sorarsanız, Vegas kültürel bir ekosistemden çok yetişkinlere ayrılmış bir eğlence parkıdır.

Doğruluk ve Bilgelik'in, Hollywood tipi yaşam tarzının baskılarına boyun eğmediklerini umuyorum.

"Fabio!" diyor Doğruluk 12,5 milyon dolarlık evlerinin ön kapısında beni karşılarken. Kapalı otoparkı, tenis kortu, yüzme havuzu, saunası ve San Fernando vadisine bakan inanılmaz bir manzarası var.

Doğruluk beni sıkı sıkı sardığı kollarından azat ediyor. "Seni görmek harika" diyor beyazlatılmış dişleri ve suni bronz teniyle.

Gerçek gibi görünmek için bu kadarı fazla.

Onu görmeyeli uzun zaman geçmiş olsa da yüzü tuhaf bir şekilde pürüzsüz görünüyor. Ya erkeklik kostümünü yeniledi ya da Botoks yaptırıyor.

"Harika görünüyorsun" diyor, ardından beni içeri alıp koridorda yürümeye başlıyor. O bakmadığı sırada ben cüzdan ve anahtarlarımın hâlâ üzerimde olduğundan emin oluyorum.

Doğruluk'un özelliği, kleptoman olması.

"Big Apple* nasıl?" diye soruyor.

Onu izlerken bilmesinin uygun olduğunu düşündüğüm dedikoduları veriyorum ve Bilgelik'in elinde *Pozitif Düşüncenin Gücü* adlı kitap ve bir kadeh mojito ile güneşlendiği havuz kenarına gidiyoruz. Bilgelik de Doğruluk'tan farklı görünmüyor, tek farkı kulaklarındaki altın halka küpeler.

"Bana sorarsan, harika görünüyorsun" diyor Doğruluk, ardından Bilgelik'e dönüyor. "Doğru değil mi? Harika görünmüyor mu?"

---

* New York City'nin takma adı. (ç.n.)

Kader Aşkı Tadınca

Bilgelik başını kaldırmadan yanıtlıyor, "Övgü ifadeleri, kendi algılarının yansımalarıdır sadece. Gerçeklerle ilgileri yoktur."

Bilgelik'in özelliği, aşağılık kompleksi olması.

"Bugün uslu olsak" diyor Doğruluk, "misafirimizin hatırına?"

"Ben her zaman usluyum" diyor Bilgelik, kitabını bırakıyor ve şezlongdan kalkıp bana sarılıyor. "Sana bir mojito ikram edebilir miyim, Fabio?"

Sonraki birkaç saati, beyaz rom ve nane yapraklarıyla sarhoş olup eski günleri yâd ederek geçiriyoruz ama dürüst olmak gerekirse, benim yolumdaki insanların büyük bir bölümünün doğruluk ve bilgelikle işi olmadığından, anılarımızı paylaşmaktan çok içki içiyoruz. Kafamız iyi olduğunda Doğruluk Formosa Café'ye gitmeyi öneriyor.

Hollywood'un köhne bir bölgesinde, kırmızı ve siyah renklerde Çin temalı Formosa geniş bir menü sunuyor ama loş aydınlatmalı kafede insanların büyük bölümü yalnızca içki içiyor. Bir kısmı barda oturuyor, bir kısmı ise geçmişte burada yemek yemiş yıldızların siyah-beyaz imzalı resimlerinin altındaki kırmızı deri bölmelerdeler. Duvarlarda James Dean'i, Marilyn Monroe'yu, Clark Gable'ı, Paul Newman'ı, Jack Benny'yi, Elizabeth Taylor'ı ve Marlon Brando'yu görüyorsunuz. Neredeyse birazdan kapıdan içeri girecekler gibi.

"Buraya gelenlerin çoğu tanıdık" diyor Doğruluk, barda Bilgelik ile aramda oturmuş martinisini yudumlarken. "Ama yine de yeni çiftler ve ilk randevulardan oluşan bir karışım oluyor, keyifli bir akşam geçiriyorsun."

Sol yanımdaki kadının Danua cinsi bir köpekle seks yapacağı bir porno filmde rol almayı düşünüyor olmasını umursamamaya çalışarak, "Nasıl yani?" diye soruyorum.

"Her seferinde aynı şeyi yapar" diyor Bilgelik. "Bana sorarsan çok çocukça."

"Sonuçlardan şikâyet ettiğini duymadım" diyor Doğruluk.

Bilgelik mojitosundan bir yudum daha alıyor.

"Arkamızdaki şu çift" diyor Doğruluk.

Hafifçe arkamı döndüğümde otuzlu yaşlarının başlarında bir erkek ve bir kadın görüyorum. İkisi de bembeyaz giyinmiş, bir şişe cabernet ile bir bölmede oturuyorlar. Evli değiller ama evlenecek ve ardından olaylı bir şekilde boşanacaklar.

Belki de Los Angeles'a gelmek iyi bir fikir değildi.

"Evlilik dışı ilişkilerinin ikinci yılını kutluyorlar" diyor Doğruluk ve ceketinin cebine boş bir içki bardağı sıkıştırıyor. "Kadın, adamın bu gece evlenme teklif edeceğini umuyor, adam da öyle planlıyor. Ama küçük bir sorun var."

Doğruluk, sağ elini bir tavşan kuklası oynatır gibi havaya kaldırıyor, omzunun üzerinden kulaklarını çifte doğrultuyor, ardından sanki sessizce konuşur gibi diğer üç parmağını açıp kapatıyor. İki saniye sonra arkamızda oturan adam, "Kardeşinle yattım" diyor.

Bu itirafı karşısında kimin daha çok şaşırdığını anlamıyorum; kendisi mi, kız arkadaşı mı?

"Ne?" diyor kadın.

Adam neler olup bittiğini anlamak istercesine etrafına bakıyor. Belli ki bu yapmaya niyetlendiği bir itiraf değildi. Ama tekrar ediyor.

"Kardeşinle yattım."

Büyük olasılıkla suratına bir kadeh kırmızı şarap dökülmesini de beklemiyordu, yoksa bembeyaz giyinmezdi zaten.

Kız arkadaşı gözyaşları içinde yerinden kalkıyor, barı geçiyor ve kapıdan çıkarken adam sesleniyor, "Ama sadece üç kez birlikte olduk."

Daha onlar bölmeden kalkar kalkmaz, Doğruluk ve Bilgelik bardan kalkıp oraya yerleşiyorlar.

"Asla şaşmaz" diyor Doğruluk yumuşak kırmızı koltuğa yaslanırken.

Şarabı temizlemek, şişeyi ve kadehleri almak için bir komi geliyor.

"Bunu sırf buraya oturabilmek için mi yaptın?" diye soruyorum yanlarına otururken.

"Şey, tek sebep bu değil" diyor ve masadaki tuzluk ve karabiberliği alıp cebine sokuyor. "Yani baksana, adam er ya da geç itiraf etmeliydi. Bizim de bu fırsatı değerlendirmemizde bir sakınca yok. Haksız mıyım?"

Bilgelik umursamıyormuş gibi davranmaya çalışsa da koltukta barda olduğundan daha mutlu görünüyor.

"Ama onların kaderlerini değiştirdin" diyorum.

Artık evlenmeyecekler, dolayısıyla boşanmayacaklar da. Erkek arkadaş kızla barışmaya çalışacak, işe yaramayınca kardeşiyle tekrar yatacak, onu hamile bırakacak sonra ayrılıp kayak hocası olmak için Aspen'e yerleşecek. Kız ise bundan çok daha parlak görünmeyen bir dizi ilişki yaşayacak.

Lanetli çiftin peşinden gitmemek için kendimi zor tutuyorum ama bu riski göze alamam. Oburluk ve Tembellik'le olsam belki ama Doğruluk ve Bilgelik, Jerry'nin sıkı yandaşlarıdır.

"Kusura bakma" diyor Doğruluk. "Ama o ilişkiden bir bok olmazdı zaten. Sır saklamaktansa doğruları bilmeleri daha önemli."

"Ah, şimdi de bilgelik taslıyorsun" diyor Bilgelik. "Ne hoş."

"Ben doğruları söylüyorum" diyor Doğruluk. "Bunun seninle ne ilgisi var?"

"Sadece bildiklerine bağlı kalmayı düşünebileceğini söylüyorum" diyor Bilgelik. "Ve dürüst olmak gerekirse bu konuda kuşkularım var."

"Sen beni mi sorguluyorsun?" diyor Doğruluk.

Formosa'da bara yaslanmış ya da ölmüş film yıldızlarının dikkatli bakışları altında kırmızı deri koltuklara yayılmış, kaderleri uyumsuz bir sanrı, bir başarısızlık ahenksizliğinde birbirine karışan diğer müşterileri izlerken onların alaycı sohbetleri arka planda yavaş yavaş kayboluyor.

Keşfedilmemiş.

Ödüllendirilmemiş.

İşsiz.

Kötü insanlar değiller. Barın sonunda oturan, kendini yönetmen olarak tanıtan ve taciz ettiği yıldız adayının içkisine ilaç karıştıran cinsi sapık dışında.

Gerçekten Dennis'i tekrar hızlı arama ayarlarıma eklemeliyim.

Ama bu insanların geri kalanı, bu zavallı ölümlüler sadece mutlu olmanın bir yolunu arıyorlar ve çoğu bunu gerçekleştirmek için bocalıyor. Bu mücadelenin sebebi ağırlıklı olarak üzerlerine yerleştirilen mantıksız toplumsal beklentiler olsa da bir diğer sebebi de onlara dağıtılan elin şansızlığı. Üzerinde doğdukları yolun, benimle olmanın verdiği şansızlık.

Hâlâ aralarından hangisinin daha önemli olduğuna dair bitmek bilmeyen bir tartışmaya kapılmış olan Bilgelik ve Doğruluk'a dönüyorum. Sanki hangisinin daha önemli olduğu önemliymiş gibi. İnsanlarımın lüzumsuz ıstıraplarında bil-

Kader Aşkı Tadınca

geliğe yer yok. Ve doğruluğa gelince, bir çift kendini beğenmiş ölümsüzle takılacağıma, zamanımı onlara yardım ederek geçirmeyi tercih ederim.

"Yani sen Plato'nun bir moron olduğuna inandığını mı söylüyorsun?" diyor Bilgelik.

"Ben hiçbir şeye inanmam" diyor Doğruluk. "Biliyorum."

İzin isteyip tuvalete gitmek üzere kalkıyor, ardından arka kapıdan sıvışıp sıcak Los Angeles gecesine karışıyorum. Santa Monica bulvarındaki trafik batıda Beverly Hills'e, doğuda Hollywood'a doğru monoton bir şekilde ilerliyor. Trafik nispeten ağır ve gürültülü olsa da bu şehri bekleyen hayaletlerin anılarını bastırmaya yetmiyor.

Formosa'nın birkaç kilometre ötesinde, yirmi üç yaşındaki River Phoenix aşırı dozda eroin ve kokainden The Viper Room adlı barın hemen dışında yığıldı ve hayatını kaybetti. Sunset bulvarından bir buçuk kilometre öteden, John Belushi aynı kombinasyondan öldüğünde yirmi üç yaşındaydı. Ve hemen köşeyi dönünce F. Scott Fitzgerald henüz kırk dört yaşında alkolizmin ve sigara tiryakiliğinin getirdiği komplikasyonlara yenik düştü.

Benim en sevdiğim yirminci yüzyıl ünlülerimden üçü ve hepsi de birbirinden bir, bir buçuk kilometre mesafede can verdiler.

Bir zamanlar böyle bir tesadüfü komik bulurdum. Şimdi, içimi büyük bir başarısızlık hissi kaplıyor. Üçünü de kurtarabilir, film ve edebiyat alanlarındaki katkılarını zevkle izleyebilir, daha uzun ve mutlu yaşamlar sürmelerine yardımcı olabilirdim. Oysa ben bir kenarda durdum ve kendilerini yok edişlerini izledim.

Nişanlısı kardeşiyle üç kez birlikte olan kadın, caddenin

S. G. Browne

karşısında bir taksi çevirmeye çalışıyor. Şimdi ve gelecekte hayal kırıklığı yaşayacak olan terk ettiği sevgilisi ise çaresizlik kokan bir samimiyetle onu vazgeçirmeye çalışıyor. Onları kendi hâllerine bırakmalı, hata yapıp yollarına devam etmelerine izin vermeliyim. Ama ben birlikte iyi olabilecekleri bir gelecek görüyorum. Mutlu olabilecekleri, sevgi ve saygı dolu bir birliktelikten keyif alabilecekleri bir gelecek.

Her insanın seçme şansı vardır.

Mutluluğu da seçebilirler, çaresizliği de. Bağışlayıcılığı da seçebilirler, kırılganlığı da. Sevgiyi de seçebilirler, öfkeyi de.

Mutlak değer yoktur. Her durum bir seçim gerektirir. Her insan nasıl tepki vermek istediğini seçer. Ama çoğu zaman, insanlar mutsuz olmayı seçerler. Çoğu zaman bağışlamamayı, öfkeyi seçerler.

Jerry'ye müdahale etmeyeceğimi söylediğimi biliyorum ama ben arkamdan kapanıp kilitlenen bir kapıdan geçtim. Artık seçeneklerle sınanan insanlarımı göz ardı edemem.

Bölüm 33

San Francisco'da, Market caddesi üzerindeki Westfield Mall, modayı takip eden tüketicilere hizmet eden 170 mağaza ve butik koleksiyonu ile dokuz katlı, elit bir alışveriş merkezidir.
Calvin Klein, Hugo Boss ve *Ann Taylor.*
Banana Republic, Tommy Bahama ve *Lucky Brand Jeans.*
Beard Papa Sweets, Godiva Chocolatier ve *Juicy Couture.*

Doğru, *Juicy Couture* konfeksiyondan ziyade aksesuar satıyor ama on üç yaşındaki kızlar popolarında *juicy* (çekici) yazan pantolonlar giyip etrafta dolaştıklarında menünün içeriğine dair karmaşık bir mesaj yayılmasına neden oluyorlar.

Yüz kırk bin metrekarelik tüketici hazzıyla Westfield Mall aynı zamanda bir Bloomingdale's, bir Nordstrom, üç *Bebe* mağazası, dokuz güneş gözlüğü dükkânı ve yirmi altı kuyumcu içeriyor. Alışveriş merkezinde danışma hizmetleri, vale parkı ve günlük bir spa bile var.

Bu mekâna döktükleri parayla bir Hot Dog on a Stick veya bir Orange Julius için uygun bir yer bulacaklarını düşünürsünüz ama yemek bölümünde bulabildiğim en düşük beslenme ortak paydası Panda Express ve Jamba Juice oldu.

Dolayısıyla deri bir koltukta oturmuş portakallı tavuğumu yiyip soya proteinli Orange Dream Machine içeceğimi yudumlarken ellerinde onları geleceklerini düşünmekten alıkoyan torbalarıyla dolanan alışveriş bağımlılarını izliyorum.

Altı aydır kocasıyla seks yapmamış olan ve sevildiğini hissetmek için kocasını aldatmayı düşünen, bir erkeğin dokunuşlarına hasret elli iki yaşındaki ev hanımı.

Banana Republic mağazasının, karısına bir türlü doyamayan ama bir yandan da yatak odasının dışında evliliklerini ayakta tutmaya yetecek kadar ortak yönleri olup olmadığını merak eden yirmi dokuz yaşındaki mağaza müdürü.

Riske girip yüreğini onu gerçekten sevecek bir adama açmak yerine âşık olmadığı erkek arkadaşıyla birlikte olmayı sürdüren iki çocuk annesi kırk yaşındaki dul kadın.

Görünüşe göre bu günün aroması ilişkiler.

Bunu sürekli görürüm: Durgun ilişkilere razı olan veya sırf yalnız kalmaktan ve sıfırdan başlamaktan daha kolay olduğu için yeni ilişkilere girmekten çekinen kadın ve erkekler. Onlara mutluluk getirecek bir şey için riske girmek yerine yürümeyen bir ilişkinin rahatlığını tercih ederler. Oysa diğer tarafta onları her zaman arzu ettikleri geleceğe götürecek ya da gerçekten kalp kırıklığı riski içeren bir şey vardır.

Onlar, içinde bulundukları kutunun rahatlığını seçerler.

Dolayısıyla istediklerinden daha azına razı olurlar. Sıradan ilişkilere, duygusuz birlikteliklere ve mesafeli yatak partnerlerine razı olurlar. Ve eninde sonunda buraya gelirler. Ya da buna benzer bir yere. Belki de içinde *Bristol Farms, Bloomingdale's* veya *Kenneth Cole* yerine *Hickory Farms, JCPenny* veya *Beck's*

Kader Aşkı Tadınca

Shoes olan bir yere. Ama marka adı ne olursa olsun tüm bu yerler aynı amaca hizmet eder.

Alışveriş, ilişkilerin sorununu gizlemeye yardımcı olur. Belki seks kadar iyi değildir ama güzel bir şey alabilir, kendinizi bir çift ayakkabı veya gözünüze kestirdiğiniz saat ya da güzellik merkezinde birkaç saat ile ödüllendirebilirseniz kendinizi daha iyi hissedersiniz ve bu, ilişkiniz konusunda daha olumlu duygular beslemenize yardımcı olur. En azından bir süreliğine. Ta ki siz, kendi ıstırabınızın sebebini maskelediğinizi fark edene kadar.

Ben buraya, buna bir son vermeye geldim.

"Baylar ve bayanlar" diyorum oturma alanının tam ortasındaki taş bir bölmenin üzerine çıkıp. Büyük olasılıkla amacımı gerçekleştirmek için çok uygun bir yöntem değil ama onarmam gereken bir sürü ilişki-özürlü insan var ve bunları tek tek yapmak istemiyorum.

"Bir dakika bakabilir misiniz, lütfen?"

Birkaç sıkılmış müşteri bana dönüyor. Geri kalanı görmezden geliyor ve *Aveda*'ya, *Banana Republic*'e ya da *Sunglass Hut International*'a doğru ilerliyorlar. O yüzden tekrar deniyorum ama bu kez Jerry'yi elimden geldiğince taklit ederek.

"Bir dakika bakabilir misiniz, lütfen?"

Bu kez onların dikkatini çekiyorum ve çoğu bana bakmakla kalmıyor, aynı zamanda işlerini güçlerini bırakıp bana doğru yürümeye başlıyorlar. Tanrı gibi konuştuğunuzda başarabileceklerinizi inanılmaz.

Sorun şu ki, Jerry gibi konuşmakla ne kadar denesem de taklit edemeyeceğim bir auraya sahip olan Jerry olmak arasında büyük bir fark var. Dolayısıyla istediğimi gerçekleştirmek için kısıtlı bir fırsat penceresine sahibim. Er ya da geç, bu insanlar benim bir sahtekâr olduğumu fark edecekler ve onlar o farkındalık noktasına ulaşmadan benim onları duygusal özürlülük evrelerine ikna etmem gerekiyor. Ya da alışveriş merkezinin güvenlik görevlileri gelmeden.

"Istırap çekmenize gerek yok" diyorum. "Kendinizi kandırarak yaşamak zorunda değilsiniz. Siz, kendi mutluluğunuzun efendilerisiniz."

Tamamen doğru olmasa da kulağa güzel geliyor. Ya da en azından radyoda duyduğumda benim hoşuma gitmişti. Ama bana bakan insanların yüzlerindeki boş ifadelere bakılırsa neden söz ettiğime dair hiçbir fikirleri yok.

Bu yüzden bu noktada söyleyeceklerimi basite indirgemem gerektiğine karar veriyorum.

"Bakın" diyorum. "Mutlu olmak için tüm bu saçmalıklara ihtiyacınız yok. Kendinizi daha çekici hissetmek, yaşamlarınızdaki boşluğu doldurmak için bunlara gerek yok. Başarısız ilişkilerinizi telafi etmek için *Roberto Cavalli* gömleğinize, *Dior* ayakkabılarınıza veya *Versace* güneş gözlüğünüze ihtiyacınız yok. Tamam, belki de onun var" diyorum üçünü de giyen ve Barbie'nin kocası gibi görünen otuz iki yaşındaki Ken bebeği işaret edip. "Ama geri kalanınız için hâlâ umut var."

Bir kat yukarıda, güvenlik görevlisinin bana doğru hareketlendiğini görüyorum.

"Sen" diyor ve az önce duygusal özrünü telafi etmek için kız arkadaşına bir çift pırlanta küpe alan otuz yaşındaki kronik zavallıyı işaret ediyorum. "O mücevher falan istemiyor. Sadece senden dürüst ve romantik olmanı istiyor."

Genç adam kuşkulu gözlerle etrafa bakıp gülümsüyor.

"Sen!" Klozet kapağı, mutfak alışverişi ve CD koleksiyonunun alfabetik sırası yüzünden düzenli olarak kavga eden genç,

Kader Aşkı Tadınca

evli bir çifti işaret ediyorum. "Onun aşırı detaycı olmasının ya da senin dağınık olmanın bir önemi yok. Önemli olan, birbirinizi kusurlarınıza rağmen değil, kusurlarınızdan dolayı kabul etmenizdir."

"Haklı" diyor kadın kocasına dönüp.

"Bana ne ya!" diyor genç adam, ardından arkasını dönüp uzaklaşıyor. Karısı ise dudaklarında bir tartışmanın ilk cümleleri filizlenerek arkasından gidiyor.

En azından denedim.

Gözümün ucuyla güvenlik görevlilerinin asansörden çıkıp bana doğru yürüdüklerini görüyorum.

"Ve sen" diyorum. Bu kez işaret parmağımı gerçek aşk riskini almak yerine güvenli sıradanlığı tercih eden iki çocuk annesi kırk yaşındaki anneye uzatıyorum. "Zavallı, içgüveysi sevgilini bırak ve kalbini duygusal birlikteliklere aç."

Ve o sırada iki güvenlik görevlisi gelip bana taşın üzerinden inmemi söylüyorlar.

"Neyse, güzel oldu" diyorum. "Dinlediğiniz için teşekkür ederim. Umarım şovu beğenmişsinizdir. Ama şunu unutmayın; asla yatağa öfkeli gitmeyin, daha azına razı olmayın ve mutlaka sebzelerinizi yiyin."

Bununla birlikte eğiliyor, hayali şapkamı çıkarıyor, görünmez şapkamın önderliğinde ortadan kayboluyorum.

Bölüm 34

"Sana bir sürprizim var" diyor Sara ve beni elimden tutup 5. caddeye götürüyor.

Sürprizlerden pek hoşlanmam. Tahmin edersiniz. Ama California'dan döndüğüm gün, Sara beni bir yere götüreceğini ve oraya bayılacağımı söylüyor.

Öyle umuyorum. Biraz neşelenmeye ihtiyacım var. San Francisco'da iyi zaman geçirmediğimi söyleyemem ama Manhattan'a döndükten sonra yakın zamanda Kısmet Yolu'na gönderdiğim insanlara göz gezdirdim ve Cliff Brooks'un ölmüş olduğunu öğrendim.

Bunun nasıl olduğuna dair hiçbir fikrim yok. Bunun olacağını göremediğim kesin. Belki soylu bir dava için savaşırken veya birinin hayatını kurtarırken ölmüşse bunu anlayabilirim. Ama Kısmet Yolu'ndaki insanlar *Big Mac* ve patates kızartması yerken gözü dönmüş tazı sürüsü tarafından saldırıya uğramazlar.

Donner Konvoyu'ndan bu yana kendimi bu kadar kötü hissetmemiştim.

S. G. Browne

En azından onlarlayken yol güzergâhıyla ilgili tavsiye vermedim ve onlara hiçbir önerme yapmadım. Onlar kendi hatalarını yaptılar, ben sadece izin verdim. Ama Cliff Brooks'u Kısmet Yolu'na sokan benim. Onu kendi ölümüne yönlendiren de benim.

"İşte geldik" diyor Sara karşıdan karşıya geçtikten kısa süre sonra ve ben Metropolitan Müzesi'ne gittiğimizi fark ediyorum.

Başta, sürpriz olarak ne planlamış olabileceğine dair hiçbir fikrim yok. Sonra gişe pencerelerinde ve ön camlarda, müzenin yeni sergisinin afişlerini görüyorum.

Kaderin Doğası.

"Her zaman kader ve kısmetten söz ediyorsun" diyor Sara müzenin içine girerken. "Kaderin çeşitliliği kavramından ve insanların nasıl olası neticeleri düşünmeden tercihler yaptıklarından, kaderlerinin kaçınılmazlığından. Ben de bunu beğeneceğini düşündüm."

Benim doğamı anlatan bir sanat koleksiyonu göreceğim için duygularımı anlatacak sözcüğün *beğenmek* olduğundan emin değilim.

"Şaşırdın mı?" diye soruyor Sara elimi sıkarak.

"Şaşırmaz mıyım?" diyorum ve ikna edici bir tebessümle gülümseyip onu öpüyorum. "Sen harikasın."

Genel kuralım müzelerden uzak durmaya çalışmaktır. Sanattan hoşlanmadığımdan değil. Sadece dünyanın dört bir yanındaki müzelerde bildiğim ve tanıklık ettiğim olay ve insanlara dair öyle çok şey var ki bunları tekrar hatırlamayı, özellikle de şu an içinde bulunduğum durumdayken, tercih etmiyorum. Görünüşe bakılırsa ben *Benim Doğam*'ın keyfini sürebileyim diye hepsini Metropolitan Müzesi'ne getirmişler.

Kader Aşkı Tadınca

Sürpriz.

İşte Socrates'in Ölümü. Son Yemek. Yeni Dünya'nın keşfi.

Bastille baskını. *Titanik*'in batışı. Dünya Ekonomik Bunalımı.

Sisifus, Oedipus ve Prometheus'un mitolojik tabloları. Pandora'nın kutusunun, Paris'in Yargısı'nın ve Akhilleus'un Ölümü'nün resimleri. Daha pek çok adam ve kadının hayati bir karar verecekleri veya yaptıklarının önemini fark ettikleri anları yansıtan düzinelerce tablosu, portresi ve heykeli.

Evet. Tam da ihtiyacım olan şey.

Aslına bakarsanız bu sanat eserlerinin büyük bir bölümü Ölüm'ü, Kıskançlık'ı, Şehvet'i, Zulüm'ü ve Savaş'ı betimliyor. Yine de şahsen böyle kargaşalar, hatalar ve çaresizliklerle dolu bir koleksiyonda betimleniyor olmam oldukça aşağılayıcı bir durum.

"Ne düşünüyorsun?" diye soruyor Sara.

Sanırım kusacağım.

"Nefes kesici" dediğimi duyuyorum.

Kendimi bu şekilde hayal etmemiştim. Bu tablolar beni, insanlara hoş olmayan koşullar dayatan duyarsız, umursamaz bir şerefsiz gibi anlatıyor. Elbette, koşullar, insanlarımın yaptıkları tercihlerle belirleniyor ama kimse, kendi doğasını müze ışıklarının yumuşak parlaklığı altında betimlendiğini görmek istemez.

"Sen ne düşünüyorsun?" diye soruyorum.

"Koleksiyon hakkında mı?" diyor Sara.

Başımı sallıyorum. "Kaderin doğası hakkında ne düşünüyorsun?"

"Bence Kader kaprisli" diyor. "Bence o insanlara dayattığı ıstırap ve acıdan keyif alıyor. Sanki adam bunun için doğmuş."

Anlaşılan yanlış bir soru sormuşum.

"Adam dedin" diyorum.

"Efendim?"

"Kader için adam dedin. Sanki Kader erkekmiş gibi."

"Elbette" diyor. "Sadece bir erkek böyle bir ıstırabın ve kederin sebebi olup bir de bundan keyif alabilir."

"Bir de Zulüm'ü tanısan" diyorum.

"Kimi?"

"Yok bir şey."

Bunları yüksek sesle söylemekten vazgeçmeliyim.

Hatalar ve kötü kararlarla dolu tabloların yanından geçiyoruz. Kaybolan umutları ve kaçan fırsatları anlatan tablolar. Başarısızlıkları ve hüsranları. Sergiyi bitirdiğimizde Kargaşa ile boks yapmış ve Saldırı'nın tecavüzüne uğramışım gibi hissediyorum.

Bölüm 35

İki gün sonra, Cliff Brooks'un ölümünü kabullenmeye çalışarak gözlerden uzak kalmaya çalışırken, Sara ile evimde oturmuş televizyon izliyorum ve birden soruyor, "Tatlım, bu sen misin?"

Düz ekran televizyona bakıyorum ve CNN'de bir haber muhabiri, California'da yaşanan bir mucizeden söz ediyor. Ekranın köşesinde, taş bir bölme üzerinde vaaz verir gibi kollarını iki yana açmış konuşan bir adamın resmi görünüyor. Bu mesafeden adamın yüzünü seçmek zor. Ama elli inç, yüksek çözünürlüklü ekranda dijital olarak güçlendirilmiş ve büyütülmüş ikinci bir resim belirdiğinde bu adamın bana çok benzediğini fark ediyorum.

Bu çok acayip.

Anlaşılan o ki Jerry'yi taklit etme çabalarım ve ardından bir anda ortadan kaybolma gösterim ulusal televizyona çıkmış. Bir sürü adam ve kadın, kutsal bir varlıkla, onların yüreklerine hitap edip dünyalarını sevgiyle dolduran bir güçle kutsandıklarını söylüyorlar.

Bahsi geçen ben miyim gerçekten?

Geniş bir insan kitlesinin önünde birden ortadan kaybolmak -bir alışveriş merkezinde gün ortasında- büyük olasılıkla iyi bir fikir değildi. Ama en azından bir fark yarattığımı, ilişki özürlü pek çok tüketiciyi birbirleriyle etkileşim kurma yollarını gözden geçirmeye ikna ettiğimi biliyorum.

Neyse ki Market caddesi üzerindeki (onların adlandırmasıyla) mucize, San Francisco'da gerçekleşti ve herkes oranın eşcinseller, kâfirler ve liberallerle dolu olduğunu bilir; dolayısıyla orada olan hiçbir şeye inanamazsınız. Kaldı ki Jerry doğaüstü olaylarla ilgili haberleri takip etmez; tabii bu haberler keçiboynuzları, yeniden dirilişler veya Chicago Cubs beyzbol takımını içermediği sürece.

Ama şu anda sorun Jerry değil.

Sara uzaktan kumandayı alıyor ve TiVo'daki görüntüyü başa sarıyor. Elli inç, yüksek çözünürlüklü dijital teknolojide benim buğulu ama net bir şekilde görünen yüzümle karşı karşıya kalıyoruz.

"Bana bunun sen olmadığını söyle" diyor.

"Ben değilim" diyorum.

Biri size, söylemenizi istediği bir şey söylediğinde ve siz söylediğinizde ona yalan söylemiş olmazsınız, değil mi?

Sara kalkıp televizyonun yanına gidiyor ve benim dev görüntümü işaret ediyor. "Bu sen değil misin?"

"Şey" diyor ve gülmeye başlıyorum. Bazen gergin olduğumda gülme krizim tutar. Ya da ölümsüz kimliğim ölümlü kız arkadaşım tarafından keşfedildiğinde.

"Sence bu komik mi?" diye soruyor.

"Hayır" diyorum başımı iki yana sallayıp. Bunun bir anda ortadan kaybolmak için doğru bir zaman olup olmadığını ve

Kader Aşkı Tadınca

bunu yapmanın işleri iyice karıştırıp karıştırmayacağını merak ediyorum.

İnsanlarla ilişkiler çok karmaşık.

"Fabio?"

Belki onu görmezden gelirsem vazgeçer.

"Fabio?"

Belki de Hafıza'dan işe koyulmasını istemeliyim.

"Fabio!"

"Evet" deyiveriyorum. "Evet, o benim."

Bir anda ortadan kaybolma fikrine ne oldu?

Sara bana bakıyor, ardından dönüp düz ekran televizyona bakıyor ve gözleri tekrar bana dönüyor. Uygunsuz bir şey yaparken yakalanmışım gibi hissediyorum. Fayda'nın kuşe kâğıda posteri karşısında mastürbasyon yaparken Hüsran'a yakalanmam gibi.

"Yaptığını söyledikleri şey doğru mu?" diye soruyor Sara.

"Ne doğru mu?" diyorum, hâlâ içimde her şeyi unutacağına dair bir umut var.

Tereddüt ediyor, sanki bir sonraki sorunun yanıtını bilmek isteyip istemediğinden emin değil gibi. "Bir anda ortadan yok oldun mu?"

Sayısız yüzyıl boyunca insanlarla uğraştıktan sonra söz konusu ölümlü kadınlar olduğunda, asla doğru cevap vermemeniz gereken bazı sorular olduğunu öğrendim.

Bu beni şişman gösteriyor mu?

Başka kadınlarla seks yapmayı hayal ediyor musun?

Bir anda ortadan yok oldun mu?

Dürüstlüğün ilk iki soruda uygun olabileceği durumlar olsa da -örneğin açık büfe bulunan otellerde veya Playboy malikânesinde- son sorunun üzerinde düşünmeye bile gerek olmadığına karar veriyorum. Ama nedense Sara'ya yalan söylemek için gereken sözcükleri bulamıyorum. Ve ona doğruyu söylemediğim takdirde birlikte sahip olacağımız bir geleceğin bolca danışmanlık ve az miktarda seks içereceğini biliyorum.

Bu yüzden sadece başımı sallıyorum.

"Bu nasıl olabilir?" diye soruyor.

Burada moleküler ulaşımdan ve genetik yapımın nasıl dünyada ve güneş sisteminde ışık hızında seyahat etmeme olanak verdiğinden söz edebilirim ama bu daha çok soru gelmesine neden olur ve hiçbir zaman bilimsel açıklamalar yapacak sabra sahip olmadım. O yüzden göstermeye karar veriyorum.

"Böyle" diyorum.

Bir anda Sara'nın arkasında belirip omzuna dokunduğumda Sara çığlık atıp yerinden sıçrıyor ve yere düşüp bilincini kaybediyor.

Tamam, belki bu pek de iyi bir fikir değildi.

Birkaç dakika sonra Sara koltukta kendine geldiğinde en çekici tebessümümle gülümsüyor ve çığlık atmamasını, polisi aramamasını veya yüzüme bir yumruk atmamasını umuyorum. Gerçi erkek kostümümün garantisi dokuz ay sonra sona eriyor ama diş sigortam yok.

"Bu gerçek miydi?" diye soruyor.

Gülümseyerek başımı sallıyorum.

"Ve ne istersen yapabilirsin, öyle mi?" diye soruyor. "Dilediğin yere gidebilir, bir anda gözden kaybolup başka bir yerde ortaya çıkabilirsin, öyle mi?"

Tekrar başımı sallıyorum.

Kader Aşkı Tadınca

Bir süre Sara hiçbir şey söylemeden sadece bana bakıyor. Yüzündeki ifadeyi okumak, en az geleceğini okumak kadar imkânsız. Bir kas bile kıpırdamıyor. Zar zor göz kırpıyor. Tam onun şok geçirdiğini düşünmeye başladığım sırada konuşuyor. "Sanırım bu neden seni hiç havaalanından almamı istemediğini açıklıyor."

Artık her şeyin yoluna gireceğini, var oluşumla ilgili tüm sırlarımı paylaşmak zorunda kalmayacağımı düşünerek bir kahkaha patlatıyorum, ta ki Sara'nın gülmediğini fark edene kadar. O, yüzünde aynı boş ifadeyle bana bakmayı sürdürüyor.

"Başka bir gezegenden mi geliyorsun?" diye soruyor.

"Hayır" diyorum. "Başka bir gezegenden gelmiyorum."

Karşı tarafa bir akıl hastası izlenimi vermeden evrenin tam merkezinden geldiğinizi nasıl söylersiniz ki?

Bana insan olup olmadığımı sormamasını umuyorum.

"İnsan mısın?" diye soruyor.

Hemen cevap vermiyor, bu bekleyişin ona sorusunu unutturmasını umuyorum.

"Fabio?"

Belki şimdi ortadan kaybolabilir, gidip bir yerde saklanabilir ve bu krizin dinmesini bekleyebilirim.

"Fabio?"

Geçici bir dikkat dağılması için doğal bir afet duası edebilirim ama bu kez Jerry rapor ister ve ben evrak işlerinden nefret ediyorum.

"Fabio!"

"Hayır" diyorum. "İnsan değilim."

Yüzündeki ifadeden duymayı beklediği yanıtın bu olmadığını anlıyorum.

"O zaman nesin?"

Bunun üzerine her şeyi anlatıyorum. Var oluşumu ve becerilerimi. Geçmişimi ve geleceğimi. Erkek kostümümü ve birlikte olduğum kadınları. Elbette, erkek arkadaşınızın yüz binden fazla kadınla birlikte olduğunu öğrenmek biraz can sıkıcı olabilir ama benden duymasını tercih ederim.

"Yüz bin mi?" diyor.

Omuz silkiyorum. "Aşağı yukarı."

Yani düşünsenize. Homo sapienler iki yüz bin yılı aşkın bir süredir var. Doğru, sadece son beş bin yıldır insan kadınlarla beraber oluyorum ama bunu modern insanın var oluşuna yayarsanız, yüz bin kadın yılda ortalama bir kadın eder. Elbette bu sayı Kısmet'i, Şehvet'i veya Gizem'i ya da diğer sayısız tek gecelik ilişkimi içermiyor. Ama Sara'yı üzmek istemiyorum.

"Tüm bunları uydurmadığını nereden bileceğim?" diye soruyor Sara. "Doğruyu söylediğini nereden bileceğim?"

Doğal olarak bunu ona kendiyle ilgili bilgiler vererek kanıtlayamam. Ben de ona Sara üç yaşındayken havuza düşüp boğulan ağabeyini anlatıyorum. Ve yedi yaşındayken boşanan anne ve babasını. Ve Sara on üç yaşındayken hamile kalan arkadaşını. Ve üniversitedeyken onu bir striptizciyle aldatan sevgilisini.

Birkaç dakika sessizce beni izledikten sonra, soruyor. "Yani sen gerçekten Kader'sin?"

Başımı sallıyorum.

"Öyleyse hayatımın nasıl şekilleneceğini de görebiliyorsun?"

"Tam olarak değil."

Kader Aşkı Tadınca

"Nasıl yani?" diye soruyor Sara.

İşte şimdi işler biraz karışıyor.

Sara'ya, beş buçuk milyardan fazla insanın kaderini kontrol ettiğimi itiraf etmem önemli bir şey. Ve ona Jerry'den bahsetmeyi aklımdan bile geçirmedim. Söylesem onunla tanışmak isterdi ki bu elbette imkânsız. Sonra da onu Tanrı'yla tanıştıracak kadar iyi olduğunu düşünmediğimi hissettiğini söyleyerek beni suçlardı ve ardından gelecek tartışmaları siz düşünün.

Ama bir insana onu, insan nüfusunun genelinden çok daha önemli bir geleceğin beklediğini söylemek, o insanın kısmetinde ters etki yaratabilir. İşaretler aramaya başlar. Alışkanlıklarını değiştirir. Neler olacağını merak eder. Bir an değişimi, hizadan çıkan tek bir kozmik çark neticesinde o kişinin kısmeti ters yöne doğru akmaya başlar. Cevap vermemi bekleyen Sara'ya bakarken ona doğruyu söylemekten başka bir seçeneğim olmadığını biliyorum.

"Senin geleceğini okuyamıyorum" diyorum.

Tamam. Kısmen doğru.

"Neden?" diye soruyor yüzünde endişeli bir ifadeyle. "Kötü bir şey mi var?"

"Öyle değil" diyorum. "Sen benim yolumda değilsin."

"Yol mu?" diye soruyor. "Ne yolu? Bu ne demek?"

Derin bir nefes alıyor, ardından itiraf ediyor. "Yani sen Kısmet Yolu'ndasın."

Son itirafımın ardından yol teorisini açıklıyor, Kader ve Kısmet arasındaki farkı anlatıyor ama dersten C aldığım gerçeğini atlıyorum. Jerry hayal kırıklığına uğramıştı.

"Peki, benim kısmetimde ne var?" diye soruyor.

"Onu Kısmet'e soracaksın" diyorum. "Ama onunla bu konuyu konuşmanı tavsiye etmem. Onu bilmemen gerekiyor. Ya da beni. Ya da bu anlattıklarımı. Başım belaya girebilir. Ayrıca senin erkek arkadaşın olmam da onu hiç mutlu etmiyor."

"İyi de zaten yarın onunla buluşacak değilim ya" diyor Sara. "Bir bilsen..."

Bir süre sonra Sara koltukta doğruluyor, kollarını boynuma sarıyor, hem de hiç olmadığı kadar sıkı.

"Bunu benimle paylaştığın için teşekkür ederim" diye fısıldıyor kulağıma. "Kimseye söylemem."

Gizli kimliğini ifşa etmiş bir süper kahraman gibi hissediyorum. Süpermen olduğunu itiraf eden Clark Kent. Örümcek Adam olduğunu açıklayan Peter Parker.

Sara Griffen. Benim Lois Lane'im. Benim Mary Jane Watson'ım.

Kollarını benden ayırmadan soruyor, "Kısmet neden benim erkek arkadaşım olmanı istemiyor?"

"Çünkü o bencil bir sürtük" diyorum. Bu gayriihtiyarî bir tepki. "Ve senin kısmetine ulaşmana engel olduğumu düşünüyor."

Sara geri çekilip bana bakıyor. "Belki de daha önce söylediğim gibidir" diyor yüzünde parlak bir tebessümle. "Belki de kısmetim sensindir."

Sara'nın arkasındaki aynada, bir cep telefonu kamerasıyla çekilip bilinmeyen bir kaynaktan gelen kimliğimin kanıtını, düz ekrana yansıyan görüntümü görüyor ve Kısmet'in pazartesi günü ne yaptığını merak ediyorum.

Sara dönüp baktığım şeyi görüyor. "Bunun için başın belaya girecek mi?"

Kader Aşkı Tadınca

"Bilmiyorum" diyorum. "Ama Jerry CNN'e tapar, o yüzden öğreneceğine eminim."

"Jerry kim?" diye soruyor Sara.

"Kim?" diyorum aptal numarası yapıp.

"Jerry" diyor.

"Kim o, bilmiyorum" diyorum.

"Ondan daha önce de söz ettin."

"Hayır, etmedim."

"Patronun mu?"

"Hayır."

"Sana Tanrı'yı anımsattığını söylemiştin."

"Hayır, söylemedim."

Aniden gözleri kocaman açılıyor. "Tanrı mı?"

"Hayır."

"Tanrı, değil mi?"

"Hayır."

"Bizi tanıştırır mısın?"

Bölüm 36

Jerry'yle tanışmak için bitmek bilmeyen yalvarışlarına ek olarak -ki sonunda pes edip ona neler yapabileceğime bakacağımı söyledim- Sara benimle ilgili her şeyi bilmek istiyor.

Nerede yaşadığımı.

Neler gördüğümü.

Kimlerle yattığımı.

"Gerçekten bilmek istemezsin" diyorum.

"Evet, istiyorum" diyor. "Seninle ilgili her şeyi bilmek istiyorum. Buna seks geçmişin de dâhil."

Ben de anlatıyorum.

Beni Minos masajıyla tanıştıran antik Yunanlı kadınları. Büyük Giza Piramidi'nin inşaatı sırasında birlikte olduğum Mısırlı köleleri. Ve Truvalı Helen'in yatakta düşünüldüğü kadar iyi olmadığını anlatıyorum.

Daha Klasik Dönem'in ortalarındayım ve Cleopatra'dan bahsetmeme fırsat kalmadan Sara bana yeter diyor.

"Sana söylemiştim" diyorum.

Böylece geri kalan yüz bin seks partnerime değinmeden devam ediyoruz. En gelişmiş insan kadın bile Cleopatra, Marie Antoinette ve Kraliçe Elizabeth'le birlikte olduğunuzu duyunca bir özsaygı mücadelesi geçirir.

Sonra Sara bana formda kalmayı ve fiziksel kusurlardan yoksun olmayı nasıl başardığımı soruyor. Ölümsüz bile olsam günlük koşuşturmaların ve birkaç yüz bin yıldır bir sürü etkiye maruz kalmanın beni harap etmesi gerektiğini düşünüyor.

Ben de ona erkek kostümümü anlatıyorum.

Karşısına geçip beni muayene etmesi için çırılçıplak bir halde dururken o göğsüme dokunup, "Yani et ve kemik değil mi?" diye soruyor.

"Hayır" diyorum. "Gelişmiş bir silikon gibi ama insanların geliştirdiği her şeyin ötesinde özelliklere sahip."

Sara beni dürtmeyi sürdürüyor, ardından ellerini göbeğime ve belimin altına indiriyor.

Burası sıcak mı oldu, yoksa bana mı öyle geliyor?

Utanmaz bir bakire gibi meraklı bir edayla uyarılmış parçamı ellerine alıp, "Öyleyse bu da gerçek değil?" diye soruyor.

"Aslında... konu... gerçek olup... olmaması... değil" diyorum o parmaklarını ereksiyonumun üzerinde gezdirirken dudağımı ısırarak. "Daha çok... aslında... aslında..."

Ve ne diyeceğimi unutuyorum.

"Gerçek gibi ama" diyor ve daha dikkatli incelemek için yere çömelip kirpikleri bana sürtünecek kadar yaklaşıyor. "Tek bir dikiş izi bile göremiyorum."

Kader Aşkı Tadınca

Bense ona gerçeği uzun zaman önce söylemem gerektiğini düşünüyorum.

Sara erkek kostümümü incelemeyi sürdürüyor. Cinsel organımdan ayaklarıma iniyor, sonra kalçalarıma yükseliyor. Elleri beni, sanki daha önce bir erkek vücuduna hiç dokunmamış kör bir kadının elleri gibi okşuyor. Sonra tekrar önüme geliyor, parmak uçlarında yükselip gözlerime bakıyor.

"İçinde ne var?" diye soruyor.

Erkek kostümümü açıklamanın sıkıntı yaratacağını düşünmüştüm.

Bazılarımız erkek ve kadın kostümlerimizin içinde, gözleri kamaştıran parlaklıkta beyaz enerji toplarıyız. Bazılarımızsa sadece coşkun, uçan varlıklarız. Bazı dindar insanlar bunlara melek der. Aslında gerçekte melek diye bir şey olmasa da birkaçımızın kanatları vardır (ama yine de çoğu, çeşitli dinlerde anlatıldığı gibi bir çehreye sahip değildir). Hatta bazıları saldırgan yabandomuzu, pullu amfibi ya da korkunç dişleri olan tek gözlü keçi yüzü veya bedenleriyle gerçekten iğrenç görünümlü yaratıklardır.

Öfke, Histeri veya Zulüm mesela. Karanlık bir sokakta üzerlerinde erkek kostümleri olmadan onlardan biriyle karşılaşmak istemezsiniz.

Geri kalanlar, Yunan ve Roma mitolojilerinde anlatıldığı gibi çeşitli yarı-hayvan, yarı-insan formlarındadır. Nedense o dönemlerde insanlar doğal formlarımıza karşı daha hoşgörülüydüler. Onların vahşi eğlencelerine ve Olimpos Dağı âlemlerine uygunduk herhalde. Dolayısıyla arada bir doğal hallerimizle ortaya çıkardık.

Santor, satir ve grifonlar.

S. G. Browne

Minotor, hidra ve şimeralar.*

Dört veya daha fazla kanadı olan, kanatları gözlerle kaplı aslanlar, öküzler ve kartallar.

Sanırım bu; Merhamet, Dürüstlük ve Doğruluk gibi her şeyi gören varlıklar için geçerli. Ama eğer zaman içinde gözleriniz bozulur da lens takmak zorunda kalırsanız tam bir kâbus.

Ben mi? Ben o gözleri kör eden beyaz enerji toplarından biriyim. Kısmet de öyle ama o suni renklendirilmiş bir auraya sahip. Dolayısıyla bazen gözleri kör eden bir kırmızı enerji topu da olabiliyor.

Tüm bunları Sara'ya anlattığımda, "Seni erkek kostümün olmadan görebilir miyim?" diye soruyor.

"Kör edici ifadesinin hangi kısmını anlamadın?" diye soruyorum.

"Şöyle bir göz ucuyla baksam?"

"Hayır."

"O zaman nasıl göründüğünü nereden bileceğim?" diyor Sara.

"Yüz watt gücünde bir ampul düşün" diyorum. "Sadece çok daha parlak ve Napolyon Bonapart'ın egosu büyüklüğünde."

"Gerçekten mi?" diyor ve tekrar beni dürtmeye, burnumu ve gözlerimi incelemeye başlıyor. "Bunun içine o kadar büyük bir şeyin sığabileceğini hayal etmek güç."

"Bu konuda sözüme güvenmek zorundasın" diyorum.

Sara dikişler, fermuarlar ve son kullanma tarihi bulmak için kostümümü incelerken beni doğumum, çocukluğum ve

---

* **Santor:** İnsan başlı at. **Satir:** Altı hayvan üstü insan görünümünde yaratık. **Grifon:** Yarı aslan yarı kartal görünümünde yaratık. **Minotor:** Yarı insan yarı boğa görünümünde yaratık. **Hidra:** Çok başlı yılan. **Şimera:** Ağzından ateş püskürten canavar. (ç.n.)

Kader Aşkı Tadınca

en sevdiğim dönemlerle ilgili soru yağmuruna tutmaya devam ediyor.

Doğum hikâyem oldukça standart. Jerry yaklaşık çeyrek milyon yıl önce beni ve diğerlerini kozmik bir maddeden yarattı. Neyse ki o sırada ne yaptığını çözmüştü.

İnsanların deyimiyle *Big Bang* ya da Büyük Patlama, aslında daha çok Büyük Kaza gibiydi. Yaklaşık on dört milyar yıl önce Jerry laboratuvarında vakit geçiriyordu. Bilimi, teolojiyi, felsefeyi karıştırdı; içine alkol, drenaj temizleyici ve biraz da karbonat kattı ve *pof*, evren oluştu. Dünyanın oluşması dokuz milyar yıl, insanın oluşması ise artı bir dört milyar yıl sürdü; o yüzden Jerry'nin küçük deneyi yaşam belirtileri göstermeye başlayana dek bizler kozmik bir çamurun içinde öylece dolandık durduk.

Çocukluğum mu? Aslında kendimi hiçbir zaman bir çocuk olarak düşünmedim ama sanırım teknik olarak var oluşumun ilk yirmi beş bin yılı çocukluğum olarak nitelendirilebilir. Oturup insanın evrim geçirmesini beklemekten başka yapacak pek bir işim yoktu. Çabucak sıkıldım ve bir sürü karalama yaptım. Bazen Jerry bizi gezmeye, Satürn veya Merkür'e götürürdü. Bir defasında da Uranüs'e gittik. Sanırım bunun sebebi, her Uranüs dediğinde Karma ve benim kıkır kıkır gülmeye başlamamızdı.

Jerry pek esprili biri değildir.

En sevdiğim dönemler mi? Aslında Klasik Dönem'in başı, Mayaların kurban seremonileri ve Truva Savaşı sırasında girdiğimiz bahisler keyifliydi. Her yeri işgal eden Atilla Han ile Roma'nın düşüşü sayesinde beşinci yüzyıl çok eğlenceliydi. Ve listeye Orta Çağ'ın sonlarını katmadan olmaz. O dönemde cüzzam korkunç boyutlara ulaşmıştı ve veba tüm Avrupa'ya yayılmıştı. Ama eğer tüm dönemler arasında tek bir tercih yapmam gerekseydi, kesinlikle Tarih Öncesi Dönem'i seçerdim.

Bana geri kafalı diyebilirsiniz ama Taş Devri gibisi yoktu. Evet, kadınlar bakılacak türden değildi ve sohbet de sınırlıydı ama Paleolitik insanın maymun benzeri atalarından modern görünümlü avcı-toplayıcılara dönüşümünü izlemek paha biçilmezdi. *En Komik Ev Videoları* vardır ya. Kendini ateşe veren kıllarla kaplı bir insancık görene kadar en iyisini izlemiş sayılmazsınız.

Güzel zamanlardı.

Nedense Sara'nın beklediği yanıtın bu olmadığını hissediyorum.

"Peki, ya Rönesans?" diye soruyor. "Veya Yunanistan'ın altın çağı? Bilim devrimi? Ya İsa'nın yaşadığı zamanlar?"

"Evet, fena değildi sanırım" diyorum.

Bunlar; insanların sanatsal, felsefi, bilimsel ve spritüel eviminde unutulmaz dönemler olsalar da benim için heyecan verici bir tarafları yoktu. Elbette, tüm bu inanılmaz gelişmelere, tarihin oluşumuna tanıklık ettim ama katılımım kısıtlıydı. Bu, tüm sezon yedekte bekleyip en sonunda takımınızın şampiyon oluşuna sevinmek gibiydi.

"Ayrıca" diyorum, "İsa etrafında olmaktan keyif aldığımız biri değildi."

Gerçekten. O, patronun oğlu olduğu için özel bir ilgi beklerdi; kimsenin doğum gününü hatırlamaz ve onunki unutulduğunda öfke nöbetleri geçirir, her zaman mağdur kartını oynardı.

Ama iş elini taşın altına koyup çarmıha gerilmeye geldiğinde İsa kendini feda etti, dolayısıyla hakkını vermek gerek.

Kader Aşkı Tadınca

Sara erkek kostümümü incelemeyi ve beni var oluşumun son elli bin yılıyla ilgili sorguya çekmeyi bitirdiğinde ona düşünmesi için Tanrı'nın telefon numarasının telefonumdaki hızlı arama listesinde olduğunu unutturacak kadar çok şey verdiğimi düşünüyorum ki, "Ne zaman Jerry'yle tanışıyorum?" diye soruyor.

Sanki ölümsüz bir erkek arkadaşa sahip olmak yeterince kötü değilmiş gibi.

Bölüm 37

Gece yarısından hemen sonra bilgisayarımın başında, bugün doğması planlanan iki yüz elli bin bebekten benim payıma düşenlerin kaderlerini belirleyip *Wikipedia*'da kader ve kısmet hakkında bir makale okurken Jerry'den bir diğer grup e-postası alıyorum.

Acil Not! Lütfen Okuyun!

Büyük olasılıkla Jerry'nin e-postası yine bizi bir bilgisayar virüsü hakkında uyaran ya da Microsoft'un e-posta izleme sistemini test etmek için mesajları başkalarına göndermemiz gerektiğini söyleyen bir diğer saçma not içeriyor. Ama büyük projesini göz önünde bulundurduğumda riske girip kıyamet haberini kaçırmak istemiyor ve okumaya başlıyorum.

Önce bunun Jerry'nin arada bir ne kadar görkemli olduğunu hatırlatmak için bize gönderdiği spritüel notlardan biri olduğunu düşünüyorum çünkü Mesih hakkında kulağa dini

S. G. Browne

içerikli gibi gelen bir yazıyla başlıyor. Ama sonra bunun ciddi olduğunu fark ediyor ve tekrar okuyorum:

> Bugün, Mesih'in dönüşünün eli kulağında olduğu haberini vermek istedim. Her ne kadar tam olarak dönüş tarihi ve yeri belli olmasa da, yeni bir kurtarıcının ölümlüler arasında doğması yakındır. Elbette onları bilgelik, sabır ve umuyorum ki mizah anlayışıyla donatmak için.
>
> Tüm personel, Mesih'in önümüzdeki on sekiz ay içinde gerçekleşecek dönüşü için, bireysel iş tanımlarında belirtildiği şekilde hazırlanmaya başlamalıdır. İş tanımlarında belirtilmemiş olanlar, bebek odası hazırlıklarına başlasınlar.
>
> İşbirliğiniz için teşekkürler.
>
> J.

Vay canına! Yeni bir Mesih. Bunun olacağını tahmin etmemiştim. Biz ölümsüzler arasında bile yeni bir Mesih büyük haberdir. Büyük bir salgından, hatta nükleer bir soykırımdan bile büyük. İsa şansını deneyeli birkaç bin yıl oldu ve görünüşe bakılırsa şimdi göreve bir başkası geliyor. Umarım, bu seferki mutlu sonla biter.

Tabii bu İsa'nın görevini yapamadığı anlamına gelmez. Son iki bin yıldır İsa'nın spritüellik üzerindeki etkisi tartışılmaz. Ama insanlığın kurtarıcısı bile olsanız söylemek istediklerinizi söylemek için çarmıha gerilmek oldukça ağır bir ceza. Elbette, günümüz dünyasında bir tahtaya çivilenmek ve yavaşça ölüme terk edilmek insan haklarına aykırı. Dolayısıyla yeni Mesih büyük olasılıkla medya aracılığıyla çarmıha gerilecektir.

Kader Aşkı Tadınca

Günümüze uyarlanmış Golgotha Tepesi diyebiliriz.

Doğal olarak benim Mesih'le bir işim olmayacak. Bazı danışman ve yaltakçılarıyla, elbette. Hatta şansım varsa belki bir iki öğrencisi. Ama önemli oyuncuların tamamından Kısmet sorumlu olacak. Dennis, Şans Meleği ve Karma bile önemli roller kapabilirler. Ben değil. Fabio'ya yok. Ben elimde bir defterle banka oturup takımın geri kalanını izleyeceğim. Tek umudum, yıldız oyunculardan birinin yaralanması ya da devre arası esnasında birkaç atış yapabilmek.

Gerçekten bu kadar çok futbol izlemekten vazgeçmeliyim.

Jerry'nin e-postasını yazdırıp "Kurtarıcı Bekleniyor" dosyama koyuyor, ardından doğmamış insanlarıma kader belirleme görevime geri dönüyorum ama aklım sürekli gelecek Mesih'e kayıyor.

Bir üçüncü dünya ülkesinde mi, yoksa endüstriyelleşmiş bir ülkede mi doğacak, merak ediyorum.

İşleri karıştırmamak için yine 25 Aralık'ta doğup doğmayacağını merak ediyorum.

Film stüdyolarının, televizyon dizilerine dayanarak film yapmalarını önleyecek mi, merak ediyorum.

Ve de kadın olup olmayacağını öğrenmek istiyorum.

Bu o kadar da tuhaf bir soru değil. İki bin yıl önce, kimse dişi bir Mesih'i dinlemezdi. Ve günümüzde değişen çok şey olmasa da bir sonraki Mesih'in Jodie Foster, Linda Hamilton ya da Sigourney Weaver gibi biri olması beni şaşırtmaz. Dünyanın altını üstüne getirecek ama yine de Meryem'in merhametini taşıyacak bir kadın.

Sonra Mesih'in annesinin kim olacağını merak etmeye başlıyorum. Sonuçta bir Mesih gelecekse onu dünyaya getirecek bir araca ihtiyacınız var. Ve bunun üzerine Mary'i düşünmeye başlıyorum. Bir parça erkeksi olan Mary Magdalene'i değil, Nasıralı Aziz Joseph'ten söz ediyorum.

Gerçekten o dönemde unvanlar biraz kabaydı.

Elbette, annenin kim olacağı konusunda söz hakkım yok. Ama biri Mesih'i doğurmak zorunda olacağından, Kısmet annenin kimliğini biliyor olabilir. Jerry bile gelecekteki bir gecelik ilişkisini bilmez. Meryem'in hamile kaldığı geceye kadar Jerry bile onu tanımıyordu. Bu, performans kaygısı faktörü için bir avantaj. Ayrıca Jerry öyle kadınlara düşkün bir adam değildir. Dolayısıyla bu şekilde tuhaf durumlar önlenmiş oluyor.

Konuya dönersek hamile kalmadan önce bile Meryem'in bir pazara, bir sinagoga veya bir sünnet düğününe giderken yolda onu gören herkese mutluluk kattığını hatırlarım. Erkekler, kadınlar, çocuklar. Sahte sofular bile bir an için ciddiyetlerini yitirir ve onunla sohbet etmeye çalışırlardı. Meryem; etrafındaki herkesin dikkatini çeken, onları gülümseten ve dertlerini unutturan etkileyici bir auraya sahipti.

Ve bir anda bunların bana çok tanıdık geldiğini fark ediyorum.

Birkaç dakika öylece oturuyor ve kendimi bunun mümkün olmadığına ikna etmeye çalışıyorum. Saçma sapan bağlantılar kurduğuma. Hayal gücümün beni ele geçirdiğine ikna etmeye çalışıyorum. Ama düşündükçe bunun sadece hayal gücümün bir ürünü olduğuna olan inancım giderek azalıyor.

Masamdan kalkıp yatak odama gidiyorum. Sara sütyeni ve külotuyla yatağımda uzanmış, *South Park*'ı izleyip soğuk sosisli pizza yiyor.

Pizzadan bir lokma alıyor, bir yudum *Pepsi*'yle midesine indiriyor, sonra kapının girişinde durmuş onu izleyen beni fark ediyor.

"Ne oldu?" diye soruyor.

Her nasılsa onun bu şekilde poz verdiği resimleri hayal edemiyorum.

"Çocuklar hakkında ne düşünüyorsun?" diye soruyorum.

Sara, soruyu anlamamış gibi başını yana yatırıyor; ardından yüzünü buruşturup cevap veriyor. "Kokuyorlar."

Komik. Meryem de böyle demişti.

Televizyonda, *South Park*'taki karakterlerden biri, patlayıcı bir ishal vakasıyla karşı karşıya ve Sara kahkahalara boğuluyor.

Bir süre daha Sara'yı izleyip tekrar çalışma odama dönüyor ve bilgisayarın başına geçiyorum. Birinci yüzyıldan hemen öncesine uzanan bazı dosyaları inceleyip karşılaştırmalar yapmaya başlıyorum. Benzerlikler buldukça her şey daha anlamlı gelmeye başlıyor.

Sara'nın insanlar üzerindeki etkisi.

Jerry'nin mesajı.

Kısmet'in, Sara'dan uzak durmamı istemesi.

Bu aynı zamanda Kısmet'in neden Jerry'ye bir şey söylemediğini de açıklıyor. Ona Sara'yı anlatmak, onun kim olduğunu, neden bu kadar önemli olduğunu söylemek zorunda kalırdı ve yasalara göre Jerry, son dakikaya kadar onu bilmemeli.

Şans işte. Gezegendeki altı buçuk milyar insan içinde kısmetinde insan ırkını kurtarmak olan tek kadına âşık oldum.

Kız arkadaşım.

Bakire Sara.

Bölüm 38

Âşık olduğunuz ölümlü kadının Tanrı tarafından hamile bırakılacağını fark etmek, sizin seks yaparken odaklanma becerinizi önemli ölçüde etkiliyor.

"Fabio?" diyor Sara altımda çırılçıplak uzanırken. "Bir şey mi oldu?"

"Hayır" diyorum ona bakıp. "Neden?"

"Çünkü hâlâ soyunmadın."

İsterseniz bana geri kafalı deyin ama soyunma konusunda kendimi biraz huzursuz hissediyorum. Biliyorum, Sara ile seks yapma düşüncesi kendimi suçlu hissettirmemeli ama elimde değil. Bu, en yakın arkadaşınızın sevgilisiyle yatmak gibi; tek farkı en yakın arkadaşınızın evrenin güçlü yaratıcısı olması.

Öte yandan Sara hiçbir cinsel ikilem yaşamıyor. Üzerime çıkıyor, beni soyuyor, pantolonumu ve külotumu çıkarıp üzerime tırmanıyor. Ben gözlerimi kapatıp anın keyfini çıkarmaya çalışıyorum ama aklım hep Meryem'e, Yusuf'a ve bana bakıp yüzünde bir hayal kırıklığı ifadesiyle başını sallayan küçük bebek İsa'ya kayıyor.

Elbette, Sara'nın bir sonraki Mesih'in annesi olduğuna dair hiçbir kanıtım yok. Yine de bu, haklıysam bunun ne anlama geldiğini düşünmemi kolaylaştırmıyor. Gelecekteki Mesih'in annesiyle seks yaptığımı düşünmek yeterince kötü. Ama nedense üzerinde siyah bir yelek ve altında siyah saten bir külotla Jerry gözümün önünden gitmiyor.

Sara erkek kostümümün üzerinde inlerken ben Meryem'i, Mesihleri ve Jerry'yi düşünmemeye; Sara'ya ve çıplak bedenine odaklanmaya çalışıyorum. Ama konsantre olmak zor çünkü Sara'yı Jerry'nin şehvetiyle hayal edip duruyorum.

Anlaşıldığı üzere Sara dikkatimin dağıldığını fark ediyor ve başını eğip bana bakıyor. "Bir sorun olmadığına emin misin?"

Başımı sallayıp gülümsüyorum. "Gayet iyiyim."

Sara beni izleyerek kalçalarını aşağı yukarı hareket ettirmeyi sürdürüyor. Neredeyse ona gerçeği itiraf edeceğim ama bu iyi bir fikir değil. Yani düşünsenize. Bir insanın bir sonraki Mesih'e hamile kalacağını düşünseydiniz, bunu ona söyleyecek kişi siz olmak istemez miydiniz?

"Cleopatra nasıldı?" diye soruyor Sara.

"Ne?" diyorum.

"Yatakta" diyor. "İyi miydi?"

Bu da doğruyu söylemenin kötü bir fikir olduğu anlardan biri.

"Senin kadar değil" diyorum.

Sara gülümsüyor, ritmini artırıp gözlerini kapatıyor. "Cleopatra olduğumu hayal et."

Kader Aşkı Tadınca

Sara, yattığım diğer ölümlü kadınlardan biri olduğunu hayal etmemi isteyip duruyor: Nefertiti, Büyük Katerina, Marilyn Monroe. Kabul ediyorum çünkü bu onu mutlu ediyor. Ama Sara'ya gerçek kimliğimi ifşa ederek kuralları ihlal etmem yeterince kötüydü. Şimdi bir de gelecekteki Mesih'in annesiyle seks yapıp oyunlar oynuyorum.

Bunun özgeçmişimde nasıl görüneceği merak konusu.

Bölüm 39

Illinois, Rockford'ta kiliseye dönüştürülen eski bir alışveriş merkezi var. Aslında tüm mezheplere açık bir Hristiyan merkezi.

Metodistler. Mormonlar. Lüteriyenler.

Baptistler. Protestanlar. Katolikler.

Kilise merkezinin önünde, elektronik bir tabelada şöyle yazıyor:

DİLEDİĞİNİZDE KİLİSE – HAFTANIN YEDİ GÜNÜ!

Burası, eskiden aralarında bir seyahat acentesi, bir çikolatacı, bir Meksika restoranı ve bir *JCPenney* bulunan ondan fazla mağazaya ev sahipliği yapardı. Şimdi ise on sekiz bin metrekarelik dine ev sahipliği yapıyor.

İnançlar merkezi.

Spritüellik tüketiciliği.

S. G. Browne

Sokak kapısından girdiğinizde sizi tarçınlı çörekler değil, donut kutuları ve paslanmaz çelik kahve makineleriyle dolu masalar karşılar. Eskiden *Swiss Colony*, *Baskin-Robbins* ve *Stride Rite*'ın bulunduğu yerden geçer ve Ichtus Hristiyan Kitabevi, Cennet Bahçesi Armağanları ve İsa Market ile karşılaşırsınız.

Buradan kitaplar, İnciller, haçlar, çarmıhlar, resimler ve süs tabakları alabilirsiniz.

Tespihler, heykeller ve İsa'nın doğuşunu anlatan resimler.

Müzik CD'leri, posterler ve çıkartmalar.

Hazreti Yahya bebekleri, Musa su çeşmeleri, İsa ve Meryem anahtarlıkları.

Üzerinde koruyucu melek bulunan gözlük kılıfları, On İki Havari mısır tutacağı seti ve İncil'de önemli rol oynayan karakterler.

Musa. İbrahim. Nuh.

Yehuda. Paul. Vaftizci Yahya.

Kabil ve Habil. Samson ve Delila. Davut ve Goliath.

Karakterlerin çoğu Eski Ahit'te yer alıyor ki düşünürseniz çok mantıklı. En iyi aksiyon ve katliamlar, Jerry daha merhametli, nazik bir varlık olmadan önce gerçekleşti. Yani kiliseye meraklı küçük bir çocuk Kenanlıları Yok Et veya Mısır'ın On Salgını oyunlarını oynayabilecekken neden Son Yemek veya Kırk Gün oynamak istesin ki?

Benim en sevdiğim oyunlar, Kutsal Peleriniyle Güçlü Tanrı oyuncağı ve Öbür Dünya Kalaşnikof AK-47 Saldırı Tüfeğidir. Ya da çivi fırlatan dokuz Mesih ve bir öldürücü pompalı tüfekle gelen savaşçı İsa figürü.

Dini eşyalar satan mağazaları geçtiğinizde kilise merkezinin bahçesine varıyorsunuz. Burası eskiden su havuzları, banklar

Kader Aşkı Tadınca

ve bitkilerle doluydu ama şimdi, şu anda ana salonda yapılan vaazı gösteren dört adet elli inç düz ekran televizyon var. Bina girişinden daha önce *Bergners* mağazasının bulunduğu yöne doğru uzanan ve ayakkabılar, giysiler ve ev aksesuarlarıyla dolu torbalarla tüketicilerin gezindikleri koridorlarda şimdi İsa sandaletleri, Torino bezinden elbiseler ve Adem ile Havva banyo havlularıyla dolu torbalarıyla dolaşan tüketiciler var.

İlginç olan, mağazalarda satılan dini semboller dışında kilise merkezinin başka hiçbir yerinde haç, ikonik tablo veya dini sembol bulunmaması.

Sonunda eskiden *Bergners* mağazasının bulunduğu ana salona ulaştığınızda kumaş oturma bölümleri bulunan katlanabilir metal sandalyelerle dolu dev bir odayla karşılaşıyorsunuz. Sahnede günlük kıyafetler giymiş bir vaiz, bir tepegöz ve iki buçuk metrelik bir ekranın yanında Tanrı'dan İsa'ya bir grafiği açıklarken onu dinleyen yaklaşık yirmi kişi var.

İki düzineyi bulmayan müminlerin çoğu ilk beş sıraya yayılmış. Kimse kimsenin yanında oturmuyor. Cemaat zina yapan beş erkek, dört alkolik, üç tatminsiz ev kadını, liseden terk iki genç, erken boşalma sorunu yaşayan iki erkek, bir pedofil, bir hırsız, bir uyuşturucu satıcısı ve bir megalomandan oluşuyor.

Megalomanın yanına oturuyorum, arka sırada bir sandalyeden sunumu izlerken büyük bir kese kâğıdı dolusu taze incir yiyor. Üzerinde yünlü beyaz bir palto var. Hemen yanında, yerde içi hediyelik eşyalarla dolu iki alışveriş torbası duruyor.

"Noel alışverişi mi?" diye soruyorum doğal görünmeye çalışarak.

"Ofisteki kızlar için birkaç hediye" diyor Jerry ve ağzına bir incir daha atıp bana ikram ediyor.

"Hayır, teşekkürler" diyorum.

Pek iştahım yok. Bu sabah Jerry'nin cep telefonuma mesaj atıp benimle görüşmek istediğini düşünürseniz şaşırtıcı değil.

Neden ofisi yerine burada buluşmak istediğini merak ediyorum.

Beni cezalandırmak istiyorsa ofisi buradan çok daha uygun bir alan. Ve daha korkutucu. Jerry halkın içinde olay yaratan ya da dikkatleri üzerine çekmeyi seven biri değildir.

Sahnede vaiz, Tanrı'ya giden yolun İsa'dan geçtiğini söylüyor.

"Bu adam berbat" diyor Jerry. "Onu cezalandırmayı düşünüyorum."

Anlaşılan Jerry koruyucu bir ruh hâlinde değil.

"Peki" diyorum yüzümde zoraki bir gülümsemeyle, "benimle ne konuda görüşmek istemiştin?"

"Şimdi, seninle hangi konuda görüşmek istemiş olabilirim?" diyor Jerry ve ağzına bir incir daha atıyor. Böyle naz yaptığı zaman sinir oluyorum. "Başlangıç olarak buna ne dersin?"

İki buçuk metrelik ekranda benim görüntüm beliriyor. Bir cep telefonuyla çekilmiş. California'daki alışveriş merkezinde. Yaklaşık on ila on beş saniye ekranda duruyor ama insanların hiçbiri fark etmiyor. Bu Jerry'nin yeteneklerinden biri. Hâlâ nasıl yaptığını bilmiyorum.

Sahnede vaiz, Tanrı'nın işleri gizemli bir şekilde yürüttüğünden söz ediyor.

"Sonra bir de bu var" diyor Jerry.

Ekranda bu kez Cliff Brooks'un bir fotoğrafı beliriyor. Gülümsemesine ve vücudunun belden aşağısının tazılar tarafından henüz parçalanmamış olmasına bakılırsa, bu "önceki" bir resim.

Kader Aşkı Tadınca

"Ve bu" diyor Jerry.

Cliff Brooks'un gülümseyen yüzü gidiyor ve yerine George ve Carla Baer'in bir fotoğrafı geliyor. Ama onlar gülümsemiyorlar.

İkisi de ölmüş. Boğulmuşlar. Ağızlarında kırmızı toplar, tavana deri kayışlarla bağlanmışlar.

"Ve bu."

Bir sonraki fotoğrafta rahip cübbesiyle Nicolas Jansen'i görüyorum. İki metrelik dekoratif bir hacın üzerinde çarmıha gerilmiş.

Sahnede vaiz, İsa'nın bizim günahlarımız için öldüğünü söylüyor.

Yardım etmeye çalıştığım bir sürü insanın fotoğrafı peş peşe ekrana yansırken, "İşleri berbat ettin, Fabio" diyor Jerry. "İnsanlara müdahale etmek. Yoldan uzaklaştırmak. Çoklu erken insan ölümleri. Tabii halkın içinde yetkisiz ortadan kaybolma ve beni taklit etme de cabası..."

Son görüntü, Cliff Brooks'un "sonraki" hâli. Yüzü gülümsemiyor, bir sürü vahşi tazı iç organlarını parçalarken midesi tamamen yarılmış.

Öylece ekrana bakıyorum; uyuşmuş, erkek kostümümün varlığını unutmuş bir hâlde. Yardım ettiğimi sandığım tüm bu insanlar, iyiye götürdüğümü düşündüğüm tüm bu hayatlar... Hepsi ölmüş, sona ermiş.

Vahşi.

Şaşırtıcı.

Alaycı.

Ben olan bitenin farkına varamadan gözyaşlarım yanaklarımdan aşağı süzülmeye başlıyor.

"Böyle olmasını istemedim" diyorum ekranı işaret edip. Ama o sırada ekrana, bağırsakları dışarı çıkmış Cliff Brooks'un resminin yerine yeni bebeğini kucağında tutan Meryem Ana'nın bir resmi yansıyor.

Kötü zamanlama.

"Ne istediğin umurumda değil" diyor Jerry. "Benim için önemli olan netice. Senin yüzünden bir sürü insan öldü. Otuz, kırk kişinin gözleri önünde ortadan kayboldun. Ve iki yüz milyondan fazla insan resmini CNN'de gördü. Senin yüzünden bir diğer hafıza tasfiyesi yapmak zorunda olduğumuzun farkında mısın?"

Hafıza tasfiyesi, gerçeği saptırmak için olayların değiştirilmiş bir versiyonunu sunan standart bir prosedürdür. Böylece insanlar gerçekte olan olay yerine başka bir şeye inanmaya başlarlar. Aslında bu hükümetlerin her gün yaptıkları şeyden pek de farklı değil. Ve haber kanalları halkı yanlış bilgilerle donattıklarında olabilecek şeyler inanılmazdır.

İnsanlar bir şeyi yeterince görür ve duyarlarsa ona mutlaka inanırlar.

Jerry böyle durumlarda gerçeği değiştiren Hilekârlık ve Yaratıcılık'ı görevlendirir. Benim durumumda görüntüm değişecek ve ünlü biri gibi görüneceğim. Genelde ölü biri. Şu anda önleyici hafıza tasfiyesi için Elvis'in resmi kullanılıyor ama er ya da geç yeni birini bulmak zorundayız. Sonuçta adam öleli otuz yılı aşkın bir süre geçti. İnsanlar da pek saf ya, neyse.

"Müdahale etmeye devam ettiğin takdirde bunun neticeleri olacağını söylemiştim, Fabio" diyor Jerry. "Şu andan itibaren tüm güçlerini elinden alıyorum, soruşturmanın tamamlanmasını bekleyeceksin."

"Tüm güçlerim mi?" diye soruyorum.

Kader Aşkı Tadınca

"Hepsini."

Yani moleküler ulaşım yok. Görünmezlik yok. Kader okumak yok. İnsan sayılırım ama ölemem ve harika bir erkek kostümüm var. Bu da Jerry'nin neden ofisi yerine burada buluşmak istediğini açıklıyor. Toplu taşıma araçlarını kullanmak zorunda olduğunuzda dünyaya dönmek zor olabilir.

"Soruşturmayı kim yapıyor?" diye soruyorum.

"Doğruluk ve Güven" diyor Jerry. "Bu sırada, soruşturma devam ederken tüm görevlerini İhtimal'e devrediyorum."

"İhtimal mi?" diyorum. "Dalga mı geçiyorsun? Bu işi ona bırakamazsın."

"Senin yaptıkların, bu gezegenin kozmik dengesini tehlikeye attı, Fabio" diyor Jerry ve incir kabını bana uzatıp paltosuna uzanıyor. "Bana başka yol bırakmadın."

Paltosunun cebinden beyaz bir zarf çıkarıp bana uzatıyor.

"Ne var içinde?" diye soruyorum.

"Elli dolar ve bir uçak bileti" diyor ve torbalarını topluyor.

Zarfı açıp parayı sayıyorum, ne olur ne olmaz. Jerry para birimleri konusunda pek başarılı değildir, döviz kurlarını takip etmez. Ve az bahşiş vermesiyle ünlüdür.

"Evrensel *Visa* kartım ne olacak?" diye soruyorum. "İş hesabımı kullanmaya devam edebilir miyim?"

Jerry yüzünde onaylamadığını gösteren bir ifade ile bana bakıyor.

"Tamam" diyor. "Kendini şanslı say. Ama izinsiz harcama yapmak yok. Ve faturalarını kendin ödemek istemiyorsan fişlerini saklasan iyi edersin."

Başımı sallıyorum. Gerçi hiçbir zaman o kadar düzenli olamadım.

"Soruşturma devam ederken ben ne yapacağım?" diye soruyorum.

"Hiçbir şey" diyor Jerry. "Benden haber alana kadar bekle. Ve lütfen başını belaya sokma."

Sonra bana bir taksi parası, LaGuardia'ya giden bir uçak bileti ve yarısı yenmiş bir kese kâğıdı incir bırakıp gidiyor.

Bölüm 40

Toplu taşıma araçlarının herhangi bir türüyle son uçuşum 1937 baharındaydı; *Hindenburg*'un son uçuşunda biletsiz yolcuydum. Gerçi otuz altı yolcunun öleceği bir uçuşta olmama gerek yoktu. Uçağın dış gövdesini pamuk ipliğiyle kaplayıp demir oksitle cilaladığınızda, sonra da eserinizi son derece yanıcı bir gazla doldurduğunuzda "eceline susamak" ifadesi bile yeterli olmuyor.

Uçak kırk saniye dolmadan havaya uçmuştu.

Minnesota, Duluth'a yapacağım uçuşun daha iyi neticeler vermesini umuyorum.

Rockford havaalanına vardığımda Sara ile olabilmek, hatta belki Kahkaha veya Mizah'la buluşmak için New York'a dönme niyetindeydim. Onlar keyfimi yerine getirirdi. Ama güvenlik kontrol noktasında beklerken iki genç kız fark ettim. Babaları yaşında bir adam onları izliyordu ve aklıma Darren Stafford geldi. Jerry'nin bana gösterdiği ölümler arasında onu görmemiştim, belki hâlâ hayattaydı. Belki hâlâ umut vardı. Belki onu kurtarabilirdim.

S. G. Browne

Bunun üzerine uçuşumu değiştirdim, Sara'yı arayıp akşam yemekte olamayacağımı söyledim, ardından Darren Stafford'un telefonunu buldum ve hâlâ hayatta olduğundan emin olmak için aradım. Sonra da Duluth'a giden uçağa bindim.

Ya da ben öyle sanıyordum.

Bu uçuşun umduğum kadar basit olmadığı anlaşıldı. Uçağa bineceğimi, bir saat kestireceğimi ve Duluth'ta uyanacağımı sanıyordum. Oysa önce doksan dakikada Denver'a uçtum, orada aktarma uçuşum için bir saatten fazla bekledim, iki saat bitmek bilmeyen türbülansla Minnesota'ya vardım ve burada elli beş dakikalık Duluth uçuşu için bir saat daha beklemek zorundayım.

Rockford'dan Denver'a. Denver'dan Minneapolis'e. Minneapolis'ten Duluth'a.

Uçuşları beklerken havada geçirdiğim kadar zaman kaybediyorum.

İnsanlar böyle nasıl seyahat ediyorlar?

Varış noktama ulaşacağım yedi saatte, dünyanın dört bir yanında barları dolaşabilir ve üç yüz insanın daha geleceğini mahvedebilirdim. Şimdi burada, yolculuğumun ikinci ayağında saatte beş yüz mil hızla giden metal ve plastikten yapılma basınçlı kozanın içinde uçağa bindiğimiz andan itibaren konuşan Iowalı sigortacının yanında sıkıştım kaldım.

"Ve bana anla artık dedi" diyor adam ve ikinci cin tonik bardağını da kafasına dikiyor. "Bana bir daha beni görmek istemediğini söyledi. Pek ne yaptım, biliyor musun? Ona cehennemin dibine gitmesini söyledim. Duncan Mayfield'ın hayatta onun gibi bir sürtükten daha iyisini hak ettiğini söyledim. Aynen böyle dedim."

Kader Aşkı Tadınca

Bundan kuşkuluyum. Duncan Mayfield gibi bir isimle hayatta göreceği tek şey alay ve suiistimal olabilir, belki istenmeyen bir hamilelik veya bir sahtekâr tarafından dolandırılmak. Daha iyileri menüde yok.

Ama sorun şu ki var oluşum boyunca ilk kez emin olamıyorum. Jerry kader radarımı devre dışı bıraktığından beri duymaya alışkın olduğum tüm sesler kesildi. Sanki biri, kendimi bildim bileli dinlediğim bir senfoniyi susturdu. Hatalar ve yanlış kararlar, başarısızlıklar ve felaketler, karşılıksız aşklar ve tatmin olmamış beklentilerle dolu bir senfoni. Şimdi tek duyabildiğim uçak motorlarının uğultusu, kabindeki insanların monoton gürültüsü ve Duncan Mayfield'ın bitmek bilmeyen dırdırı.

"Bir keresinde Boston'da şu şirin, küçük ev hanımıyla birlikte oldum" diyor. "Saatlerce seviştik ve sonra kocası işten eve geldiğinde ona yüksek primle hayat sigortası poliçesi sattım."

Dennis'i arayıp bu arkadaşın evini ziyaret etmesini isteyebilirdim ama uçuş sırasında cep telefonumu kullanamam. Duncan'ı kendim öldürebilirdim ama bu büyük olasılıkla aktarma uçuşumun gecikmesine neden olurdu. Ayrıca erkek kostümüme kan bulaştırmak da istemiyorum.

İyi niyetinizin bir sürü insanın ölümüne neden olduğunu keşfettiğinizde net düşünemiyorsunuz. Bu da yetmezmiş gibi gezegenin herhangi bir yerine ışık hızında seyahat etme becerinizin de elinizden alındığını ve şimdi acil çıkış kapısının hemen önünde kaderini okuyamadığınız ama bir el bombası kazasında işitme becerinizi kaybetmeyi istemenize neden olan bir insanın yanında oturduğunuzu düşünün. O zaman neden şu anda bir sonraki duraktan önce inmeyi düşündüğümü anlayabilirsiniz.

Sanırım dosyalarımı karıştırıp Duncan Mayfield'ı bulabilir, hikâyesinin ve bana anlattıklarının büyük bir bölümünün uydurma olduğunu teyit edebilir ve onu azarlayıp çenesini kapamasını söyleyebilirdim ama şu anda beş buçuk milyondan fazla dava dosyasını inceleyecek sabrım yok, özellikle de dosyaları alfabetik sıraya sokma işini erteleyip durduğumdan. Dolayısıyla hikâyesinin büyük bölümünün uydurma olduğunu farz ediyorum.

İnsanlar böyledir. Ortalamaya göre bir insanın size anlattıklarının maksimum yüzde kırkı gerçektir. Gerisi doldurmadır. Uydurma. Kusurlarını saklamak ve kendilerini daha iyi göstermek için yarattıkları bilgiler.

Bir kurgu çalışması.

Bir Hollywood filmi.

Onların tüm yaşamı, gerçek bir hikâyeye dayanır.

Hangi bilgilerin uydurma olduğunu bilememek sinir bozucu. Bu Boeing 757'nin içindeki iki yüz kırk iki yolcunun kaderlerini okuyamamak. Kendimi yetersiz, eksik hissediyorum. Sanki duyularımdan biri işlevini yitirmiş gibi ki öyle sanırım.

Koridorun diğer tarafında oturan kadın Duncan'ı süzüyor ve tek görebildiğim kadının Duncan'a sinir olduğu.

Diyafonda pilot konuşuyor ve tek duyabildiğim onun sesi.

Yanımızdan bir hostes geçiyor ve tek alabildiğim hafif bir *White Linen* kokusu.

Kısıtlandım. Kayboldum. Kimliğimle mücadele ediyorum. Amacımı sorguluyorum. Kimseyi okuyamıyorsam onları neyin huzursuz ettiğini nasıl bilebilirim? Onları neyin huzursuz ettiğini bilmiyorsam onlara nasıl yardımcı olabilirim?

Elbette, son zamanlarda yardım ettiğim insanların büyük bölümü korkunç şekillerde can verdiler, dolayısıyla belki de kimseye yardım edemiyor olmam iyi bir şeydir. Şu anda en son istediğim şey, daha fazla insan öldürmek.

Kader Aşkı Tadınca

"Bir de bir hostes vardı. Onu öyle çok becerdim ki tüm uçuş millerim tükendi."

Duncan Mayfield hariç.

Sonunda Duluth'a vardığımda uçaktan olabildiğince hızlı bir şekilde iniyor, kredi kartı kabul eden ilk taksiye atlıyor ve şoföre Darren Stafford'ın adresini veriyorum. Oraya giderken yapacağım görüşmeye hazırlanıyor, Darren'ı paniğe sokmadan veya onu polisi aramaya teşvik etmeden yaklaşan ölümü konusunda çaktırmadan nasıl uyaracağımı planlamaya çalışıyorum. Ama taksi Darren'ın evinin önüne yanaştığında geç kaldığımı anlıyorum.

Binanın önünde karanlıkta ışıkları yanıp sönen iki polis aracı ve bir ambulans duruyor. Bahçede ve kaldırımda bir sürü insan toplanmış, mırıldanıp dedikodu yapıyorlar. Darren Stafford'ın birinci kattaki dairesinin girişine sarı bir "Geçmeyin" bandı konmuş.

İyi ki çaktırmayacaktım.

Taksiden iniyor ve otuzlu yaşlarında gibi görünen iki adamın yanına yürüyorum; biri hayatının geri kalanını *Pabst Blue Ribbon* içip emeklilik ikramiyesini Texas Hold'Em poker oynayarak harcayacak gibi görünüyor, diğeri ise nekrofiliyle tanışacak gibi.

Nedense bazı insanlar böyle görünürler.

"Ne oldu?" diye soruyorum.

"Adam kendini asmış" diyor geleceğin olası ölü sevicisi. "Boynuna kravat bağlamış."

"Tavandaki pervaneye asılı bir hâlde komşusu bulmuş" diyor poker bağımlısı.

"Hangi komşusu?" diye soruyorum.

S. G. Browne

"Şurada işte" diyor ve Darren Stafford'ın evinin önünde bandın dışında durmuş polisle konuşan bir adamı işaret ediyor.

Potansiyel ceset tacizcisi başka bir şey söylüyor ama ben polisle konuşan komşuya doğru bakarken onu duyamıyorum bile. Onların hemen arkasında biri daha var, belli ki benden başka kimse görmüyor. Alacakaranlık ve araçların yanıp sönen ışıkları yüzünü gölgelerin altına saklasa da Kısmet'in gösterişli kızıl saçlarını ve davetkâr seksiliğini atlamam mümkün değil.

Ben zavallı insanların ve cinsi sapıkların arasına karışırken kalabalığın içinde beni görmüyor. Büyük olasılıkla gelecekte yüksek kan basıncı ve kalp hastalıklarıyla mücadele edecek aşırı kilolu bir kadının arkasına saklanmak üzereyim ki Kısmet benim bulunduğum yöne bakıyor. Gözlerini kısıp gördüğünün ben olduğumdan emin olmaya çalışıyor ve sonra kayboluyor.

Harika. Tam da ihtiyacım olan şey. Sadece güçlerimi kaybetmekle ve görevimden alınmakla kalmadım, şimdi insanlarımdan biri daha öldü ve Kısmet bunu biliyor. Dolayısıyla büyük olasılıkla Darren Stafford'un onun yolunda olmaması gerektiğini de biliyor. Öyleyse beni Jerry'ye ihbar eden de o. Öyleyse Jerry, Sara'yı da biliyor.

Bunu nasıl açıklayacağımı merak ediyorum.

Kendimi bu noktaya nasıl getirdiğimi merak ediyorum.

İşlerin daha kötüye gidip gidemeyeceğini merak ediyorum.

Bölüm 41

Kullanılmış prezervatif ve ter kokan bir taksinin arka koltuğunda oturmuş eve doğru ilerlerken Queens'te gün doğmak üzere. Beni alması için Sara'ya telefon edebilirdim ama umumi bir tuvalet kullanmak ve geleceği sıkıntılarla dolu insanlarla toplu taşıma aracına binmek zorunda kalmak yeterince utanç verici. Bir de ölümlü kız arkadaşımdan beni havaalanından almasını istemek korkunç olurdu.

Duluth-LaGuardia uçuşum bir önceki uçuşumun yarısı kadar sürmüş olsa da kendimi hâlâ kötü hissediyorum. Sonuçta yavaş ve ıstıraplı bir ölüm yedi değil de dört saat sürüyorsa ortada kutlayacak pek bir şey yok demektir.

Taksiyle Triborough Köprüsü'nde ilerlerken kafamın içini dolduran sessizlik sinir bozucu. Taksi şoförünü veya diğer araçlardaki yolcuları okuyamıyorum. Etrafımda çoğu benim yolumda olan sekiz milyon kadar insan var ve ben hiçbir şey duyamıyorum. Sanki hepsi ölü.

S. G. Browne

Manhattan'a ulaştığımızda nefes alamadığımı hissediyorum. Saatlerce küçük metal kutuların içine hapsolduktan sonra dışarı çıkmam gerek. Şoförden beni 125. sokakla 2. caddenin köşesinde indirmesini istiyor, araçtan inip yürümeye başlıyorum. Başta gittiğim belirli bir yer yok. Sadece şehirde, geçtiğimiz yüzyılın büyük bölümünde evim dediğim bu yerde, insanların arasında yürüyorum. Saklanmam ya da doğaüstü güçlerime başvurmam mümkün değil. Bir ölümsüzden çok, bu şehri paylaştığım insanlar gibiyim.

5. caddede yürüyor, Central Park'ı geride bırakıyor, ardından Midtown ve Theater District'ten geçip Broadway'e ve aşağı Manhattan'a geliyorum. Battery Park'a girip bir banka oturuyor ve gri bulutlar yağmur tehditleri savururken güneşin Brooklyn üzerinde yükselişini izliyorum.

Daha önce hiç böyle hissetmemiştim. Çaresiz. Savunmasız. Kıçım donuyor. Aralık ayında New York'un ne kadar soğuk olduğunu hiç fark etmemişim çünkü genelde görünmez olurum. Görünmez olduğunuzda Central Park'ta çıplak bile dolaşsanız erkek kostümünüz sizi bir tipi fırtınası sırasında sıcak tutacak kadar vücut ısısı yaratır. Ve fırsatını bulduğumuz zaman çıplak dolaşmaktan büyük keyif alırız.

Ama şimdi üşüyorum. Üşüyorum ve endişeliyim. Bana, Sara ile ilişkime veya yardım etmeye çalıştığım diğer tüm insanlara ne olacağını bilmiyorum. Tek bildiğim, sıcak bir yatağa ve termal iç çamaşırlarına ihtiyaç duyduğum.

Eve dönüş yolunda geçtiğimiz birkaç ay içinde kaderini etkilediğim insanlarımdan bazılarını kontrol etmek için duruyor ve Jerry'nin bana gösterdiği sunumun, aşırı kibrimin yol açtığı neticelerin sadece küçük bir kısmı olduğunu fark ediyorum.

Flatiron binasının yanında kendiyle kavga eden evsiz kadın.

Kader Aşkı Tadınca

Ölmüş.

Madison Square Garden'ın hemen dışında banjo çalan şizofren sokak müzisyeni.

Ölmüş.

Sakız kâğıtları toplayan ve Central Park'ta yaşayan torbalı kadın.

Ölmüş.

Kariyerlerinde başarısız olanlar ve yarı zamanlı sosyopatlar. Cinsi sapıklar ve hayat kadınları. Uyuşturucu bağımlıları ve takıntılı tüketiciler.

Hepsi ölmüş.

Bir kısmı Kısmet Yolu'na gönderilen, bir kısmı da benim yolumda mücadelesini sürdürmeye devam eden bir sürü insan ve hiçbiri bir sonraki doğum gününü göremedi.

Evren düzeltirmiş, bok düzeltir.

Neden Karma'nın söylediklerine inandığımı bilmiyorum. Final sınavlarında kopya çekmiş ve Kozmik Teori dersini sürekli asmış birinin söylediklerine kulak asmamalıydım.

Kendi kaderimi böyle hayal etmemiştim. Güçlerimden yoksun. Neredeyse yirmi beş kişinin ölümünden sorumlu. Manhattan sokaklarında erkek kostümümle donarken... Yetmezmiş gibi gri Manhattan bulutları sonunda tehdidin arkasında durmaya karar veriyor ve yağmur yağmaya başlıyor.

Böyle zamanlarda erkek kostümümü sipariş ederken daha işlevsel aksesuarlar istemiş olmayı diliyorum. Örneğin su geçirmez bir deri veya kendi kendini kurutan saçlar gibi. Bir şemsiyeniz yoksa baklava şeklindeki karın kasları ve kendi kendini temizleyen bir cinsel organın pek bir faydası olmuyor.

Bir şeyler içmeliyim.

S. G. Browne

Hâlâ evden yirmi sokak uzaktayım ve en yakın bar Iggy's; her zaman bayat bira gibi kokan, Upper East Side'daki köhne bir yer. Girişin dar vajinal kanalından içeri girdiğimde duvarlardan birinin tuğla, diğerinin ise bar tezgâhıyla kaplandığını görüyorum. İleride masalar, sandalyeler ve bir karaoke makinesi var.

İçeride görülecek pek bir şey olmasa da Iggy's hemen her gece Manhattan'ın en favori karaoke mekânlarından biridir. Ama öğleyi biraz geçe müzik kutusundan Johnny Cash'in *God's Gonna Cut You Down* (Tanrı Seni Mahvedecek) şarkısı yükseliyor.

Belki de başka bir yere gitmeliyim diye düşünüyorum.

Kaldı ki, barda oturan diğer müşteriler Ego, Sıkıntı ve Suçluluk.

"Fabio!" diyor Ego. "Biraz kilo almış gibisin."

Sıkıntı, *Budweiser* birasına uzanırken keyifsiz bir hâlde başını sallayıp esniyor, Suçluluk ise mahcup bir edayla gülümsüyor ve viskisinin geri kalanını kafasına dikiyor.

Neden Mizah, Kahkaha veya Neşe'yle karşılaşmam ki?

Ego son başarılarıyla övünürken ben bir viski kola sipariş edip içiyorum. Sıkıntı, yirmi birinci yüzyılda yapacak hiçbir şey olmadığından yakınırken bir tane daha içiyorum. Sonra Suçluluk, Aldatma ile ilişkisini itiraf ederken bir duble daha yuvarlıyorum.

Müzik kutusundan bir Clash parçası yükseliyor, *Should I Stay or Should I Go?* (Gitmeli mi Kalmalı mıyım?)

Burada Sıkıntı, Ego ve Suçluluk'u dinleyip daha çok içtikçe Iggy's'e girişimin bir tesadüf olup olmadığını sorgulamaya başlıyorum. Etrafımda olup bitenler arasında bir kozmik bağıntı var mı diye merak ediyorum.

Kader Aşkı Tadınca

Yıllar içinde işime duyduğum ilgiyi yitirdim. Duyarsızlaştım. Sıkıldım. Sonra insanlarıma yardım etmeye başladığımda egom devreye girdi ve yüceliğime ikna oldum. Ben mucizesiyle donandım. Şimdiyse yaşadıklarım karşısında suçluluk duyuyorum. Yol açtığım tüm ölümler için.

Bu sadece bir tesadüf olamaz.

"Bu ne böyle?" diyorum üçüne dönüp. Sözcükler ağzımdan bir tükürük ve viski karışımıyla dökülüyor.

"Ne ne?" diyor Ego.

"Sizin burada ne işiniz var?" diye bağırıyorum.

Büyük olasılıkla biraz fazla içtiğimi fark ediyorum.

"Sadece içiyoruz" diyor Sıkıntı.

"Evet" diyor Suçluluk. "Sadece içiyoruz. Hepsi bu."

"Hayır" diyorum başımı iki yana sallayıp. "Sadece içmiyorsunuz. Burada olmanızın bir sebebi var."

"Benden mi söz ediyorsun?" diyor Ego.

Sıkıntı omuz silkip miskin bir şekilde birasını yudumlarken Suçluluk kesinlikle sakladığı bir şeyleri varmış gibi görünüyor.

"Sen" diyorum kadehimi Suçluluk'a doğrultup içkimin yarısını yere dökerek. "Ne yapmaya çalıştığını biliyorum. Tüm bunların ne anlama geldiğini biliyorum."

Suçluluk, yüzünde bir panik ifadesiyle etrafına bakıyor.

"Seni Jerry gönderdi, değil mi?" diyorum. "Seni buraya beni izlemen için gönderdi. Bana bir ders vermen için."

Bağırdığımı fark ediyorum. Ve sözcükleri ağzımda yuvarladığımı. Ve barın etrafındaki barmenin ve diğer ölümlülerin bize baktıklarını.

"Bunun benimle ilgili olmadığına emin misin?" diyor Ego.

Ona cevap vermiyorum. Tek görebildiğim beni izleyen insanlar. Sadece burada bulunmam bile geleceklerini etkilemeye yetiyor mu diye düşünüyorum. Tabii henüz kaderlerini değiştirmediysem. Hepsi benim yüzümden ölmeyecekse.

Suçluluk, suçu her ne ise, bilerek yapmadığını söyleyerek yeminler ediyor ama ben onu umursamadan 2. caddeye, aralık yağmurunun altına çıkıyor ve şemsiyesiyle mücadele eden bir kadına çarpıyorum. Kadın bana lanet ediyor, bense bağırıyorum ve onu da öldürüp öldürmediğimi merak ederek koşuyorum.

Sara'yla karşılaşmaya korkar bir hâlde evimin hemen karşı kaldırımında dolanıyorum. Bir şekilde onu da öldürmeyi başarmaktan korkuyorum. Onun Kısmet Yolu'nda olduğunu ve teorik olarak onu etkileyemeyeceğimi biliyorum ama insanlarımı Kısmet Yolu'na gönderebiliyorsam, tersini yapamayacağım ne malum?

Sonra bunun pek de muhtemel olmadığını ve büyük olasılıkla aşırı tepki verdiğimi fark ediyorum ama yardım etmeye çalıştığınız herkes ölüyor diye bütün akşamı Sıkıntı, Ego ve Suçluluk ile viski içerek geçirdiğinizde kendi kaçınılmazlığınıza inanmaya başlıyorsunuz.

Aşağı Manhattan'a doğru amaçsızca yürürken yağmurun altında yaklaşmaya korktuğum kadın ve adamlarla karşılaşıyorum. Dokunmaya, göz teması kurmaya korkuyorum. Yaklaştığım takdirde onları da ölüme mahkûm etmekten korkuyorum.

1. cadde ve 67. sokağın köşesinde karşıdan karşıya geçiyor, bir taksinin altında kalmaktan son anda kurtuluyor ve taksi şoförünün son müşterisini taşıyıp taşımadığını merak ediyorum.

Kader Aşkı Tadınca

Queensboro Köprüsü'nün altında işeyen evsiz bir adamın yanından geçiyor ve adamın ölümcül bir idrar enfeksiyonuna yakalanıp yakalanmayacağını merak ediyorum.

Birleşmiş Milletler binasının önünde Suriyeli bir diplomat benimle göz teması kuruyor ve ben o anda uluslararası bir olaya sebep olup olmadığımı merak ediyorum.

Dennis'in bunlarla her gün nasıl başa çıktığını bilmiyorum.

Ve sonra fark ediyorum. Tüm bu ölümler. Dennis bir şeyler biliyor olmalı. Hatta onlardan sorumlu bile olabilir. Sonuçta Ölüm o.

Şehirde olup olmadığını merak ediyorum.

Kısmet'le görüşüp görüşmediğini.

Son beş yüz yılın intikamını alıp almadığını.

Mantıklı tarafım (bastırılıp boğulan aklımın sessizliği) bu düşünceler üzerinde kafa yorabilmem adına evime dönmemi ya da kurumak ve sarhoşluğumdan kurtulmak için bir yer bulmamı söylemeye çalışıyor. Oysa ben kendimi East Village'dan aşağı doğru ilerlerken buluyorum ve en sonunda Ölüm'ün kapısına gelip merdivenlere yığılıyorum.

Doğrulup kapıya yaslanıyorum. Düştüğümde canım acımamış olsa da o sırada erkek kostümüme hasar vermeyi başardım. Sol kolumda onarılması gereken bir yırtık var. Elbette, artık ışık hızında seyahat edemeyeceğimi düşünürseniz çok önemli değil. Ama kostümümün garantisi "alkollüyken oluşan hasarı" karşılamıyor.

Sırtımı, Dennis'in girişin alt katındaki penceresiz evinin kapısına yaslıyorum. Yağmurun altında oturmuş kendime acırken uzanıp sağ elimle kapıyı tıklatıyorum.

"Aç" diyorum. "Aç, yoksa oflayıp poflayıp üfleyeceğim..."
Ve sonra kucağıma kusuyorum.

Bayılmadan hemen önce kapı açılıyor ve ben sırtüstü içeri yığılıyorum.

Bölüm 42

Üzerinde geniş bir yorgan ve üç kuş tüyü yastık bulunan geniş bir yatakta sırtüstü uyanıyorum. Yorgan siyah satenden ve yastık kılıfları Mısır ipliğinden yapılma. Mürdüm eriği renginde. Yatak eteğiyle uyumlu.

"Ölümden döndün" diyor Dennis. "İçmeye erken başlamışız, ha?"

Dennis mutfakta muhteşem kokular yayan bir kahve hazırlıyor. Onun nasıl bir kahve gurmesi olduğunu unutmuşum.

Başımı eğdiğimde üzerimde Dennis'in siyah saten pijamaları olduğunu fark ediyorum.

"Kıyafetlerim nerede?" diye soruyorum.

"Çöpte" diyor Dennis, bana doğru yürüyor ve bir bardak sıcak, buharı tüten kahve uzatıyor. "İç bunu. Daha iyi hissedeceksin."

Kahveden bir yudum alıyorum ve beynimdeki viski protesto çığlıkları atıyor.

"Ne zamandır buradayım?" diye soruyorum.

S. G. Browne

"Bir saat kadar" diyor Dennis ve kendine bir fincan kahve koyup kırmızı ışık yayan ayaklı lambanın altındaki mor koltuğa oturuyor.

Stüdyo daireye göz gezdiriyorum. Raflarda kafatası koleksiyonları yok, duvarlar siyah değil. Çürüyen halılar ya da hoparlörlerden yükselen korkutucu org müziği de yok.

Raflar Socrates'in, Plato ve Aristo'nun öğretileriyle dolu. Kuantum fiziğiyle ilgili kitaplar, şiir koleksiyonları ve Mark Twain'in tüm eserleri var. Duvarlar yumuşak bir adaçayı yeşiline boyanmış, yerlerde ise kırmızı ve menekşe tonlarında halılar serili. Hoparlörlerden Billie Holiday'in yorumladığı *I've Got My Love to Keep Me Warm* (Beni Sıcak Tutacak Sevgilim Yanımda) şarkısı yayılıyor.

"Eee" diyor Dennis. "Günün nasıl geçti?"

"Sürprizlerle dolu" diyorum. "Sıradan bir kırmızı-mektup günü. Anladığım kadarıyla son zamanlarda pek yoğunsun."

"Her zamanki gibi."

"Öyle mi?" diyorum imalı bir ses tonuyla. Ya da belki ona bakışlarımdan kuşkulanıyor.

"Bir şey mi söylemeye çalışıyorsun?"

"Ah, sanki bilmiyorsun" diyorum. "Sanki olanlarla hiçbir ilgin yok."

"Sen neden bahsediyorsun?"

Ben de ona anlatıyorum.

Darren Stafford'u, Cliff Brooks'u ve yolumda öldürdüğüm diğer tüm insanları. Jerry'yle görüşmemi. Sarhoş oluşumu ve Samuel Adams'ın* İngilizlere karşı gelecek kadar cesur olmadığına dair bahse girişimi.

---

* **Samuel Adams:** 1722-1803 yılları arasında yaşayan ve Amerika'nın Bağımsızlık Bildirgesi'ne imza atan devlet adamlarından biridir. (ç.n.)

Kader Aşkı Tadınca

Gerçekten de cesur değildi.

"Ama sen bunları zaten biliyorsun" diyorum.

"Bu da ne demek?" diye soruyor.

"Yapma, Dennis" diyorum. "Benimle oyun oynama. Tüm bu ölümlerden senin sorumlu olduğunu biliyorum."

"Ben mi?" diyor. "Neden böyle düşünüyorsun?"

"Ah, bilmem ki Bay Azrail" diyorum. "Belki de işin bu olduğu içindir."

"Hey, bu insanların kaderini değiştirmeye karar veren ben değilim."

"Evet" diyorum. "Ama onları öldürmek zorunda da değildin."

"Ben kimseyi öldürmedim" diyor Dennis.

"Tabii ya" diyorum. "Buna inanmamı beklemiyorsun herhalde."

"Dinle" diyor öne doğru eğilip. "Hepsi ben oraya varmadan ölmüştü."

"Yani onları bildiğini kabul ediyorsun."

"Elbette biliyorum" diyor Dennis. "Onları Jerry'ye ben bildirdim zaten."

"Sen mi bildirdin?" diyorum. "Neden yaptın ki bunu?"

"Çünkü bu insanların hiçbiri ölmemeliydi."

"Gerçekten mi?" diyorum alaycı bir sesle. "O yüzden mi eve dönerken uçağa binmek zorunda kaldım?"

"Hayır" diyor Dennis. "Bir insan ölmek üzereyken ben o sırada masaj veya manikür yaptırmıyorsam ölümünden hemen önce oraya varırım. Ama bu söylediğin tüm insanlarda onların ölüm anına kadar haberim yoktu. Ben vardığımda ise çoktan soğuyup sertleşmeye başlamışlardı. Ve ölüm sertliğinden ne kadar nefret ettiğimi bilirsin."

Bazen ölüm sertleşmesi sırasında vücut ölü bile olsa cesedin kasları öyle kasılır ki uzuvlar hareket eder. Bu Dennis'in ödünü koparır.

"Anlamıyorum" diyorum. Kafam viski ve kafein içinde yüzüyor. "Nasıl önceden bilmezsin?"

"Hiçbir fikrim yok" diyor Dennis. "Neden sen söylemiyorsun? Jerry'cilik oynamaya karar veren sensin."

Bunlar hiçbir anlam ifade etmiyor. Bir de kalkmış evrenle oynuyorum.

"Ben bunların olmasını istemedim" diyorum. "Sadece yardım etmeye çalışıyordum."

"Evet, yardımlarınla erkenden tahtalıköyü boyladılar" diyor Dennis. "Bu insanların hiçbiri benim takvimimde yoktu. Cliff Brooks'u en az bir otuz yıl daha beklemiyordum."

"Yani insanlarımın ölümüyle hiçbir ilgin yok, öyle mi?"

"Hayır" diyor Dennis. "Sana bunu anlatmaya çalışıyorum."

"Ah!" Kahvemden büyük bir yudum alıyorum.

Birkaç dakika her şeyi bildiğimi zannederek sonuçlara varmamın gürültüsü ve Billie Holiday'in yumuşak, narin sesiyle oturuyoruz.

"Eee" diyorum. "Bu hafta sonu Jets-Patriots maçı ne olur dersin?"

Bölüm 43

"Neredeydin?" diye soruyor Sara. "Ve üzerinde neden siyah satenden bir pijama var?"

Hangi sorunun daha zor olduğundan emin değilim ama kimliğimi ve Jerry'nin varlığını açık ettiğime göre dürüst olabilirim diye düşünüyorum.

Dürüstlük her zaman, kendisinin en doğru yol olduğunu söyler.

"Jerry'yi görmeye gittim" diyorum.

"Gerçekten mi?" diyor Sara. "Nasıldı?"

"Öfkeli."

"Ah!" diyor Sara. "Ne kadar öfkeli?"

Ona anlatıyorum.

Ölen insanlarımı. Görevden alındığımı. Güçlerimin alındığını. Ve Charles Darwin'i çıplak gördüğüm anı.

Kıçımın doğal seçilimi.

"Öyleyse artık ışık hızında seyahat yok mu?" diye soruyor.

Başımı iki yana sallıyorum.

"Bir anda ortadan kaybolmak da yok?"

Tekrar başımı sallıyorum.

"Görünmezken seks de mi yok?"

İtiraf etmeliyim, bu çok eğlenceliydi. Kesinlikle tavsiye ederim. Ama ne yazık ki artık görünmez seks de yok.

Sara bu konuda benden daha çok üzülmüşe benziyor.

"Ne kadar sürecek?" diye soruyor.

"Bilmiyorum" diyorum. "Soruşturmanın ne zaman tamamlanacağına bağlı."

"Soruşturmayı kim yönetiyor?"

"Doğruluk ve Güven" diyorum.

"Kulağa hoş gelmiyor" diyor.

"Bir bilsen."

Doğruluk ve Güven, evrendeki en büyük iki dalkavuktur. Dilini Jerry'nin kıçına daha çok sokabilen tek kişi ise Yağcılık'tır.

"Ah, Fabio" diyor Sara ve sıkıca sarılıyor. "Çok üzgünüm."

Bir süre bu şekilde yakın ve sıcak, yüzüm onun saçlarında, vücutlarımız birbirine yaslanmış duruyoruz. Tüm olan bitene rağmen erkek kostümüm çıkmaya hazır.

Sara başını geriye atıp yüzünde parlak bir tebessümle bana bakıyor. "Peki, bu pijamalar ne?"

"Kıyafetlerim pislendi, ben de bunları Dennis'ten ödünç aldım."

Kaşlarını çatıp bana bakıyor. "Dennis kim?"

"Ölüm."

Kader Aşkı Tadınca

"Ölüm mü?" diyor ve beni bırakıp geri çekiliyor. "Azrail'in pijamalarını mı giyiyorsun?"

"Çok mu tuhaf?" diye soruyorum.

Bana bakıyor, birkaç kez yukarıdan aşağı süzüp gülümsüyor. "Aslında görünmez seks yapma seçeneğimiz olmadığını düşünürsen sanırım Ölüm'ün pijamaları işimizi görür"

Tekrar yanıma geliyor, elini siyah saten kumaşın üzerinde gezdiriyor, sonra yüzünü göğsüme bastırıp derin bir nefes alıyor. "Sen kokmuşlar" diyor. "Ben giyebilir miyim?"

Nedense Dennis'in pijamalarını geri alacağını sanmıyorum.

Bir saat sonra ben çıplak bir hâlde sırtüstü, Sara ise üzerinde Dennis'in düğmeleri açık, kırışık pijama üstüyle yanımda kıvrılmış şekilde yatakta uzanıyoruz.

"Sence soruşturma ne kadar sürecek?" diye soruyor Sara, parmakları tüysüz göğsümde gezinirken.

"Bilmiyorum" diyorum. "Belki birkaç gün. En fazla bir hafta. Doğruluk ve Güven oldukça güvenilirdir. Ve ilkelerinden vazgeçmezler. Bu yüzden herkes onlardan nefret eder."

Doğruluk ve Güven, Batı Yakası'nda parke döşemeleri, yüksek tavanı ve nefes kesici bir Hudson Nehri manzarası olan 9.25 milyon dolarlık bir teras katında birlikte oturuyorlar. Ayrıca bin beş yüz şişelik, sıcaklık derecesi kontrol altında tutulan bir şarap mahzeni, havada asılı cam bir merdiveni, iki odun şöminesi, derin bir küveti ve çift buhar duşu olan geniş bir banyosu ve açık duşu ile bir Viking mutfağı olan yüz on metre karelik dev bir teras bahçesi var.

"Soruşturma tamamlandığında ne olur?" diye soruyor Sara. "Suçlu olduğuna karar verirlerse ne olur?"

Suçlu. Ne acımasız bir sözcük. Jerry'nin gözünde kimse

gerçekten suçlu değildir. Mahkûm, evet. Kınanmış, evet. Ama suçlu? Bu onun tarzı değil. Yine de Sara'nın sorusu geçerli bir soru.

"Aslında" diyorum, "güçlerimden mahrum bırakılmama ek olarak aforoz edilmem de mümkün."

"Aforoz edilmek mi?" diye soruyor Sara. "O kilisede olmuyor mu?"

"Evet, ama" diyorum, "burada Tanrı'dan söz ediyoruz. Aforoz edilmek, kovulmak, tekzip edilmek... Hepsi aynı kapıya çıkıyor."

"Hangi kapıya?"

Aslında bu benim konuşmak istemediğim bir konu. Utanç verici. Ve can sıkıcı. Ölümsüzlüğünüzün elinizden alınacağını ummazsınız. Işınlanmak yerine metroyu tercih etmeye mecbur bırakılmak bile yeterince kötü. Ama işsizlik başvurusu yapmayı ve bir iş aramayı düşünmeye başladığınızda ölümlü olma ihtimaliniz gerçekten dehşet verici.

Ayrıca bir de tüm o dönüşüm süreci var. Oldukça sevimsiz olduğunu duydum. Kalp damarlarından birine sıvı pompalanması gibi bir şey.

Dolayısıyla bunu yaşamam mümkün.

"Birlikte yaşama fikrine ne diyorsun?" diyorum.

Bir eliyle başını kaldırıp dirseğine yaslanıyor. "Efendim?"

Nedense işsiz bir hâlde 3.990 dolar kira ödeyebileceğimden kuşkuluyum. Ve bildiğim kadarıyla aforoz edilen ölümsüz varlıklar için pek fazla iş fırsatı yok.

"Kalacak bir yere ihtiyacım olabilir diyelim."

"Evini mi kaybedeceksin?" diye soruyor.

"Ve başka şeyleri de" diyorum.

Kader Aşkı Tadınca

"Ne gibi?"

"Evrensel Visa kartım, Cennet Bahçesi spor kulübü üyeliğim, ölümsüzlüğüm..."

"*Ölümsüzlüğün* mü?"

Söyleyiş tarzıyla kulağa çok daimi geliyor.

"Yaşlanacak mısın yani?" diye soruyor.

Başımı sallıyorum.

"Hastalanacaksın da?"

Tekrar başımı sallıyorum.

"Saçların kırlaşacak, göbekleneceksin ve okuma gözlüklerine ihtiyaç duyacaksın?"

Nedense bu konuşma kendimi daha iyi hissetmeme yardımcı olmuyor. Ama yine başımı sallıyorum.

Sara tekrar kolumun üzerine yatıp yüzünü göğsüme yaslıyor. "Bu hiç de fena değil."

"Fena değil mi?" diyorum. "İki yüz elli bin yılı aşkın bir süredir buradayım; birdenbire hastalanmanın, kilolarla mücadele etmenin ve yaşlılıktan ölmenin nasıl bir şey olacağını öğrenmek üzereyim ve sen bana fena değil mi diyorsun?"

"Böylece birlikte yaşlanacağız" diyor Sara. Sesi göğsümde yankılanıyor. "Hastalığında sana ben bakacağım. Saçların kırlaşmaya başladığında, harika göründüğünü söyleyeceğim. Göbeklendiğinde seninle dalga geçeceğim. Ve okuma gözlüğü taktığında o hâline hayran olacağım."

"Gerçekten mi?" diyorum.

Doğruluyor ve gözlerimin içine bakıyor. "Gerçekten."

"Ama ölümsüzlüğümü kaybettiğimde insan olacağım. Etten ve kemikten bir insan. Erkek kostümüm gidecek."

Çok da sevmeye başlamıştım bu arada. Onu kaybetme ihtimaliniz gündeme gelene kadar ter önleyici teknolojinin rahatlığını takdir etmiyorsunuz.

"Fabio, her ne kadar kusursuz vücudunu ve o vücudun bana verdiği hazları sevsem de ben seni erkek kostümünün içindeki o kör edici ışık topu için seviyorum."

İçimi saran ve bana cesaret veren o iri, muazzam gözleriyle bana bakıyor.

"Sen beni seviyorsun?" diyorum.

Gülümseyip başını sallıyor. "Kesinlikle. Sen başıma gelen en iyi şeysin, Fabio. Ve hayatımı başka biriyle geçirmeyi aklımın ucundan bile geçirmiyorum."

Ben de gülümseyip ona onu sevdiğimi ve biriyle ölümsüzlüğümü kaybedeceksem bunun onunla olmasını istediğimi söylüyorum.

Sara gülümsüyor ve ekliyor. "Bu hayatımda duyduğum en romantik şey!"

Bölüm 44

Elbette, çoğu çiftin karşılaştığı engellere ek olarak Sara ile ölümlüyken ilişki içinde olmak başka sorunlar da doğurabilir.

İnsan olarak tecrübesizliğim.

Ölümsüzlüğümü kaybetmemin ardından yaşayacağım kaçınılmaz depresyon.

Şu anki formumla Sara'yı hamile bırakamayacağım doğru olsa da insan olduğumda durum değişir. Ve eğer geleceğin kurtarıcısına hamile kalacaksa o zaman Jerry ve diğer yönetim kurulu üyelerinin bizim birlikteliğimize kaş çatmaları mümkün.

İnsan olursam hangi yola yerleştirileceğimi bilmiyorum ama Sara Meryem Ana rolünü oynayacaksa ben de Yusuf rolünü oynamayı umuyorum. Gerçi elimden pek bir iş gelmez. Ya da örnek insan da olmamam. Ve arkadaşlarımın da masa adabı yoktur.

Oburluk geğirip ağzını koluna siliyor. "Soya sosunu uzatır mısın?"

S. G. Browne

Chinatown'da, Tembellik ve Oburluk ile Çin mantısı yiyorum. Tembellik üşengeçliğinden ve üç saatlik uykusundan uyanırken Oburluk üçüncü porsiyon mantısıyla "kilosuna dikkat edenler" konferansını sabote ediyor.

Ölümsüzlüğünüzün elinizden alınıp alınmadığını öğrenmeyi beklerken takıntılı bir obez ve umursamaz bir tembelle kahvaltı etmek, sabahı geçirmenin en iyi yolu değil ama Tembellik ve Oburluk her zaman kendimi iyi hissetmemi sağlarlar.

"Dostum" diyor Oburluk ağzı dolu bir şekilde. "Güçlerinin elinden alınması kötü olmuş."

"Kesinlikle" diyor Tembellik esneyerek.

Elbette, görevden alındığımı Tembellik ve Oburluk'a söyleyen ben değilim. Dedikodu ve Söylenti herkese duyurma işini başarıyla hallettiler. Tüm camia biliyor.

Aldığım tepkiler karşısında çok duygulandığımı söylemeliyim. İnanç, Umut ve Sevgi, ihtiyacım olursa yanımda olduklarını söylemek için aradılar. Karma, ilham verici bir şarkı telgrafı gönderdi. Şans Meleği e-posta gönderdi ve bana biraz şans gönderdiğini söyledi. Ayrıca Başarısızlık'tan, şehirdeki Paradise Club'taki çıplak bir ateş püskürtme şovu için davet aldım.

Doğruluk, Bilgelik veya Talih'ten haber almadığım ve Dürüstlük'ü birkaç kez aramış olmama rağmen bana geri dönmediği için biraz hayal kırıklığına uğradığımı söylemem gerek. Ama sanırım Tanrı tarafından sansürlendiğinizde gerçek dostlarınızın kim olduğunu görüyorsunuz.

"İnsanları okuyamamak nasıl bir şey?" diye soruyor Oburluk.

"Biraz ürkütücü" diyorum. "Fazla sessiz yani. Ama geceleri daha rahat uyuyorum."

Kader Aşkı Tadınca

"Uyku çok önemlidir" diyor Tembellik. "Günün en önemli öğünü gibi..."

"Uyku bir öğün değildir, dostum" diyor Oburluk.

"Ama öyle olmalı" diyor Tembellik.

"Uyku bir öğün olsaydı" diyor Oburluk ağzına bir tarolu çörek sokuştururken, "seni yerdim."

"Ahbap, bu hiç hoş değil" diyor Tembellik. "Şimdi önümüzdeki yüzyıl boyunca bu görüntü aklımda olacak."

Geceleri daha iyi uyumama ek olarak görevimden alınmanın ve güçlerimden mahrum kalmanın meditasyonumu geliştirmeme, yoga yapmaya başlamama ve insanlarımla daha iyi ilişkiler kurmama yardımcı olduğunu söylemeliyim. Son birkaç gündür metroya biniyor, Central Park'ta yürüyor veya Manhattan Mall'da dolaşıyor ve insanları daha iyi anladığımı fark ediyorum.

Daha önce insanlarımın kaderleriyle uğraşırken her bireyin birkaç yüzeysel niteliğine odaklanırdım, bu da sorunun kökenine inmemi zorlaştırırdı. Saçları kötü diye endişelenen birine iki yüz elli bin yıllık bilgelik ayırmak için atmış saniye zamanım olması gibiydi.

Şimdi, insanları okuyamasam da diğer beş buçuk milyar öğrenciden bağımsız, her birine odaklanabiliyor ve onları neyin huzursuz ettiğini hissedebiliyorum. Teke tek ilişki kurabiliyorum. Şimdi ortak yönlerimizi fark ediyorum.

Doğru; onlar kırılgan, geri dönüşümlü kabuklar içindeki aşağı, iki ayaklı yaşam formları ve ben iki bin yıllık teknolojik olarak gelişmiş bir kostümün içindeki kör edici bir ateş topuyum ama özüne indiğinizde hepimiz aynı kozmik çamurdan yapılıyoruz.

Ve ben, gelecekte danışmanlık kariyeri yapabilir miyim, merak etmeye başlıyorum.

"Peki, Jerry, görevden alındığında yerine kimin geçeceğini söyledi mi?" diye soruyor Oburluk börekleri götürürken.

"İhtimal" diyorum.

"İhtimal ödleğin teki" diyor Tembellik.

Buna itiraz edemem. Ve bana sorarsanız insanlarımla baş etme konusunda baştan savma bir iş yapacak. O sadece bir olasılık. Bir tesadüf. Herhangi bir tasarımdan yoksunluk. Bunun herhangi birini daha iyi bir geleceğe yönlendirmesi mümkün mü?

Elbette, beni de bu duruma getiren bu şekilde düşünmem oldu zaten.

"Peki, sen kaç kişi öldürdün ki?" diye soruyor Tembellik.

"Dostum" diyor Oburluk çenesinden pirinçler sallanırken.

"Ne?" diyor Tembellik.

"Bunu soramazsın."

"Neden?"

Oburluk geğiriyor. "Çünkü çok ayıp."

Restorandaki çoğu müşteri bize bakıyor. Bazıları, masamıza en yakın olanlar, iştahlarını kaybettiler bile.

"Sorun değil" diyorum. "Saklayacak bir şeyim yok ki..."

Oburluk doğruluyor. "Öyleyse Jerry'ye beş para etmez, hayalperest bir varlık olduğunu söylediğin doğru mu?"

Söylenti. Küçük sürtük.

"Hayır" diyorum. "Doğru değil."

Jerry'ye sayıp sövmek aklımdan geçmedi değil.

Neredeyse tüm insan çocuklar, duygusal gelişimlerinin bir noktasında hayatlarını nasıl sürdüreceklerini ailelerinden daha iyi bildiklerini düşünürler. Genelde bu davranış ergenlik çağlarında ortaya çıkar ve yetişkinliğe kadar devam eder. Bizler

Kader Aşkı Tadınca

de farklı değiliz. Çoğumuz bin yıllar boyunca evreni Jerry'den daha iyi yönetebileceğimizi, Musa'dan beri gerçeklikten koptuğunu ve otoritesine mantıklı bir itirazla karşı çıktığınızda çocuksu ve aşırı korumacı davrandığını hissettik.

Tartışmalarımızın kaç kez, "Çünkü ben Tanrı'yım ve ben ne dersem o olur!" cümlesiyle bittiğini tahmin bile edemezsiniz.

"Eee, kaç tane?" diye soruyor Tembellik.

Bir an, parmaklarımla sayarak düşünüyorum. "En az iki düzine öldürdüm" diyorum. "Belki kırk bile olabilir."

"Kırk insan mı?" diyor Tembellik. "Dostum, bu Jerry'nin gözden çıkardığı insanların yanında hiçbir şey..."

Jerry'nin daha nazik, merhametli bir varlığa dönüştüğü doğru ama eskiden insanları cezalandırırdı. Jezebel. Saul. Lut'un eşi. Kâfirler ve hayat kadınları ve her şeyden şikâyet edenler. Şabat Günü odun topladı diye bir adamı öldürdü. Bin dereden su getirmek diye buna derim.

"Peki, şimdi ne olacak?" diye soruyor Oburluk.

"Bilmiyorum" diyorum. "Doğruluk ve Güven'den gelecek rapor doğrultusunda Jerry'nin ne yapacağına bağlı."

"Gıcıklar" diyor Tembellik.

"Ama ölümsüzlüğümün iptal olması olasılığı var" diyorum.

"Dostum, bu çok acımasız bir karar" diyor Oburluk ve tatlı arabalarından birine el sallayıp her şeyden ikişer tane alıyor.

"Kesinlikle" diyor Tembellik. "Ölümsüz olmasaydım ne yapardım, bilmiyorum."

"Büyük olasılıkla şimdi yaptığın şeyi" diyor Oburluk. "Hiçbir şey."

"Doğru."

Oburluk bir çift yumurtalı turtayı ağzına tıkarken yan masamızdaki küçük bir kız ona bakıyor. "Böyle bakmak kibar bir davranış değil" diyorum ona.

Küçük kız bana bakıyor, dilini çıkarıyor; ardından sandalyesinde arkasını dönüyor. Ben Oburluk'a bakıp omuz silkiyorum. O gülümsüyor, ardından geğirip küçük kıza doğru üflüyor. Birkaç dakika sonra küçük kız masadaki yemeklere saldırıyor, anne ve babası ise onu azarlıyor.

Oburluk ağzından yumurtalı turtaları döküp gömleğine bulaştırarak soruyor, "Peki, kovulursan ne yapacaksın?"

"Bilmem" diyorum. "Hâlâ neden evrenin kendini düzeltmediğini anlamıyorum. Karma, kaderler üzerinde bıraktığım etkiye rağmen insanların er ya da geç orijinal yollarına döneceklerini söylemişti..."

"Genelde öyle olur" diyor Tembellik.

"Sen nereden biliyorsun?" diye soruyor Oburluk.

"Dostum, *her* derste de uyumadık ya."

Tembellik yol teorisini ve Evrensel Düzeltme İlkesini anlatmaya başlıyor. Aslında Karma'nın söyledikleriyle aşağı yukarı aynı şeyler ama narkoleptik bir esrarkeşten dinleyince kulağa farklı geliyor. Ağırlıklı olarak spritüel öğeleri daha az vurgulayıp daha çok *dostum* diyor.

"Yine de bu insanlarımın neden ölmeye başladıklarını açıklamıyor" diyorum.

"Belki başka bir şey oldu" diyor Tembellik. "Belki de senin hatan değildi."

"Ne gibi?" diyorum.

"Bilmiyorum, dostum" diyor. "Sadece belki atladığın bir şeyler vardır. Ben olsaydım, emin olmak isterdim."

Kader Aşkı Tadınca

"Sen olsaydın, dostum" diyor Oburluk, "kimse ölmezdi. Herkes sadece uyuyakalırdı."

"Kesinlikle" diyor Tembellik esneyerek. "Uyumak demişken biraz kestirsem sorun olur mu?"

Cevap vermemize fırsat kalmadan ağzı açık bir hâlde horlamaya başlıyor.

"Hesap, lütfen" diyorum.

Bölüm 45

Tatiller insanların en kontrolden çıktıkları dönemler olduklarından en sevdiğim zamanlardır.

Noel sepetleri Belgua havyar, kaz ciğeri ve pembe kaşmir çoraplarla dolar.

Büyük mağazalar tuzaklar, baştan çıkarıcı indirimler ve tüccarlarla dolar.

Alışveriş merkezleri imkânlarının ötesinde harcama yapan erkek ve kadınlarla dolar.

Geçmişte, oturur ve açgözlü insanların, gelecek Noel hediyelerinin anlamları etrafında dönerken para harcayıp tüketmelerini izlerdim. Ama bu yıl, nedense o tatil havasına giremiyorum. En azından geçmişte olduğum gibi değil.

Bu yıl, South Street Seaport alışveriş merkezinde, *Abercrombie & Fitch* mağazasının karşısındaki bir banka oturmuş, tatil düşkünü kalabalıkları, tüketimin en coşkun hâlinde izlerken, sanırım insanların neden borca girip haziran ayına kadar ödeme yapacak şekilde kredi kartı kullandıklarını anlamaya başlıyorum.

Bunun sebebi hayatlarının boş olması ve var oluşlarındaki bu açığı *Godiva*, *Cartier* ve *Victoria's Secret* ile kapatmaya çalışıyor olmaları değil. Asıl sebebi, hayatlarında onlar için önemli olan insanlar, dostlar, aileler ve sevgililer olması. Şımartmak istedikleri birileri var. Özel bir şeyler yapmak istedikleri. Onları ne kadar çok sevdiklerini göstermek istedikleri birileri.

Doğru; konu, o sevgiyi Evrensel Ürün Kodu olan bir şeyi kullanmadan her gün doğal yollarla göstermek yerine, çikolata, mücevher veya iç çamaşırı formunda göstermeye gelince çoğu, yanlış fikirlere kapılıyor ama en azından niyetleri doğru.

Bunu fark ediyorum çünkü bu gezegendeki iki yüz elli bin küsur yılımda ilk kez, şımartmak istediğim biri var. Varlığıyla benim varlığımı zenginleştiren, *Victoria's Secret*'tan aldığım mor dantelli seksi büstiyeri ve onunla takım ipek külotu giydiğini görmek için sabırsızlandığım biri.

Ve ben bunu nasıl şirket harcaması olarak kaydettirebileceğimi düşünüyorum.

Sara kutuyu açtığında yüzünün alacağı ifadeyi hayal ettikçe gülümsüyorum. Onun tepkisini ve yüzündeki tebessümü hayal ediyorum. Bu rengin onun teninde ne kadar harika duracağını. Sonra bir ses duyuyorum, "Bay Mutlu da buradaymış!"

Ve bir anda farklı bir senaryo hayal etmeye başlıyorum.

Birinin kellesini uçurmak mesela.

Yollarda sürükleyip iç organlarını çıkarmak.

Salem Cadı Mahkemeleri.

"Pek keyifliyiz bugün?" diyor Kısmet. Sonra yüzümdeki tebessümün kaybolduğunu fark ediyoruz. "Ya da değiliz."

İtiraz etmeme fırsat kalmadan bankta yanıma oturuyor.

Kader Aşkı Tadınca

"Söyle bakalım, güçlerinden mahrum bırakılmak nasıl bir duygu?"

Kısmet'in özelliği göze çarpması.

Etrafımızdaki herkes, tüm insan erkekler bize doğru bakıyor. Yanlarında eşleri ve kız arkadaşları olanlar bakmıyormuş gibi yapıyor ama fahişe bir cine benzeyen Kısmet'i fark etmemek imkânsız.

Kırmızı bir Noel baba şapkası; kırmızı kadife bir dik yakalı kazak; kırmızı, aşırı kısa ekoseli lise eteği ve kırmızı, baldırına uzanan, deri, yüksek topuklu botlar giymiş.

"Bana mutlu yıllar dilemeyecek misin?" diye soruyor.

İçimden ilk geçen ona cehennemin dibine gitmesini söylemek ama bu Noel haftasında hoş olmaz ve ben de Kısmet'in moralini bozmasına izin vermek istemiyorum. Kaldı ki daha önce cehenneme gitti. Hepimiz gittik. Orası, en az bir kere uğradığınız yerlerden biridir.

"Pek neşelisin" diyorum uçlarından ziller sarkan kelepçelerini işaret edip.

"Hoş bir aksesuar olacağını düşündüm" diyor Kısmet bileklerinden birini sallayıp. "Neredeyse tüm Noel şarkılarını çalabiliyorum. En sevdiğim, *A Holly Jolly Christmas* ama sadece misyoner pozisyonunda olduğumda..."

"Tam Burl Ives tarzı" diyorum.

"Birkaç geyik oyunu oynamak ister misin?" diyor kalçalarını okşayıp. "İç çamaşır giymedim."

Ne sürpriz ama.

"Belki seninkileri ödünç alabilirim" diyor ve elimdeki Victoria's Secret torbasına göz gezdiriyor. "Hediye mi? Yoksa bu da yeni Fabio'nun ilgi alanı mı?"

"Hediye" diyorum ve torbayı alıp diğer yanıma koyuyorum.
Sol kaşını kaldırıp, "Kime?" diye soruyor.
Sanki bilmiyormuş gibi.

Kısmet, yüzünde sırıtkan kedi tebessümüyle bir yanıt bekleyerek bana bakıyor.

"Onu gerçekten çok önemsiyorsun, değil mi?" diye soruyor.

"Kimi?" diyorum bilmiyormuş gibi yaparak. İkimiz de neden bahsettiğimizi gayet iyi biliyoruz. Sadece olur da Kısmet'in üzerinde dinleme cihazı vardır diye itiraf etmek istemiyorum. Başım yeterince belada zaten.

"Onunla olamayacağının farkındasın" diyor.

En fazla altı yaşlarında ufak bir çocuk Kısmet'i işaret edip annesine Noel Baba'nın kucağına oturup oturamayacağını soruyor. Babası da aynı şeyi sormak ister gibi bakıyor.

"Çok yazık" diyor Kısmet ve bileklerinden birini sallayıp zilleri öttürüyor. "Birlikte ne çok eğlenirdik, sen ve ben. İnsanların geleceklerini kontrol eder, kozmosu dengede tutardık. Temassız seks yaparak geçirdiğimiz o yüzyıllar. Çin Seddi'nde. Truva Savaşı sırasında. Vatikan..."

Karşımızdaki bankta oturan yaşlıca bir kadın, yüzünde onaylamadığını belirten bir ifadeyle Kısmet'e bakıyor.

"Her şeye rağmen seni özleyeceğim, Fabio."

"Henüz görevden alınmadım" diyorum. "Hemen sevinme..."

"Ah, yapma, Faaaabio" diyor Kısmet. "Öldürdüğün otuz sekiz insandan sonra Jerry'nin işini geri vereceğini mi düşünüyorsun?"

"Niyetim onları öldürmek değildi" diyorum arzu ettiğimden biraz daha yüksek sesle.

Kader Aşkı Tadınca

Karşımızda oturan yaşlı kadın kalkıyor ve yüzünde güvenlik görevlileri gelmeden buradan uzaklaşmam gerektiğini hissettiren bir ifadeyle arada bir dönüp bana bakarak uzaklaşıyor.

"Neyse, her şey çok güzeldi, Fabio" diyor Kısmet ve çalan zilleriyle ayağa kalkıyor. "Ama izin verirsen İhtimal'le randevum var."

Ben bankta oturuyor ve onun gidişini izliyorum. Gözden kaybolana dek Kısmet'in cazibesine kapılmış kadın ve erkekler dönüp ona bakıyorlar. Uzun, kırmızı, baştan çıkarıcı vücudu kalabalığın içinde ilerliyor.

Kısmet karşıma çıkmadan önce hissettiğim mutluluğu tekrar yakalamak için birkaç dakika bankta oturuyorum. Ama o mutluluk her neyse kayboluyor, ben de *Victoria's Secret* torbamı alıyor, alışveriş merkezinden hızla ayrılıyor ve şehrin yukarısına giden bir tren yakalamak için Fulton Street istasyonuna doğru ilerliyorum.

Tren Ebenezer Scroogeler ve Tiny Timlerle dolu. George Baileyler ve Henry Potterlar var. Kris Kringleler ve Susan Walkerlar.* Bleecker caddesinde, Astor Place'de ve Union Meydanı'nda inip biniyorlar. Evet, Noel zamanı, dolayısıyla herkes kendini bu bayram havasına kaptırmış olmalı ama metrodaki tüm insanlar, Kısmet'in en sevdiği renge bürünmüş gibi görünüyorlar.

Kırmızı bereli ve kırmızı deri eldivenli kadınlar. Kırmızı spor ayakkabılı ve kırmızı eşarplı gençler. Kırmızı yün atkılı ve kırmızı ipek kravatlı adamlar. Sabahtan akşama kadar metroya binen ve idrar gibi kokan evsiz adam bile kırmızı bir bandana takmış.

---

* **Ebenezer Scrooge ve Tiny Tim:** Charles Dickens'ın A Christmas Carol adlı romanından. **George Bailey ve Henry Potter:** Frank Capra'nın yönettiği *It's A Wonderful Life* filminden. **Kris Kringle ve Susan Walker:** George Seaton'ın yönettiği *Miracle on 34th Street* filminden. Eserlerin tamamı Noel ile ilgilidir. (ç.n.)

S. G. Browne

Belki keyifleri yerindedir ya da belki insanlar her zaman kırmızı giyerler ve ben daha önce fark etmemişimdir. Ama nedense bu görüntü bende, geçen sabah Tembellik'in söylediği bir şeyi tetikliyor. Belki de atladığım bir şey olduğunu söylemişti. Fark etmediğim bir şey. Ölen tüm bu insanların benim hatam olmadığıyla ilgili bir şey.

Tren 23 ve sonra 28. cadde istasyonlarından geçerken alışveriş merkezinde Kısmet'in söylediği bir şeyi hatırlıyorum, öldürdüğüm insanların sayısıyla ilgili. Sonra ben kaderlerine müdahale ettikten sonra ölen insanları saymaya başlıyorum. Nicolas Jansen'den başlayarak saydığımda otuz sekiz rakamına ulaşıyorum. Emin olmak için bir kez daha sayıyorum, Nicolas Jansen'den sonuncuya kadar ve yine aynı sayı çıkıyor.

Otuz sekiz.

Ve Kısmet'in, öldürdüğüm insan sayısını nereden bildiğini merak ediyorum.

Elbette Dedikodu veya Söylenti'den duymuş olabilir ama bu zor bir ihtimal. Ve Jerry'nin, suçlarımın tüm detaylarını herkese bildireceğinden şüpheliyim. Zaman zaman dogmatik ve kinci olabiliyor ama doğruluğunu sorgulayamazsınız. Ayrıca bildiğim kadarıyla Rockford'daki kilisede tepegöz ekranında gösterdiklerinin dışında, benim yolumda ölen kaç insan olduğunu bilmiyor.

Trenin diğer ucunda, eğer okuyabilseydim, büyük ihtimalle kaderinde arzularına yenildiği bir gelecek olan orta yaşlı bir adam duruyor. Yüzünde o ifade var. İpucu olarak da onu, karşısında oturan iki liseli kızı süzerken yakalıyorum.

Bu da aklıma Darren Stafford'u getiriyor.

Bir önceki gece Darren'ın evine vardığımda Kısmet'in orada ne yaptığını merak ediyorum. Elbette orada olmak için her

Kader Aşkı Tadınca

türlü sebebi var. Sonuçta gayrimeşru dahi olsa Darren Stafford teknik olarak onun yanındaydı. Ama Kısmet duygusal biri değildir. Özellikle de Darren Stafford'un başta benim yolumda olduğunu fark ettiyse. Sonra beni görür görmez nasıl ortadan kaybolduğunu düşünüyorum.

Darren Stafford'ı aradığım zaman ile kendini asmaya karar verdiği an arasında neler olduğunu merak ediyorum.

Kısmet'in onun dairesinde olmasının standart bir prosedür olup olmadığını merak ediyorum.

Kısmet'in onun yoluna gönderdiğim tüm insanlardan haberdar olup olmadığını merak ediyorum.

Durağıma vardığımda istasyondan çıkıyor ve cep telefonumdan Dennis'i arıyorum. Çalışırken rahatsız edilmekten hoşlanmadığının farkındayım ama bu bekleyemez.

"Evet?" diyor.

Dennis giriş cümlelerinden nefret eder.

"Darren Stafford'un ölümüyle ilgili sıra dışı bir şey hatırlıyor musun?"

"Darren Stafford kim?" diye soruyor huzursuz bir sesle.

Arka planda siren sesleri duyuyorum.

"İşte Duluth'ta intihar eden adam."

"Duluth'ta kaç kişinin intihar ettiğinden haberin var mı?" diyor. "Daha fazla bilgi vermen gerek."

Ben de daha fazla bilgi veriyorum.

"Ah, evet" diyor. "O adam. İğrenç ev. Kahverengi halılar. Kravatıyla astı kendini."

"Evet, o."

"Peki, ne bilmek istiyorsun?" diye soruyor.

Bu kez silah sesleri duyuyorum.

"Tuhaf bir şey fark ettin mi?" diye soruyorum. "Herhangi bir şey?"

"Zamanından erken ölmüş olması dışında mı?"

Anlaşılan Dennis bu konuda hâlâ biraz kırgın.

"Yani olayın intihar olmadığını gösterebilecek herhangi bir şey?" diyorum.

"Kaza mıydı diyorsun?"

"Yani bir başkası yardım etmiş olabilir" diyorum.

"Benim gördüğüm kadarıyla adam kırmızı kravatını alıp kendini asmış" diyor Dennis. "Ona biri yardım ettiyse bile bilmiyorum."

Arkadan bir patlama sesi geliyor.

"Neyse" diyor Dennis, "Gitmem gerek. Sonra konuşuruz."

Ve sonra hat kesiliyor. Elbette.

Aklımda Darren Stafford'un kendini kravatıyla asmış görüntüsüyle telefonu kapatıyorum.

Kırmızı kravatı.

Ve Jerry'nin bana Illinois, Rockford'daki kilisede gösterdiği resimleri hatırlıyorum. Yolumda ölen tüm insanları. Kendi kibrim yüzünden öldürdüğüm insanları.

George ve Carla Baer ağızlarında kırmızı toplarla.

Cliff Brooks, boynunda kırmızı bir tasma olan bir tazının ağzında.

Nicolas Jansen, rahip cübbesinin belinde kırmızı kuşakla bir çarmıhın üzerinde.

Her resimde, ölen her insanda kırmızı bir aksesuar.

Kırmızı ayakkabılar. Kırmızı ruj. Kırmızı bir bowling topu.

Kader Aşkı Tadınca

Çok kurnazca ama bir o kadar bariz. Hiç aklıma gelmeyecek bir şey. Hayal bile edemeyeceğim ama son derece mantıklı bir şey. Evrenin neden düzeltmediğini açıklayan bir şey.

İnsanlarımı Kısmet öldürüyor.

Bölüm 46

Her şeyi bilen, her şeyi gören, tüm güce sahip bir varlığın, Jerry'nin ölümsüz elemanlarının neler yaptığından haberdar olacağını düşünürsünüz.

Savaşlar başlatırlar.

Hastalık yayarlar.

Masum insanları öldürüp suçu üzerime atarlar.

Elbette, benim de aylardır neler yaptığımdan haberi yoktu, dolayısıyla Kısmet'in boş zamanlarında neler yaptığını fark etmedi diye onu suçlayacak değilim. Kaldı ki dualara cevap vermek, Mesih'in gelişini planlamak ve Altın Küre ödüllerine ev sahipliği yapmak gibi yoğun işleri var. Ama yine de bir şeyleri fark etmesini isterdim.

Evet, insanlarımın ölümünden Kısmet'in sorumlu olduğunu ispatlayabileceğim bir delilim yok ama doğru olduğunu biliyorum, tıpkı Sara'nın Jerry'nin çocuğunu doğuracağını bildiğim gibi. Bunu erkek kostümümde hissediyorum. Ve her ne kadar Cliff Brooks'un, Nicolas Jansen'in ve diğerlerinin başlarına gelenlerden ötürü üzgün olsam da en azından benim hatam olmadığını biliyorum.

Gerçi bu tam olarak doğru değil. Ben en başında insanlarımın kaderlerine müdahale etmiş olmasaydım, bunların hiçbiri yaşanmayacaktı. Hiçbiri Kısmet Yolu'na geçmeyecekti. Hiçbiri ölmeyecekti. Ama buradaki rolümü kabullensem de tek suçlunun ben olduğum iddiasını kabul edemem.

Ne yaptığımı düşünmeden cep telefonumu alıp Kısmet'i arıyorum.

İlk seferde telefonu açıp, "Faaaabio!" diyor.

"Konuşmamız gerek" diyorum.

'Bekle" diyor.

Arkadan gürültüler, kahkaha sesleri ve *Winter Wonderland* parçasını çalan bir orkestra duyuyorum.

"Neredesin?" diye soruyorum.

"Herkesin olduğu yerdeyim" diyor. "Jerry'de."

Doğru ya. Şirketin Noel partisi. Artık ulaşım becerim olmadığından katılamadığım parti. Evet, o.

"Burada olamadığın için üzgünüm" diyor. "Parti sensiz aynı değil."

"Orada bulunmamam senin yüzünden" diyorum.

"Nasıl yani?"

"Benimle oyun oynama" diyorum. "Ne yaptığını biliyorum. Ve bunu senin yanına bırakmayacağım."

"Neyi yanıma bırakmayacaksın?" diyor, öyle saf ki neredeyse bilmediğine inanacağım.

"Cliff Brooks. Nicolas Jansen. Darren Stafford. Bu isimler sana bir şey çağrıştırıyor mu?" diyorum.

Kader Aşkı Tadınca

"Çağrıştırmalı mı?"

"Evet" diyorum. "Onları senin öldürdüğünü düşünürsek..."

"İyi de niye böyle bir şey yapayım?"

"Çünkü acımasız sürtüğün tekisin."

"Kanıtın var mı?" diye soruyor.

"Acımasız bir sürtük olduğuna dair mi?" diyorum.

"Bu bilmem gerektiğini düşündüğün insanlara dair."

"Kanıta ihtiyacım yok" diyorum. "Kanıta ihtiyaç duyacak olan sensin."

"Bekle" diyor. "Burada sana merhaba demek isteyen biri var."

Telefonu başkasına verirken, beni başından savmaya çalıştığını düşünüyorum. Ama biraz sonra telefona biri geliyor ve "Selam, Fabio. Burada olmamak için nasıl bir bahanen var?" diye soruyor.

Onu uzun zamandır görmemiş olsam da bu sesin Mazeret'e ait olduğunu anlıyorum.

Mazeret'in özelliği su sızdırmazlığı.

O kusursuz bahanedir. Her zaman inanılır, aksi ispatlanmaz.

O yıldız tanıktır. Yan komşu. Her jürinin ve her soruşturma komitesinin inanacağı kişi.

Bu yetmezse bile Güven'in kız kardeşi olduğunu söylemek yeterli olacaktır.

Kusursuz. Mazeret, insanlarımın ölümlerinde Kısmet'in nerelerde olduğuna dair inandırıcı açıklamalar yapabilir. Ama daha önemlisi, olayı soruşturan ajanlardan birinin de akrabası.

"Ne diyordun?" diyor Kısmet telefona döndüğünde.

S. G. Browne

Çocukça olduğunu ve daha sonra pişman olacağımı biliyorum ama yine de Kısmet'in sesine daha fazla tahammül edemiyorum. Telefonu yüzüne kapatıyorum, sonra oturup ne yapacağımı düşünerek East River'a bakan pencereden dışarı bakıyorum.

Belki kendi soruşturmamı yürütebilir, her şeye rağmen Kısmet'i işaret edecek deliller bulup bulamayacağıma bakabilirim. Biraz etrafta dolanırım. İnsanlarla konuşurum. Ama sık uçan yolcu ayrıcalıklarım elimden alındığı için bunu yapacak zamanım da yok.

Belki Dennis'den, Şans Meleği'nden ya da Karma'dan bu olayı araştırmalarını isteyebilirim. Kısmet'i takip edebilir ve bir hata yapıp yapmadığını ya da bana yardımcı olabilecek bir açık verip vermediğini gözlemleyebilirler. Ama çok şey istemiş olurum çünkü kendilerine bile zor zaman ayırıyorlar. Kaldı ki bu noktada Kısmet'in aptalca bir şey yapacağını sanmıyorum.

Belki Jerry ile oturup konuşabilir, her şeyi anlatabilir ve bana inanmasını umabilirim. Ama bu, Sara ile olan ilişkimi de itiraf etmek anlamına gelir. Bir sonraki Mesih'in annesi olması gerekmeseydi bile büyük olasılıkla ilişkimize son verirdi. Ve her ne kadar erkek kostümümü ve görünmez olup bir kontrol noktasından geçmeden dünyayı gezebilme becerimi seviyor olsam da Sara'sız ölümsüz olacağıma, onunla ölümlü olmayı tercih ederim.

Dolayısıyla pek bir şansım yok. Koşullarımı kabul etmeli ve en hayırlısını ummalıyım. Sorun, Jerry'nin Sara ile olan ilişkimi er ya da geç öğrenecek olması. Ve öğrendiğinde mahvolacak kişi benim.

Bölüm 47

Duruşmam Jerry'nin özel odalarında gerçekleşiyor. Oysa ben yeryüzünde bir yer olmasını umuyordum. İsviçre gibi tarafsız bir yer. Doğu Los Angeles veya Afganistan'a bile razı olabilirdim. Ama Jerry dünyaya sadece özel durumlarda gelir, beni güçlerimden mahrum bırakmak ya da kız arkadaşımı hamile bırakmak gibi.

Doğal olarak bu seyahati tek başıma yapamadım. Jerry bana eşlik etmesi için Hermes'i gönderdi.

Yunanlılar Olimpiyalı tanrılarını bir kenara bırakıp Hristiyanlığı tercih ettiklerinde antik Yunanlı tanrılarından bir tek Hermes kaldı. İkinci derecede tanrı statüsüne düşürülmeyi ve iyi bir ulak ve yarı zamanlı şoför olarak çalışmayı umursamadı.

Diğer Yunan tanrılarının çoğu şöhretlerini, avantalarını ve Olimpos Dağı'ndaki evlerini kaybetmeyi içlerine sindiremediler, böylece bir nevi kepazeliğe karıştılar. Son duyduğumda Zeus ve Hera Türkiye'de Apollo ile dolandırıcılık yapıyor, Afrodit ve Athena ise Polonya'da numaralar çeviriyorlardı. Geri kalanı evsiz kaldı, esrar içmeye başladı ya da şirketten ihtiyaç yardımı alıyor.

Ve bugünden sonra onlarla itiraf edebileceğimden daha çok ortak yönüm olabilir.

Jerry, meşe ağacından yapılma bir masanın başında, New Jersey büyüklüğünde beyaz bir berjerde oturuyor. Masasının üzerinde sadece el yapımı kristal bir tokmak ve yaklaşık bir buçuk santim kalınlığında bir kâğıt yığını var. Masasının sağ tarafında kibirli ve aşırı ahlakçı havalarıyla Doğruluk ve Güven oturuyor. Sol tarafında ise boş, rahat, kırmızı bir koltuk var.

Ben Jerry'nin tam karşısında, bir seviye aşağıda, arkası dimdik ahşap bir sandalyede oturuyorum.

Ofisinin aksine, Jerry'nin özel odaları camdan yapılma değil ve evrenin tamamını gören üç yüz altmış derecelik bir manzara yok. Yine de göz hizanıza Jerry'nin masası gelecek şekilde oturduğunuzda ve o pazar ayinlerinde özel beyaz kıyafetleriyle okuma gözlüklerinin üzerinden sizi dikizlediğinde burası da oldukça ürkütücü olabiliyor.

Ve ben, şirketin en son jakuzi partisinde Jerry'nin Patavatsızlık'la çektiğim fotoğraflarıyla ona rüşvet verip vermeyeceğimi merak ediyorum.

"Evet, her şey hazır gibi görünüyor" diyor Jerry Doğruluk ve Güven'e bakıp. "İlk tanığı çağırsak iyi olacak."

Jerry cep telefonunu çıkarıyor ve hızlı arama tuşlarından birine basıyor. Bir saniye sonra kırmızı koltuğa Gizlilik geliyor.

Önce Jerry'yi selamlıyor, ardından bana dönüyor.

"Merhaba, Fabio" diyor yüzünde bir teslimiyet ifadesiyle.

Kader Aşkı Tadınca

Ben başımı sallamakla yetiniyorum. Burada suçumu doğrulamak amacıyla bulunduğunu düşünürseniz söylenecek pek bir şey yok. Onu suçlamıyorum. Bu tuhaf bir durum.

Gizlilik, Amsterdam'da erkek kostümümü dikerek yardımcı olduğu olayı anlatırken Jerry tepkisiz bir şekilde dinliyor. Her ne kadar Gizlilik bıçaklandığımı görmemiş olsa da ve adını dile getirmese de, beni Nicolas Jansen'in ölümünden sorumlu tutuyor.

"Affedersin, Fabio" diyor ve gözden kayboluyor.

Jerry cep telefonunda başka bir tuşa basıyor ve bir saniye sonra Şans Meleği geliyor.

"Selam, tatlım" diyor bana. "Nasılsın?"

"Harika" diyorum yüzümde zoraki bir gülümsemeyle. "Daha iyi olmamıştım."

Sadece Şans Meleği'nden gelebilecek parlak bir tebessümle karşılık veriyor ve ben az kalsın her şeyin yoluna gireceğine inanıyorum.

Sonra konuşmaya başlıyor.

Daytona Beach köpek yarışlarında görüştüğümüz günü anlatıyor. Jerry'nin bana insanlarımın yaşam yollarına müdahale etmememi söylemesinin üzerinden bir hafta bile geçmemişti. Verdiği ifadenin, beni Cliff Brooks'a bağlaması uzun sürmüyor.

Şans Meleği'nden sonra Karma geliyor ve elinde bir şişe Dos Equis ile insanlarımın kaderlerine müdahale ettiğimi ve onlardan birini Kısmet Yolu'na gönderdiğimi itiraf ettiğimi anlatıyor. Beni ele verme niyetinde olmadığını görebiliyorum. Ama söyleyiveriyor. Beklenmedik bir geğirti gibi. Tanrı'nın önünde ifade vermeniz istendiğinde böyle olur. Tabii Karma'nın içkili olması da pek yardımcı olmuyor.

Bitirdiğinde Karma bana doğru yürüyüp sarılıyor. "Üzgünüm, Fabio."

"Sorun değil" diyorum.

Yüzünde mahcup bir ifadeyle gülümsüyor, içkisinin geri kalanını içiyor, ardından gözden kayboluyor.

Aralarında Oburluk, Tembellik, Dürüstlük, Doğruluk ve Bilgelik'in de olduğu bir sürü kişi ifade veriyor. Bazıları karakterimden söz ediyor. Diğerleri, yollarını değiştirdiğim insanlarla ilişkili olarak neler yaptığımı anlatıyor. Ve Dürüstlük ağzındaki baklayı çıkarıp Sara ile ilişkimi ifşa ediyor, bunun üzerine Jerry bana bakıyor ve sanki beni altın bir buzağının etrafında dans ederken yakalamış gibi başını iki yana sallıyor.

Doktor-hasta gizliliğine dayanarak ifadesine itiraz edebilirim ama düşünürseniz o da Dürüstlük işte.

Bir sonraki tanık Dennis.

Üzerinde siyah Armani bir takım elbise, siyah saten bir gömlek ve siyah bir kravat var. Ayakkabıları öyle parlak ki baktığımda kendi yansımamı görebiliyorum.

"Hazır olduğunda başlayalım, Patron" diyor Dennis.

Jerry gülümsüyor. Kendisine Patron diye hitap edilmesine bayılır. Bir de Ulu ve Güçlü Oz.

İkisi bir süre ölümler, bulaşıcı hastalıklar ve salgınların popüler olduğu eski güzel günler hakkında sohbet ediyorlar. Dennis, Jerry'yi güldürmeyi bile başarıyor. Giyim tarzından ve Jerry'yi yumuşatma gayretlerinden Dennis'in beni desteklemek için gelip gelmediğini merak ediyorum.

"Doğruyu, sadece doğruyu söyleyeceğine yemin ediyor musun?" diyor Jerry.

"Sen yardımcım ol" diyor Dennis.

Kader Aşkı Tadınca

Dennis önce karakterimden, merhametliliğimden ve insanlara karşı nasıl gerçek bir sevgi duymaya başladığımdan söz ediyor ve ben, beni destekleyeceği konusunda haklı olduğumu düşünmeye başlıyorum. Sonra benim bir insanı, planlanmış ölümünden nasıl kurtardığımı anlatmaya başlıyor.

Destek diyorduk...

Sırada Kısmet var. Sara ile ilişkimi detaylı olarak anlatıyor. Sara'nın kısmetindekileri açıklamıyor ama Kısmet Yolu'ndaki bir ölümlüyle romantik bir ilişki yaşıyor olmam bile yeterince kötü.

Kısmet'le selamlaşmıyoruz ve onu insanlarımı öldürmekle suçlamıyorum. Ne anlamı var ki? Söylesem Kısmet inkâr edecek, Jerry Mazeret'i çağıracak ve ben suçu başkasının üzerine atmaya çalışıyor gibi görüneceğim. Ve insanlarım ölmemiş olsalardı bile ben yine bu sandalyede oturmuş, yaptığım diğer her şey yüzünden sorguya çekiliyor olurdum. Ayrıca, eğer kozmik bir denge varsa, Kısmet er ya da geç cezasını çekecektir.

Sisteme güvenmek zorundayım.

Kısmet gittikten sonra Jerry Sinsilik'i çağırıyor. Onu Truva Savaşı'ndan bu yana görmediğimi düşünürseniz neden burada olduğunu merak ediyorum, ta ki ben gerçek kimliğimi, bir sürü evrensel sırrı ve Jerry'nin bazı bilinmeyen problemlerini Sara'ya anlatırken kulak misafiri olduğunu söyleyene dek.

Mahvoldum.

Sinsilik beni kızgın kömürlerin üzerine atmayı bitirdiğinde Jerry Doğruluk ve Güven'e danışıyor. Ardından her ikisi de başlarını sallayıp yüzlerinde yaptıkları işten memnun bir ifadeyle bana bakıyorlar ve Jerry'yle beni odada yalnız bırakıp büyük olasılıkla ahlaki bir kusursuzluk evresine geçiş yapıyorlar.

"Eğlenceliydi" diyorum. "Haftaya tekrar yapmalıyız."

"Bu espri yapılacak bir konu değil, Fabio."

Jerry için hiçbir şey espri yapılacak konu değildir.

"Biliyorum" diyorum. "Ben sadece..."

"Havayı hafifletmeye çalışıyorsun" diyor Jerry.

Omuz silkiyorum.

Jerry derin bir iç çekip başını sallıyor. "Yaptığın şeyin ciddiyetinin farkında mısın, Fabio? Kendini ölümlü bir kadına ifşa ederek evrenin sırları yasasını ihlal etmekle ve sonuçta ölen üç düzine insanın kaderlerini kasıtlı olarak değiştirmekle kalmadın; aynı zamanda yansımalarını yıllarca, hatta belki yüzyıllarca göreceğimiz bir domino etkisi yarattın."

Bu şekilde söyleyince kulağa afet gibi geliyor.

"Eylemlerinin neticesini düşündün mü?" diye soruyor.

"Elbette düşündüm" diyorum. "Ama kimseye zarar geleceğini düşünmedim. Kimsenin öleceğini düşünmedim."

"Ne yazık ki öldüler" diyor Jerry. "Ama ölmeselerdi bile yüzlerce ölümlüyle etkileşim kurarak kuralları ihlal ettin. Bu bile güçlerinden mahrum bırakılman için yeterli bir sebep."

"Biliyorum" diyorum. Sanki yarama tuz basmak zorundaymış gibi.

"Ama bu bile sana engel olmadı."

Omuz silkiyorum. Ne söylememi istediğine dair hiçbir fikrim yok.

"Benim anlamadığım şu" diyor Jerry, "ölümsüzlüğüne mal olacağını bildiğin hâlde neden onlara yardım etmeyi sürdürdün?"

"Bilmiyorum" diyorum. "Sanırım insanlarımın daha iyi bir şeylerin farkına varmalarını istedim."

Jerry, parmaklarını meşe ağacından yapılma masasının üzerinde tıklatarak uzun süre beni inceliyor.

Kader Aşkı Tadınca

"Niyetin takdire şayan ama bu yaptıklarını haklı çıkarmaz" diyor.

Sessiz kalmanın en doğrusu olacağını düşünüyorum. Konuşarak tek yapabileceğim, işleri iyice kötüye götürmek olur.

"Bu duruşmayı bir uyarıyla sonlandırmak isterim" diyor Jerry. "Dersini almak için altı ay süreyle görevden alınman."

Belki de bunun düşündüğüm kadar kötü olmadığını fark ederek başımı sallıyorum.

"Ama bu yanlış bir mesaj olur" diye ekliyor. "Seni bu şekilde salıverirsem nasıl bir mesaj vermiş olurum?"

"Merhametli bir mesaj?" diyorum Yeni Ahit tarafına hitap etmeye çalışarak. "Bağışlayıcı bir mesaj?"

"Ve bunu yaparsam kimler aynı şeyi dener?" diyor Jerry. "Tembellik? Küstahlık? Kibir? Sonu gelir mi?"

"Ben düşündüm ki..."

"Hayır" diyor Jerry. "Sen düşünmüyorsun. Seni bu belaya bulaştıran da bu. Ve ben de bu yüzden yapmak istemediğim şeyi yapmak zorundayım."

Eyvah! Burada kesinlikle Eski Ahit sinyalleri alıyorum.

Jerry ayağa kalkıp masasının etrafında dolanıyor ve kollarını önünde birleştirip masaya yaslanıyor. "Sen benim en sevdiğim ölümsüzlerden birisin, Fabio" diyor. "Her zaman da böyle oldun. Ama ben kuralları yıkılsınlar diye koymadım. Teşviklerine rağmen yaptıklarının hesabını vermek zorundasın. Ve bu beni üzüyor olsa da seninle bir örnek teşkil etmek zorundayım."

Olacaklara inanamıyorum. Gerçekten ölümlü olacağıma inanamıyorum.

"Acıyacak, değil mi?"

"Biraz" diyor Jerry.

Başımı sallıyorum. "Ne zaman?"

Şimdi olamaz. Ölümlülerin buraya çıkması yasak. Kaldı ki gezegenler arası ulaşım onları öldürür. Biz bunu zor yoldan öğrendik.

"Bir gün. Belki iki" diyor Jerry. "Bu sana ilişkilerini düzene sokman ve dönüşüm sırasında güvenli bir yerde olduğundan emin olman için yeterli süreyi tanıyacaktır."

"Ev bende kalabilir mi?" diye soruyorum.

"İş bulursan neden olmasın" diyor Jerry.

"Peki, ya Sara?"

"Ne yazık ki onunla paylaştığın bilgilerin hassas doğası nedeniyle bir an önce bir hafıza tasfiyesi yapmak zorundayız."

"Hayır" diyorum. "Lütfen."

"Üzgünüm, Fabio" diyor. "Ama hafıza tasfiyesi olmadan Sara Griffen'ın potansiyeline ulaşması imkânsız. Bildiklerinden öyle etkilenecek ki yolunda etkili bir şekilde ilerleyemeyecek."

"En azından bana biraz zaman ver" diyorum. "Vedalaşmama izin ver. Sadece bir gün. Yirmi dört saat. Tek isteğim bu."

Jerry yüzünü parmaklarıyla sarıyor ve gözlerini bana dikiyor. Ne düşündüğünü anlayamıyorum ama eğer daha önce hiç Tanrı'nın bakışlarıyla karşılaşmadıysanız oldukça sinir bozucu olduğunu söylemeliyim. Her zaman yargılayıcı bir edaya bürünüyor.

Buzul Çağı kadar uzun bir süre geçtikten sonra başını bir kere sallıyor, parmaklarını yüzünden çekiyor ve saatine bakıyor. "Yirmi dört saat" diyor. "Hafıza tasfiyesi saat 08:00'de gerçekleşecek. Ondan sonra seninle hiç tanışmamış olacak."

Bölüm 48

Dünya otobanında çöken bir karanlık maddeden dolayı yeryüzüne dönüş beklediğimden uzun sürüyor. Bu da bana, haberi Sara'ya nasıl vereceğimi düşünecek zamanı kazandırıyor.

Tatlım, hani sen bana tanıştığımız günü hiç unutmayacağını söylemiştin ya?

Nedense haberi iyi karşılayacağını sanmıyorum.

Keşke benimle ilgili en az bir şeyi hatırlamasının bir yolu olsaydı. Bizimle ilgili. Ama hafıza tasfiyesiyle her şeyi silinir. Tüm anılar. Tüm çağrışımlar. Tüm duygular. Daha önce var olan gerçeklikten başka hiçbir şey kalmaz.

Bir tür *Eternal Sunshine of the Spotless Mind* (Sil Baştan) ama Jim Carrey, Kate Winslet ya da bir yatağın üzerinde sadece külotu ve beyaz tişörtüyle dans eden Kirsten Dunst olmadan.

Tüm bunların en kötü yanı, bana bir hafıza tasfiyesi yapılmayacak olması. Ben her şeyi hatırlayacağım. Kaybettiğim her şeyi. Karşılıksız aşkın ıstırabını yaşayacağım. Çaresizliği.

Jerry bana tüm bunların ölümlü olmanın, insanlığı kabul etmenin bir parçası olduğunu söyledi. Empati üzerine yoğun bir kurs.

Bu şekilde kişiliğimin gelişeceğini söyledi.

Doğru. Sanki Jerry kişilik geliştirmekten anlarmış gibi. Sırf onun iş yürütme biçimi konusunda şikâyet ettiler diye 14,700 İsrailliyi katletti. Sırf Davut nüfus sayımı yaptırdı diye yetmiş bin insanı öldürdüğünü söylemiyorum bile.

Belli ki üzerinde çalışmam gereken bazı alınganlık sorunlarım var.

Kozmik inşaat bölgesine ulaştığımızda olan biteni Sara'ya anlatmamaya karar veriyorum. Kovulduğumu, onun hafıza tasfiyesini anlatmayacağım.

Ne anlamı olur ki? Üzülür, ağlamaya başlar ve son günümüzü gözümüz saatte, saatleri geri sayıp sonumuzu bekleyerek geçiririz.

Bu yüzden ona sadece uyarı cezası aldığımı söylemeye karar veriyorum. Cezam bittikten sonra ölümsüzlüğümü ve tüm becerilerimi geri kazanacağım. Bu şekilde kaderimize yas tutmak yerine kutlamak için sebebimiz olur.

Başarabileceğimi umuyorum.

Kader demişken Jerry'nin odasından çıkmadan önce Jerry bana, insana dönüştükten sonra, teknik olarak doğmamış bile olsam, Kader Yolu'na yerleştirileceğimi söyledi. Aslında asıl kast ettiği İhtimal Yolu ama Jerry'nin sözcüklerle ilgili düzeltme yapmamı istemeyeceğini düşündüm.

Sonuçta insan olmam için gereken hazırlıklar başladı. Jerry gerekli belgeleri, doğum sertifikasını, iş geçmişini ve elli bin sık uçan yolcu milleriyle birlikte Visa kartımı hazırlıyor.

Kader Aşkı Tadınca

İnsanlığa başlarken bana sağlam bir temel hazırlama girişimlerini takdir etsem de ulaşım ve görünmez olma becerilerimi tamamen kaybedeceğim için yas tutmadan edemiyorum. Tabii Evrensel Visa kartımı ve Cennet Bahçesi Spor Kulübü üyeliğimi söylemiyorum bile.

Oradaki buhar banyoları cennettir.

Hermes beni sabah sekizi biraz geçe evimin önüne bırakıyor ve bahşiş vermediğim için oflayarak uzaklaşıyor. Sara evde yok. Cep telefonuma, işten önce spor salonuna gittiğini ve büyük olasılıkla en erken altıda evde olabileceğini söyleyen bir mesaj bırakmış.

Harika. Birlikte son günümüz ve Sara büyük bölümünde evde olmayacak.

Neler olduğunu öğrenmek için bekleyecek sanırsınız. Sonuçta erkek arkadaşınız her gün ölümsüzlük statüsünün belirlenmesi için Tanrı önünde duruşmaya çıkmıyor.

Belki de ben çok şey bekliyorum.

Ayrıca Jerry'nin odasında duruşma bir saatten kısa sürmüş olsa da dünya saatiyle en az üç gündür ortada olmadığımı hesaba katmam gerek.

Sanırım Sara beklemekten sıkıldı.

Ben de arayıp sesli bir mesaj bırakıyor, ona evde olduğumu ve günlerdir evden uzakta olduğum için özür dilediğimi söylüyorum. İyi haberlerim olduğunu ve bir an önce eve gelmesini de ekliyorum.

Aslında bir an önce eve gelmesi için ona gerçeği söylemeyi düşünüyorum, böylece birlikte son günümüzü doyasıya geçirebiliriz. Ama onu üzmek ve bencil davranmak istemiyorum. Sonuçta Sara birlikte geçireceğimiz son yirmi dört saati en iyi şekilde değerlendirmek için gerçeği bilmek isteseydi bile hiçbirini hatırlamayacak. Yani sonradan pişman olacağı bir durum yok ortada.

Hatırlayacak olan benim.

Özleyecek olan benim.

Pişmanlıklarıyla yaşayacak olan benim.

İnsan olmanın böyle bir şey olup olmadığını merak ediyorum. Kendinden çok bir başkasının çıkarları için kararlar vermek.

Bunun bana en azından birkaç kader puanı kazandırması, belki beni saygıdeğer bir yolda başlatması gerektiğini düşünüyorum. Fuhuş veya kapalı bir alanda günde sekiz saat çalışma içermeyen bir kader. Gerçi en azından fuhuş yapsam mesai saatlerimi kendim belirler, açık havada çalışma imkânı bile bulurum.

Ve pek ihtimal olmadığını bilsem de Jerry ile konuşup beni Kısmet Yolu'na yerleştirmeye ikna etmek istiyorum.

Nedense Kısmet'in bu ironiden hoşlanacağını sanmıyorum.

Sara'nın geri aramasını beklerken birkaç dakika evimde dolanıyorum, ardından onun dairesine iniyor ve bana verdiği yedek anahtarı kullanıyorum. İçeri girdiğimde onun en sevdiği Sheryl Crow CD'sini çalıyor ve evde gezinip birlikte geçirdiğimiz zamanı hatırlıyor, buzdolabındaki yemek kaplarına gülümsüyor, gardırobunda asılı elbiselerindeki kokusunu içime çekiyorum.

Yatağına uzanıyorum.

Parfümünü sıkıyorum.

İpek pijamalarını giyiyorum.

Otuz dakika sonra üst çekmece ağzına kadar açık, elimde Sara'nın külotuyla gardırobunun önünde dururken yatak oda-

Kader Aşkı Tadınca

sının kapısından bir ses geliyor. "Cep telefonunu niye açmadığını şimdi anlıyorum."

Döndüğümde Sara karşımda duruyor. Üzerinde iş kıyafetleri, terli saçları atkuyruğu ile toplanmış ve yüzü sade, makyajsız. Daha önce hiç bu kadar güzel göründüğünü hatırlamıyorum.

Elimdeki külotu yere bırakıyor, Sara'ya yürüyor ve onu kollarıma alıp öyle uzun öpüyorum ki sanki bizden başka her şey kayboluyor. Etrafımızdaki ev varlığını yitiriyor ve benim tek bildiğim Sara. Onun kokusu, dokunuşları ve üzerime yaslanan vücudu. Sonunda ayrıldığımızda dudakları benimkilerden birkaç santim ötede gözlerime bakıyor.

"Vay canına" diyor. "Bu da neydi böyle?" Sonra beni yukarıdan aşağı süzüyor. "Ya da sana ne oldu böyle diye sormalıyım?"

Parmaklarımı saçlarında gezdiriyorum sonra yüzünü avuçlarıma alıp gülümsüyorum. "Seni ne kadar sevdiğimi bilemezsin."

Sara gülümsüyor ve tekrar öpüşmeye başlıyoruz. Bir anda giysilerimizi çıkarıyor, birbirimizin üzerine tırmanıyor ve yatağa düşüyoruz. Ben Sara'yı yeniden keşfediyorum. Ona, onu henüz keşfetmişim gibi dokunuyorum. Sanki ilk kez birlikte oluyormuşuz gibi.

Sonunda sakinleştiğimizde çarşafın altında yanıma sokuluyor ve "Ne oldu sana, anlat bakalım?" diyor.

Ben de yalan söylüyorum. Ona bir süre ceza aldığımı söylüyorum. Başımın belada olduğunu. Kamu hizmeti cezası aldığımı. Ama birkaç ay içinde tekrar ölümsüz olacağımı.

"Ölümlü statüsüne geçirileceğinden çok emindin" diyor.

Gülüyorum ve kulağa yapmacık gelmediğimi umuyorum.

"Ama itiraf edeyim" diyor Sara, "birlikte yaşlanma fikri çok hoşuma gitmişti."

"Sanırım" diyorum yüzümde zoraki bir gülümsemeyle, "genç bir adamla evli olma fikrine alışmak zorunda kalacaksın."

Gülümseyip öpüyor ve arkama doğru bakıyor.

"Lanet olsun" diyor saate bakıp. "Duş alıp işe dönmem gerek."

Kalkmaya yelteniyor, bense uzanıp bileğini yakalıyorum. Bana baktığında güzelliği karşısında kendimden geçiyorum. Gövdesi bana dönük, bir göğsü dışarıda, koyu renk saçları çıplak tenine dökülüyor.

"Gitme" diyorum.

Bana bakıyor, bir şey söylemeye başlıyor sonra vazgeçiyor. Yüzümde onun fikrini değiştiren bir şey olmalı. Çünkü başını sallıyor, gülümsüyor ve, "Peki" diyor.

Randevularını ertelemek için bir telefon görüşmesi yaptıktan sonra yatakta yanıma geliyor ve sabahın geri kalanını, tüm öğleden sonrayı ve akşamın büyük bölümünü konuşarak, sevişerek ve artık Thai yemekleri yiyerek geçiriyoruz.

Sonunda, gece yarısından biraz önce, Sara uykuya dalıyor ve ben sonraki birkaç saati onun yüzüne... gözlerine, dudaklarına ve alnına düşen saçlarına bakarak geçiriyorum. Arkasını döndüğünde ensesine, sırtına ve omuzlarının yumuşak, narin kıvrımlarına bakıyorum. Ona dokunmak için uzanıyorum ve Sara hafifçe inliyor. Sonra onun yanına kıvrılıyor, kokusunu içime çekiyor ve nefes alıp verişini dinliyorum.

Bir noktada ben de uykuya dalıyorum.

Bölüm 49

Sara'nın yatağında tek başıma uyanıyorum. Yatak odasının penceresinden hafif bir ışık içeri süzülüyor ve ben sabahın ilk ışıklarında gri, bulutlu bir Manhattan gününün ilk dakikalarını görüyorum. Başucumdaki saate baktığımda, yeşil dijital rakamlar 07:37'yi gösteriyor.

Önce Sara'nın çıktığını, uyanıp spor salonuna gittiğini düşünüyorum. Yirmi üç dakika içinde hafızasından sonsuza dek silineceğimi. Sonra Mozart'ın salondan gelen 27. Piyano Konçertosu'nu ve birinin mutfakta çıkardığı sesleri duyuyor, sizin daha, "*L. A. Confidential* 1997 En İyi Film Oscar'ını kazanmalıydı" demenize fırsat kalmadan yatak odasından fırlıyorum.

Bencil olmamakla ilgili söylediğim şeyi hatırlıyorum ama Sara'nın, benimle veya bizimle ilgili hiçbir şey hatırlamayacağını bilmesine ihtiyacım var. Olasılıklar ne kadar düşük olsa da hatırlamaya çalışmasını istiyorum. Bir şeylere, herhangi bir şeye, belki de tek bir anıya tutunmasını istiyorum ve belki, sadece belki bunu yapabilirse yine birlikte olabiliriz.

Mutfağa girdiğim anda, üzerimde bir parça kıyafet olduğu takdirde bu görüşmenin daha uygun olacağını fark ediyorum. En azından bir bornoz. Ayrıca bir de sabah sertliğim var.

Neyse, en azından samimi görünüyorum.

Sara, üzerinde *Lucky Brand* kot pantolonu ve daha önce görmediğim kırmızı kaşmir bluzuyla mutfak masasında oturuyor. Elinde çatalla thai artıklarını yerken sırtı bana dönük.

"Sara" diyorum. "Sana söylemem gereken önemli bir şey var."

Bana bakmak için sandalyesinde hafifçe dönüyor, yutkunuyor sonra beni yukarıdan aşağı süzüp yüzünde bir tebessümle, "Görebiliyorum" diyor.

"Hayır" diyorum. "Bu ciddi."

Keyiflendiği belli oluyor. Bana bakıyor, sandalyesini bana doğru çeviriyor, dirseklerini dizlerinin üzerine koyup çenesini ellerine yaslıyor.

"Peki" diyor. "Dinliyorum."

Ona nasıl açıklayacağımı bilmiyorum, o yüzden birden söyleyiveriyorum.

"Yirmi dakika içinde beni hatırlamayacaksın."

Sara yüzünde aynı muzır tebessümle bana bakıyor.

"Bilemem" diyor erkek kostümüme bakıp. "Unutulması zor bir adamsın."

"Anlamıyorsun" diyorum ve Sara'nın önüne çömelip ellerini avuçlarıma alıyorum. "Her şeyi unutacaksın. Beni. Bizi. Jerry'yi..."

"Jerry'yi mi?" diyor gözlerini kocaman açıp. "Aman Tanrım! Grup seks mi yaptık?"

"Sara, şaka yapmıyorum."

Kader Aşkı Tadınca

"Ben de." Ayağa kalkıp yatak odasına doğru yürüyor ve kapıdan içeri bakıyor. "Grup seks mi yaptık? Çünkü gerçekten hatırlamıyorum."

Ah, olamaz. Mutfak saatine bakıyorum. Tasfiyeden önce on dokuz dakikam olmalı. Tabii Hafıza erken gelmediyse.

"Sara" diyorum ayağa kalkıp. "Sara, benim adımı biliyor musun?"

Yatak odasının kapısından bana bakıyor sonra sanki bir şeyler hatırlamaya çalışır gibi duraksıyor, ardından yüzünde mahcup bir tebessümle bana bakıyor. "Sanırım Jerry değilsin."

"Hayır" diyorum. "Jerry değilim. Gerçekten adımı bilmiyor musun?"

Sara tekrar gülümseyip omuz silkiyor. "Biliyorum. Kötü bir şey. Ama dürüst olmak gerekirse dün geceye dair hiçbir şey hatırlamıyorum. Çok içmiş olmalıyım. Gerçi öyle akşamdan kalma bir hâlim de yok."

Hafıza erken gelmiş. Lanet sürtük. Neden daha güvenilir olamıyor ki?

"Peki, adın ne?" diye soruyor Sara.

"Fabio" diyorum derin bir iç çekerek. Sabah sertliğim bir anda sönüyor. "Adım Fabio."

"Gerçekten mi?" diyor gülerek. "Hiç de Fabio gibi görünmüyorsun."

Bu, ilk tanıştığımızda bana söylediği şey, sadece o seferki kahkahasızdı. Yine de bir şansımız olup olamayacağını merak ediyorum.

Çıplak ve sönük bir hâlde Sara'ya doğru yürüyor, tekrar ellerini tutuyorum. "Belki de çok geç değildir. Belki hâlâ hatırlayabilirsin."

"Bak, Fabio" diyor tekrar gülmeye başlayarak. "Gerçekten adın Fabio mu?"

Sadece başımı sallıyorum. Henüz sönmüş olmasaydım kesin sakat kalırdım.

"Bak. Çok çekici bir adamsın ve inanılmaz bir vücudun var" diyor ellerimi geri verip. "Ve dün gece çok eğlendiğimize eminim. Ama gerçek şu ki şu anda bir ilişki yaşamak istemiyorum. O yüzden bunu olduğu gibi bırakalım."

"Olduğu gibi derken?" diye soruyorum.

"Tek gecelik ilişki."

Harika. Hafıza tasfiyesi sırasında bağlanma korkusu da aşılamışlar.

Cevap vermeye, ona beni hatırlatacak bir şey söylemeye yelteniyorum. Fikrini değiştirecek bir şey. Ne diyeceğime dair hiçbir fikrim yok ama ağzımı açtığımda tek söylediğim, "Ah!" oluyor.

"Üzgünüm" diyor Sara. "Ama şu anda ciddi bir şeye hazır değilim."

Havada elimi ona doğru sallıyorum, ardından yere eğilip ellerimi dizlerime koyuyorum.

Aniden kendimi kötü hissediyorum.

"İyi misin?" diye soruyor Sara. Bir adım geri giderken sesinde endişeden çok kuşku var.

Ya kalbiniz kırıldığında böyle hissediyorsunuz ya da dönüşüm erken başladı.

Artık kimse randevularına sadık kalmıyor mu?

Bir kramp giriyor ve ben acıyla inliyorum. Sonra bir başka kramp beni yere seriyor. Sara doktorlar, yardım çağırmak ve giysilerimi giydirmek gibi şeyler söylüyor ama ben onu zar zor

Kader Aşkı Tadınca

duyuyorum. Midemdeki elektrikli mikser, kasıklarıma ve göğsüme doğru yayılıp hızlanmaya başlıyor.

Ölümsüzden ölümlüye geçiş, hayal edebileceğiniz kadar ıstıraplı. Elbette daha önce hiç yaşamadım ama Ölümsüzlüğe Giriş dersinde Lucifer ya da Azazel'le* ilgili çok şey okuduk.

Önce iç organlarınızın çalkalandığını hissedersiniz. Elektrikli mikser sendromu. Bu dakikalarca devam eder, tüm erkek kostümünüze yayılır, ta ki siz dev bir kozmik çamur mikserine dönüşene kadar.

Kısa süre sonra iç organlarınız patlar.

Tüm iç organlarınızın, kan damarlarınızın, kıkırdak ve kemiklerinizin aniden derinizin sınırları içinde patlayarak parladığını düşünün. Şimdi bunun tersini düşünün.

İçeri doğru patladığımda erkek kostümümün içindeki kör edici beyaz ışık topu genleşecek ve ben fazla şişirilmiş bir balon gibi görüneceğim. Sonra yere yıkılacak, serinlemeye başlayacak ve erkek kostümüm insan etine dönüşürken kemikler, organlar ve kan oluşacak. Ama ölümsüz benliğimin sahip olduğu kör edici beyaz ışık topu, tipik ölümlü bir insanın içindeki iç organlardan üç kat fazla kütleye sahip olduğundan daha sonra boşaltılmak üzere bol miktarda atık meydana gelecek.

Gıda zehirlenmesi gibi.

Mide ve bağırsak iltihabı gibi.

Johnstown Seli** gibi.

Elektrikli mikser bacaklarıma ve başıma doğru ilerlemeye başlıyor ve o anda evime dönecek zamanım olmadığını fark ediyorum.

---

* Şeytan'ın farklı isimleri. (e.n.)
** 31 Mayıs 1889 tarihinde Pennsylvania'nın Johnstown kentini vuran ve 2,200'den fazla insanın ölümüne yol açan sel baskını. (ç.n.)

Bacaklarım boşalmadan hemen önce Sara'ya çarparak sendeliyor ve banyoya yöneliyorum.

"Hey" diye bağırıyor arkamdan ama sesi kulaklarımdaki çınlamaya karışıyor.

Onu umursamadan patlama öncesi yetişebilmek umuduyla kendimi banyoya zor atıyorum. İçeri girip kapıyı kapadığımda, elektrikli mikser duruyor. Bir an hiçbir şey yok. Ne kramp. Ne rahatsızlık. Ne mikser. Sadece içimdeki olağandışı sessizlik.

"Fabio?" diyor Sara kapının dışından. "Neler oluyor?"

Ona cevap vermeme ya da tuvalete yetişmeme fırsat kalmadan iç organlarım patlıyor.

Kıvranıp inleyerek yere yığılıyorum. İç organlarım alev alıp soğuktan donuyor, ölümsüz fazlalığım her kanaldan dışarı fışkırıyor ve ben öleceğimi sanıyorum. Ölmeyi dilemeye başlıyorum. Bu ne kadar sürüyor, bilmiyorum. Belki otuz saniye, belki otuz dakika ama nihayet sona erdiğinde banyo zemininde pis kokulu insanlık dışı, buharlı ve pıhtılaşan bir döküntü havuzunun içinde nefes nefese kalıyorum.

Nedense bunun ikinci bir randevu koparmama yardımcı olacağından kuşkuluyum.

Bölüm 50

Sonraki iki hafta boyunca Sara'yı her gün arıyor, banyosunda yarattığım felaket için özür diliyor ve hatamı telafi etmek için onu yemeğe götürmeyi teklif ediyorum ama telefonlarımı açmıyor ve geri dönmüyor. Ben de ona çiçekler ve şeker gönderiyorum. Şampanya şişeleri gönderiyorum. İpek iç çamaşırlarını ne kadar sevdiğini bildiğim için *Victoria's Secret*'tan hediye paketleri gönderiyorum.

Nedense bir teşekkür kartı bile göndermiyor.

Eski kız arkadaşınız tarafından reddedilmek yeterince kötü değilmiş gibi bir de hantal, killi, kendi kendini temizlemeyen seksen kiloluk bir insan vücuduna alışmak zorunda olunca oldukça huysuzlaşabiliyorsunuz.

Tabii henüz iş bulamamış olmam da cabası. Bunun bir sebebi, iş görüşmeleri sırasında karşı tarafa çok bilmiş biri gibi görünüyor olmam. Ama bu dünyada benim kadar uzun zaman var olduğunuzda insanlara sizin onlardan daha çok şey bildiğinizi söylememek çok güç.

Bu ölümlü olma durumu göründüğünden daha zormuş. İnsanların bununla nasıl baş ettiklerini bilmiyorum. Ardı ardına mücadele, engel ve hüsran. Dilediğimi yapabildiğim zamanlarda her şey ne kolaydı.

Elbette beni bu felakete sürükleyen şey de bu oldu.

Sonuçta yılbaşı gelip geçiyor ve ben denemeyi sürdürüyorum. İş görüşmelerine gidiyorum. Düzenli olarak banyo yapmayı öğreniyorum. Sara'yı takip edebilmek için bir peruk ve bıyık alıyorum.

Sara'yı iş yerinde bir düzine gülle şaşırttıktan bir gün sonra iki NYPD memuru gelip taciz suçlamasıyla beni tutukluyor. Beni kelepçelerle dışarı çıkarırken bunun adil olmadığından, eskiden kadınları izlemenin hayatımın doğal bir parçası olduğundan yakınıp duruyorum.

Hapisteyken beni çıkarması için Adalet'e güvenemeyeceğimi fark ediyorum. Şirket telefonuma el konduğundan Karma'nın, Şans Meleği'nin, hatta Dennis'in telefonlarını hatırlayamıyorum çünkü hepsi hızlı aramadaydı. Aklımdaki tek numara Sara'nınki ve onun da benimle konuşmak isteyeceğini sanmıyorum. Ama yine de onu arıyorum. Daha, "Merhaba, Sara. Ben Fabio..." dememe kalmadan telefonu yüzüme kapatıyor.

Oysa tek bir telefon hakkım vardı.

Duruşma sırasında Sara'ya gönderdiğim tüm hediyeler, banyosunda yarattığım rezaletin fotoğrafları ve onun hakkında bildiğim tüm detayları yazdığım mektuplar bana karşı delil olarak kullanılıyor. Hâkimin yasaklama emri çıkarması ve bir yıl süreyle Sara'yla hiçbir şekilde temas kurmamam gerektiğini söylemesi uzun sürmüyor.

Ve ben bundan kötüsü olamayacağını düşünüyorum.

Kader Aşkı Tadınca

Evime döndüğümde cezamın neticesinde evden atıldığımı öğreniyorum. Kapımda bir bildiri var. Ocak ayının sonuna kadar evi boşaltmam isteniyor. Yapmadığım takdirde yasal tahliye süreci başlayacakmış.

Yaşayacak bir yer bulmam şart. Bunun büyük bir sorun olacağını sanmıyorum. Kaldı ki bir gelirim olmadığını düşünürseniz ayda 3,990 dolar ödemem zaten imkânsız. Visa kartımın limiti de dolduğundan daha ucuz bir yer bulmam şart. Sorun şu ki işsizseniz 10,000 dolar kredi kartı borcunuz varsa ve ceza almışsanız size evini kiralayacak bir ev sahibi bulmak zor.

İnsan olmak zor zanaat.

Ocak ayının geri kalanında zamanımın çoğunu yaşayacak bir yer ve bir iş arayarak geçirdim ve her ikisinde de başarısız oldum. Hatta benim alanım olacağını düşünüp danışmanlık yapmak için bile başvuruda bulundum ama anlaşılan bunun için yüksek lisans yapmış olmanız gerekiyor ve benim özgeçmişime Jerry sadece sanat bölümünde lisans eğitimi koymuş.

Bu ne işe yarayacak acaba?

Aldığım cezadan ve kuralları ihlal ettiğim takdirde karşılaşacağım neticelerden ötürü nereye gitsem Sara ile karşılaşırım diye gözümü açık tutuyorum. Onu takip ettiğimi düşünmesini istemiyorum ama Manhattan bir ada. Yasal olarak bir insana iki yüz metre yaklaşmanız yasak bile olsa New York'ta herkesle karşılaşmanız mümkün. Ama anlaşılan o ki binada Sara ile karşılaşmayacağım çünkü benden önce evden ayrılmış bile.

Yine de her gün onu düşünüyorum. Her dakika. Her saniye. Bu da kendime odaklanmamı zorlaştırıyor. Ona bir Sevgililer Günü kartı gönderdiğim takdirde ölümlülüğün tek iyi yanı 911'i arayacaksa insan olmaktan nasıl keyif alabilirim?

S. G. Browne

Sonuçta sızlanıyorum, üzülüyorum ve parke döşemeleri, East River manzarası, yirmi dört saat güvenlik ve danışma hizmeti, sağlık kulübü ve çatı bahçesi olan aylığı 3,990 dolarlık evimden çıkarılıyorum. Sırf yemek alabilmek için eşyalarımın büyük bölümünü satıyorum. Geri kalanını evde bırakıyorum. Zaten yanıma alabilecek durumum yok. Kaldı ki çoğu bana Sara'yı hatırlatıyor.

Gidecek bir yerim olmadığından Oburluk ve Tembellik'ten yardım istemek için East Village'a gidiyorum. Şans Meleği'nin Chelsea'deki numarasını arıyorum. Dennis'in Doğu Yakası'ndaki evinin kapısını çalıyorum. Hatta Başarısızlık'ın Battery Park City'deki stüdyo dairesine gidiyorum.

Kimse evde yok. Kimse telefonu açmıyor. Kimse bana yardımcı olmuyor.

İşte ben de şimdi ocak ayının son gününde buradayım, güneş batıyor ve gidecek bir yerim yok.

Ne bekledim, bilmiyorum.

Sanırım arkadaşlarımın yine yanımda olacaklarını umdum. Bin yıllar boyunca sahip olduğum ilişkilerime güvenebileceğimi sandım. Birinin, ne yapmam gerektiğini anlamama yardımcı olmasını bekledim.

Ve şimdi insanlarıma düşünebileceğimden daha çok benzediğimi fark ediyorum.

Şimdi kendi kaderimden sorumluyum. Kendi geleceğimden. Bunu evrendeki diğer herkesten daha iyi biliyorum. Ve şu ana kadar hayatımı iyileştirmek adına berbat bir iş çıkarıyorum.

İşsiz, evsiz ve arkadaşsızım. Ve bu da yetmezmiş gibi ölümlülüğümün altı haftasını doldurmadan sabıka kaydımı doldurmayı başardım.

Kader Aşkı Tadınca

İdeal kaderimin nasıl bir şey olması gerektiğini bilmiyorum, artık göremiyorum ne de olsa. Ama insanların neden kendi yollarında kalmakta bu kadar zorlandıklarını anlamaya başlıyorum. Öyle çok engel ve sıkıntı var ki belki de akıllarına mukayyet olmak için *iPod*larına, *BMW*lerine ve *DKNY* marka giysilerine ihtiyaçları vardır.

Bir aydır ilk kez gülüyorum. Öyle kıkırdama veya kesik kesik gülme değil; tam gaz, gürültülü, kulağa zoraki gibi gelen ama öyle olmayan bir kahkaha. İnsanların dönüp dizlerine kadar siyah palto giymiş, dağınık saçlı ve kirli sakallı adamın zihinsel yetilerinin kontrolünde olup olmadığını düşünmelerine neden olan bir kahkaha.

Aslında bunu ben de merak ediyorum.

Sırtımda kişisel eşyalarımı taşıdığım North Face çantamla aşağı Manhattan'a doğru ilerlerken kahkaham ağzımdan beyaz nefes bulutları yayarak etrafımda yankılanıyor. Güneş batmış ve caddeleri gölgeler ve sodyum ışıklarıyla dolduran bir başka Manhattan akşamı gelmek üzere. Her yer kaldırımda kahkahalar atarak yürüyen deliden kaçmak için yollarını değiştiren erkek ve kadınlarla dolu.

Arada bir, bir caddenin köşesinde durup eskiden Kader olduğumu dinleyecek birilerine sesleniyorum. Ölümsüz olduğumu, onların yaşamlarından sorumlu olduğumu anlatmak istiyorum. Kimse dinlemiyor. Kimse umursamıyor. Kimse bana inanmıyor. Neden inansınlar ki? Sonuçta artık Kader değilim. Sadece Fabio'yum. Fabio Delucci. Sahte bir adı, uydurma bir geçmişi olan ve Central Park'ta yaşayan yalnız bir adamım.

McDonald's'tan bir bardak kahve ve bir dolar menüsünden yiyecek birkaç şey aldıktan sonra Central Park'a giriyorum. Hayvanat bahçesinin ve alışveriş merkezinin yanından

S. G. Browne

geçip kuru, üzeri ağaçlarla örtülü, çimli bir alan bulup uyku tulumumu açıyorum. Orada oturuyor, kahvemi içip double cheeseburger ve patatesimi yiyor, bir yandan ne yapacağımı düşünüyorum. Nereye gideceğimi. Kendimi bu çıkmaza nasıl sürüklediğimi.

Ölümsüzlüğümü kaybettiğimde ne olmasını hayal ettiğimi bilmiyorum ama aklımdaki tam olarak bu değildi.

Bölüm 51

Dışarıda uyuduğum ilk gecenin ardından sabah Central Park'ta bir bankın üzerinde oturuyor, evsizsem ve burada yaşıyorsam Sara koşarak önümden geçerse bunun onu takip etmek sayılıp sayılmayacağını merak ediyorum. Bu sırada üzerinde beş kat kıyafet ve başında pembe, örgülü bir bereyle iki tekerlekli bir arabayı çekiştiren evsiz bir kadın yanıma yaklaşıyor. Önce benden para isteyeceğini sanıyorum ama sonra yanıma oturup, "Buralarda yenisin, değil mi?" diye soruyor.

Evsizliğimi mi, yoksa ölümlülüğümü mü kastettiğinden emin değilim ama sanırım fark etmiyor. "Nereden anladın?"

"Her zaman yenileri anlarım" diyor başını sallayıp.

Üzerindeki kıyafetler ve yıpranmış, aralarından saçları görünen pembe örgü beresiyle ona bakıyorum ve ne zamandır sokaklarda olduğunu merak ediyorum.

"Parkta mı uyuyorsun?" diye soruyor.

"Sadece dün gece" diyorum. "Çok uyumadım."

Başını sallıyor. "Parkta uyumak zordur. Pek de güvenli değil. Daha güvenli bir yere gitmelisin."

Orada oturup bu güvenli yerin neresi olabileceğini söylemesini bekliyorum. Örneğin Plaza, Four Seasons veya Trump Tower. Ama o kendi ritminde ileri geri sallanıp gülümseyerek öylece oturuyor.

Sonunda ayağa kalkıyor, eşyalarının bulunduğu arabayı çekiştirerek yürümeye başlıyor, sonra durup bana bakıyor. "Hadi" diyor. "Bütün gün bekleyemem."

Bir an tereddüt ettikten sonra ayağa kalkıp peşinden gidiyorum ve parkın içinde 5. caddeye doğru ilerliyoruz.

"Sana eskiden ölümsüz olduğumu söylesem inanır mısın?" diyorum.

Bana bakıyor ve başını hafifçe sallayıp gülümsüyor. "Hepimiz öyleydik."

Adı Mona, Ramona'nın kısaltılmışı. Beni, Doğu 77'de bir sığınma evine götürüyor. Eski evimden on yedi sokak uzakta olan bu binada sıcak bir yemek yiyor, ılık bir duş yapıyor ve yatacak bir yer buluyorum.

İlk soğuk algınlığımı geçirdiğim yer de burası.

Virüsü Mona bana sarıldığında mı kaptım ya da yemek masasında yanımda oturan evsiz adam Paul köfte ve püremin üzerine hapşırdığında mı, yoksa gece boyunca öksüren yüz kadar evsizle havalandırması olmayan bir sığınma evinde bir şiltenin üzerinde uyuduğumda mı, bilmiyorum. Ama iki gün sonra uyandığımda boğazımın arkasında bu tuhaf his var. Sanki üzerini bir şey kaplıyor gibi. Ayağa kalktığımda başımın içi kum dolu. Sonra burnum kaşınmaya başlıyor ve ben bir anda hapşırmaya, etrafa tükürük ve sümük saçmaya başlıyorum.

Kader Aşkı Tadınca

Belli ki sadece soğuk algınlığı geçiriyorum ama bana sorarsanız ölüyorum. Nefes alamıyorum. Sanki kafamın içi giderek sertleşen ve kafatasımı parçalayan bir betonla dolu. Ve boğazım öyle acıyor ki hiçbir şey yiyemiyorum.

Sığınma evindeki gönüllüler tedavimi yapıyorlar. Beni sıvıyla doldurup tadı iğrenç olan bir şurup içiriyorlar. Ama benimle ilgileniyor olmaları, henüz tanıştıkları birini doyurmaları, giydirmeleri, yatacak yer vermeleri ve tedavi etmeleri bile onlara şükran duymama neden oluyor. Umutlanıyorum. Ben insanlarıma yardım ettikten sonra onların da böyle hissedip hissetmediklerini merak ediyorum.

Belki de insan olmak böyle bir şeydir. Başkalarıyla iletişim kurmak. Bir yoldaşlık hissi vermek. Bireysel başarıları ilan etmek ya da tek başına mücadele etmektense tecrübeleri paylaşmak.

Belki de hepimizin yapabileceği bir şeyler vardır.

İki gün sonra, kendimi ölmeyecekmiş gibi hissetmeye başladığımda, tekrar insanlarıma yardım etmeye karar veriyorum. Artık Kader olmasam da hâlâ onları benim insanlarım olarak düşünüyorum. Ama bu kez alışveriş merkezlerini ve mağazalarını dolduran alışveriş müptelaları, tüketim bağımlıları ve kredi kartı manyakları yerine sığınma evini ve sokakları benimle paylaşan evsizlere odaklanıyorum. Zaten daha ev aletleri bölümüne geçemeden Macy's'ten yaka paça dışarı atıldığımdan o insan grubunu pas geçiyorum.

Evet, onların yollarını göremiyorum. Buraya varmak için nasıl kararlar aldıklarını veya yarın hangi tercihlerde bulunacaklarını göremiyorum. Hatalarını, ihlallerini veya davranış kalıplarını göremiyorum. Ama bunun pek de önemli olmadığını anlıyorum. Bir insanın geleceği konusunda kendini iyi hissetmesini sağlamak için onun geçmişini bilmeme gerek yok.

S. G. Browne

Bir insana yemek almak için onun neden aç olduğunu bilmem gerekmiyor.

Bir insanı ısıtmak için onun neden üşüdüğünü bilmem gerekmiyor.

Bir insana umut vermek için neden umutsuz olduğunu bilmem gerekmiyor.

Ben de yanımdaki şiltede yatan genç adama, kendine inandığı takdirde her şeyin daha iyi olacağını söylüyorum.

Tompkins Square Park'ta tanıştığım ve iki gündür hiçbir şey yememiş orta yaşlı kadının yiyecek sıcak bir şeyler almasına yardım ediyorum.

Broadway'de McDonald's'ın hemen önünde karın altında dilenen evsiz çocuğa eldivenlerimi veriyorum.

Sonraki hafta boyunca insanlarıma destek veriyor, yol gösteriyor ve tavsiyelerde bulunuyorum ama onlar üzerinde nasıl bir etki bıraktığımı göremiyorum. İnsanlarımın nerede olduklarını ya da nereye gittiklerini, daha iyi bir yolda ilerlemeleri için onlara gerçekten yardım edip etmediğimi bilmemek tuhaf ama onlara yardım ettikçe kendimi daha iyi hissediyorum. Onlara yardım ettikçe doğru bir şeyler yaptığımı, kendi ideal yolumu bulduğumu hissediyorum. Tekrar bir işe yaradığımı hissediyorum.

Ve belki de bu ölümlülük işinin çok da kötü olmadığını düşünmeye başlıyorum.

Sonra bir gün Bethesda Terrace'da oturmuş sosisli sandviç yiyorum. Bir sokak sihirbazını izliyor, insanlara fal bakarak para kazanıp kazanamayacağımı düşünürken yanıma Kısmet oturuyor.

"Burayı her zaman sevmişimdir" diyor. "Çeşmenin altında nasıl temassız seks yaptığımızı hatırlıyor musun?"

Aniden iştahımı kaybediyorum.

Kader Aşkı Tadınca

Kısmet kırmızı güneş gözlüğü, kırmızı ipek bir bluz, kırmızı bir tayt ve kırmızı çizmeleriyle otururken benim üzerimde yünlü bir şapka, bir kazak, bir yağmurluk, eski bir kumaş pantolon, paçalı don, çoraplar ve spor ayakkabılar var.

"Hâlimi görmeye mi geldin?" diye soruyorum. "Yoksa sihirbaz uçuğun tedavisini mi bulacak?"

"O mu?" diyor Kısmet adamı işaret edip. "O benden değil. Senin yolunda olmalı. Ah, ne aptalım. İhtimal'in yolunda diyecektim."

Bu, bir ölümsüzü öldürmenin imkânsız olmamasını dilediğim anlardan biri.

"Ne istiyorsun?" diye soruyorum.

"Buralardaydım ve her şey yolunda mı, bakayım dedim."

Bir elimde sosisli sandviçimle kollarımı iki yana açıyorum. "İşte, gördüğün gibi burası benim ofisim ve ben de lüks yemeğimi yiyorum."

"Terslemene gerek yok, Fabio."

"Gerçekten mi? Bana gerek varmış gibi geldi."

Kısmet cevap vermiyor, sadece oturup yüzünde o sırıtkan kedi tebessümüyle gülümsüyor.

"Ne istiyorsun?" diyorum tekrar.

"Sara konusunda sana yardım etmek" diyor.

Red Sox, Babe Ruth'u Yankees'e verdiğinden beri bu kadar gülmemiştim.

"Ciddiyim" diyor Kısmet. "Olanlar konusunda kendimi kötü hissediyorum, her şeyi düzeltmek istiyorum."

"O zaman duymadıysan diye söyleyeyim, Sara benim için yasaklama emri çıkarttı" diyorum içimde biriken öfkeyle. "On bir ay boyunca onun yanına yaklaşamam. Beni hatırlamıyor olması da cabası."

"Bunlar ufak detaylar" diyor Kısmet. "Ne kadar etkili olabildiğimi unutuyorsun."

"Yani sen şimdi yasaklama emrini kaldırabileceğini mi söylüyorsun?" diye soruyorum. "Onu tekrar bana âşık edebilir misin?"

"Ben sadece Sara ile aranı düzeltmene yardımcı olmak istediğimi söylüyorum" diyor. "Gerisi sana kalmış."

Ona bakıyorum. Kırmızı ve ölümsüz Kısmet'e bakıyor ve ona inanmak istiyorum. Bana yardım etmek istediğine, işleri düzeltebileceğine inanmak istiyorum. Sorun şu ki ona güvenmiyorum.

"Almayayım, sağ ol."

"Keyfin bilir" diyor ayağa kalkıp. "Ben sadece hatamı telafi etmeye çalışıyorum. Ama fikrini değiştirirsen tek yapman gereken Metropolitan'ın arkasında onu beklemek."

Ben sert bir karşılık vermek için bocalarken o Terrace Arcade'in gölgeliklerine doğru ilerliyor. Bir şey bulmama fırsat kalmadan gözden kayboluyor.

Birkaç gün sonra Sara'yı Central Park'ta koşarken görüyorum. Beni fark etmiyor, büyük olasılıkla tıraş olmadığım, sığınma evinden aldığım giysileri giydiğim ve bir ağacın arkasında işediğim için. Ama sırf onu görmek bile onu ne kadar özlediğimi fark etmeme neden oluyor. Onu ne kadar sevdiğimi. Onsuz hayatımın hiçbir anlamı olmadığını anlamamı sağlıyor.

Lanet olası Kısmet.

Aklım mümkün olmadığını söylese de Kısmet'in Sara'yla aramı düzeltebileceğini, her şeyi telafi etmek istediğini söyleyen sesi kulaklarımdan gitmiyor.

Kader Aşkı Tadınca

Belki benimle dalga geçiyor; biraz eğlenmek, beni izleyip ölümlülüğüme gülmek istiyor ama ben bu şansı geri tepemeyeceğimi fark ediyorum. Sara'yı geri kazanmanın bir yolunu bulmalıyım. Onun bana âşık olmasını, yasaklama emrinin kaldırılmasını sağlamalıyım.

Bunun üzerine sığınma evine dönüp temizleniyorum. Gönüllülerden birinden, iş bulmam konusunda beni yönlendirmesini istiyorum. Kalıcı bir ev bulmam için yardım edebilecek programları araştırıyorum.

Sonuçta Sara'yı sığınma evine getirip *Letterman* izletemem.

Sığınma evi, bana iş ve ev bulma konusunda yardım sunsa da bekleme listeleri benim bekleyebileceğimden çok daha uzun. Bunun üzerine her sokak başında dileniyor, param yettiğince alışveriş yapıyorum. Onu gördüğümde neler söyleyeceğimi düşünüyorum. Ve Kısmet'in ciddi olduğunu umuyorum.

Şubat ayı bitmeden üç gün önce Central Park'ta Metropolitan'ın hemen arkasında bir bankta oturuyorum. Üzerimde duruşmaya çıkarıldığım giysilerim var. Onları sığınma evinin sokağındaki bir kuru temizlemecide yıkattım ve sabah duş alıp tıraş oldum. Dolayısıyla geçtiğimiz bir ay boyunca evsiz olduğumu tahmin bile edemezsiniz. Ve bir yandan hâlâ insan olmaya alışmaya çalışırken bir kadını size âşık olmaya ikna etme sürecinde bir sığınma evinde yaşadığınızı bilmemesinin en doğrusu olacağını düşünüyorum.

Sabahın erken saatleri ve güneş Queens'in üzerinden yüzünü göstermeye başladı bile. Birkaç yaya ve karşımdaki bankta oturan yaşlı bir adam dışında etraf sessiz. Sol elimi aldığım papatya buketine sarıyor, ardından sol tarafıma bakıp Sara'nın kendinden emin, kadınsı formunun koşarak yaklaşmasını bekliyorum.

Burası, Sara'yı koşarken gördüğüm ilk yerlerden biri. Kısmet'in bunu nasıl bildiğini bilmiyorum. Belki de bilmiyordu. Belki sadece şanslı bir tahmindi. Ama Sara'nın hâlâ düzenli olarak buradan geçtiğini biliyorum çünkü onu yine takip etmeye başladım.

Eski alışkanlıklardan kolay kolay vazgeçilmiyor.

Metroda ilk tanışmamızı hatırlıyorum. Sessiz bir takdim. Bana gülümseyişi, göz göze gelişimiz. Beni hem çaresiz bırakan hem de kalbimi ele geçiren bir bakış. Ne zaman onu düşünsem kalp atışlarımın nasıl hızlandığını düşünüyorum. Ve gözlerine her baktığımda diğer her şeyin önemini nasıl yitirdiğini.

O benim iliklerime işledi.

Aldığım her nefeste o.

İçinde onun olduğu her nefes beni sarhoş ediyor.

Kısa süre sonra sarhoşluğumun öznesini görüyorum. Yaklaştıkça kalbim hızla çarpıyor, avuçlarım terliyor ve içimi hem korku hem de sevinç kaplıyor.

Dört, beş metre kala ayağa kalkıp papatyaları uzatıyorum.

Yüzündeki ifadeden beni gördüğünü anlıyorum ama durmak veya aksi yönde koşmak yerine, ki bunun olası olduğunu düşünüyorum, bana doğru koşmaya devam ediyor ve sırt çantasından bir şey çıkarıp sanki bana göstermek ister gibi havaya kaldırıyor.

Ve ben belki o da bana bir armağan getirmiştir diye düşünüyorum. Belki Kısmet haklıdır. Her şey yoluna girecek.

"Merhaba, Sara" diyorum, selamlamak için sağ elimi havaya kaldırıp.

Başka bir şey söylememe fırsat kalmadan Sara sağ elini bana doğru uzatıp bir sprey sıkıyor.

Kader Aşkı Tadınca

Ve sonra tek duyabildiğim çığlıklar, ağırlıklı olarak kendi çığlıklarım.

Gözlerimi silerek sendeliyor ve bir şekilde Greywacke Arch'dan geçip Turtle Gölü'ne ulaşmayı ve kafamı buz gibi suyun içine sokmayı başarıyorum. Gözlerimdeki ateşi söndürmeye çalışıyor ama daha çok yanıyorum. Sonunda gözlerimi biraz aralamayı başardığımda 5. caddeden giderek yaklaşan siren seslerini duyuyorum.

Lanet olası Kısmet. Ona inanmamam gerektiğini biliyordum.

Turtle Gölü'nden uzaklaşıp Central Park'ın içinden koşarken etrafı zar zor görüyorum. Delacorte Tiyatrosu'nu, Romeo ve Juliet heykelini geçiyorum. Tatlı bir ıstırapmış ayrılmak. Yersen. Bana sorarsanız acı bir ıstırap.

Shakespeare'i hiçbir zaman sevmedim. Kendini beğenmiş serseri.

Central Park'ın batısından çıkıp metroyu yakalamak için merdivenlerden aşağı inerken siren sesleri azalıyor ve gözlerim etrafı görebileceğim kadar açılıyor. Ama yine de her bir göz topuma binlerce iğne batırılmış gibi hissediyorum.

B trenine binip Rockefeller Center'da iniyor, sonra St. Patrick's katedraline doğru yürüyorum. İçeride arka sıralardan birine oturuyor ve dindar bir insan pozu verip gerçek bir aptal olduğum ve hayatımın aşkının bana az önce biber gazı püskürtmüş olduğu gerçeğini kabullenmeye çalışıyorum.

Bunun bir refleks reaksiyonu olduğunu düşünmek isterdim. Sara'nın ihtiyacı olan tek şeyin beni hatırlaması, beni sevdiğini fark etmesi için biraz zaman olduğunu. Oysa hafıza tasfiyesinin geri alınması mümkün olmayan bir prosedür olduğunu biliyorum. Beni asla hatırlamayacak. Ve bu noktada beni seveceği de pek muhtemel değil.

S. G. Browne

Az önce biber gazıyla akan gözyaşlarım şimdi ıstırabımı da alıp götürüyor.

St. Patrick's'ten ayrılıp 2. caddede yürümeye başlıyorum. Bir içki dükkânında durup bir şişe kırklık Country Club malt likörü alıyor ve sığınma evine on sokak kala bitiriyorum. Bu sırada öğlen olmak üzere. Ben de tekrar durup bir şişe daha alabileceğimi düşünüyorum. Ne de olsa ilki çok çabuk bitti.

İkincisi daha çabuk bitiyor. Ve aniden kendimi daha iyi hissediyorum.

Yirminci yüzyılın sonlarından sevdiğim bir diğer müzik grubunu hatırlıyorum: Sublime. Büyük başarılara doğru ilerliyorlardı ki grubun assolisti aşırı dozda eroinden öldü. Benim yolumdaki diğer pek çok müzisyen gibi.

İlk albümlerinde *40 Oz. To Freedom*, şu anki ruh hâlimi yansıtan şarkısıydı: "Özgürlüğe giden 40 ons sahip olduğum tek şans/Kötü hissetsem de iyi hissetmek için."

Sığınma evine iki sokak kala mutlu bir şekilde sarhoşum. Kırklıkların neden bu kadar popüler olduklarını anlamaya başlıyorum. Özellikle de ucuz bir içki olması ve sınırlı bütçem göz önünde bulundurulduğunda. Birden bir polis arabasının 77. sokağa saptığını görüyorum.

2. caddede ilerlemek yerine doğuya sapıp 76'dan 1. caddeye çıkıyor, sonra kuzeye 77'ye yürüyor ve köşeden sığınma evinin önünde park etmiş polis aracını görüyorum. Sürücüsü, yolcu penceresinden içeri sarkmış bir diğer polis memuruyla konuşuyor.

Yeterince sorunum yokmuş gibi.

Beni nasıl bulduklarını bilmiyorum. Büyük olasılıkla NYC Evsiz Hizmetler Departmanı'nın veritabanından. Ama ben,

Kader Aşkı Tadınca

yasaklama emrini ihlal ettikten sonra, hakkımda tutuklama kararı çıkarıldığından kuşkulanıyorum.

Kısmet'e inanırsan olacağı bu.

İki şişelik sarhoşluğum arasından tekrar caddeye bakıyor ve şimdi ne yapacağımı merak ediyorum. Kız arkadaşım yok, eşyam yok, yatacak yerim yok ve polisler beni arıyor. Ben de yapabileceğim tek şeyi yapıyorum.

En yakın içki dükkânına yürüyor ve kırklık bir özgürlük daha alıyorum.

Bölüm 52

Bir sonraki ay, kırklık şişeler ve ucuz şaraplarla mahmur bir hâlde geçiyor. Bütün gün genelde tek başıma, bazen de benim bankımı, çimimi ya da betonumu paylaşan başka bir evsizle birlikte içiyorum.

Acıktığımda McDonald's'tan doksan dokuz sentlik bir hamburger alıyor, arada bir çorbacıya uğruyorum. Yatacak yere ihtiyacım olduğunda çöp yığınları arasında bir vadi ya da Battery Park'ta hoş bir bank buluyorum. Ve paraya ihtiyacım olduğunda Village'da, SoHo'da ya da bazen Chelsea'de dilencilik yapıyorum ama asla Penn Station'dan öteye geçmiyorum. Doğu Yakası'nda ya da Sara ile karşılaşabileceğim herhangi bir yerde bulunma riskini almak istemiyorum.

Central Park'tan uzak duruyorum.

Paltom pis, kıyafetlerim çoğu zaman olduğu gibi kokuyor, ne de olsa bir aydır duş almadım. Saçlarım yağlı, keçeleşmiş. Sakalım kirli ve düzensiz, yüzümde bir sürü kıl dönmesi var. Tırnaklarımın içi pis, ayaklarım nasırlı. Ayakkabılarımın üzerinde ise su, şarap ve idrar lekeleri var. Öksürdüğümde ciğerlerimden tuhaf sesler geliyor. Kustuğumda boğazım yanıyor ve midem yerinden fırlayacakmış gibi oluyor.

Daha önce talihsiz insanlarıma yardım ederek aldığım haz, kalın ve paslı bir çaresizlik, umutsuzluk tabakası altında kayboldu.

Para için dilenmediğim zamanlarda günlerimin çoğunu Williamsburg Köprüsü'nde veya Battery Park'ta elimde bir şişeyle oturup feribotları izleyerek geçiriyorum. Gerçi değişiklik istediğim zamanlarda Riverside Park'a gittiğim de oluyor. Bazen, bugünkü gibi havanın güzel olduğu günlerde, günbatımından hemen önce çıkıyor, Hudson Nehri'nin kıyısındaki yürüyüş yoluna geliyor, bir taşın üzerine oturup George Washington Köprüsü'nü izliyorum.

Son zamanlarda o köprüye yakından bakmayı düşünüyorum.

Morgan Stanley'de başkan yardımcısıyken Central Park'ta çöp kutularını karıştırarak yaşamaya çalışmak yeterince kötü. Ama benim kadar dibe battığınızda ve benim kadar çok şey kaybettiğinizde umut hayal bile etmediğiniz bir sözcüğe dönüşüyor çünkü hayal etmesi bile imkânsız. En nihayetinde ne anlama geldiğini unutuyorsunuz.

Ve ben, Kader olduğum dönemde nefret ettiğim şeye dönüştüğümü fark ediyorum. Sarhoş, zavallı, değersiz bir insan. Karbon esaslı yaşam formu ziyanı.

Yine bu kadar çok insanın ideal yollarında kalmak için neden bu kadar zorlandıklarını düşünüyorum. Nasıl potansiyellerine ulaşamadıklarını. Mal, mülk, alkol ve diğer uğraşlarla ideal geleceklerinden nasıl uzaklaştıklarını. Belki de onlar kaderlerinden değil, insan olma mücadelesinden uzaklaşıyorlardır.

Kader Aşkı Tadınca

Gülüyorum. Hastalıklı veya çaresiz ya da deliliğin başlangıcından doğan bir kahkaha değil. Acı bir ironiyle dolu kısa bir kahkaha patlaması.

Vişne ağaçlarının altında bir taşın üzerinde oturmuş George Washington Köprüsü'ne bakıyorum. Arkada New Jersey, Hudson Nehri'nin arkasında Manhattan'ın bir gölgesi gibi uzanıyor. Dört, beş metre aşağıda nehir kayalarla buluşurken arkamda trafik Henry Hudson yoluna doğru akıyor. İlkbaharın tam ortasında vişne ağaçları pembe ve beyaz çiçeklerle doludur ama martın son haftasında, uzun ve şiddetli bir kışın sonunda ağaçlar da benim geleceğim kadar çıplak.

Ucuz şarabımdan bir yudum daha alıp yarısını sakalıma ve paltoma dökerken arkamdaki yürüyüş yolundan bir ses geliyor.

"Fabio?"

Kim olduğunu anlamam için dönüp bakmama bile gerek yok.

Kısmet vişne ağacının etrafından dolanıp önümde duruyor. "Tanrım, Fabio. Korkunç görünüyorsun."

"Sayende" diyorum şarabımı yudumlayıp.

"Üzgünüm" diyor. "Ben bu kadar... Çok üzgünüm."

Kısmet'in üzerine kırmızı yünlü bir palto, kırmızı bir bere, kırmızı kot pantolon ve kırmızı Doc Martens botlar var.

"Bu kıyafetler bir sürtük için hafif kaçmamış mı?" diyorum.

"Cazibenden hiçbir şey kaybetmemişsin" diyor ve yanımdaki taşa oturuyor.

Orada öylece, hiçbir şey söylemeden oturuyor; Hudson Nehri'nin üzerinden batan güneşi ve George Washington Köprüsü'nü donatan ışıkları izliyoruz.

"Yine yoksullar turu mu yapıyorsun?" diye soruyorum.

"Diğer beş buçuk milyon insanın nasıl yaşadığını görmek için.

Yoksa sırf bana biraz daha gülmeye mi geldin? Ne kadar dibe battığımı görmeye mesela?"

Biraz daha sessizlik. Ardından Kısmet derin bir iç çekiyor. Sonunda ben şarap şişesini ona uzatıyorum.

"Bu ne?" diye soruyor.

"Ucuz" diyorum.

Şişeyi alıyor, bir yudum içiyor ve sonra tükürüyor. "Bu berbat bir şey."

"Teşekkürler" diyor ve şişeyi geri alıyorum.

Birkaç dakika daha sessizlik içinde geçiyor. Sonunda Kısmet konuşmaya başlıyor. "İşlerin senin için bu hâle gelmesini istemezdim, Fabio."

"Öyle mi? Ben de istemezdim" diyorum ve cümlemi geğirerek noktalıyorum. "Belki insanlarımı öldürmüş olmasaydın hâlâ ölümsüz olacaktım."

Aslında dürüst olmam gerekirse başıma gelenlerin tek suçlusu Kısmet değil. Kendimden başka kimseyi suçlayamam.

Yine de bu ondan nefret etmediğim anlamına gelmez.

"Eee, bu yüzden mi geldin?" diye soruyorum kolumla sakalımdaki şarabı silerek. "Üzgün olduğunu söylemek için mi? Vicdanını mı rahatlatıyorsun?"

"Biraz" diyor. "Nasıl olduğunu görmek istedim."

"Görünür olmadan göremiyor musun beni?" diyorum. "Senin radarında değilim, değil mi?"

"Ne diyeceğimi bilmiyorum" diyor Kısmet. "Yaptıklarımı geri alamam ve benim yolumda olmayı hak etmeyen insanları öldürdüğüm için defalarca özür dileyecek değilim. Kozmik gen havuzunu karıştıramazsın, Fabio."

Kader Aşkı Tadınca

"Geceleri rahat uyumanı sağlıyorsa ne hoş" diyorum.

"Bak, buraya seninle tartışmaya gelmedim" diyor Kısmet. "Sadece birkaç şeyi açıklamak istedim."

"Açıklaman için teşekkürler" diyor ve şarap şişesini kafama dikiyorum. "Bu arada Sara konusundaki tavsiyen için de teşekkürler. Sana borçluyum."

Kısmet bir şey söylemek için ağzını açıyor ama vazgeçip susuyor ve Hudson nehrine bakmayı sürdürüyor.

Sonra, "Ayrıca bu gece Jerry'nin dünyaya geleceğini bilmek istersin diye düşündüm" diyor.

Ağzımdan ve burnumdan şarap püskürtüyorum.

"Bunu neden bilmek isteyeyim ki?" diyorum kolumla yüzümü silip. "Kendimi daha iyi hissetmem mi gerekiyor?"

"Sadece... önemli olduğunu düşündüm" diyor.

"Kim için?" diyorum. "Senin için mi? Bana daha çok işkence yapabilesin diye mi?"

"Üzgünüm, Fabio" diyor Kısmet. "Ben sadece..."

"Sen sadece ne?" diye bağırıyorum. "Yarama tuz basmak mı istedin? Sevdiğim kadının sonunda amacını gerçekleştireceğini söylemek için mi geldin?"

"Bak" diyor ve ayağa kalkıyor. "Buraya gelmek zorunda değildim, biliyorsun."

"O zaman neden geldin?"

Bana bakıyor, ardından gözlerini kaçırıyor. "Sadece bilmen gerektiğini düşündüm" diyor ve yanımdan geçip nehrin kıyısındaki gölgelerin arasında uzaklaşmaya başlıyor.

Sadece birkaç saniye sonra gitmesini istemediğimi fark ediyorum.

S. G. Browne

Beklemesini, oturup bana herkesin neler yaptığını anlatmasını, Dennis'le konuşup konuşmadığını söylemesini, bana Sara'yı anlatmasını, sadece kalıp bana arkadaşlık etmesini istemek için dönüyorum ama Kısmet çoktan gitmiş. Yine yalnız kalıyorum. Boş bir bankta, elimde boş bir şişeyle etrafımda gölgeler, yabancılar ve bana ait olmayan bir hayatla kalakalıyorum.

Gözlerim dolarak önümde akan Hudson Nehri'ne bakıyorum ve bir an bile düşünmeden dizlerimin üzerine çöküp Jerry'ye dua etmeye başlıyorum. Gökyüzüne yalvarıyor, ondan beni geri almasını istiyor, bana bir şans daha verdiği takdirde örnek bir çalışan olacağımı söylüyorum. Yaltakçılık veya Dalkavukluk gibi bir pozisyonu bile kabul edeceğim. Tekrar ölümsüz olmam için ne gerekiyorsa. İnsanlara yardım etmek için. Sara'yı tekrar görebilmek için. Kim olduğumu veya neler paylaştıklarımızı bilmese bile ona yakın olabilmek için.

Güneş New Jersey'nin üzerinde batarken bir yanıt bekliyorum. Karanlık çöküp ay göğe yükselirken bekliyorum. Yıldızlar çıkana ve gece sayfayı sabaha çevirene dek bekliyorum.

Sonra George Washington Köprüsü'ne doğru yürümeye başlıyorum.

Bölüm 53

George Washington'a, Manhattan 178. sokaktan, bisikletçiler için ideal olan uzun ve dik bir yamaçtan yaya olarak ulaşılabiliyor. Sabahın bu saatinde, etrafta bisikletçi falan yok, trafik de oldukça az. Dolayısıyla kimse benim köprünün New York tarafında çelik kulenin çapraz demirlerine tırmandığımı görmüyor.

Ben kulenin tepesine doğru ilerlerken son üç ayın uzun, tuhaf ve berbat bir rüya olduğunu ve aslında Sara'nın yanında yatakta uzandığımı, uzun bir gecenin ardından Doğruluk ve Bilgelik'in misafir odasında sızdığımı ya da Venüs'deki uzun bir spa gününde sıcak çamur banyosunda kestirdiğimi düşünüyorum ve uyanıp hâlâ ölümsüz olduğumu, varlığımın sevgi, anlam ve aniden ortadan kaybolma becerisiyle dolu olduğunu keşfettiğimde kendimi olabileceğim en iyi Fabio olmaya adayacağım.

Bunu aklımı dağıtmak için mi yoksa beni tırmanmaya devam etmeye teşvik etmesi için mi düşünüyorum, bilmiyorum. Ne de olsa sadece bir rüya. Ama çok çişim geldi ve bu gerçeği düşünmemi önlediği bir gerçek.

S. G. Browne

Hudson Nehri üzerinde uzanan kulenin yüksekliği yüz seksen metreden fazla, dolayısıyla zirveye ulaştığımda ellerim sertleşmiş ve kanıyor. Başım ise ağrımaya başladı. Büyük olasılıkla bir şişe ucuz şarap içtikten, Kısmet'le tartıştıktan ve Tanrı tarafından görmezden gelindikten sonra bir asma köprünün üzerine tırmanmak iyi bir fikir değildi ama bazen insanlar aptalca şeyler yapıyorlar.

Kulenin kenarına oturuyor ve Hudson'ın güneyine doğru bakıyorum. Derin derin, hızlı nefes alıp veriyorum. Eskiden yüksekten korkmazdım ama gerçekten ölebilmenin, size önünüzde uzun bir yol olduğunu hatırlatan bir tarafı var.

"Bu işi bu kadar tırmanmadan da halledebilirdin" diyor arkamdan bir ses.

Arkamı döndüğümde kulede duran Dennis'i görüyorum. Üzerinde takım elbise, günlük bir kıyafet, hatta kıyamet günü pelerini olsaydı, buraya beni bundan vazgeçirmek ve yemeğe çıkarmak, hatta yatacak bir yer ve sıcak bir duş sunmak için geldiğini düşünebilirdim. Ama üzerinde siyah yağmurluğu ve mavi lateks eldivenleri var, dolayısıyla bunun sosyal bir ziyaret olmadığının farkındayım.

"Seni görmek güzel" diyorum.

"Bunu sık duymuyorum" diyor yanıma oturup. "Ama teşekkürler. Gerçi sen pek parlak görünmüyorsun."

"Evet, tabii, üç ay insan olmayı dene, bakalım sen nasıl görüneceksin" diyorum.

Dennis başını sallıyor. "Ama sakal fena değil. Atilla Han tarzında."

Her zaman Atilla Han'ın sakalının kasık kılı gibi göründüğünü düşünürdük.

Kader Aşkı Tadınca

Kulenin üzerinde, sudan iki futbol sahası yüksekliğinde sessizce oturuyor, Atlantik'e uzanan sabah karanlığını izliyoruz. Bir süre sonra Dennis başını eğip aşağı bakıyor.

"Biliyorsun, kuleye çıkmak yerine köprünün üzerinden atlasan da olurdu" diyor Dennis.

"Onu düşündüm" diyorum. "Ama boğulurken sadece vücudumdaki kemiklerin kırılıp bilincimin açık kalmasını istemedim."

"Bunun için endişelenmene gerek olacağını sanmıyorum" diyor.

Biraz daha sessizlik. Altımızda, Ölüm'ün ve bir zamanlar Kader olarak bilinen bir ölümlünün üzerlerindeki kulede son konuşmalarını yaptıklarından habersiz araçlar doğuya ve batıya doğru ilerliyorlar.

"Ne zamandır biliyorsun?" diye soruyorum.

"Seni mi?" diyor. "Dönüşümden beri. Ölümlü olduğun andan itibaren."

"Ve beni uyarmayı düşünmedin mi?"

"Bunu yapamazdım, biliyorsun" diyor Dennis. "Geleceğinde etki bırakırdı. Bunu herkesten iyi senin bilmen gerek."

"Evet, sanırım."

"Ayrıca" diye ekliyor, "Jerry seninle iletişim kurmamamız için emir verdi."

Gülüyorum. "Faşist serseri."

"Atlamadan önce Jerry'yle ilgili düşünceni gözden geçirsen iyi olur" diyor Ölüm. "İşleri senin için kolaylaştırabilir. Bir tavsiye sadece."

"Aklımda tutarım."

Birkaç dakika daha geçiyor ama Dennis'in sürekli saatine baktığını fark ediyorum.

"Gitmen gereken bir yer mi var?" diye soruyorum.

"Beni bilirsin" diyor. "Programım çok yoğun."

Başımı sallıyorum. "O zaman seni bekletmeyeyim" Ayağa kalkıyorum.

Dennis de ayağa kalkıp karşıma geçiyor. Kuleyi çevreleyen beyaz ışıkların parlaklığında gözleri donuk görünüyor, gözyaşlarıyla dolu gibi. Ya onunki ya da benimkiler.

"Geldiğin için teşekkürler" diyorum genizden gelen bir sesle.

"Dert etme" diyor.

"Çok tuhaf aslında" diyorum. "Bunca zaman sonra sona ereceğimi düşünmek. Artık var olmayacağımı. Kendi ölümsüzlüğümü düşünmek. Hamlet'i okuyup gülerdik, hatırlıyor musun?"

Dennis gülümseyip başını sallıyor.

"Olmak ya da olmamak, asıl mesele bu" diyorum. "Düşüncemizin katlanması mı güzel..."

"Fabio" diyor.

"Biliyorum, biliyorum. Gitmen gerek"

Bir an ikimiz de ne söyleyeceğimizi bilemeden öylece duruyoruz, ardından Dennis bir adım yaklaşıp bana sarılıyor. "Baş aşağı daha iyi olur."

"Teşekkürler."

Uzaklaşıp beni kulenin kenarında tek başıma bırakıyor. Orada durup önce Manhattan ve New Jersey arasında karanlık bir orak gibi uzanan Hudson'a, ardından doğu ve batıya

Kader Aşkı Tadınca

uzanan ışıklara, sonra da başımı kaldırıp sonsuz gökyüzündeki yıldızlara ve aya bakıyorum.

Son bir kez Dennis'e bakıp gülümsüyorum. Ve sonra atlayıp boşluğa karışıyor, karanlığın içinde yavaşça yuvarlanıyorum. Soğuk hava kulaklarımı okşarken kule bir metal ve beyaz ışık yığını hâlinde hızla geçiyor. Ben sandığım kadar korkmadığımı fark ediyorum. Ne hissetmeyi ummuştum, bilmiyorum ama bu soğukkanlılık hissi beni şaşırtıyor, sanki yapmam gereken şey buymuş gibi. Sanki yaşamak hataymış gibi. Ve o anda ölümün lütufların en yücesi olabileceğini söyleyen Socrates'i hatırlıyorum.

Yukarı bakıyor ve kenarda durmuş bana el sallayan Dennis'i görüyorum. Ben de el sallıyorum ve Dennis gözden kayboluyor. Köprünün üst kısmını, sonra alt kısmını geçiyorum ve bitiş noktasına atmış metreden az bir mesafe kala aniden canım tarçınlı çörek istiyor.

Sara çikolatalısını severdi.

İnsanlar, ölmeden önceki anlarda tüm yaşamının bir film şeridi gibi gözlerinin önünden geçtiğini söylerler. Ama benim için suya çarpmadan önceki tüm düşüncelerim Sara'yla dolu.

Onun kahkahası ve gülümsemesi.

Yüzü ve dudakları.

Sesi ve...

Bölüm 54

Boşlukta asılı kaldım. Ya da boşluk gibi bir yerde. Karanlık. Ve boş. Ve ben yalnızım. Nedense suda yüzüyor gibi hissediyorum. Ama sonsuz, kozmik bir boşlukta sürüklenmek yerine ben klostrofobik hissediyorum.

Ne zamandır bu evredeyim, bilmiyorum. Sanırım sadece birkaç dakikadır bu hareketlerin farkındayım. Ama artık zaman hiçbir anlam ifade etmiyor. Hatırladığım son şey köprüden atladığım, dönüp yukarı baktığım, Dennis'in bana el salladığını gördüğüm ve suya çarpmadan hemen önce Sara'yı düşündüğüm.

Ve sonrası boş.

Sürüklenmek yok. Vücut dışı bir deneyim yok. Işık tüneli, tuhaf sesler veya ölümden sonraki yaşamda beni karşılayacak bir Jerry yok.

Daha önce ölümü hiç düşünmemiştim. Sağlık hizmetleri alanında çalışmadığınız sürece üzerinde düşüneceğiniz bir şey değil. Tek bildiğim, böyle olacağını hayal etmediğim. Sanırım

S. G. Browne

ben daha çok Shangri la* veya Cennet Bahçesi veya Elysion Çayırları* dolaylarında bir şey bekliyordum. Verimli bitki örtüsünün, açık büfenin ve her şey dâhil otellerin bulunduğu bir varış noktası. Hatta belki mutlu sonları olan masajlar.

Oysa görünürde mutlu sonu olmayan bir suda süzülüyorum. Ve hiçbir şey göremiyorum.

Kıpırdanıp uzanıyor, nerede son bulduğumu ve beni çevreleyen bu boş alanın nerede başladığını belirlemeye çalışıyorum. O sırada ellerim bir tür bariyerle karşılaşıyor. Yumuşak, esnek ve ittiğimde bel veren ama kırılması bir o kadar zor. Ben de ayaklarımla tekmeler savuruyor, kaçmaya çalışıyorum ama bariyer engel oluyor.

Belki de köprüden atladıktan sonra bir balinaya, dev bir mürekkepbalığına ya da bir ahtapota yem olduğumu ve şimdi midesinde, yavaş yavaş sindirildiğimi düşünüyorum. Ama bildiğim kadarıyla New York limanında balinalar veya dev mürekkepbalıkları yok. Ve üzerimdeki kıyafetler gizemli bir şekilde kaybolmuşlar. Göbek deliğime yapışık, uzun, yılan gibi bir parazit görüyorum.

Tüm bunlar yeterince tuhaf değilmiş gibi yemin ederim Sara'nın sesini duyuyorum.

Bazen sadece konuşuyor, sanki bir başkasıyla konuşur gibi önemsiz ve boğuk sözcükler duyuyorum. Bazense yemin ederim benimle konuşuyor. İsmimi söylemiyor ama sesinde bir niyet var. Sıcak, tenor saksafon sesi, küçük tuhaf hücremin duvarlarında yankılanıyor.

Önce bunun hayal gücüm olduğunu düşünüyorum. Yaşamdan ölüme geçiş yaptığım sırada parçalanmış zihnimden yankı-

---
* **Shangri-la:** James Hilton'ın *Lost Horizon* adlı kitabında tasvir ettiği, halkın hep mutlu olduğu ve ölümsüzlük derecesinde yavaş yaşlandığı ütopik yer. (ç.n.)

lanan anılar. Ama bu daha önce duyduğum hiçbir geçişe benzemiyor. Ayrıca Sara'nın bana söyledikleri ve sesindeki yumuşak vurgular da anı değil. Biz birlikteyken benimle hiç böyle konuşmadı. Tamam, belki birkaç kez yatakta şakalaşırken. Ama şimdi sanki çok daha genç biriyle konuşuyor. Yanılıyor olabilirim ama ancak bir çocukla bu şekilde konuşur diye düşünüyorum.

Bu düşünce içimi ürpertiyor.

Ama Sara'nın sesi etrafımda yankılanıyor. Sanki bu bariyer, bu hücre zarından onu hissedebiliyorum. Neredeyse onun kalp atışlarını bile duyabiliyorum. Ve kusursuz bir sıcaklığa sarılmışım. Sanki kuluçkaya yatırılmışım gibi.

Neler olup bittiğini bilmem gerektiğini hissediyorum ama bir türlü anlayamıyorum. Menzilimin hemen dışında. Bir farkındalık. Bir anlayış. Şu an içinde bulunduğum koşulları bir bağlama yerleştirecek bir anlayış.

İçinde yüzdüğüm su.

Koza benzeri bir hücre.

Işık saçan bir sıcaklık.

Sara'nın sesi ve kalp atışlarının titreşimi.

Tekrar tekme atıp Sara'dan yeni bir tepki aldığımda mı, yoksa bacaklarımın arasından uzanıp on yedi santimlik erkekliğimin yer fıstığı boyutlarında küçüldüğünü fark ettiğim anda mı oldu, bilmiyorum ama farkındalığım Jerry'nin sesi gibi bir anda geliyor.

Bu kesinlikle hayal ettiğim bir son değil. Ve düşünürseniz biraz da tuhaf. Ama en azından yasaklama emrini düşünmek zorunda kalmayacağım. Ve ölü olmaktan çok daha iyi olduğu kesin.

Daha ne kadar zamanım var, bilmiyorum. Yer fıstığımın boyutlarına bakılırsa üç veya dört ayım kalmış. Öyleyse cenin sonrası hayatıma hazırlanmak için zamanım var. Elbette, buradan çıktığım anda Jerry'nin beni yarattığında olduğum gibi tamamen gelişmiş ve hazır olmayacağım. Dolayısıyla insan fizyolojisinin hüsranları ve sınırlarıyla baş etmek zorunda kalacağım. Ama ben her zaman çabuk öğrenen biri olmuşumdur ve hafızamla gurur duyarım.

Yine de aklıma bir fikir gelirse diye yazmak için bir şeylerim olsa fena olmazdı. Etrafınız amniyotik sıvıyla sarıldığında günlük tutmak biraz zor. Ve nedense dijital bir kayıt cihazının vajina kanalından içeri girebileceğini sanmıyorum.

Bu pek de dört gözle beklediğim bir şey değil. Şu doğum olayı. Plasental kan ve vücut sıvıları. Tüm o çığlıklar. Ve dürüst olmam gerekirse o dar geçitten geçmemi nasıl bekliyorlar? Vay canına, kanalın diğer ucundayken bile oraya zar zor giriyordum. Elbette bu, yer fıstığından daha büyük olduğum günlerdeydi.

Yine de buradan çıkmak için sabırsızlanıyorum. Sorun şu ki doğduğum anda anılarımın çoğu yok olacak. Reenkarnasyon Yasasının doğal bir neticesi. Bunun benim için de geçerli olacağını düşünmemiştim, dolayısıyla dersi de ciddiye almamıştım. İşe bakın. Sanırım yanımda bazı bastırılmış anıları götürmeyi umabilirim ama onu hatırlasam da hatırlamasam da tekrar Sara'yı göreceğim için can atıyorum. Onun yüzünü ve gülümsemesini, kokusunu ve kahkahasını, sevgisini ve şefkatini dört gözle bekliyorum.

Aynı zamanda başlattığım şeyi devam ettirebilmeyi umuyorum.

İnsanlara yaşamlarını iyi yönde geliştirmeyi öğretebilirim. Daha iyi kararlar almayı. Daha faydalı gelecekler yaratmayı. Onlara tüketici bağımlılıklarından kurtulmayı öğretebilirim.

Kader Aşkı Tadınca

Kendilerini tanımlaması için dış dünyaya bağımlı olmaktan vazgeçmeyi. Macy's'den alınan küçük bir mücevher kutusunda veya Toys R Us'tan alınan bir bilardo topunda olmayan mutluluğa nasıl ulaşabileceklerini öğretebilirim.

Ve tüm bunları Jerry'den korkmadan yapabilirim. Doğru, çarmıha gerilme olayı var tabii ama bundan kaçmanın bir yolunu bulabileceğimi umuyorum.

Birileri bana buhur ve sakız getirir mi, merak ediyorum.

Suyu şaraba dönüştürebilecek miyim, merak ediyorum.

Tembellik ve Oburluk'tan iyi birer havari olur mu, merak ediyorum.

Benim özelliğim bir sonraki Mesih olmam.

- *Son* -

Sene 1967. Gerillalar, Bolivya Ordusu'nu pusuya düşürür. CIA, emekliye ayırdığı ajanı Paul Hoyle'u, sol devrimcileri saf dışı etmek üzere hazırlanan operasyona katılması için Bolivya'ya gönderir. Ele geçirilen kanıtlar, ölü olduğuna inanılan Che Guevara'nın aslında hayatta olduğunu ve yeni bir mücadeleyi yönettiğini göstermektedir. Bunun üzerine başlayan yoğun diplomasi trafiğinin kilit noktasındaysa, Hoyle'un ve Che'nin kader anahtarını elinde tutan iki büyüleyici kadın vardır: Devlet Bakanlığı'nda çalışan Maria Agular ve Guevara'nın âşığı Rus Ajanı Heidi Tamara Vünke.

"Amerikan Özel Kuvvetleri'nde çalışmış, aksiyon filmleri senaristi Pfarrer'dan müthiş bir ilk roman. Hem gerçek, hem kurgusal, ayrıntılı karakterleri, bitmeye mahkûm bir aşk ilişkisi, ajanlar, askerler, casusluk taktikleri, pek çok ihanet, güvenilir bir realpolitik, savaşın hissedilir etkileri ve bir Üçüncü Dünya hükümetinin ahlaksızlıklarının etkileyici tasviri..."

American Library Association

Beni derin denizlere gömmeyin. Soğuk, karanlık dalgalar yutar beni.
Karanlık sular ışığı emer. Bana güneş altında bir mezar kazın.

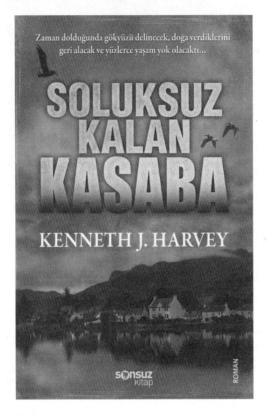

Sakin bir balıkçı kasabasında nedensiz yere ölen insanlar...
Yıllardır içinde sakladığı bedenleri tükürür gibi sahile savuran deniz...
Ölü bedenlerinde tekrar hayat bulmaya çalışan yitik ruhlar...
Ve küçük bir kızın öfkesiyle lanetlenen masum bir aile...

"Kaliteli anlatım, tüyler ürpertici bir hikâye..."

The Times

"Nedensiz yere soluk alamayan kurbanlar, gizemli yaratıklar, birbirinden bağımsız görünen; ancak gerçekte bir bütünün parçası olan olaylar... Harvey, Stephen King'in başarısı ve Annie Proulx'un edebi değeri ile karşılaştırılıyor."

Publishers Weekly

"Olağanüstü hayal gücüyle insanın tüylerini ürperten bir hikâye..."

Nobel ödüllü J. M. Coetzee

"Nadiren de olsa, cesaret öyküleri anlatan, sürükleyici, gerçek hikâyelere rastlıyoruz. Kuşlar Cehennemde Şarkı Söyler mi?, işte böyle bir kitap. Okuyucuyu öykünün içine çeken, bizi iyi ve kötü taraflarımızla yüzleştiren bir hikâye."

Bill Copeland -2004 Ulusal Yazarlar Birliği hikâye, 2008 Taran Tarihsel Kurgu ve 2008 Amazon Yazarların Seçimi ödüllerini alan yazar

"Anlatılmayı bekleyen inanılmaz bir öykü. Bu öykünün gün ışığına çıkması büyük şans. Horace Jim Greasley, öyküsünü yalın bir dille anlatıyor. Aynı bölümde hep gülüp hem ağladığınız oluyor. Horace, Alman ordusu karşısında prensiplerinden ödün vermeyi reddeden bir adam. Onların önünde asla eğilmiyor. Seni selamlıyorum, dostum. Muhteşem bir hayat, muhteşem bir öykü."

Trevor Dalton-"Possesion Legacy", "Open Tap", "Deeper Darkness" adlı kitapların yazarı

"Olağanüstü bir adamın olağanüstü hikâyesi."

Dwain Chambers